HEYNE <

Das Buch

Um sich vor Industriespionage zu schützen, werden in nicht allzu ferner Zukunft bestimmte Jobs nur vergeben, wenn sich die Bewerber verpflichten, nach vollbrachter Arbeit ihre Erinnerungen daran löschen zu lassen. Für Michael Jennings, einem hochbegabten Mechaniker, ist das reine Routine. Doch eines Tages erwacht er und muß feststellen, daß ihn sein letzter Einsatz ganze zwei Jahre gekostet hat. Was hat er in dieser langen Zeit getan? Irgend jemand will offenbar, daß er das herausfindet, denn statt seines Gehaltsschecks werden ihm etliche Objekte ausgehändigt, mit deren Hilfe es ihm gelingen kann, die Vergangenheit zu rekonstruieren – und einem tödlichen Geheimnis auf die Spur zu kommen ...

Basierend auf dieser atemberaubenden Geschichte inszenierte Starregisseur John Woo (*Face/Off*, *Mission Impossible 2*) seinen neuen Science-Fiction-Actionfilm *Paycheck – Die Abrechnung* mit Ben Affleck und Uma Thurman in den Hauptrollen. Nach Ridley Scott (*Blade Runner*), Paul Verhoeven (*Total Recall*) und zuletzt Steven Spielberg (*Minority Report*) setzt er damit die Reihe spektakulärer Verfilmungen der Werke Philip K. Dicks fort.

Der Autor

Philip K. Dick, 1928 in Chicago geboren, schrieb schon in jungen Jahren zahllose Stories und arbeitete als Verkäufer in einem Plattenladen in Berkeley, ehe er 1952 hauptberuflich Schriftsteller wurde. Er verfaßte über hundert Erzählungen und Kurzgeschichten für diverse Magazine und Anthologien und schrieb mehr als dreißig Romane, von denen etliche heute als Klassiker der amerikanischen Literatur gelten. Philip K. Dick starb am 2. März 1982 in Santa Ana, Kalifornien, an den Folgen eines Schlaganfalls.

Philip K. Dick

Paycheck
Die Abrechnung

Das Buch zum Film

WILHELM HEYNE VERLAG
MÜNCHEN

HEYNE ALLGEMEINE REIHE
Band 01/20132

Umwelthinweis:
Dieses Buch wurde chlor- und
säurefreiem Papier gedruckt.

Taschenbuchausgabe 02/04

Der Wilhelm Heyne Verlag ist ein Verlag der
Ullstein Heyne List GmbH Co. KG, München
www.heyne.de
Printed in Germany 2004
Umschlaggestaltung: Nele Schütz Design, München
Satz: Schaber Satz- und Datentechnik, Wels
Druck und Bindung: GGP Media, Pößneck

ISBN 3-453-87733-0

Inhalt

Vorwort

Wie entsteht eigentlich ein Science-Fiction-Film? Leider in der Regel so, wie es der SF-Autor Harlan Ellison einmal beschrieb, als er von einem Treffen mit Programmverantwortlichen des amerikanischen Fernsehsenders CBS folgendes zu berichten wußte: »Wir setzen uns also zusammen, und der CBS-Typ sagt zu mir: ›Der Sender ist ganz verrückt darauf – und wir wollen, daß Sie es schreiben. Die Idee ist folgende: Da gibt es eine Familie – Mutter, Vater, zwei Kinder und einen Hund. Die Familie geht eines Tages in den Garten hinter dem Haus. Dort entdeckt sie ein Schwarzes Loch. Sie fällt in das Loch rein und entdeckt ein neues Universum.‹ Ich bleibe ein paar Minuten sitzen, ich bin einfach zu fertig, um etwas zu sagen. Als ich dann anfange, vor mich hinzukichern, sagt der Typ: ›Warum lachen Sie?‹ Ich sage: ›Ich hoffe, Ihr Nervensystem kann es ertragen, aber ein Schwarzes Loch ist kein *Schwarzes Loch*.‹ Er sagt: ›Was?‹ Und ich sage: ›Ein Schwarzes Loch ist eine Sonne, die so heftig kollabiert ist, daß das Licht nicht von ihr weg kann. Deswegen sieht sie wie ein *Loch* aus. Schwarze Löcher verschlucken alles, was ihr gewaltiger Schwerkraftsog erwischt, und sie zermalmen es, bis nichts mehr übrig ist. Wenn die Leute also in ihren Garten gehen und auf ein Schwarzes Loch stoßen, wird es sie höchstwahrscheinlich mitsamt dem Garten, dem Haus, der Straße, der Umgebung, der Stadt, dem Planeten und möglicherweise dem halben bekannten Universum verschlucken.‹ Darauf sagt er: ›Tja, aber es gefällt dem Sender! Können Sie es denn nicht trotzdem machen? Den Unterschied *bemerkt* doch keiner.‹«

Den Unterschied bemerkt also keiner ... Mit anderen Worten: Das präsumtive Science-Fiction-Publikum wird sozusagen avant le film für geistig minderbemittelt gehalten. Wie sonst ist etwa zu erklären, daß die bösen Außerirdischen in *Independence Day* mit einem profanen Computer-Virus außer Gefecht gesetzt werden können? Daß in *The Fifth Element* die Liebe als Energieball durch das Universum rast? Und daß in *Star Wars* Dialoge zu finden sind, wie sie doch eigentlich nur die Autoren bestimmter Nachmittags-Fernsehserien verbrechen?

Seit die Bilder laufen lernten, präsentiert sich das Genre immer wieder neu als aufgeblasenes B-Movie, und ob es jemand bemerkt oder nicht, Tatsache ist, daß diese im besten Fall sympathisch-skurillen, im schlechtesten Fall unerträglich prätentiösen Sci-Fi-Frivolitäten, denen es leider auch nicht hilft, wenn sie sich an den Mythen der Menschheitsgeschichte vergreifen, zu den kommerziell erfolgreichsten Filmen der letzten Jahrzehnte zählen – und es wie ein Wunder anmutet, daß es daneben noch andere SF-Filme gibt, die sich bemühen, sowohl auf die Intelligenz der Zuschauer als auch auf die ihnen zugrunde liegenden Ideen Rücksicht zu nehmen. Ideen, nicht wie sonst üblich von der notorischen Drehbuch-Kamarilla mal schnell beim Lunch *gepitcht*, sondern dem reichhaltigen Fundus der SF-Literatur entnommen: So erzählte Arthur C. Clarke einst auf einigen wenigen Seiten, in seiner Kurzgeschichte »Der Wächter«, von der Entdeckung eines geheimnisvollen Artefaktes auf dem Mond – der Nukleus von Stanley Kubricks großer Weltraumsinfonie *2001 - Odyssee im Weltraum*; Harry Harrison beschrieb in »New York 1999« die drastischen Folgen eines ungebremsten Bevölkerungswachstums – der Roman bildete die Grundlage von Richard Fleischers *Soylent Green*, eines der erschütterndsten Zukunftsbilder, die das Kino je hervorgebracht hat; und in »Träumen Androiden von elektrischen Schafen?« schilderte Philip K. Dick die Abenteuer eines Androidenjägers, der an seinem eigenen Menschsein zu zweifeln beginnt – was Ridley Scott zu der brillanten SF-Noir-Vision *Blade Runner* inspirierte.

Gerade dieser Film, der immer wieder auf den einschlägigen Listen der besten Filme aller Zeiten auftaucht, stellt eindrucksvoll unter Beweis, daß das Genre durchaus in der Lage ist, jenseits allen Laser-Geballeres und pathetischen Geschwurbels eine eigene – und eigenständige – visuelle Ästhetik zu schaffen und damit einen künstlerischen Zugang zu jenen wissenschaftlichen Entwicklungen, die unser Leben in absehbarer Zeit völlig verändern werden. So gehört die Szene, in der der Android Roy Batty (Rutger Hauer) den Blade Runner Rick Deckard (Harrison Ford) vor dem Sturz in den Tod bewahrt, zu den großen filmischen Momenten des 20. Jahrhunderts – denn es ist jener Moment, in dem der Unterschied zwischen dem, was wir als menschlich definieren, und dem, was wir für künstlich halten, endgültig aufgehoben wird.

Diese Szene stammt nicht etwa aus der Romanvorlage, sondern entstand erst im langwierigen Prozeß der Drehbuchentwicklung (den berühmten Monolog Battys am Ende des Films – »Ich habe Dinge gesehen, die ihr nie glauben würdet …« – hat sich Hauer sogar selbst ausgedacht, und zwar in letzter Minute, während der Dreharbeiten), und doch ist sie die perfekte Visualisierung des Dick'schen Kernthemas. Insofern wird *Blade Runner* nicht nur völlig zurecht mit der etwas abgegriffenen Formel »Kultfilm« bedacht, sondern darf auch als überaus gelungene Literaturverfilmung gelten. Was in Hollywood nicht ohne Folgen blieb: Etliche andere Regisseure bemühten sich in den Jahren danach, Dicks Texten mit visuellen Mitteln gerecht zu werden – Paul Verhoeven mit *Total Recall* (nach der Kurzgeschichte »Erinnerungen en gros«), Christian Duguay mit *Screamers* (nach »Variante zwei«), Gary Fleder mit *Impostor* (nach »Hochstapler«; der Film kam in Deutschland bedauerlicherweise nie in die Kinos), Steven Spielberg mit

Minority Report (nach »Der Minderheiten-Bericht«).* Und nun John Woo mit *Paycheck - Die Abrechnung*.

Nicht jeder dieser Filme ist so gelungen wie *Blade Runner* – *Total Recall* und *Minority Report* waren mit aufwendigen Special Effects hochgerüstete Starvehikel, während *Screamers* und *Impostor* nach Science-Fiction-Maßstäben fast schon als Low-Budget-Produktionen gelten müssen –, und man kann nur spekulieren, was Dick selbst von ihnen gehalten hätte (die ersten Drehbuchfassungen von *Blade Runner* hatten ihn ja eher deprimiert, von den wenigen Szenen aber, die er noch kurz vor seinem Tod sehen konnte, war er allerdings restlos begeistert). Sie alle unterscheiden sich jedoch wesentlich vom Gros der eingangs erwähnten Sci-Fi-Popcorn-Movies, vor allem darin, daß die jeweiligen Helden hier nicht das tonnenschwere Gewicht einer zusammenspinntisierten SF-Mythologie wie eine Monstranz vor sich hertragen müssen, sondern daß sie als eigenständige Figuren funktionieren, Figuren, mit denen sich das Publikum durchaus identifizieren kann, nur eben auf besondere Weise: Ein Mann, der nicht weiß, ob die Ereignisse, an die er sich erinnert, wirklich stattgefunden haben (*Total Recall*); der verdächtigt wird, ohne es selbst zu wissen, eine Bombe in Menschengestalt zu sein (*Impostor*); der für ein Verbrechen verfolgt wird, das er erst noch begehen wird, und nun verzweifelt zu verhindern versucht, daß er es begeht (*Minority Report*); dessen Gedächtnis gelöscht wurde und der nun mit Hilfe von Objekten, die er sich selbst hinterlassen hat, rekonstruieren muß, was er die vergangenen zwei Jahre getan hat (*Paycheck*). Vermeintlich irreale Menschen, die sich in einer vermeintlich irrealen Welt als real empfinden – auf dieses Spiel mit der Paranoia verstand sich Philip K. Dick wie kein zweiter, lange bevor Thomas Pynchon und Don DeLillo

---

* Alle bisher verfilmten Kurzgeschichten von Philip K. Dick finden Sie in dem bei Heyne erschienenen Erzählungsband »Der unmögliche Planet«.

das Wort zum diskret geraunten literarischen Begriff machten: Wer bin ich eigentlich und wer manipuliert mich zu welchem Zweck? Bin ich ein Mensch oder bin ich nur so programmiert, daß ich glaube, ich bin ein Mensch? Woher weiß ich dann, daß ich das Richtige tue? Auf welcher Grundlage kann ich überhaupt Entscheidungen treffen? Bei Dick wird die klassische SF-Pointen-Story – in deren Tradition er sich durchaus sah, nicht zuletzt, um seinen Lebensunterhalt zu bestreiten – zum raffinierten Spiel mit unserer Wahrnehmung von Realität. Und ein verfemtes Trivialgenre entpuppt sich hier als grandiose Möglichkeit, philosophische Fragen auf die literarische Spitze zu treiben.

Hinzu kommt, daß, abgesehen von »Träumen Androiden von elektrischen Schafen?«, der Mitte der 60er Jahre entstand, alle bisher verfilmten Kurzgeschichten in den frühen 50er Jahren geschrieben wurden, und wie Dick dort mit dem »Sense of wonder«, den die Science Fiction eben zur Verfügung stellt, eine heimelige Gegenwart in eine unheimliche Zukunft verwandelte, die sich wiederum als zwar übersteigertes, aber um so wahrhaftigeres Bild der Eisenhowerseligen amerikanischen Nachkriegsgesellschaft in ihrer geheuchelten Unschuld und politischen Xenophobie lesen ließ, zeugt von einem schriftstellerischen Gespür, von dem viele andere – *literarische* – Autoren nur träumen können. Man beachte etwa den Beginn von »Paycheck«, wenn Jennings erwacht und sein Boss zu ihm sagt: »Es sind fast zwei Jahre vergangen. Sie werden viele Veränderungen vorfinden. Vor ein paar Monaten ist die Regierung gestürzt worden. Die neue Regierung greift noch wesentlich härter durch. Die SP, die Sicherheitspolizei, verfügt nun über nahezu unbegrenzte Macht. Man bringt den Schulkindern jetzt bei zu bespitzeln ...«

Vor diesem Hintergrund ist es nicht nur Action und Suspense geschuldet, wenn die Filme, die auf Dicks frühen Stories basieren, sämtlich futuristische Verfolgungsjagden sind, in denen ein Individuum gegen ein scheinbar übermächtiges, völlig undurchschaubares System antritt und die Rolle dieses Individuums in diesem System nicht nur zweifelhaft ist, sondern auf existentielle Weise in Frage gestellt wird. Und es kann kaum verwundern, daß dies – fünfzig Jahre nach der Veröffentlichung der Geschichten in grell-infantilen SF-Magazinen – in einem Amerika auf Resonanz stößt, in dem abstruseste Verschwörungstheorien als Welterklärungsmodelle verbreitet werden, in dem der multi-mediale Komplex zunehmend die Richtlinien der militärisch-politischen Entscheidungsträger inkorporiert und in dem man sich neuerdings in einem permanenten Präventivkrieg gegen den »Terror« befindet – ganz nach dem Motto von »Der Minderheiten-Bericht«: »Wir schnappen sie uns, noch bevor sie ein Gewaltverbrechen begehen ... Wir behaupten, sie sind schuldig. Sie wiederum behaupten ununterbrochen, sie seien unschuldig. Und in gewissen Sinne *sind* sie unschuldig.«

Ganz neu ist das alles also nicht. Aber neu ist, daß es zunehmend schwieriger wird, die eigene Position im »System« einer globalisierten, virtualisierten Welt zu bestimmen, und daß wir Gefahr laufen, uns in den zahllosen miteinander konkurrierenden Welt- und Wertvorstellungen zu verheddern. Und neu ist, daß sich in dieser Situation die Science Fiction als einzige künstlerische Ausdrucksform erweist, die das Wesen der Veränderungen adäquat beschreibt – wie Dick selbst es einmal formuliert hat: »Es ist die Science Fiction, die es dem Schreibenden ermöglicht, etwas, das eigentlich ein innerliches Problem ist, in eine äußere Umwelt zu projizieren; er tut das in Form einer Gesellschaft oder eines Planeten, und hier hausen jetzt praktisch alle, die vorher in dem einen Kopf gesteckt haben. Ich mache niemandem einen Vorwurf, wenn ihm dies nicht zusagt, denn der Kopf von so manch einem von uns ist nicht unbedingt der Ort, wo man sich gerne aufhält ... aber andererseits: was für ein nützliches Werkzeug ist das doch für uns – um zu begreifen, daß wir nicht alle in derselben Weise das Universum sehen, ja, gewissermaßen nicht einmal dasselbe Universum.«

Was für ein nützliches Werkzeug das ist, haben zuletzt auch Filme wie *The Truman Show*, *Dark City*, *Existenz* oder *Matrix* gezeigt, die zwar nicht direkt auf einem Text Dicks basieren, ohne seine Vorarbeit jedoch kaum denkbar wären (in David Cronenbergs *Existenz* finden wir gerechterweise auch eine kleine Referenz an den Autor – wenn die Kamera über eine Packung Perky-Pat-Kekse schwenkt). Insbesondere *Matrix* ist wohl, bevor die Sache im zweiten und dritten Teil etwas außer Kontrolle geriet, die erfolgreichste Adaption einer Dick-Geschichte, die Dick nie geschrieben hat* – das heißt, eigentlich hat er sie schon geschrieben, mit seinem gnostischen Spätwerk *Die Valis-Trilogie*, doch an diese ontologische Achterbahnfahrt hat sich bisher noch kein Filmemacher herangetraut, was auf ein bedauerliches Defizit hinweist: Keiner dieser Filme – und auch keine der bisherigen tatsächlichen Dick-Adaptionen – schöpft die Möglichkeiten, die seine Texte bieten, wirklich ganz aus. Denn auch wenn er kein großer Stilist war, entwickelt seine Prosa doch eine einzigartige Sogwirkung, erzeugt sie ein nagendes Gefühl, das uns den Wahrheitsgehalt der Worte ständig hinterfragen läßt, ohne daß, wie sonst im Genre eigentlich üblich, eine Fluchtmöglichkeit geboten wird. Was könnte da etwa ein begabter Regisseur aus der ebenfalls in diesem Band enthaltenen Erzählung »Ein kleines Trostpflaster für uns Temponauten« machen, was aus den Romanen »Die drei Stigmata des Palmer Eldritch« oder »Der dunkle Schirm«? Auf jeden Fall einen Film, der nicht wie *The Truman Show* oder *Matrix* die Realitätsfrage stellt und dann lediglich eine vorgetäuschte Wirklichkeit durch die tatsächliche ersetzt, sondern der seine Zuschauer über den Status der Bilder selbst in ständigem Zweifel hält – wie es interessanterweise Abel Ferrara in seiner William-Gibson-Adaption *New Rose*

---

* Zu Philip K. Dicks und vielen weiteren Einflüssen auf *Matrix* siehe auch den Band »Das Geheimnis der Matrix« (Heyne 06/6447).

Hotel versucht hat (ein Film, der noch nicht einmal einen Verleih fand). Oder wie es Dick selbst einmal versucht hat, in dem Drehbuch zu seinem vermutlich besten Roman »Ubik«, das einzige Drehbuch, das er zeit seines Lebens geschrieben hat.* Dort findet sich auch ein schöner Satz, dessen Wahrheitsgehalt uns erst bei der Lektüre einer Philip-K.-Dick-Geschichte so richtig bewußt wird: »Es kann immer noch schlimmer kommen, als man dachte. Schlimmer, als man je befürchtet hat. Das Universum kann sich viel gemeinere Dinge ausdenken, als man selbst es kann.«

Eindeutig ein Fall für Hollywood!

Sascha Mamczak

In der PHILIP K. DICK-Edition des
WILHELM HEYNE VERLAGS sind bisher erschienen:

Marsianischer Zeitsturz · 01/13651
Die Valis-Trilogie · 01/13652
Blade Runner · 01/13653
Die drei Stigmata des Palmer Eldritch · 01/13654
Zeit aus den Fugen · 01/13655
Der unmögliche Planet · 01/13656
Ubik · 01/13884
Der dunkle Schirm · 01/13885
Eine andere Welt · 01/13886

* Dieses – leider nie verfilmte – Drehbuch, das Dick 1974 im Auftrag eines französischen Regisseurs schrieb, ist in der Neuausgabe von »Ubik« enthalten.

Paycheck – Die Abrechnung

PLÖTZLICH SPÜRTE ER, DASS ER FLOG. Rings um ihn summten leise Düsenjets. Er befand sich in einem kleinen privaten Raketenkreuzer, der gemächlich im Überlandverkehr am Nachmittagshimmel dahinzog.

»Aah!« Er stöhnte, als er sich in seinem Sitz aufrichtete und sich die Stirn rieb. Earl Rethrick neben ihm sah ihn mit leuchtenden Augen an.

»Sind Sie wieder zu sich gekommen?«

»Wo sind wir?« Jennings schüttelte den Kopf, er versuchte den dumpfen Schmerz loszuwerden. »Oder sollte ich anders fragen?« Er konnte bereits sehen, daß es nicht Spätherbst war. Es war Frühling. Die Felder unter dem Kreuzer waren grün. Das letzte, woran er sich erinnerte, war, mit Rethrick einen Fahrstuhl betreten zu haben. Und das war im Spätherbst gewesen. Und in New York.

»Ja«, sagte Rethrick. »Es sind fast zwei Jahre vergangen. Sie werden viele Veränderungen vorfinden. Vor ein paar Monaten ist die Regierung gestürzt worden. Die neue Regierung greift noch wesentlich härter durch. Die SP, die Sicherheitspolizei, verfügt nun über nahezu unbegrenzte Macht. Man bringt den Schulkindern jetzt bei zu bespitzeln. Aber das haben wir ja kommen sehen. Tja, was noch? New York hat sich vergrößert. Und soweit ich weiß, ist die Verlandung der San Francisco Bay abgeschlossen.«

»Was ich wissen will, ist, was ich verdammt noch mal in

den letzten zwei Jahren getan habe!« Jennings steckte sich nervös eine Zigarette an. »Sagen Sie es mir?«

»Nein. Natürlich nicht.«

»Wo fliegen wir hin?«

»Zurück nach New York, zu unserem dortigen Büro. Wo Sie mich kennengelernt haben. Erinnern Sie sich? Wahrscheinlich erinnern Sie sich daran besser als ich. Schließlich ist das für Sie erst etwa einen Tag her.«

Jennings nickte. Zwei Jahre! Zwei Jahre seines Lebens, für immer verloren. Es schien nicht möglich. Er hatte noch überlegt, hatte mit sich gerungen, noch als er in den Fahrstuhl getreten war. Sollte er seine Entscheidung nicht doch lieber rückgängig machen? Selbst wenn er so viel Geld kriegte – und es war eine Menge, sogar für ihn –, letztlich schien das die Sache nicht wert zu sein. Er würde sich immer fragen, was für eine Arbeit er eigentlich gemacht hatte. War sie legal? War sie ... Aber für Spekulationen war es jetzt zu spät. Während er noch versucht hatte, zu einer Entscheidung zu gelangen, war der Vorhang gefallen. Bedauernd blickte er durch das Fenster in den Nachmittagshimmel. Das Land unten war saftig grün. Frühling – Frühling zwei Jahre später. Und was hatte er für die zwei Jahre vorzuweisen?

»Bin ich ausbezahlt worden?« fragte er. Er holte seine Brieftasche heraus und sah hinein. »Anscheinend nicht.«

»Nein. Sie werden im Büro ausgezahlt. Kelly wird das tun.«

»Die ganze Summe auf einmal?«

»Fünfzigtausend Credits.«

Jennings lächelte. Jetzt, nachdem die Summe laut genannt worden war, fühlte er sich ein wenig besser. Vielleicht war es ja doch nicht so schlecht. Es war fast so, als wäre er fürs Schlafen bezahlt worden. Aber er war zwei Jahre älter; und genausoviel Zeit hatte er weniger zu leben. Es war, als habe er einen Teil von sich selbst, einen Teil seines Lebens verkauft. Er zuckte die Schultern. Wie auch immer, es war geschehen.

»Wir sind gleich da«, sagte der ältere Mann. Der RobotPilot setzte zum Sinkflug an, sie verloren an Höhe. Unter ihnen wurden die Randgebiete von New York City sichtbar. »Also, Jennings, ich sehe Sie vielleicht nicht wieder. Wir haben zusammen gearbeitet, wissen Sie, Seite an Seite. Sie sind einer der besten Mechaniker, die ich je gesehen habe. Es war klug, daß wir Sie angeheuert haben, selbst für den Lohn. Sie haben ihn uns um ein Vielfaches zurückgezahlt – wenn Sie davon auch nicht das Geringste wissen.«

»Freut mich, daß Sie was für Ihr Geld bekommen haben.«

»Sie klingen gereizt.«

»Nein. Ich versuche nur, mich an den Gedanken zu gewöhnen, zwei Jahre älter zu sein.«

Rethrick lachte. »Sie sind noch immer ein sehr junger Mann. Und Sie werden sich besser fühlen, wenn sie Ihnen Ihren Lohn gibt.«

Sie traten hinaus auf den winzigen Dachlandeplatz des New Yorker Bürogebäudes. Rethrick führte ihn zu einem Fahrstuhl. Als die Tür zuglitt, zuckte Jennings zusammen. Das war das letzte, woran er sich erinnerte, dieser Fahrstuhl. Dann hatte sein Bewußtsein ausgesetzt.

»Kelly wird sich freuen, Sie zu sehen«, sagte Rethrick, als sie hinaustraten in einen erleuchteten Flur. »Sie hat zwischendurch immer mal wieder nach Ihnen gefragt.«

»Warum?«

»Sie sagt, Sie sähen gut aus.« Rethrick richtete einen Codeschlüssel auf eine Tür. Die Tür reagierte und schwang weit auf. Sie betraten das luxuriöse Büro von Rethrick Construction. Hinter einem langen Mahagoni-Schreibtisch saß eine junge Frau und las in einer Akte.

»Kelly«, sagte Rethrick, »was meinen Sie wohl, wessen Zeit gerade abgelaufen ist?«

Die junge Frau blickte lächelnd auf. »Hallo, Mr. Jennings. Was ist das für ein Gefühl, wieder in der Welt zu sein?«

»Großartig.« Jennings ging zu ihr hin. »Rethrick sagt, Sie sind der Zahlmeister.«

Rethrick gab Jennings einen Klaps auf den Rücken. »Machen Sie's gut, mein Freund. Ich muß zurück zur Fabrik.

Sollten Sie irgendwann mal wieder eine Menge Geld brauchen, kommen Sie einfach vorbei, dann machen wir wieder einen Vertrag mit Ihnen.«

Jennings nickte. Als Rethrick hinausging, setzte er sich an den Schreibtisch und schlug die Beine übereinander. Kelly schob ihren Stuhl zurück und zog eine Schublade auf. »Okay. Ihre Zeit ist rum, und Rethrick Construction wird Sie wie vereinbart auszahlen. Haben Sie Ihre Ausfertigung des Vertrags?«

Jennings zog einen Umschlag aus seiner Tasche und warf ihn auf den Schreibtisch. »Da ist sie.«

Kelly nahm einen kleinen Lederbeutel sowie ein paar handbeschriebene Blätter aus der Schreibtischschublade. Für eine Weile las sie die beschriebenen Blätter durch, ihr kleines Gesicht wirkte sehr konzentriert.

»Stimmt was nicht?«

»Ich glaube, Sie werden etwas überrascht sein.« Kelly gab ihm seinen Vertrag zurück. »Lesen Sie sich das noch einmal durch.«

»Warum?« Jennings öffnete den Umschlag.

»Es gibt da eine Klausel zur Alternativ-Vergütung. ›Sofern der Vertragspartner es wünscht, und zwar zu jeder beliebigen Zeit während der Dauer des Vertrags mit besagter Rethrick Construction Company ...‹«

»›... steht es ihm frei, auf eigenen Wunsch anstelle der vereinbarten Geldsumme Artikel oder Produkte zu wählen, die nach seinem Dafürhalten der vereinbarten Geldsumme im Wert entsprechen ...‹«

Jennings griff nach dem Leinenbeutel, zog ihn auf. Den Inhalt schüttete er sich in die Hand. Kelly sah zu.

»Wo ist Rethrick?« Jennings stand auf. »Falls er sich einbildet, daß er ...«

»Rethrick hat damit nichts zu tun. Es war Ihr eigener Wunsch. Hier, sehen Sie sich das an.« Kelly reichte ihm die Papiere. »In Ihrer eigenen Handschrift. Lesen Sie. Es war Ihre Idee, nicht unsere. Ehrlich.« Sie lächelte ihn an. »Das passiert dann und wann mit Leuten, die wir unter Vertrag nehmen. Während ihrer Zeit bei uns entscheiden sie sich, kein Geld, sondern etwas anderes zu nehmen. Warum weiß ich nicht. Sie wurden ja einer Gehirnwäsche unterzogen, nachdem Sie sich einverstanden erklärt haben ...«

Jennings überflog die Blätter. Es war seine Handschrift. Daran gab es keinen Zweifel. Seine Hände zitterten. »Ich kann das nicht glauben. Selbst wenn das meine Handschrift ist.« Er faltete das Papier zusammen, biß die Zähne zusammen. »Irgendwas ist mit mir angestellt worden, als ich dort war. Ich hätte niemals in so etwas eingewilligt.«

»Sie müssen einen Grund gehabt haben. Ich gebe zu, daß es nicht sehr vernünftig zu sein scheint. Aber Sie wissen nicht, was für Faktoren Sie bewogen haben mögen, bevor Ihre Erinnerung gelöscht wurde. Sie sind da nicht der erste. Vor Ihnen hat es schon eine ganze Reihe ähnlicher Fälle gegeben.«

Jennings starrte auf das, was er da in der Hand hielt. Aus dem Leinenbeutel hatte er verschiedene Gegenstände herausgeschüttet. Einen Codeschlüssel. Eine abgerissene Eintrittskarte. Eine Paketannahmebescheinigung. Ein Stückchen dünnen Draht. Einen halben Pokerchip, mitten durchgebrochen. Einen grünen Stoffstreifen. Eine Busmünze.

»Das anstelle von fünfzigtausend Credits«, murmelte er. »Zwei Jahre ...«

Er trat aus dem Gebäude, hinaus auf die Straße und in den geschäftigen Nachmittagstrubel. Noch immer war er ganz benommen, benommen und verwirrt. Hatte man ihn betrogen? Er tastete in seiner Tasche nach dem Draht, der Eintrittskarte und dem anderen Kram. Das für zwei Jahre Arbeit! Aber er hatte seine Handschrift erkannt, hatte die Verzichterklärung gesehen, die Ersatzforderung. Aber warum? Aus welchem Grund? Was hatte ihn dazu veranlaßt?

Er drehte sich um, ging den Bürgersteig entlang. An der Ecke blieb er stehen, weil gerade ein Schwebekreuzer einbog.

»Los, Jennings. Steigen Sie ein.«

Sein Kopf zuckte hoch. Die Tür des Kreuzers war geöffnet. Ein Mann kniete und zielte mit einem Hitzegewehr direkt auf sein Gesicht. Ein Mann in Blaugrün. Sicherheitspolizei.

Jennings stieg ein. Die Tür ging zu, hinter ihm schlossen sich magnetische Schnappschlösser. Wie bei einem Banksafe. Der Kreuzer glitt davon, die Straße hinunter. Jennings sank auf den Sitz zurück. Neben ihm senkte der SP-Mann sein Gewehr. Auf der anderen Seite saß ein zweiter Beamter, der ihn fachmännisch nach Waffen abtastete. Er holte Jennings Brieftasche und die Handvoll Krimskrams hervor. Den Umschlag und den Vertrag.

»Was hat er bei sich?« fragte der Fahrer.

»Brieftasche, Vertrag mit Rethrick Construction. Keine Waffen.« Er gab Jennings die Sachen zurück.

»Was hat das zu bedeuten?« fragte Jennings.

»Wir möchten Ihnen ein paar Fragen stellen. Das ist alles. Sie haben für Rethrick gearbeitet?«

»Ja.«

»Zwei Jahre?«

»Fast zwei Jahre.«

»In der Fabrik?«

Jennings nickte. »Ich glaub schon.«

Der Beamte beugte sich zu ihm vor. »Wo befindet sich diese Fabrik, Mr. Jennings?«

»Das weiß ich nicht.«

Die beiden Polizisten sahen sich an. Der erste befeuchtete sich die Lippen, seine Miene verriet seine Angespanntheit. »Sie wissen es nicht? Eine letzte Frage: Was haben Sie in den zwei Jahren getan, was für eine Art von Arbeit haben Sie gemacht? Was war Ihre Aufgabe?«

»Ich bin Mechaniker. Ich habe elektronische Geräte repariert.«

»Was für elektronische Geräte?«

»Das weiß ich nicht.« Jennings sah ihn an. Er mußte unwillkürlich lächeln, spöttisch verzogen sich seine Lippen. »Tut mir leid, aber ich weiß es nicht. Das ist die Wahrheit.«

Für einen Moment schwiegen die Beamten.

»Was soll das heißen, Sie wissen es nicht? Soll das heißen, Sie haben zwei Jahre lang an Geräten gearbeitet, ohne zu wissen, an was für welchen? Und ohne zu wissen, wo Sie sich befanden?«

Jennings richtete sich auf. »Was hat das alles zu bedeuten? Warum haben Sie mich festgenommen? Ich habe nichts getan. Ich war ...«

»Das wissen wir. Wir verhaften Sie nicht. Wir wollen nur ein paar Informationen für unsere Akten. Über Rethrick Construction. Sie haben für die Firma gearbeitet, in Rethricks Fabrik. In einer wichtigen Position. Sind Sie Elektromechaniker?«

»Ja.«

»Sie reparieren Großrechner und was damit zusammenhängt?« Der Beamte zog sein Notizbuch zu Rate. »Sie gelten als einer der besten im Land, heißt es.«

Jennings sagte nichts.

»Sagen Sie uns die zwei Dinge, die wir wissen wollen, und wir lassen Sie sofort wieder laufen. Wo befindet sich Rethricks Fabrik? Und was wird dort produziert? Sie haben da Maschinen gewartet. Hab ich recht? Zwei Jahre lang.«

»Ich weiß es nicht. Ich nehm es an. Ich habe keine Ahnung, was ich während der zwei Jahre getan habe. Ob Sie mir das nun glauben oder nicht.« Jennings starrte voll Überdruß auf den Boden.

»Was sollen wir tun?« sagte der Fahrer schließlich. »Wir haben keine weitergehenden Anweisungen.«

»Bringen wir ihn zur Wache. Hier können wir die Befragung nicht fortsetzen.« Draußen auf dem Bürgersteig eilten Männer und Frauen vorbei. Die Straßen waren von Kreuzern verstopft – Angestellte, die zurück nach Hause aufs Land wollten.

»Jennings, warum antworten Sie nicht? Was haben Sie? Es

gibt doch keinen Grund, warum Sie uns nicht ein paar einfache Informationen geben sollten. Wollen Sie nicht mit Ihrer Regierung kooperieren? Warum uns Informationen vorenthalten?«

»Ich würde es Ihnen ja sagen, wenn ich was wüßte.«

Der Beamte grunzte. Keiner sprach. Schließlich hielt der Kreuzer vor einem großen Backsteingebäude. Der Fahrer stellte den Motor ab, entfernte die Steuerkapsel und steckte sie ein. Dann richtete er auf die Tür einen Codeschlüssel und entsicherte so das Magnetschloß.

»Was sollen wir tun? Ihn mit reinnehmen? Eigentlich sollen wir nicht ...«

»Moment.« Der Fahrer stieg aus. Die beiden anderen folgten ihm; sie schlossen die Türen hinter sich und sicherten sie. Dann standen sie auf dem Bürgersteig vor der SP-Wache und berieten sich.

Jennings saß stumm, den Blick zu Boden gerichtet, im Innern. Die SP wollte Informationen über Rethrick Construction. Nun, es gab nichts, was er ihnen hätte sagen können. Sie waren bei ihm an den Falschen geraten – aber wie konnte er das beweisen? Die ganze Sache war zu unwahrscheinlich. Zwei Jahre komplett aus seinem Bewußtsein gelöscht. Wer würde ihm das glauben? Auch ihm selbst erschien es ja unglaublich.

Seine Gedanken wanderten zurück zu dem Tag, an dem er die Anzeige zum ersten Mal gelesen hatte. Sie paßte genau, traf direkt auf ihn zu. *Mechaniker gesucht,* dazu eine allgemeine Beschreibung der Arbeit, andeutungsweise, indirekt, aber doch direkt genug, um ihm zu sagen, daß sie voll in sein Fach schlug. Und die Bezahlung! Vorstellungsgespräch im Büro. Tests, Formulare. Und dann die allmähliche Erkenntnis, daß Rethrick Construction alles über ihn erfuhr, er aber nichts über diese Leute. Was machten sie? Konstruierten, bauten – aber was genau? Was für Maschinen hatten sie? Fünfzigtausend Credits für zwei Jahre ...

Und er war herausgekommen mit einer perfekten Gehirnwäsche. Zwei Jahre – und er erinnerte sich an nichts. Er hatte lange gebraucht, um diesem Teil des Vertrages zuzustimmen. Aber er *hatte* zugestimmt.

Jennings sah durchs Fenster hinaus. Die drei Polizisten besprachen sich noch immer auf dem Bürgersteig, beratschlagten, was mit ihm geschehen sollte. Er befand sich in einem wirklichen Dilemma. Sie verlangten Informationen, die er nicht geben konnte, Informationen, die er nicht besaß. Aber wie konnte er das beweisen? Wie konnte er beweisen, daß er zwei Jahre lang gearbeitet hatte und herausgekommen war, ohne mehr zu wissen als zu Anfang! Die SP würde ihn in die Mangel nehmen. Es würde lange dauern, bis sie ihm glaubten, und bis dahin ...

Rasch blickte er sich um. Gab es keine Fluchtmöglichkeit? Jeden Augenblick würden sie zurückkommen. Er berührte die Tür. Gesichert durch die Tripelring-Magnetschlösser. An Magnetschlössern hatte er oft gearbeitet. Er hatte sogar einen Teil eines Auslöserkerns entworfen. Ohne den passenden Codeschlüssel konnte man die Türen nicht öffnen. Falls man nicht zufällig ein Schloß kurzschließen konnte. Aber womit? Er kramte in seinen Taschen. Was konnte er gebrauchen? Falls er die Schlösser kurzschließen, sie heraussprengen konnte, bestand eine kleine Chance. Draußen drängten Männer und Frauen vorbei, auf dem Heimweg von der Arbeit. Es war nach fünf; die großen Bürogebäude waren im Begriff zu schließen, auf den Straßen wimmelte der Verkehr. Wenn er es schaffen konnte, hinauszukommen, würden die Polizisten nicht wagen zu schießen ...

Die drei Polizisten trennten sich. Einer stieg die Stufen zur Wache hinauf. Gleich würden die beiden anderen wieder in den Kreuzer steigen. Jennings kramte in seinen Taschen, holte den Codeschlüssel, die Eintrittskarte, den Draht heraus. Draht! Dünner Draht, dünn wie Menschenhaar.

Er kniete nieder, strich mit seinen Fingern fachmännisch über die Oberfläche der Tür. Am Rande des Schlosses war eine dünne Linie, eine Ritze zwischen dem Schloß und der Tür. Er nahm das Drahtende und steckte es vorsichtig etwa zwei Fingerbreit ein. Schweiß bildete sich auf Jennings' Stirn. Er bewegte den Draht eine Winzigkeit weiter, drehte ihn. Er hielt den Atem an. Das Relais müßte ...

Ein Blitz blendete ihn.

Jennings warf sich mit seinem ganzen Gewicht gegen die Tür. Die Tür schwang auf, das kurzgeschlossene Schloß qualmte. Jennings stürzte hinaus auf die Straße und rappelte sich schnell auf. Rings um ihn her jagten Kreuzer dahin und hupten. Er duckte sich hinter einen langsameren Laster und gelangte zur mittleren Fahrspur. Ein kurzer Blick zum Bürgersteig zeigte ihm, daß die SP-Leute die Verfolgung aufgenommen hatten.

Ein Bus näherte sich, heftig schwankend, voll mit Leuten, die vom Einkaufen oder von der Arbeit kamen. Jennings ergriff das hintere Geländer und zog sich hoch auf die Plattform. Erstaunte Gesichter sahen auf ihn herab, bleiche Monde, die sich um ihn herum drängten. Der RobotSchaffner kam auf ihn zu; er surrte ärgerlich.

»Sir ...«, fing der Schaffner an. Der Bus verlangsamte seine Fahrt. »Sir, es ist nicht gestattet ...«

»Schon in Ordnung«, sagte Jennings. Auf einmal erfüllte ihn eine eigentümliche freudige Erregung. Einen Augenblick zuvor hatte er noch in der Falle gesessen, ohne irgendeine Fluchtmöglichkeit. Zwei Jahre seines Lebens hatte er verloren, für nichts. Die Sicherheitspolizei hatte ihn festgenommen und von ihm Informationen verlangt, die er nicht geben konnte. Eine hoffnungslose Situation! Aber jetzt arbeitete sein Verstand wieder richtig.

Er griff in seine Tasche und holte die Busmünze hervor. Ruhig steckte er sie in den Münzschlitz des Schaffners.

»Okay?« sagte er. Unter seinen Füßen schwankte der Bus, der Fahrer zögerte. Dann beschleunigte der Bus und fuhr weiter. Der Schaffner drehte sich um, sein Surren verstummte. Alles war in Ordnung. Jennings lächelte. Er schlängelte sich an den stehenden Fahrgästen vorbei und suchte nach einem Platz, irgendeinem Platz, wo er sich setzen konnte. Wo er nachdenken konnte.

Über vieles, sehr vieles. Seine Gedanken rasten.

Der Bus fuhr dahin, schwamm mit im ruhelosen Strom des städtischen Verkehrs. Jennings nahm die Menschen, in deren Mitte er saß, nur halb wahr. Es gab keinen Zweifel: Er war nicht betrogen worden. Die Sache hatte ihre Richtigkeit. Es war tatsächlich seine eigene Entscheidung gewesen. Sonderbarerweise hatte er nach zwei Jahren Arbeit eine Handvoll Krimskrams einer Geldsumme von fünfzigtausend Credits vorgezogen. Noch sonderbarer war allerdings, daß sich dieser Krimskrams als weitaus wertvoller zu erweisen schien.

Mit einem Stück Draht und einer Busmünze war er der Sicherheitspolizei entkommen. Das war eine Menge wert. Geld wäre für ihn nutzlos gewesen, wenn er erst einmal in der Wache verschwunden wäre. Da hätten ihm auch fünfzigtausend Credits nichts genützt. Fünf Gegenstände waren noch übrig. Er tastete seine Taschen ab. Noch fünf. Zwei hatte er bereits gebraucht. Die anderen – wofür waren sie gut? Auch für etwas so Wichtiges?

Aber das große Rätsel war: Wie hatte *er* – sein früheres Selbst – gewußt, daß ein Stück Draht und eine Busmünze einmal sein Leben retten würden? Er *hatte* es gewußt, das war gewiß. Hatte es im voraus gewußt. Aber woher? Und die anderen fünf Sachen? Wahrscheinlich waren sie genauso wertvoll oder würden es noch sein.

Der *Er* jener zwei Jahre hatte Dinge gewußt, die er jetzt nicht wußte; Dinge, die fortgespült worden waren, als die Firma seine Erinnerung gelöscht hatte. Wie bei einem Computer, bei dem die Speicher gelöscht wurden. Alles war wie ein unbeschriebenes Blatt. Was *Er* gewußt hatte, war jetzt fort. Alles war fort, ausgenommen die sieben Gegenstände, von denen noch fünf in seiner Tasche steckten.

Aber das eigentliche Problem war im Augenblick kein spekulatives. Es war sehr konkret. Die Sicherheitspolizei suchte nach ihm. Sie hatten seinen Namen und seine Beschreibung. In seine Wohnung konnte er auf keinen Fall gehen – wenn er denn überhaupt noch eine Wohnung hatte. Aber wohin dann? In ein Hotel? Die SP kämmte sie täglich durch. Zu Freunden? Das hieße, sie ebenfalls in Gefahr zu bringen. Es war nur eine Frage der Zeit, daß die SP ihn schnappte, beim Spaziergang auf der Straße, beim Essen in einem Restaurant, in einer Show, während er in irgendeiner Pension schlief. Die SP war überall.

Überall? Nicht ganz. Mochte ein einzelnes Individuum auch schutzlos sein, eine Firma war es nicht. Die großen Unternehmen hatten es geschafft, frei zu bleiben, obwohl praktisch alles andere von der Regierung absorbiert worden war. Gesetze schützten nicht mehr Privatpersonen, aber immer noch Eigentum und Industrie. Die SP konnte jede beliebige Person festnehmen, aber in eine Firma konnte sie nicht einfach eindringen und sie in ihre Gewalt bringen. Das war Mitte des 20. Jahrhunderts eindeutig festgelegt worden.

Gesellschaften, Körperschaften, Firmen wurden vor der Sicherheitspolizei geschützt. Dafür sorgte eine Reihe von juristischen Auflagen. Zwar interessierte sich die SP für die Rethrick Construction, aber solange nicht irgendein Statut verletzt wurde, konnte sie nichts unternehmen. Wenn es ihm gelingen würde, zur Firma zurückzufinden, wäre er in Sicherheit. Jennings lächelte grimmig. Die moderne Version der Kirche als Zufluchtsort. Die Regierung kämpfte gegen die Firmen, und nicht so sehr der Staat gegen die Kirche. Das neue Notre Dame der Welt. Hier konnte der Arm des Gesetzes nicht hinlangen.

Würde Rethrick ihn wieder aufnehmen? Ja, in der gehabten Weise. Das hatte er bereits gesagt. Weitere zwei Jahre verlieren – und dann zurück auf die Straße. Würde ihm das helfen? Plötzlich kramte er wieder in seiner Tasche. Da war der restliche Krimskrams. Zweifellos hatte *Er* die Absicht gehabt, sie zu gebrauchen! Nein, er konnte nicht zurück zu Rethrick und eine weitere Frist bei ihm arbeiten. Irgend etwas anderes sagten ihm die Gegenstände in seiner Tasche. Irgend etwas, was von größerer Dauer sein würde. Jennings grübelte. Rethrick Construction. Was konstruierten sie? Was hatte *Er* gewußt, was herausgefunden in den zwei Jahren? Und warum war die SP so sehr daran interessiert?

Er holte die fünf Gegenstände aus der Tasche und betrachtete sie eingehend.

Der grüne Stoffstreifen. Der Codeschlüssel. Die abgerissene Eintrittskarte. Der Paketzettel. Der halbe Poker-Chip. Merkwürdig, daß so kleine Dinge so wichtig sein konnten.

Und es hatte mit Rethrick Construction zu tun.

Daran gab es keinen Zweifel. Die Antwort, alle Antworten waren bei Rethrick zu suchen. Aber wo *war* Rethrick? Er hatte nicht die leiseste Ahnung, wo sich die Fabrik befand. Er wußte, wo sich das Büro befand, der große, luxuriöse Raum mit der jungen Frau und ihrem Schreibtisch. Aber das war nicht Rethrick Construction. Wußte es irgend jemand außer Rethrick? Kelly wußte es nicht. Wußte es die SP?

Sie befand sich außerhalb der Stadt. Das war sicher. Er war per Rakete gereist. Wahrscheinlich befand sie sich innerhalb der Vereinigten Staaten, irgendwo auf dem Land in den riesigen Anbaugebieten zwischen den Städten.

Was für eine verteufelte Situation! Jeden Augenblick konnte ihn die SP schnappen. Ein zweites Mal würde er wohl kaum entkommen. Seine einzige Chance, wirklich in Sicherheit zu gelangen, war, Rethrick zu erreichen. Und es war seine einzige Chance, die Dinge herauszufinden, die er herausfinden mußte. Die Fabrik - ein Ort, an dem er gewesen war, an den er sich aber nicht mehr erinnern konnte. Er betrachtete die fünf Gegenstände. Konnte ihm einer davon weiterhelfen?

Verzweiflung überwältigte ihn. Vielleicht war alles nur Zufall, der Draht und die Busmünze. Vielleicht ...

Er betrachtete den Paketzettel, drehte ihn um und hielt ihn ins Licht. Plötzlich spürte er, wie sich sein Magen verkrampfte. Sein Herz schlug schneller. Er hatte recht gehabt. Nein, das war kein Zufall, der Draht und die Münze. Der Paketzettel war zwei Tage vorausdatiert. Das Paket, oder was es auch war, es war noch nicht einmal aufgegeben worden. Das sollte erst in achtundvierzig Stunden geschehen.

Er sah sich die anderen Dinge an. Die abgerissene Eintrittskarte. Wozu taugte so ein Abschnitt? Sie war ganz zerknittert, x-mal gefaltet. Damit konnte er nirgendwo mehr hineinkommen, nicht mit diesem Rest einer Eintrittskarte. Er sagte einem höchstens, wo man dringewesen *war*.

Wo war er gewesen?

Er beugte sich vor, glättete das Papier, starrte darauf. Das Bedruckte war mitten durchgerissen worden. Nur ein Teil von jedem Wort war zu erkennen.

PORTOLA-T
STUARTSVI
IOW

Er lächelte. Das war's. *Da* war er gewesen. Er konnte die fehlenden Buchstaben ergänzen. Was er sah, reichte ihm. Gar kein Zweifel: Auch das hatte *Er* vorhergesehen. Drei von den sieben Gegenständen hatte er bereits verwenden können. Vier waren noch übrig. Stuartsville, Iowa. Gab es diesen Ort? Er sah aus dem Busfenster. Die Intercity-Raketenstation war nur etwa einen Block entfernt. In einer Sekunde konnte er dort sein. Ein schneller Spurt vom Bus, wobei ihm die Polizei hoffentlich nicht in die Quere kommen würde ...

Aber irgendwie wußte er, daß man ihn nicht aufhalten würde. Nicht mit den anderen vier Dingen in seiner Tasche. Und sobald er sich in der Rakete befand, war er in Sicherheit. Intercity war ein großes Unternehmen, groß genug, um die SP von sich fernzuhalten. Jennings steckte den restlichen Krimskrams wieder ein, stand auf und drückte auf das Stop-Signal.

Einen Augenblick später trat er vorsichtig hinaus auf den Bürgersteig.

Die Rakete setzte ihn am Stadtrand ab, auf einem winzigen braunen Landeplatz. Ein paar Träger liefen gleichgültig herum, stapelten Gepäck aufeinander oder erholten sich von der Glut der Sonne.

Jennings überquerte den Landeplatz und gelangte zum Wartesaal. Er betrachtete die Leute um sich her: gewöhnliche Menschen, Arbeiter, Geschäftsleute, Hausfrauen. Stuartsville war eine Kleinstadt im mittleren Westen. Lastwagenfahrer. Schulkinder.

Er ging durch den Wartesaal, hinaus auf die Straße. Hier also befand sich Rethricks Fabrik - vielleicht. Falls er die Eintrittskarte richtig gedeutet hatte. Jedenfalls befand sich *irgend etwas* hier, andernfalls hätte *Er* den Abschnitt nicht zu den anderen Dingen getan.

Stuartsville, Iowa. Ein Plan nahm in seinem Hinterkopf vage Konturen an. Mit den Händen in den Taschen ging er los. Er sah sich um. Ein Zeitungsbüro, Imbißstuben, Hotels, Billardzimmer, ein Frisör, ein Fernsehgeschäft. Ein Raketenhändler mit riesigen Schaufenstern, hinter denen Raketen glänzten. Familienkreuzer. Und am Ende des Blocks das Portola-Theater.

Stadthäuser wurden immer spärlicher. Farmen, Felder. Meilenweit grünes Land. Am Himmel zogen träge ein paar Transportraketen, die die Farmen belieferten, vorüber. Eine kleine, unbedeutende Stadt. Genau das Richtige für Rethrick Construction. Die Fabrik würde sich hier verlieren, fern von der Großstadt, fern von der SP.

Jennings ging zurück. Er betrat eine Imbißstube, BOB'S PLACE. Als er sich an die Theke setzte, kam ein junger Mann mit Brille herbei und wischte sich die Hände an seinem weißen Kittel ab.

»Kaffee«, sagte Jennings.

»Kaffee.« Der Mann brachte ihm eine Tasse Kaffee. In dem

Imbiß waren nur wenige Leute. Am Fenster hörte man Fliegen summen.

Draußen auf der Straße gingen Farmer und Leute mit Einkaufstüten vorbei.

»Sagen Sie«, sagte Jennings und rührte in seinem Kaffee. »Wo kann man hier Arbeit bekommen? Können Sie mir da helfen?«

»Was für eine Arbeit?« Der junge Mann kam zurück, stützte sich auf die Theke.

»Na ja, ich bin Elektromechaniker. Fernsehen, Raketen, Computer. Solche Sachen.«

»Warum versuchen Sie's nicht in den großen Industriegebieten? Detroit. Chicago. New York.«

Jennings schüttelte den Kopf. »Ich kann Großstädte nicht ausstehen. Ich habe Großstädte noch nie gemocht.«

Der junge Mann lachte. »Viele Leute hier wären froh, in Detroit arbeiten zu können. Sie sind Elektriker?«

»Gibt es hier irgendwelche Fabriken? Irgendwelche Reparaturbetriebe oder Fabriken?«

»Nicht daß ich wüßte.« Der junge Mann ging, um ein paar Männer zu bedienen, die hereingekommen waren. Jennings schlürfte seinen Kaffee. Hatte er einen Fehler gemacht? Vielleicht sollte er zurückfliegen und Stuartsville, Iowa, vergessen? Vielleicht hatte er aus der Eintrittskarte die falschen Schlüsse gezogen. Aber die Karte bedeutete irgend etwas, wenn er sich nicht in allem völlig täuschte. Für eine solche Erkenntnis war es allerdings ein wenig spät.

Der junge Mann kam zurück. »Gibt es nicht *irgendeine* Art Arbeit, die ich hier bekommen kann?« fragte Jennings. »Nur so fürs erste.«

»Auf den Farmen gibt's immer Arbeit.«

»Was ist mit Reparaturbetrieben? Autowerkstätten. Fernsehgeschäften?«

»Es gibt eine Werkstatt ein Stück weiter die Straße runter. Vielleicht kriegen Sie da was. Sie könnten's versuchen. Erntehelfer werden immer gut bezahlt. Die können immer

Leute gebrauchen. Die meisten Männer sind beim Militär. Haben Sie nicht Lust, Heu zu laden?«

Jennings lachte. Er bezahlte für seinen Kaffee. »Nicht besonders. Danke.«

»Manchmal fahren ein paar Männer die Landstraße rauf, um zu arbeiten. Da ist eins von diesen Regierungsprojekten stationiert.«

Jennings nickte. Er stieß die Tür auf und trat hinaus auf den heißen Bürgersteig. Eine Weile lief er ziellos umher und war ganz damit beschäftigt, seinen Plan immer wieder durchzugehen. Es war ein guter Plan; er würde alle seine Probleme auf einen Schlag lösen. Aber noch hing alles von einer Sache ab: Er mußte Rethrick Construction finden. Und er hatte nur einen Anhaltspunkt, wenn es denn ein Anhaltspunkt war – die zerknitterte Eintrittskarte in seiner Tasche. Und er mußte darauf vertrauen, daß er gewußt hatte, was er tat.

Ein Regierungsprojekt. Jennings blieb stehen und sah sich um. Auf der anderen Seite der Straße war ein Taxistand, und ein paar Taxifahrer saßen rauchend und zeitunglesend in ihren Wagen. Einen Versuch war es wenigstens wert. Viel mehr Möglichkeiten blieben nicht. Rethrick würde, zumindest nach außen hin, als etwas anderes erscheinen. Falls die Firma sich als Regierungsprojekt ausgab, würde niemand Fragen stellen. Alle waren an Regierungsprojekte gewöhnt, die heimlich und ohne Erklärung betrieben wurden.

Er ging zum ersten Taxi. »Mister«, fragte er, »können Sie mir wohl eine Frage beantworten?«

Der Taxifahrer blickte auf. »Was denn?«

»Ich habe gehört, daß draußen bei dem Regierungsprojekt Arbeit zu kriegen ist. Stimmt das?«

Der Taxifahrer musterte ihn. Er nickte.

»Was für eine Art Arbeit ist das?«

»Weiß nicht.«

»Wo stellen die Leute ein?«

»Weiß nicht.« Der Taxifahrer hob seine Zeitung.

»Danke.« Jennings drehte sich um.

»Die stellen niemanden ein. So gut wie niemanden. Viele nehmen sie jedenfalls nicht. Gehen Sie lieber woanders hin, wenn Sie wirklich Arbeit suchen.«

»Okay.«

Der andere Taxifahrer beugte sich aus seinem Taxi. »Die brauchen nur ein paar Tagelöhner, Kumpel. Das ist alles. Und sie sind wählerisch. Die lassen kaum jemanden rein. Irgendeine Form von Rüstungsindustrie.«

Jennings spitzte die Ohren. »Geheim?«

»Sie kommen in die Stadt und sammeln einen Haufen Fabrikarbeiter ein. Vielleicht einen Laster voll. Das ist alles. Sie sind sehr vorsichtig bei der Auswahl.«

Jennings ging ein Stück auf den Taxifahrer zu. »Ach ja?«

»Ist ein großes Werk. Stahlwände. Unter Strom. Wächter. Und Tag und Nacht wird gearbeitet. Aber niemand kommt rein. Es befindet sich auf einem Hügel, draußen an der alten Henderson Road. Ungefähr zweieinhalb Meilen.« Der Taxifahrer tippte sich gegen die Schulter. »Man kann nur mit Erkennungsmarke rein. Sie kennzeichnen ihre Arbeiter, wenn sie sie ausgewählt haben. Sie verstehen.«

Jennings starrte ihn an. Der Taxifahrer zog auf seiner Schulter eine Linie. Plötzlich begriff Jennings. Ein Gefühl der Erleichterung durchströmte ihn.

»Aber ja«, sagte er. »Ich verstehe, was Sie meinen. Ich glaube es wenigstens.« Er griff in seine Tasche und holte die noch übrigen vier Gegenstände heraus. Sorgfältig glättete er den grünen Stoffstreifen. »Meinen Sie so was?«

Die Taxifahrer sahen das Stück Stoff an. »Ganz recht«, sagte einer von ihnen, ohne den Blick abzuwenden. »Wo haben Sie das her?«

Jennings lachte. »Von einem Freund.« Er steckte den Stoff wieder ein. »Ein Freund hat ihn mir gegeben.«

Er entfernte sich in Richtung Intercity-Landeplatz. Jetzt, nachdem der erste Schritt getan war, gab es für ihn viel zu erledigen. Rethrick befand sich hier, das war sicher. Und was den Krimskrams betraf, so hatte er ihm bislang geholfen und würde ihm weiterhin helfen. Ein Ding für jedes Problem. Eine Handvoll Wunder von jemandem, der die Zukunft kannte!

Aber den nächsten Schritt konnte er nicht allein tun. Er brauchte Hilfe. Für diesen Teil brauchte er noch jemanden. Aber wen? Grübelnd betrat er den Intercity-Wartesaal. Es gab nur eine einzige Person, an die er sich wenden konnte. Die Chance war gering, doch er mußte es versuchen. Er konnte es nicht allein bewerkstelligen, hier draußen. Wenn sich die Rethrick-Fabrik hier befand, müßte Kelly ...

Die Straße war dunkel. An der Ecke flackerte eine trübe Straßenlaterne. Ein paar Kreuzer fuhren vorüber.

Aus dem Eingang des Wohnblocks kam eine schlanke Gestalt, eine junge Frau. Jennings beobachtete sie im Licht der Laterne. Kelly McVane ging aus, wahrscheinlich zu einer Party. Schick gekleidet, hochhackige, auf dem Bürgersteig widerhallende Schuhe, Kostüm, Hut, in der Hand eine Handtasche.

Er trat hinter sie. »Kelly.«

Rasch drehte sie sich um; erschreckt riß sie den Mund auf. »Oh!«

Jennings nahm ihren Arm. »Keine Angst. Ich bin's nur. Wo gehen Sie hin? Großartig sehen Sie aus.«

»Nirgends.« Sie blinzelte. »Meine Güte, haben Sie mich erschreckt. Was ist denn los? Was ist passiert?«

»Nichts. Haben Sie ein paar Minuten für mich Zeit? Ich muß mit Ihnen reden.«

Kelly nickte. »Ich denke schon.« Sie sah sich um. »Wohin wollen wir gehen?«

»Wo können wir reden? Ich möchte nicht, daß uns jemand zuhört.«

»Können wir nicht einfach spazierengehen?«

»Nein. Die Polizei.«

»Die Polizei?«

»Die suchen nach mir.«

»Nach Ihnen? Aber warum?«

»Wir dürfen hier nicht stehenbleiben«, sagte Jennings grimmig. »Wo können wir hin?«

Kelly zögerte. »Wir könnten raufgehen in meine Wohnung. Da ist sonst niemand.«

Sie fuhren mit dem Fahrstuhl hinauf. Kelly entriegelte die Tür, indem sie den Codeschlüssel auf sie richtete. Die Tür schwang auf, und sie traten ein; Heizung und Licht sprangen automatisch an. Kelly schloß die Tür und zog ihre Jacke aus.

»Ich werde nicht lange bleiben«, sagte Jennings.

»Ist schon in Ordnung. Ich werde Ihnen einen Drink machen.« Sie ging in die Küche. Jennings setzte sich auf die Couch und sah sich in der adretten kleinen Wohnung um. Kurz darauf kam das Mädchen zurück. Sie setzte sich neben ihn, und Jennings nahm seinen Drink. Scotch und Wasser, eiskalt.

»Danke.«

Kelly lächelte. »Keine Ursache.« Eine Zeitlang saßen beide schweigend da. »Nun?« fragte sie schließlich. »Was ist passiert? Weshalb sucht die Polizei nach Ihnen?«

»Sie wollen etwas über Rethrick Construction herausfinden. Ich bin nur eine unbedeutende Schachfigur in diesem Spiel. Sie glauben, daß ich etwas weiß, weil ich zwei Jahre lang in Rethricks Fabrik gearbeitet habe.«

»Aber Sie wissen doch nichts!«

»Das kann ich nicht beweisen.«

Kelly streckte die Hand aus und berührte Jennings' Kopf, unmittelbar über dem Ohr. »Fühlen Sie hier. Diese Stelle.«

Jennings hob die Hand. Über seinem Ohr, unter der Kopfhaut, fühlte er eine winzige harte Stelle. »Was ist das?«

»Da hat man durch den Schädel hindurchgebrannt, da wurde ein winziger Keil aus dem Gehirn herausgeschnitten. Ihre Erinnerungen an die letzten beiden Jahre. Man hat sie lokalisiert und ausgebrannt. Die SP hat keine Möglichkeit, an

Ihre Erinnerungen zu gelangen. Sie sind fort. Sie besitzen sie nicht mehr.«

»Bis die das begreifen, wird von mir nicht mehr viel übrig sein.«

Kelly sagte nichts.

»Verstehen Sie jetzt, in was für einer Klemme ich stecke? Ich wär besser dran, wenn ich mich erinnern könnte. Dann könnte ich denen was erzählen, und die würden ...«

»Rethrick vernichten?«

Jennings zuckte die Schultern. »Warum nicht? Rethrick bedeutet mir nichts. Ich weiß nicht mal, was er macht. Und warum ist die Polizei so interessiert an ihm? Was soll denn diese ganze Geheimnistuerei, die Gehirnwäsche ...«

»Das hat alles seinen guten Grund.«

»Und kennen Sie ihn?«

»Nein.« Kelly schüttelte den Kopf. »Aber ich bin sicher, daß es einen Grund gibt. Wenn die SP so interessiert daran ist, gibt es einen Grund.« Sie stellte ihren Drink hin, wandte sich ihm zu. »Ich hasse die Polizei. Das tun wir alle, jeder von uns. Sie sind ständig hinter uns her. Ich weiß nichts über Rethrick. Wüßte ich was, wäre mein Leben nicht mehr sicher. Die schützende Wand zwischen Rethrick und denen ist nur dünn. Ein paar Gesetze. Mehr nicht.«

»Ich habe das Gefühl, Rethrick ist etwas mehr als bloß ein weiterer Betrieb, den die SP unter ihre Kontrolle bringen möchte.«

»Das mag sein. Ich weiß es wirklich nicht. Ich bin bloß die Empfangsdame. Ich bin nie in der Fabrik gewesen. Ich weiß nicht einmal, wo sie sich befindet.«

»Aber Sie möchten nicht, daß irgend etwas mit ihr geschieht.«

»Natürlich nicht! Sie kämpfen gegen die Polizei. Jeder, der gegen die Polizei kämpft, ist auf unserer Seite.«

»Wirklich? Die Art von Logik kommt mir bekannt vor. Vor ein paar Jahrzehnten war automatisch gut, wer gegen den Kommunismus kämpfte. Nun, das wird sich zeigen. Was mich betrifft, ich bin zwischen zwei rücksichtslose Mächte geraten: Regierung und Wirtschaft. Die Regierung hat Leute und Geld. Rethrick Construction hat seine Technokratie. Wozu sie sie gebrauchen, weiß ich nicht. Vor ein paar Wochen wußte ich es. Alles, was ich jetzt habe, ist eine gewisse Ahnung. Ich habe ein paar Hinweise. Und eine Theorie.«

Kelly sah ihn an. »Eine Theorie?«

»Und meine Handvoll Krimskrams. Sieben Gegenstände. Drei oder vier sind noch da. Die andern habe ich benutzt. Auf ihnen gründen sich meine Überlegungen. Wenn meine Theorie stimmt, dann kann ich das Interesse der SP verstehen. Ich fang sogar an, ihr Interesse zu teilen.«

»Und was tut Rethrick Ihrer Meinung nach?«

»Sie entwickeln eine Zeitschaufel.«

»Was?«

»Eine Zeitschaufel. Theoretisch ist das schon seit mehreren Jahren möglich. Aber es ist illegal, mit Zeitschaufeln oder Zeitspiegeln zu experimentieren. Das ist ein schweres Verbrechen, und wenn man erwischt wird, gehen sämtliche Geräte und Daten in den Besitz der Regierung über.« Jennings lächelte verächtlich. »Kein Wunder, daß die Regierung daran interessiert ist. Wenn sie Rethrick bei der Produktion erwischen könnten ...«

»Eine Zeitschaufel. Das ist ja unglaublich.«

»Meinen Sie nicht, daß ich recht habe?«

»Ich weiß nicht. Vielleicht. Ihre sonderbaren Wertgegenstände. Sie sind nicht der erste, der mit einem kleinen Leinenbeutel voller Schnickschnack wiedergekommen ist. Wie haben Sie die Gegenstände bis jetzt gebraucht?«

»Zuerst den Draht und die Busmünze, um der Polizei zu entkommen. Es ist komisch, aber hätte ich die Sachen nicht gehabt, wäre ich jetzt nicht hier. Ein Stück Draht und ein Zehncentstück. Aber für gewöhnlich habe ich solche Sachen nicht bei mir. Das ist der Punkt.«

»Eine Zeitreise.«

»Nein. Keine Zeitreise. Berkowsky hat bewiesen, daß Zeitreisen unmöglich sind. Hier geht es um eine Zeitschaufel – einen Spiegel, um in die Zukunft zu sehen, und eine Schaufel, um Objekte mitzubringen. Den Kleinkram. Wenigstens einer der Gegenstände stammt aus der Zukunft. Wie mit einer Schaufel aufgelesen und zurückgebracht.«

»Woher wissen Sie das?«

»Er ist datiert. Bei den anderen Sachen bin ich mir nicht sicher. So was wie die Münze und der Draht sind natürlich ganz alltägliche Dinge. Eine Busmünze ist so gut wie jede andere. Was diese Sachen angeht, muß *Er* einen Spiegel benutzt haben.«

»Er?«

»Ich – als ich bei Rethricks arbeitete. Ich muß einen Spiegel benutzt haben. Ich habe in meine eigene Zukunft gesehen. Wenn ich mit der Wartung ihrer Geräte beschäftigt war, konnte man mich ja nicht gut von ihnen fernhalten! Ich muß einen Blick in die Zukunft geworfen und gesehen haben, was kommen würde. Daß die SP mich festnehmen würde. Und ich muß gesehen haben, wozu mir ein Stück Draht und eine Busmünze einmal nützlich sein würden – wenn ich sie im richtigen Augenblick bei mir hätte.«

Kelly überlegte. »Und? Wozu brauchen Sie nun mich?«

»Im Moment bin ich mir da nicht sicher. Halten Sie Rethrick eigentlich für eine gute Einrichtung, die gegen die Polizei Krieg führt? Eine Art Roland bei Roncesvalles ...«

»Was spielt es schon für eine Rolle, wofür ich die Firma halte?«

»Eine große.« Jennings leerte sein Glas und schob es beiseite. »Weil ich nämlich möchte, daß Sie mir helfen. Ich will Rethricks Construction erpressen.«

Kelly starrte ihn an.

»Das ist meine einzige Chance, am Leben zu bleiben. Ich habe gegen Rethrick etwas in der Hand, etwas von enormer Bedeutung. Etwas von so großer Bedeutung, daß sie mich reinlassen werden, zu meinen Bedingungen. Es gibt keinen anderen Ort, wo ich hingehen kann. Früher oder später würde mich die Polizei erwischen. Wenn ich nicht in der Fabrik bin und unverzüglich ...«

»Ich soll Ihnen helfen, die Firma zu erpressen? Rethrick zu zerstören?«

»Nein. Nicht zu zerstören. Ich will sie nicht zerstören – mein Leben hängt ja von der Firma ab. Mein Leben hängt davon ab, daß Rethrick stark genug ist, sich der SP zu widersetzen. Aber solange ich *draußen* bin, spielt es keine Rolle, wie stark Rethrick ist. Verstehen Sie? Ich muß hinein. Ich muß hinein, bevor es zu spät ist. Und zwar zu meinen eigenen Bedingungen, nicht als ein Zwei-Jahres-Arbeiter, der hinterher wieder rausgesetzt wird.«

»Wo ihn dann die Polizei aufgreift.«

Jennings nickte. »Genau.«

»Und wie wollen Sie die Firma erpressen?«

»Ich werde in die Fabrik eindringen und mir genügend Material beschaffen, um zu beweisen, daß Rethrick eine Zeitschaufel in Betrieb hat.«

Kelly lachte. »In die Fabrik eindringen? Sehen Sie erst mal zu, daß Sie die Fabrik *finden*. Die Polizei sucht seit Jahren danach.«

»Ich habe sie bereits gefunden.« Jennings lehnte sich zurück und steckte sich eine Zigarette an. »Mit Hilfe meiner speziellen Gegenstände. Und vier habe ich noch, genug, um hineinzukommen, denke ich. Und um an das heranzukommen, was ich brauche. Ich werde genügend Unterlagen und Fotos herausbringen können, um Rethrick das Genick zu brechen. Aber ich will Rethrick nicht das Genick brechen. Ich will nur verhandeln. Und hier kommen Sie ins Spiel.«

»Ich?«

»Ihnen kann man vertrauen, daß Sie nicht zur Polizei gehen. Ich brauche jemanden, dem ich das Material anvertrauen kann. Ich wage nicht, es bei mir zu behalten. Sobald ich es habe, muß ich es jemandem geben, der es an einem Ort versteckt, wo ich es nicht finden kann.«

»Warum?«

»Weil«, sagte Jennings ruhig, »ich jeden Augenblick von der SP geschnappt werden kann. Zwar liebe ich Rethrick nicht, aber ich möchte auch nicht, daß die Firma auffliegt. Darum müssen Sie mir helfen. Ich werde die Unterlagen Ihnen zum Aufbewahren geben, während ich mit Rethrick verhandle. Sonst müßte ich sie bei mir behalten. Und wenn ich sie bei mir habe ...«

Er sah sie an. Kelly blickte zu Boden. Ihr Gesicht war angespannt. Starr.

»Also? Was sagen Sie? Wollen Sie mir helfen – oder soll ich das Risiko eingehen, daß mich die SP mit dem Material aufgreift? Genügend Beweismaterial, um Rethrick zu vernichten. Na? Wollen Sie, daß Rethrick vernichtet wird? Wie entscheiden Sie sich?«

Die beiden waren in die Hocke gegangen und ließen ihren Blick über die Felder schweifen, hin zu der Anhöhe in der Ferne. Der Hügel erhob sich kahl und braun; Feuerrodung hatte ihn von jeder Vegetation befreit. Nichts wuchs mehr an den Hängen. Auf halber Höhe verlief im Zickzack ein langer Stahlzaun, gekrönt von elektrisch geladenem Stacheldraht. Auf der anderen Seite schob eine winzige Figur mit Gewehr und Helm Wache.

Oben auf dem Hügel befand sich ein enormer Betonklotz, ein hoch aufragendes Gebäude ohne Fenster und Türen. Das Sonnenlicht des frühen Tages fiel auf die Geschütze, die auf dem Dach des Gebäudes in einer Reihe aufgestellt waren, und ließ sie aufblitzen.

»Das ist also die Fabrik«, sagte Kelly leise.

»Das ist sie. Man würde eine Armee brauchen, um den Hügel hinauf und durch die Absperrung zu kommen. Es sei denn, man darf hinein.« Jennings erhob sich, half Kelly hoch. Sie gingen den Pfad zurück, zwischen den Bäumen, zu der Stelle, wo Kelly den Kreuzer geparkt hatte.

»Glauben Sie wirklich, Ihr grünes Stoffband wird Ihnen

helfen hineinzukommen?« fragte Kelly, während sie hinter das Steuer glitt.

»Die Leute in der Stadt haben gesagt, daß irgendwann heute morgen ein Laster mit Arbeitern zur Fabrik fahren wird. Am Eingang müssen die Männer absteigen. Da werden sie dann überprüft. Ist alles in Ordnung, läßt man sie durch den Zaun auf das Gelände. Am Ende des Tages werden sie wieder hinausgelassen und zur Stadt zurückgefahren.«

»Bringt Sie das nahe genug heran?«

»Zumindest werde ich auf der anderen Seite des Zauns sein.«

»Wie wollen Sie an die Zeitschaufel herankommen? Die muß sich doch irgendwo im Gebäude befinden.«

Jennings holt einen kleinen Codeschlüssel hervor. »Der wird mich hineinbringen. Das hoffe ich jedenfalls.«

Kelly nahm den Schlüssel und betrachtete ihn. »Das ist also eins Ihrer geheimnisvollen Objekte. Wir hätten uns den Inhalt Ihres kleinen Leinenbeutels genauer ansehen sollen.«

»Wir?«

»Die Firma. Ich habe mehrere solcher Beutel mit Kleinkram gesehen und hab sie ja selber ausgehändigt. Rethrick hat nie etwas dazu gesagt.«

»Wahrscheinlich hat die Firma geglaubt, daß niemand jemals den Wunsch haben würde, wieder hineinzukommen.« Jennings nahm ihr den Codeschlüssel aus der Hand. »Also, Sie wissen Bescheid, was Sie zu tun haben?«

»Ich warte mit meinem Kreuzer hier, bis Sie zurückkommen. Sie werden mir das Material geben. Ich bring es dann nach New York und warte darauf, daß Sie mit mir Kontakt aufnehmen.«

»Richtig.« Jennings blickte zu der fernen Landstraße, die durch die Bäume zum Tor des Fabrikgeländes führte. »Ich verstecke mich besser dort. Der Laster kann jeden Augenblick kommen.«

»Was ist, wenn man den Arbeitertrupp durchzählt?«

»Das Risiko muß ich eingehen. Aber ich mache mir keine Sorgen. Ich bin sicher, daß *Er* alles vorausgesehen hat.«

Kelly lächelte. »Sie und Ihr hilfreicher Freund. Ich hoffe, er hat Ihnen genügend Objekte beschafft, um auch wieder rauszukommen, wenn Sie die Fotos haben.«

»Hoffen Sie das wirklich?«

»Warum nicht?« sagte Kelly leichthin. »Ich habe Sie immer gemocht. Das wissen Sie. Sie wußten es, als Sie zu mir kamen.«

Jennings stieg aus dem Kreuzer. Er trug einen Overall und Arbeitsschuhe und ein graues Sweatshirt. »Bis später. Wenn alles klappt. Und ich geh mal davon aus.« Er klopfte auf seine Tasche. »Mit meinen Glücksbringern hier.«

Dann machte er sich auf den Weg und lief eilig durch die Bäume davon.

Die Bäume führten unmittelbar bis zum Rand der Landstraße. Er trat nicht hinaus ins Freie, sondern hielt sich zwischen den Bäumen verborgen. Die Werkwachen beobachteten zweifellos den Hang. Dort war alles so sorgfältig niedergebrannt worden, daß jeder, der zum Zaun hinaufzukriechen versuchte, sofort entdeckt werden würde. Auch hatte er Infrarot-Suchscheinwerfer ausmachen können.

Jennings hatte sich hingehockt und beobachtete zusammengekrümmt die Straße. Nur ein ganz kurzes Stück entfernt, fast unmittelbar vor dem Tor, befand sich eine Straßensperre. Er sah auf seine Uhr. Halb elf. Er würde wohl warten müssen, noch eine ganze Weile. Er versuchte sich zu entspannen.

Es war bereits nach elf, als der große Lastwagen rumpelnd und schnaufend die Straße hochgefahren kam.

Jennings erwachte aus seiner Betäubung. Er holte den grünen Stoffstreifen hervor und befestigte ihn an seinem Arm. Der Laster kam näher. Jetzt konnte Jennings die Fracht erkennen: Er war voller Arbeiter, Männer in Jeans und Arbeitshemden, die auf dem Fahrzeug gehörig durchgerüttelt wurden. Tatsächlich trug jeder Mann eine Armbinde genau wie die seine, einen grünen Stoffstreifen um den Oberarm. So weit, so gut.

Der Laster verlangsamte seine Fahrt und hielt dann bei der Sperre. Die Männer kletterten gemächlich hinunter auf die Straße und wirbelten in der heißen Mittagssonne jede Menge Staub auf. Die Leute klopften sich den Staub von den Jeans, einige steckten sich Zigaretten an. Von der Sperre her schritten lässig zwei Wachen herbei. Jennings spannte sich an. Gleich wäre es soweit. Die Wachen bewegten sich zwischen den Männern, überprüften sie, ihre Armbinden, ihre Gesichter, bei einigen wenigen die Identifikationsmarke.

Die Straßensperre glitt zur Seite. Das Tor öffnete sich. Die Wachen kehrten auf ihre Posten zurück.

Jennings schob sich vorwärts, zwängte sich durchs Unterholz in Richtung Straße. Die Männer traten ihre Zigaretten aus und kletterten wieder auf den Laster. Der Motor dröhnte auf, der Fahrer löste die Bremsen. Jennings sprang auf die Straße, direkt hinter den Laster. Ein Schauer aus Blättern und Erdklümpchen folgte ihm. Die Stelle, wo er landete, war durch das Fahrzeug vor den Augen der Wachen geschützt. Jennings hielt den Atem an. Er rannte zum Laster.

Die Männer starrten ihn neugierig an, als er sich mit pumpender Brust zu ihnen hinaufzog. Ihre Gesichter waren wettergegerbt, grau und gefurcht, Arbeitergesichter. Als der Laster losfuhr, fand Jennings einen Platz zwischen zwei stämmigen Farmern. Sie schienen ihn nicht zu bemerken. Er hatte Erde auf seine Haut geschmiert und seine Bartstoppeln einen Tag lang wachsen lassen. Bei einem flüchtigen Blick sah er nicht viel anders aus als die anderen. Doch falls irgendwer durchzählte ...

Der Laster fuhr durch das Tor, aufs Gelände. Hinter dem Fahrzeug schloß sich das Tor. Jetzt ging es aufwärts, den steilen Hügel empor, und der Laster ratterte und schwankte von einer Seite zur andern. Das gewaltige Betongebäude rückte näher. Würden sie direkt hineinfahren? Fasziniert beobachtete Jennings alles. Eine dünne hohe Tür glitt zurück und enthüllte ein dunkles Inneres. Zahlreiche Lampen spendeten künstliches Licht.

Der Laster hielt. Wieder stiegen die Arbeiter ab. Ein paar Mechaniker traten zu ihnen.

»Was sollen die hier machen?« fragte einer von ihnen.

»Graben. Drinnen.« Ein anderer wies mit dem Daumen hinter sich. »Schickt sie rein.«

Jennings klopfte das Herz. Er kam rein! Unwillkürlich faßte er sich an den Hals. Von seinem Hals herab hing, wie ein Lätzchen unter seinem grauen Sweatshirt, eine Flachkamera. Er konnte sie kaum spüren, obwohl er wußte, daß sie dort war. Vielleicht war alles einfacher, als er gedacht hatte.

Die Arbeiter gingen zu Fuß durch die Tür. Jennings in ihrer Mitte. Sie befanden sich in einer gewaltigen Arbeitshalle. Lange Werkbänke mit halbfertigen Maschinen, Ladebäume und Kräne – und das ständige Dröhnen der Arbeit. Hinter ihnen schloß sich die Tür und schnitt sie von der Außenwelt ab. Jennings war in der Fabrik. Aber wo befanden sich die Zeitschaufel und der Spiegel?

»Hier lang«, sagte ein Vorarbeiter. Die Männer stapften nach rechts hinüber. Ein Lastenaufzug kam herauf aus den Eingeweiden des Gebäudes, um sie in Empfang zu nehmen. »Ihr fahrt jetzt nach unten. Wer von euch hat Erfahrung mit Bohrern?«

Ein paar Hände hoben sich.

»Ihr könnt es den anderen zeigen. Wir bauen das Erdreich mit Bohrern und Schrämmaschinen ab. Schon mal wer mit einer Schrämmaschine gearbeitet?«

Keine Hände. Jennings sah zu den Werkbänken hinüber. Hatte er hier vor noch gar nicht langer Zeit gearbeitet? Ein plötzliches Frösteln ging durch ihn hindurch. Wenn ihn nun jemand wiedererkannte? Vielleicht hatte er sogar mit diesen Mechanikern zusammengearbeitet.

»Los«, sagte der Vorarbeiter ungeduldig. »Beeilt euch.«

Zusammen mit den anderen betrat Jennings den Lastenaufzug. Gleich darauf bewegten sie sich nach unten, den schwarzen Schacht hinab. Tiefer und tiefer, zu den untersten Stockwerken der Fabrik. Rethrick Construction war *groß*, sehr viel größer, als es von außen den Anschein hatte. Sehr viel größer, als selbst er es sich vorgestellt hatte. Ein unterirdisches Stockwerk nach dem anderen ließ der Lift hinter sich.

Der Aufzug hielt. Die Tür öffnete sich. Jennings sah in einen langen Korridor. Die Luft war voller Steinstaub. Und sie war feucht. Rings um Jennings begannen die Arbeiter sich aufzuteilen. Plötzlich erstarrte Jennings, wich zurück.

Am Ende des Korridors, vor einer Stahltür, stand Earl Rethrick. Er sprach mit einer Gruppe von Technikern.

»Endstation«, sagte der Vorarbeiter. »Aussteigen.«

Jennings verließ den Aufzug, hielt sich hinter den anderen. Rethrick! Sein Herz klopfte dumpf. Falls Rethrick ihn sah, war er erledigt. Er wühlte in seinen Taschen. Er hatte eine Mini-Boris-Pistole, aber die würde ihm nicht viel nützen, wenn er entdeckt würde. Wenn Rethrick ihn sah, war alles aus.

»Hier lang.« Der Vorarbeiter führte sie zu etwas, was wie eine U-Bahn-Station aussah. Die Männer stiegen in die Metallwagen, die auf dem Geleis standen. Jennings beobachtete Rethrick. Er sah, wie er wütend gestikulierte; gedämpft klang seine Stimme durch den Gang. Plötzlich drehte sich Rethrick um. Er hob die Hand, und die große Stahltür, vor der er stand, öffnete sich.

Jennings' Herz hörte beinahe auf zu schlagen.

Dort, hinter der Stahltür, war die Zeitschaufel. Er erkannte sie sofort. Der Spiegel. Die langen Metallstangen, an deren Ende sich die Klauen befanden. Wie Berkowskys theoretisches Modell – nur daß dies hier echt war.

Rethrick betrat den Raum, gefolgt von den Technikern. Rings um die Maschine standen Männer, die an ihr arbeiteten. Ein Teil des Schilds war abmontiert. Die Leute machten sich im Innern der Zeitschaufel zu schaffen. Jennings starrte hin, blieb hinter den anderen zurück.

»He, Sie ...«, sagte der Vorarbeiter und trat auf ihn zu. Die Stahltür schloß sich. Die Sicht war ihm genommen. Rethrick, die Zeitschaufel, die Techniker waren verschwunden.

»Tut mir leid«, murmelte Jennings.

»Sie sollen hier gefälligst nicht rumschnüffeln.« Der Vorarbeiter musterte ihn eindringlich. »Sie kenn ich ja gar nicht. Zeigen Sie mir mal Ihre Marke.«

»Meine Marke?«

»Ihre Identifikationsmarke.« Der Vorarbeiter drehte sich um. »Bill, die Liste.« Er betrachtete Jennings von oben bis unten. »Ich werde Sie nach der Liste überprüfen, Mister. Ich habe Sie nämlich noch nie in der Mannschaft gesehen. Bleiben Sie da stehen.«

Aus einem Nebeneingang kam ein Mann mit einem Klemmbrett in Händen zu ihnen hinüber.

Jetzt oder nie!

Jennings sprintete los, den Korridor entlang, auf die große Stahltür zu. Hinter ihm wurden verblüffte Rufe laut - der Vorarbeiter und sein Gehilfe. Jennings zog blitzschnell den Codeschlüssel hervor und betete inbrünstig, während er noch rannte. Er erreichte die Tür, richtete den Schlüssel auf sie. Gleichzeitig zückte er die Boris-Pistole. Auf der anderen Seite der Tür befand sich die Zeitschaufel. Ein paar Aufnahmen und dann, wenn er es schaffte, wieder rauszukommen ...

Die Tür rührte sich nicht. Schweiß trat auf sein Gesicht. Er hämmerte mit dem Schlüssel gegen die Tür. Warum ging sie nicht auf? Sie mußte ... Er begann zu zittern, Panik erfaßte ihn. Durch den Korridor kamen Leute, jagten hinter ihm her. Geh auf ...

Aber die Tür ging nicht auf. Der Schlüssel, den er in der Hand hielt, war der falsche Schlüssel.

Er war geschlagen. Die Tür und der Schlüssel paßten nicht zusammen. Entweder hatte *Er* sich geirrt, oder der Schlüssel war anderswo zu verwenden. Aber wo? Hektisch sah Jennings sich um. Wo? Wo konnte er hin?

Auf der einen Seite gab es eine halbgeöffnete Tür, eine einfache Tür mit einem Riegel. Er ging darauf zu, stieß sie auf. Er befand sich in einer Art Lagerraum. Er warf die Tür zu, schob den Riegel vor. Von draußen klangen verwirrte Stimmen, riefen nach den Wachen. Bald würden bewaffnete Wachen zur Stelle sein. Jennings hielt die Boris-Pistole mit festem Griff und sah sich um. Saß er in einer Falle? Gab es einen zweiten Ausgang?

Er rannte durch den Raum, stieß Ballen und Schachteln beiseite, zu Stapeln hochgetürmte Kartons. Hinten befand sich ein Notausgang. Sofort öffnete er ihn. Er spürte einen Impuls, den Schlüssel wegzuwerfen. Was hatte er ihm genützt? Doch sicher hatte *Er* gewußt, was er tat. *Er* hatte all das vorhergesehen. Wie für Gott war für *Ihn* alles bereits schon geschehen. Alles war vorherbestimmt. *Er* konnte sich nicht irren. Oder doch?

Ein Frösteln überlief ihn. Vielleicht war die Zukunft veränderbar. Vielleicht war das einmal der richtige Schlüssel gewesen. Aber jetzt nicht mehr!

Hinter sich hörte er Geräusche. Man schweißte die Tür des Lagerraums auf. Jennings eilte durch den Notausgang in einen niedrigen, feuchten und schlecht beleuchteten Gang. Er rannte, bog um Ecken. Der Gang war aus Beton, wie ein Abwasserkanal. Von allen Seiten mündeten andere Gänge in ihn.

Er blieb stehen? Wohin nur? Wo konnte er sich verstekken? Über seinem Kopf klaffte die Öffnung eines großen Belüftungsrohrs. Seine Hände fanden Halt, und er zog sich hinauf. Mühsam zwängte er sich hinein. Auf das Rohr würden die Verfolger nicht weiter achten. Vorsichtig kroch er das Rohr entlang. Warme Luft blies ihm ins Gesicht. Warum ein so großes Lüftungsrohr? Seltsamerweise war es am anderen Ende mit einem Raum verbunden. Er gelangte zu einem Metallrost und hielt dort inne.

Sein Atem stockte.

Er sah in den großen Raum, den Raum, in den er schon

durch die offene Stahltür einen Blick geworfen hatte. Nur daß er sich jetzt auf der anderen Seite befand. Da war die Zeitschaufel. Und ein ganzes Stück entfernt, jenseits der Maschine, stand Rethrick, der aufgeregt in einen Bildschirm sprach. Die Alarmanlage war ausgelöst worden, ihr Schrillen hallte von überall her wider. Techniker rannten in alle Richtungen. Uniformierte Wachen quollen in den Raum, andere drängten hinaus.

Die *Zeitschaufel.* Jennings untersuchte den Rost. Er war nur festgeklemmt. Jennings löste ihn an einer Seite und hatte den Rost schon in Händen. Niemand hatte etwas bemerkt. Vorsichtig glitt Jennings in den Raum, die Boris-Pistole schußbereit. Hinter der Zeitschaufel war er recht gut versteckt, und die Techniker und die Wachen befanden sich sämtlich auf der anderen Seite des Raums, dort, wo er sie zuerst gesehen hatte.

Und hier lag nun alles vor ihm, die schematischen Darstellungen, der Spiegel, Unterlagen, Daten, Pläne. Er betätigte seine Kamera. Sie vibrierte an seiner Brust, während sie den Film transportierte. Er schnappte sich eine Handvoll Zeichnungen. Vielleicht hatte *Er* diese Zeichnungen vor nur wenigen Wochen benutzt!

Er stopfte sich die Papiere in die Taschen. Der Film war fast voll. Aber er war auch fertig. Er zwängte sich wieder durch die Öffnung in den Belüftungsschacht und kroch das Rohr entlang. Der Betonkorridor war immer noch leer, doch jetzt war ein beharrliches Trommeln zu hören, das Geräusch von Stimmen und Schritten. So viele Gänge – sie suchten nach ihm in einem Labyrinth von Fluchtgängen.

Jennings rannte. Er rannte, ohne auf die Richtung zu achten, versuchte jedoch, sich an den Hauptkorridor zu halten. Immer wieder gingen Seitengänge von ihm ab, zahllose Gänge ... Der Gang verlief schräg nach unten. Er gelangte tiefer, immer tiefer.

Plötzlich blieb er keuchend stehen. Das Geräusch hinter ihm war für einen Augenblick verstummt. Aber ein neues

Geräusch war zu hören, vor ihm. Er ging langsamer weiter. Der Korridor verlief in einem Bogen nach rechts. Langsam näherte er sich, die Boris-Pistole schußbereit.

Ein kurzes Stück von ihm entfernt standen zwei Wachen, die sich ruhig unterhielten. Hinter ihnen befand sich eine schwere Code-Tür. Und hinter Jennings waren wieder die Stimmen zu hören, jetzt aber lauter. Sie hatten den Gang gefunden, den er genommen hatte. Sie waren ihm auf den Fersen.

Mit erhobener Boris-Pistole trat Jennings vor. »Hände hoch. Waffen fallen lassen.«

Die Wachen starrten ihn an. Kinder, Jungen mit kurzgeschorenen Blondschöpfen in adretten Uniformen. Bleich und verängstigt wichen sie zurück.

»Eure Waffen. Werft sie hin.«

Die beiden Gewehre polterten zu Boden. Jennings lächelte. Jungen. Wahrscheinlich hatten sie hier noch nie Ärger gehabt. Ihre gewichsten Stiefel glänzten.

»Macht die Tür auf«, sagte Jennings. »Ich will durch.«

Sie starrten ihn an. Hinter ihm wurden die Geräusche lauter.

»Aufmachen.« Er wurde ungeduldig. »Los.« Er schwenkte seine Pistole. »Macht sie auf, verdammt noch mal! Oder wollt ihr, daß ich ...«

»Wir ... wir können nicht.«

»Was?«

»Wir können nicht. Das ist eine Code-Tür. Wir haben den Schlüssel nicht. Ehrlich, Mister. Den Schlüssel geben die uns nicht.« Sie hatten Angst. Und Jennings bekam es jetzt selber mit der Angst zu tun. Das Trommeln hinter ihm wurde immer lauter. Er saß in der Falle.

Oder doch nicht?

Plötzlich lachte er. Rasch trat er zur Tür. »Vertrauen«, murmelte er und hob die Hand. »Man sollte niemals das Vertrauen verlieren.«

»Was ... was meinen Sie?«

»Das Selbstvertrauen.«

Die Tür glitt auf, als er den Codeschlüssel auf sie richtete. Gleißendes Sonnenlicht fiel herein und blendete ihn. Mit festem Griff hielt er die Pistole. Er war draußen, beim Tor. Drei Wachen starrten entsetzt auf die Pistole. Er war beim Tor – und jenseits vom Tor war der Wald.

»Aus dem Weg.« Jennings feuerte auf die Metallstangen des Tors. Das Metall ging in Flammen auf und schmolz; eine Feuerwolke stieg auf.

»Haltet ihn!« Hinter ihm, aus dem Korridor, jagten Männer herbei, Wachen.

Jennings sprang durch das rauchende Tor. Das Metall riß an ihm, versengte ihn. Er rannte durch den Rauch, fiel, überschlug sich. Er raffte sich hoch und eilte weiter, flüchtete in den Schutz der Bäume.

Er war draußen. *Er* hatte ihn nicht im Stich gelassen. Der Schlüssel hatte funktioniert, allerdings hatte er ihn zuerst bei der falschen Tür verwendet.

Weiter und immer weiter lief er; nach Luft japsend hastete er zwischen den Bäumen hindurch. Hinter ihm blieben die Fabrik und die Stimmen zurück. Er hatte die Unterlagen. Und er war draußen.

Er fand Kelly und gab ihr den Film und alles, was er sich hatte in die Taschen stopfen können. Dann schlüpfte er wieder in seine normale Kleidung. Kelly fuhr ihn bis zum Rand von Stuartsville und setzte ihn dort ab. Jennings beobachtete, wie sich ihr Kreuzer in die Luft erhob und in Richtung New York davonflog. Dann ging er in die Stadt und stieg in die Intercity-Rakete.

Während des Flugs schlief er inmitten von dösenden Geschäftsleuten. Als er aufwachte, befand sich die Rakete im Sinkflug und landete auf dem riesigen New York Spaceport.

Jennings stieg aus und folgte dem Strom von Menschen. Jetzt, wo er zurück war, bestand die Gefahr, wieder der SP in die Fänge zu geraten. Zwei Polizeibeamte in grünen Uniformen beobachteten ihn gleichgültig, als er draußen in ein Taxi stieg. Das Taxi tauchte mit ihm in den Stadtverkehr ein. Jennings wischte sich den Schweiß von der Stirn. Das war knapp gewesen. Jetzt mußte er Kelly finden.

Er aß zu Abend in einem kleinen Restaurant, wo er einen Platz im hinteren Teil, abseits der Fenster wählte. Als er wieder hinaustrat, begann die Sonne bereits unterzugehen. Tief in Gedanken versunken, schlenderte er den Bürgersteig entlang.

So weit, so gut. Er hatte die Unterlagen und den Film und er war entkommen. Der Kleinkram hatte sich bisher als äußerst wertvoll erwiesen. Ohne ihn wäre er hilflos gewesen. Er tastete in seiner Tasche herum. Zwei Dinge hatte er noch nicht benutzt. Die gezackte Hälfte eines Poker-Chips und den Paketzettel. Er holte den Zettel heraus und betrachtete ihn im schwächer werdenden Abendlicht.

Plötzlich fiel ihm etwas auf. Das Datum auf dem Zettel war das heutige Datum. Jennings hatte die Zeit aufgeholt.

Er steckte ihn ein, ging weiter. Was hatte das zu bedeuten? Wofür war der Zettel? Er zuckte die Schultern. Er würde es zur rechten Zeit erfahren. Und der halbe Poker-Chip. Wofür, zum Teufel, war der? Er hatte keine Ahnung. Auf jeden Fall war er sicher, daß er es schaffen würde. *Er* hatte ihm beigestanden, bis jetzt. Allerdings, viel hatte er nicht mehr in der Hand.

Er erreichte Kellys Wohnblock, blieb stehen und sah nach oben. Das Licht in ihrer Wohnung war an. Sie war zurück; ihr kleiner Kreuzer war schneller gewesen als die Intercity-Rakete. Er betrat den Fahrstuhl und fuhr in ihre Etage.

»Hallo«, sagte er, als sie die Tür öffnete.

»Alles in Ordnung mit Ihnen?«

»Ja. Kann ich reinkommen?«

Er trat ein. Kelly schloß hinter ihm die Tür. »Ich bin froh, Sie zu sehen. In der Stadt wimmelt es von SP-Leuten. An jeder Straßenecke. Und die Streifen ...«

»Ich weiß. Ich hab sie beim Spaceport gesehen.« Jennings

setzte sich auf die Couch. »Es ist jedenfalls ein gutes Gefühl, wieder hier zu sein.«

»Und ich dachte schon, man würde vielleicht alle Intercity-Flüge stoppen und die Passagiere überprüfen.«

»Sie dürften kaum annehmen, daß ich in die Stadt kommen würde.«

»Daran habe ich nicht gedacht.« Kelly nahm ihm gegenüber Platz. »Und was jetzt? Was wollen Sie jetzt tun, wo Sie das Material haben?«

»Als nächstes werde ich mich mit Rethrick treffen und ihn mit einer Nachricht überraschen. Mit der Nachricht, daß die Person, die aus der Fabrik entkommen ist, niemand anderer war als ich. Er weiß, daß ihm jemand durch die Lappen gegangen ist, aber er weiß nicht wer. Zweifellos nimmt er an, daß es ein SP-Mann war.«

»Könnte er nicht den Zeitspiegel benutzen, um das herauszufinden?«

Ein Schatten huschte über Jennings' Gesicht. »Das stimmt. Daran habe ich nicht gedacht.« Er rieb sich das Kinn, runzelte die Stirn. »Auf jeden Fall habe ich das Material. Oder besser gesagt: Sie haben es.«

Kelly nickte.

»In Ordnung. Dann werden wir fortfahren, wie geplant. Morgen treffen wir uns mit Rethrick. Wir treffen uns hier in New York. Können Sie ihn ins Büro holen? Kommt er, wenn Sie ihn darum bitten?«

»Ja. Wir haben einen Code. Wenn ich ihm sage, daß er kommen soll, kommt er auch.«

»Bestens. Ich werde mich dort also mit ihm treffen. Wenn er erfährt, daß wir den Film und die Unterlagen haben, wird er meine Forderungen erfüllen müssen. Er muß mich an Rethrick Construction teilhaben lassen, zu meinen Bedingungen. Tut er das nicht, kann er davon ausgehen, daß das Material der Sicherheitspolizei übergeben wird.«

»Und wenn Sie dann drin sind? Wenn Rethrick Ihre Forderungen erfüllt?«

»Ich habe in der Fabrik genug gesehen, um zu wissen, daß Rethrick weitaus größer ist, als ich angenommen hatte. Wie groß, weiß ich nicht. Kein Wunder, daß *Er* sich so dafür interessiert hat!«

»Sie wollen gleichberechtigter Teilhaber der Firma werden?«

Jennings nickte.

»Sie würden sich niemals damit zufrieden geben, als einfacher Mechaniker dorthin zurückzukehren, nicht wahr? So wie vorher.«

»Nein. Um irgendwann wieder hinausbefördert zu werden?« Jennings lächelte. »Ich weiß nur, daß *Er* etwas Besseres mit mir vorhatte. *Er* hat einen sorgfältigen Plan entwickelt. Der Krimskrams. *Er* muß alles lange im voraus geplant haben. Nein, ich werde nicht als Mechaniker zurückkehren. Ich habe dort viel gesehen, Stockwerke voller Männer und Maschinen. Da ist etwas Großes im Gange. Und ich möchte dabeisein.«

Kelly schwieg.

»Können Sie das verstehen?« fragte Jennings.

»Ich verstehe.«

Er verließ die Wohnung und eilte durch die dunklen Straßen. Er hatte sich zu lange dort aufgehalten. Falls die SP sie beide zusammen fand, war es aus mit Rethrick Constructions. Er durfte kein Risiko eingehen, jetzt, wo das Ziel fast schon in Sicht war. Er sah auf seine Uhr. Es war nach Mitternacht. An diesem Morgen würde er sich mit Rethrick treffen und ihm seinen Vorschlag unterbreiten. Wie er so dahinlief, wuchs seine Zuversicht. Er würde in Sicherheit sein. Mehr als das. Rethrick Construction war auf etwas aus, das viel größer war als bloße industrielle Macht. Was er gesehen hatte, hatte ihn davon überzeugt, daß sich eine Revolution anbahnte. Unten in den vielen unterirdischen Stockwerken, unter der Festung aus Beton, bewacht von Geschützen und bewaffneten Männern, traf Rethrick Vorbereitungen für einen Krieg. Maschinen wurden produziert. Die Zeitschaufel und der Spiegel waren voll einsatzfähig, sie beobachteten, nahmen Proben, analysierten.

Kein Wunder, daß *Er* einen derart sorgfältigen Plan ausgearbeitet hatte. *Er* hatte all das gesehen und verstanden, hatte sich seine Gedanken gemacht. Das Problem war die Gehirnwäsche gewesen. Seine Erinnerung sollte ausgelöscht werden, wenn er entlassen würde. Das wäre das Ende aller Pläne. Das Ende? Es gab ja die Alternativ-Klausel in dem Vertrag. Andere hatten sie gesehen und genutzt. Aber nicht so, wie *Er* sie zu nutzen beabsichtigte!

Er hatte mehr im Sinn gehabt als irgend jemand vor ihm. *Er* war der erste, der verstanden hatte und Konsequenzen zog. Die sieben Gegenstände verbanden ihn mit irgend etwas jenseits, irgend etwas, das ...

Am Ende des Blocks hielt ein SP-Kreuzer am Bordstein. Seine Türen glitten auf.

Jennings blieb stehen, sein Herz krampfte sich zusammen. Die Nachtstreife auf ihrer Tour durch die Stadt. Es war nach elf – Ausgangssperre. Er sah sich rasch um. Alles war dunkel. Die Geschäfte waren geschlossen und die Häuser über Nacht zugesperrt. Stumme Wohnblocks, Gebäude. Sogar die Bars waren dunkel.

Er blickte zurück, in die Richtung, aus der er gekommen war. Hinter ihm hatte ein zweiter SP-Kreuzer gehalten. Zwei Polizisten waren ausgestiegen. Sie hatten ihn gesehen. Sie kamen auf ihn zu. Er erstarrte, blickte die Straße hinauf und hinunter.

Ihm gegenüber befand sich der Eingang eines vornehmen Hotels mit leuchtender Neonschrift. Er ging darauf zu, seine Schritte hallten auf dem Pflaster.

»Halt!« rief einer der SP-Leute. »Kommen Sie zurück! Was haben Sie hier draußen zu suchen? Was ...«

Jennings ging die Treppe hinauf und betrat das Hotel. Er durchquerte das Foyer. Der Nachtportier starrte ihn an. Sonst war niemand zu sehen. Das Foyer war leer. Er verlor allen Mut. Er hatte keine Chance. Er lief einfach los, vorbei an der Rezeption, dann durch einen mit Teppichen ausgelegten Korridor. Vielleicht führte der irgendwo zu einem Hinterausgang. Hinter Jennings hatten die SP-Leute das Foyer bereits betreten.

Jennings bog um eine Ecke. Zwei Männer traten vor und blockierten ihm den Weg.

»Wo wollen Sie hin?«

Er blieb stehen, betrachtete sie argwöhnisch. »Lassen Sie mich vorbei.« Er langte in seine Jacke nach der Boris-Pistole. Sofort bewegten sich die Männer.

»Schnappen wir ihn uns.«

Wie mit Schraubstöcken hielten sie seine Arme fest. Gangster offenbar, Profis. Hinter ihnen war Licht. Licht und Geräusche. Irgend etwas war dort los. Menschen.

»Okay«, sagte einer der Männer. Sie schleppten ihn durch den Korridor zurück in Richtung Foyer. Jennings wehrte sich, aber vergeblich. Er war in eine Sackgasse geraten. Gangster, eine Spielhölle. Die Stadt war voll davon. Die protzige Fassade war nur Tarnung. Sie würden ihn hinauswerfen, der SP in die Arme treiben.

Jemand kam durch den Korridor, ein Mann und eine Frau. Ältere Leute. Gut gekleidet. Neugierig betrachteten sie Jennings, der von den beiden Männern fast getragen wurde.

Plötzlich begriff Jennings. Eine Woge der Erleichterung überrollte ihn. »Wartet«, murmelte er. »In meiner Tasche.«

»Weiter.«

»Wartet doch. Seht selbst nach. In meiner rechten Tasche. Seht da nach.«

Entspannt wartete er. Der Mann rechts von ihm griff ihm vorsichtig in die Tasche. Jennings lächelte. Das war geschafft. *Er* hatte das vorhergesehen. Ein Fehlschlag war völlig ausgeschlossen. Das löste das Problem, wo er sich aufhalten konnte, bis er am Morgen Rethrick treffen würde. Hier konnte er bleiben.

Der Mann holte den halben Poker-Chip heraus, betrachtete die gezackten Ränder. »Moment mal.« Aus seinem eigenen Jackett holte er einen entsprechenden Chip, der an einer Goldkette befestigt war. Er fügte die Zacken ineinander.

»In Ordnung?« fragte Jennings.

»Allerdings.« Sie ließen ihn los. Mechanisch glättete Jennings seine Jacke. »Alles in Ordnung, Mister. Sorry. Warum haben Sie denn nicht gleich ...«

»Bringt mich nach hinten«, sagte Jennings und wischte sich das Gesicht. »Da sind ein paar Typen, die nach mir suchen. Und ich bin nicht besonders scharf darauf, daß die mich finden.«

»Alles klar.« Sie führten ihn nach hinten, in die Spielzimmer. Der halbe Chip hatte das, was beinahe eine Katastrophe geworden wäre, zu seinen Gunsten gewendet. Ein Etablissement für Glücksspiele und Mädchen. Eine der wenigen Institutionen, die die Polizei in Ruhe ließ. Er war in Sicherheit. Gar keine Frage. Blieb nur noch eins. Der Kampf mit Rethrick!

Rethricks Gesicht war wie versteinert. Er starrte Jennings an, schluckte hastig.

»Nein«, sagte er. »Ich wußte nicht, daß Sie das waren. Wir dachten, es wäre die SP.«

Sie schwiegen. Kelly saß auf dem Stuhl an ihrem Schreibtisch, die Beine übereinandergeschlagen, eine Zigarette zwischen den Fingern. Jennings lehnte mit vor der Brust gekreuzten Armen an der Tür.

»Warum haben Sie den Spiegel nicht benutzt?« fragte er.

Rethricks Augen flackerten. »Den Spiegel? Sie haben gute Arbeit geleistet, mein Freund. Wir haben *versucht*, den Spiegel zu benutzen.«

»Versucht?«

»Bevor Sie Ihre Arbeitszeit bei uns beendeten, haben Sie einige Leitungen im Spiegel verändert. Als wir ihn einsetzen wollten, passierte gar nichts. Ich habe die Fabrik vor einer halben Stunde verlassen. Da war man noch immer damit beschäftigt.«

»Das habe ich getan, bevor meine zwei Jahre um waren?«

»Offenbar hatten Sie alles detailliert geplant. Sie wußten, daß wir Sie mit dem Spiegel mühelos hätten aufspüren können. Sie sind ein guter Mechaniker, Jennings. Der beste, den wir je hatten. Wir würden Sie gern mal wieder bei uns sehen. Sie sollten wirklich wieder für uns arbeiten. Es gibt bei uns niemanden, der mit dem Spiegel so umgehen kann. Und derzeit können wir ihn sogar überhaupt nicht benutzen.«

Jennings lächelte. »Ich hatte keine Ahnung, daß *Er* das getan hat. Ich habe ihn unterschätzt. *Sein* Schutz war sogar noch ...«

»Von wem sprechen Sie?«

»Von mir. Von meinem Ich während der zwei Jahre. Der Einfachheit halber in der dritten Person.«

»Gut, Jennings, Sie beide haben also einen raffinierten Plan ausgearbeitet, um uns wichtige Unterlagen zu stehlen. Warum? Wozu? Sie haben sie doch nicht der Polizei ausgehändigt?«

»Nein.«

»Dann darf ich wohl davon ausgehen, daß es sich um Erpressung handelt.«

»Ganz recht.«

»Wozu? Was wollen Sie?« Rethrick wirkte gealtert. Sein Körper war schlaff, seine Augen klein und glasig, nervös rieb er sich das Kinn. »Sie haben sich eine Menge Mühe gemacht, um uns in diese Lage zu bringen. Ich möchte zu gern wissen, warum. Als Sie für uns arbeiteten, haben Sie das Fundament gelegt. Jetzt haben Sie, all unseren Vorkehrungen zum Trotz, die Sache zu Ende gebracht.«

»Vorkehrungen?«

»Das Auslöschen Ihrer Erinnerung. Die Tarnung der Fabrik.«

»Sagen Sie's ihm«, sagte Kelly. »Sagen Sie ihm, warum Sie es getan haben.«

Jennings holte tief Luft. »Also, Rethrick: Ich hab es getan, um wieder reinzukommen. Rein in die Firma. Aus diesem und keinem anderen Grund.«

Rethrick starrte ihn an. »Um wieder in die Firma reinzukommen? Sie können wieder rein. Das habe ich Ihnen doch gesagt. Und so lange bleiben, wie Sie wollen.«

»Als Mechaniker.«

»Ja. Als Mechaniker. Wir beschäftigen ja viele ...«

»Ich will nicht als Mechaniker zu Ihnen zurück. Ich will nicht für Sie arbeiten. Hören Sie, Rethrick. Als ich dieses Büro verlassen hatte, wurde ich sofort von der SP aufgegriffen. Wenn *Er* nicht vorgesorgt hätte, wäre ich längst tot.«

»Die haben Sie festgenommen?«

»Sie wollten wissen, was bei Rethrick Construction vor sich geht. Sie dachten, ich könnte es ihnen sagen.«

Rethrick nickte. »Das ist schlimm. Das wußten wir nicht.«

»Nein, Rethrick. Ich komme in die Firma nicht als Angestellter, den Sie jederzeit nach Belieben feuern können. Ich arbeite nicht für Sie, ich arbeite mit Ihnen.«

»Mit mir?« Rethrick starrte ihn an. Sein Gesicht wurde zur Maske, zu einer häßlichen, harten Maske. »Ich verstehe Sie nicht.«

»Sie und ich werden zusammen Rethrick Construction führen. Ab sofort. Und niemand wird aus Sicherheitsgründen meine Erinnerung löschen.«

»Das also verlangen Sie?«

»Ja.«

»Und wenn wir Sie nicht beteiligen?«

»Dann kriegt die SP die Unterlagen und die Filme. So einfach ist das. Aber das will ich nicht. Ich will die Firma nicht vernichten. Ich will zur Firma gehören! Ich will in Sicherheit sein. Sie wissen nicht, wie das ist, da draußen zu sein, ohne zu wissen, wohin. Es gibt für einen keinen Ort mehr, wohin man sich wenden kann. Niemanden, der einem hilft. Gefangen zwischen zwei rücksichtslosen Mächten, eine Marionette zwischen politischen und wirtschaftlichen Kräften. Und ich bin es leid, eine Marionette zu sein.«

Rethrick schwieg lange. Er starrte zu Boden, sein Gesicht war dumpf und leer. Schließlich blickte er auf. »Ich weiß, daß Sie nicht übertreiben. Und ich weiß es nicht erst seit heute. Ich weiß es viel länger als Sie. Ich bin so viel älter als Sie. Ich habe es kommen sehen, habe gesehen, wie es sich entwickelt hat in all den Jahren. Aus diesem Grund gibt es Rethrick Construction, aus genau diesem Grund. Eines Tages wird alles anders sein. Eines Tages, wenn wir mit der Zeitschaufel und dem Spiegel fertig sind. Wenn die Waffen bereit sind.«

Jennings schwieg.

»Ich weiß sehr wohl, wie das ist! Ich bin ein alter Mann. Ich habe viele Jahre lang gearbeitet. Als man mir sagte, jemand sei mit Dokumenten aus der Fabrik entkommen, dachte ich, das wär das Ende. Wir wußten bereits, daß Sie den Spiegel beschädigt hatten. Wir wußten, daß da eine Verbindung bestand, haben aber die Zusammenhänge nicht ganz richtig gesehen. Wir dachten natürlich, die Sicherheit hätte Sie bei uns eingeschmuggelt, um herauszufinden, was wir tun. Dann, als Ihnen bewußt wurde, daß Sie Ihre Informationen nicht rausschaffen konnten, beschädigten Sie den Spiegel. Da der Spiegel beschädigt war, konnte die SP also aktiv werden und ...«

Er brach ab, rieb sich die Wange.

»Weiter«, sagte Jennings.

»Sie haben das also allein getan ... Erpressung. Um in die Firma zu gelangen. Sie wissen doch gar nicht, was das Ziel der Firma ist, Jennings! Wie können Sie es da wagen, sich bei uns einzumischen! Wir haben all das in langen Jahren mühsam aufgebaut. Sie ruinieren uns, um Ihre Haut zu retten. Sie vernichten uns, nur um sich selbst in Sicherheit zu bringen.«

»Ich ruiniere Sie nicht. Ich kann Ihnen eine große Hilfe sein.«

»Ich leite die Firma allein. Es ist meine Firma. Ich habe sie gegründet und aufgebaut. Sie gehört mir.«

Jennings lachte. »Und was, wenn Sie sterben? Oder soll die Revolution noch zu Ihren Lebzeiten stattfinden?«

Rethricks Kopf ruckte hoch.

»Sie werden einmal sterben, und es wird niemand da sein, um das fortzuführen. Sie wissen, daß ich ein guter Mechaniker bin. Sie haben es selbst gesagt. Sie sind ein Narr, Rethrick. Sie wollen alles in Ihrer Hand haben. Wollen alles selbst machen, alles selbst entscheiden. Aber eines Tages werden Sie nicht mehr sein. Und was geschieht dann?«

Schweigen.

»Lassen Sie mich lieber mitmachen – zum Wohl der Firma wie auch zu meinem eigenen. Ich kann viel für Sie tun. Wenn Sie nicht mehr da sind, wird die Firma in meinen Händen überleben. Und vielleicht wird es sogar zur Revolution kommen.«

»Sie sollten froh sein, daß Sie überhaupt am Leben sind! Hätten wir Ihnen nicht gestattet, diesen Kleinkram mit herauszunehmen ...«

»Was hätten Sie denn tun sollen? Wie können Sie Männer an dem Spiegel arbeiten und in die Zukunft sehen lassen und ihnen verbieten, das in irgendeiner Weise für sich auszunutzen? Es liegt doch auf der Hand, warum Sie gezwungen waren, die Klausel mit der Alternativ-Vergütung in den Vertrag einzufügen. Sie hatten keine Wahl.«

»Sie wissen nicht einmal, was wir tun. Warum wir existieren.«

»Ich habe eine recht gute Vorstellung. Schließlich habe ich zwei Jahre für Sie gearbeitet.«

Zeit verging. Rethrick befeuchtete sich wieder und wieder die Lippen, rieb sich die Wange. Auf seiner Stirn stand Schweiß. Schließlich blickte er auf.

»Nein«, sagte er. »Daraus wird nichts. Niemand außer mir wird jemals die Firma leiten. Wenn ich sterbe, stirbt sie mit mir. Sie ist mein Eigentum.«

Jennings reagierte sofort. »Dann erhält die Polizei die Papiere.«

Rethrick sagte nichts, aber über sein Gesicht glitt ein eigentümlicher Ausdruck, ein Ausdruck, der Jennings plötzlich frösteln ließ.

»Kelly«, sagte Jennings. »Haben Sie die Unterlagen bei sich?«

Kelly löste sich aus ihrer Erstarrung und stand auf. Sie drückte ihre Zigarette aus, ihr Gesicht war blaß. »Nein.«

»Wo sind sie? Wo haben Sie sie hingetan?«

»Tut mir leid«, sagte Kelly leise. »Das werde ich Ihnen nicht sagen.«

Er starrte sie an. »Was?«

»Tut mir leid«, sagte Kelly wieder. Ihre Stimme klang noch leiser. »Sie sind in Sicherheit. Die SP wird sie niemals bekommen. Sie aber auch nicht. Bei Gelegenheit werde ich sie meinem Vater zurückgeben.«

»Ihrem Vater?«

»Kelly ist meine Tochter«, sagte Rethrick. »Damit haben Sie nicht gerechnet, nicht wahr, Jennings? Auch *Er* hat nicht damit gerechnet. Niemand weiß es außer uns beiden. Ich wollte alle Vertrauenspositionen in der Familie halten. Wie ich jetzt sehe, war das nur richtig. Aber es mußte geheim bleiben. Hätte die SP etwas geahnt, hätte sie sie sofort festgenommen. Ihr Leben wäre nicht sicher gewesen.«

Jennings atmete langsam aus. »Ich verstehe.«

»Es schien mir ratsam, mit Ihnen zusammenzuarbeiten«, sagte Kelly. »Getan hätten Sie es ja sowieso, auch auf eigene Faust. Und dann hätten Sie die Papiere bei sich gehabt. Wie Sie selber gesagt haben: Würde die SP Sie mit den Papieren erwischen, wäre das unser Ende. Also habe ich Ihnen geholfen. Nachdem Sie mir die Papiere gegeben hatten, habe ich sie an einen sicheren Ort gebracht.« Sie lächelte schwach. »Niemand wird sie finden, außer mir. Tut mir leid.«

»Jennings, Sie können zu uns kommen«, sagte Rethrick. »Sie können für uns arbeiten, solange Sie wollen. Sie können alles haben, was Sie wollen. Nur ...«

»Nur daß niemand außer Ihnen die Firma leiten wird.«

»Ganz recht. Jennings, die Firma ist alt. Älter als ich. Ich habe sie nicht wirklich gegründet. Sie wurde mir – könnte man sagen – *vermacht.* Ich hab die Last auf mich geladen, die Verantwortung, sie zu leiten, sie wachsen zu lassen, sie auf den Tag vorzubereiten. Den Tag der Revolution, wie Sie es genannt haben.

Mein Großvater hat die Firma gegründet, noch im zwanzigsten Jahrhundert. Die Firma war seit jeher in Familienbesitz. Und wird es auch immer sein. Eines Tages, wenn Kelly heiratet, wird es einen Erben geben, der nach mir weitermachen kann. Dafür ist also gesorgt. Die Firma wurde oben in Neuengland, in einer Kleinstadt in Maine gegründet. Mein Großvater war ein kleiner, alter Mann, anspruchslos, ehrlich, leidenschaftlich unabhängig. Er betrieb irgendeinen Reparaturdienst. Und das mit viel Geschick.

Als er erkannte, daß die Regierung und die Wirtschaft alles unter ihre Fuchtel zu nehmen begannen, ging er in den Untergrund. Rethrick Construction verschwand von der Landkarte. Die Regierung brauchte lange, um Maine zu organisieren, länger als bei den meisten anderen Staaten. Als der Rest der Welt schon aufgeteilt worden war zwischen internationalen Kartells und Welt-Staaten, war Neuengland noch immer am Leben. Noch immer frei. Und ebenso mein Großvater und Rethrick Construction.

Er holte sich ein paar Männer in die Firma, Mechaniker, Ärzte, Juristen, kleine Angestellte aus dem Mittelwesten. Die Firma wuchs. Waffen kamen ins Spiel, Waffen und das entsprechende Know-how. Die Zeitschaufel samt Spiegel! Die Fabrik wurde gebaut, heimlich, für viel Geld, lange Jahre lang. Die Fabrik ist groß. Groß und tief. Sie reicht noch sehr viel mehr Stockwerke unter die Erde, als Sie gesehen haben. *Er,* Ihr Alter ego, hat sie gesehen. Dort verborgen liegt große Macht. Dort sind auch Männer, die überall auf der Welt von der Bildfläche verschwunden sind – handverlesene Leute. Wir haben sie zu uns geholt, nur die allerbesten.

Eines Tages, Jennings, werden wir ausbrechen. Sehen Sie, Zustände wie diese können nicht andauern. So können Menschen nicht leben, hin und her gestoßen zwischen politischen und wirtschaftlichen Mächten. Menschenmassen, die bald in diese Richtung, bald in jene gedrängt werden, je nach den Bedürfnissen dieser Regierung oder jenes Kartells. Eines Tages wird es zum Widerstand kommen. Zu starkem, verzweifeltem Widerstand. Nicht von den Großen, den Mächtigen, sondern von den kleinen. Den Busfahrern. Kleinhändlern. Videofonisten. Kellnern. Und in diesem Moment tritt die Firma auf den Plan.

Wir werden diese Leute mit dem versorgen, was sie brauchen, mit Werkzeug, Waffen, Know-how. Wir werden ihnen unsere Dienste ›verkaufen‹. Sie werden in der Lage sein, uns anzuheuern. Und sie werden jemanden brauchen, den sie anheuern können. Es gibt so vieles, was sich ihnen in den Weg stellen wird. Jede Menge Reichtum und Macht.«

Eine Weile schwiegen sie.

»Verstehen Sie?« fragte Kelly. »Deshalb dürfen Sie sich nicht einmischen. Die Firma gehört meinem Vater. Es ist seit jeher so gewesen. So sind die Menschen in Neuengland nun einmal. Sie ist Teil der Familie. Die Firma gehört der Familie. Es ist unsere Firma.«

»Kommen Sie zu uns«, sagte Rethrick. »Als Mechaniker. Tut mir leid, aber mehr kann ich Ihnen nicht anbieten. Das klingt vielleicht nicht sehr vielversprechend, aber wir haben es seit jeher so gehalten.«

Jennings sagte nichts. Er ging, die Hände in den Taschen, langsam durch das Büro. Schließlich ließ er das Rollo hochgleiten und sah hinunter auf die Straße.

Ein SP-Kreuzer trieb dort wie ein winziger schwarzer Käfer im Verkehr. Das Fahrzeug stieß zu einem anderen, das bereits am Bordstein parkte. In seiner Nähe standen vier SP-Leute in ihren grünen Uniformen, und Jennings konnte sehen, daß von der anderen Straßenseite noch ein paar kamen. Er zog das Rollo wieder herunter.

»Das ist wahrlich keine leichte Entscheidung«, sagte er.

»Wenn Sie da rausgehen, werden die Sie sofort schnappen«, sagte Rethrick. »Die sind überall. Sie haben keine Chance.«

»Bitte ...«, sagte Kelly und sah zu ihm auf.

Plötzlich lächelte Jennings. »Sie wollen mir also nicht verraten, wo Sie die Unterlagen versteckt haben?«

Kelly schüttelte den Kopf.

»Moment mal.« Jennings langte in seine Tasche. Er holte ein kleines Stück Papier hervor. Er entfaltete es langsam, überflog es. »Haben Sie sie vielleicht bei der Dunne National Bank deponiert, und zwar gestern, so um drei Uhr nachmittags? Zur Aufbewahrung im Tresor?«

Kelly hielt unwillkürlich den Atem an. Sie griff nach ihrer Handtasche, klappte sie auf. Jennings steckte die Annahmebescheinigung wieder ein. »Also sogar das hat *Er* gesehen«, murmelte er. »Das letzte Objekt. Und ich habe mich schon gefragt, wofür das wohl war.«

Kelly wühlte mit wildem Gesicht in ihrer Handtasche. Sie zog einen Zettel hervor, schwenkte ihn.

»Sie irren sich! Hier ist er! Er ist noch hier.« Sie entspannte sich ein wenig. »Ich weiß nicht, was *Sie* da haben, aber das hier ist ...«

In der Luft über ihnen bewegte sich etwas. Ein dunkler Raum bildete sich, ein Kreis. Der Kreis waberte. Kelly und Rethrick sahen wie versteinert nach oben.

In dem dunklen Kreis tauchte eine Art Schaufel auf, eine metallene Klaue, die mit einer glänzenden Stange verbunden war. Die Klaue sank tiefer und beschrieb einen weiten Bogen. Sie riß den Schein aus Kellys Fingern. Sie verharrte eine Sekunde. Dann zog sie sich wieder zurück und verschwand mit dem Papier in dem Kreis aus Dunkelheit. Schlagartig und ohne einen Laut verschwanden die Klaue, die Stange und der Kreis. Nichts blieb zurück. Überhaupt nichts.

»Wo ... wo ist er hin?« flüsterte Kelly. »Der Schein. Was war das?«

Jennings klopfte sacht gegen seine Tasche. »Er ist in Sicherheit. Und zwar genau hier. Ich habe mich schon gefragt, wann *Er* wohl auftauchen würde. Ich habe mir schon ernsthaft Sorgen gemacht.«

Rethrick und seine Tochter hatten sich erhoben – sie waren geschockt.

»Jetzt schaut doch nicht so entsetzt«, sagte Jennings. Er verschränkte die Arme. »Der Schein ist sicher – und die Firma ist sicher. Wenn die Zeit gekommen ist, wird sie zur Stelle sein, stark und bereit, bei der Revolution zu helfen. Dafür werden wir schon sorgen, wir alle, Sie und ich und Ihre Tochter.« Er zwinkerte Kelly zu. »Wir drei. Und vielleicht hat die Familie bis dahin dann noch *mehr* Mitglieder.«

Nanny

»WENN ICH ÜBERLEGE, daß wir so ganz ohne Kindermädchen aufgewachsen sind damals!« sagte Mary Fields. »Es ist kaum zu glauben.«

Es gab keinen Zweifel: Seit sie das Kindermädchen hatten, war im Hause Fields nichts mehr so wie früher. Von dem Moment, wo die Kinder am Morgen ihre Augen öffneten, bis zum Abend, wenn sie endlich erschöpft einnickten, wich es ihnen nicht von der Seite, paßte auf die Kinder auf und kümmerte sich um alle ihre Wünsche und Bedürfnisse.

Wenn Mr. Fields zum Büro fuhr, konnte er sicher sein, daß die Kinder in guten Händen waren, absolut sicher. Und Mary war einen Haufen Hausarbeiten und Sorgen los. Sie mußte die Kinder nicht wecken, anziehen, waschen, brauchte sich nicht darum zu kümmern, daß sie ihr Frühstück bekamen und dergleichen mehr. Sie mußte sie nicht einmal zur Schule bringen. Und wenn sie nach der Schule nicht sofort wieder nach Hause kamen, gab es keinen Grund, nervös in der Wohnung hin- und herzulaufen und sich Gedanken zu machen, daß etwas passiert sein könnte.

Nicht daß das Kindermädchen sie verwöhnt hätte, das nicht. Wenn die Kinder etwas Gefährliches oder etwas Unsinniges verlangten, einen Lastwagen voll Süßigkeiten etwa oder ein Polizeimotorrad, blieb es stur. Wie ein guter Hirte wußte es, wann es dem Drängen seiner Schäfchen Einhalt zu gebieten hatte.

Die Kinder liebten Nanny. Als Nanny einmal in die Werkstatt mußte, wollten sie gar nicht wieder aufhören zu weinen. Weder Mutter noch Vater konnten sie trösten. Erst als das Kindermädchen endlich wiederkam, war die Welt wieder in Ordnung. Es war höchste Zeit gewesen! Mrs. Fields war völlig geschafft.

»Du liebe Zeit!« rief sie aus und ließ sich auf einen Stuhl sacken. »Was würden wir nur ohne sie tun?«

Mr. Fields sah zu ihr auf. »Ohne wen?«

»Ohne Nanny.«

»Tja, nicht auszudenken«, bestätigte Mr. Fields.

Wenn Nanny die Kinder morgens aus dem Schlummer geweckt hatte – indem sie einige Zentimeter neben ihren Köpfen ein melodisches Summen von sich gab –, sorgte sie dafür, daß sie sich wuschen, anzogen und dann rechtzeitig – äußer- und innerlich strahlend – am Frühstückstisch saßen. Waren die Kinder schlechter Laune, erlaubte Nanny ihnen, auf ihrem Rücken nach unten zu reiten.

Das war das Größte! Wie in der Berg-und-Tal-Bahn klammerten sich Bobby und Jean mit aller Kraft fest, wenn Nanny mit ihnen in ihrer komischen wackeligen Art die Treppe runterlief.

Das Frühstück mußte Nanny natürlich nicht machen. Das hatte die Küche zu diesem Zeitpunkt schon selbst erledigt. Aber Nanny setzte sich zu ihnen, sah darauf, daß die Kinder anständig aßen, und überwachte, wenn sie damit fertig waren, ihre Vorbereitungen für die Schule. Und wenn die Kinder ihre Bücher und Hefte ordentlich eingepackt hatten und adrett gekämmt und gebürstet waren, wurde es ernst: denn nun mußte für die Sicherheit der Kinder auf der Straße gesorgt werden.

Viele Gefahren lauerten in der Stadt und beanspruchten Nannys volle Aufmerksamkeit. Allein schon die flinken Raketenkreuzer der Geschäftsleute auf dem Weg zur Arbeit, die überall herumjagten. Oder dieser Rabauke, der einmal versucht hatte, Bobby zu hauen. Ein leichter Klaps von Nannys rechtem Greifer, und er lief wie am Spieß heulend davon. Oder der betrunkene Kerl, der Jean angesprochen hatte – weiß der Himmel, was er im Schilde geführt haben mochte. Nanny stieß ihn in die Gosse mit einem einzigen Stoß ihres mächtigen Metallrumpfs.

Manchmal blieben die Kinder vor einem Schaufenster stehen. Dann mußte Nanny sie sacht ermahnen und zum Weitergehen bewegen. Oder wenn sie, was durchaus vorkam, zu spät dran waren, nahm Nanny sie auf den Rücken und galoppierte mit ihnen wild über den Bürgersteig.

Wenn die Schule aus war, wachte Nanny über ihr Spielen, und wenn es spät wurde und dunkel, holte sie sie schließlich wieder ins Haus hinein.

Selbstverständlich scheuchte Nanny die Kinder gerade zur rechten Zeit durch die Haustür – nicht ohne sie klickend und brummend zu ermahnen –, denn in der Küche wurde in diesem Moment das Abendbrot auf den Tisch gebracht. Jetzt nur noch schnell ins Bad und ihnen Hände und Gesicht waschen.

Und dann in der Nacht ...

Mrs. Fields schwieg. Sie krauste gedankenvoll die Stirn. In der Nacht ... »Tom?« sagte sie.

Ihr Mann sah von der Zeitung auf. »Ja?«

»Ich muß dich was fragen. Es ist merkwürdig – ich versteh das einfach nicht. Ich hab ja keine Ahnung von diesen technischen Dingen. Aber was macht Nanny eigentlich nachts, wenn wir alle schlafen, wenn alles im Haus still ist, ich meine ...«

Ein Geräusch ließ sie innehalten.

»Mami!« Jean und Bobby kamen ins Wohnzimmer gepoltert, sie glühten vor Begeisterung. »Mami, wir haben mit Nanny ein Wettrennen gemacht, bis ganz nach Hause, und wir haben gewonnen.«

»Wir haben gewonnen«, rief Bobby.

»Wir waren schneller«, ergänzte Jean.

»Und wo ist Nanny, ihr zwei?« fragte Mrs. Fields.

»Kommt gleich. Hallo, Daddy.«

»Hallo, ihr Racker«, sagte Tom Fields. Er hielt den Kopf schief und horchte. Vorn auf der Veranda war ein merkwürdiges Knirschen zu hören, ein Scharren und ein Summen. Er lächelte.

»Nanny kommt«, rief Bobby.

Und dann trat Nanny ins Zimmer.

Mr. Fields betrachtete sie. Das Kindermädchen hatte ihn vom ersten Augenblick an fasziniert. Der einzige Laut im Zimmer kam von ihren Metallfüßen, die über den Holzfußboden scharrten, ein eigenwillig rhythmisches Geräusch. Nanny hielt dicht vor ihm an. Die beiden Fotozellenaugen, die sich an flexiblen Stielen wie an Fühlern befanden, waren fest auf ihn gerichtet. Die Stiele verzogen sich erwartungsvoll, zitterten leicht und ein wenig nachdenklich; dann zog Nanny sie ein.

Nanny, das Kindermädchen, war nahezu kugelförmig gebaut, eine große Metallkugel mit abgeflachtem Boden. Ihr Äußeres war mattgrün emailliert und mit der Zeit etwas rissig geworden, hier und da waren Stellen abgestoßen. Abgesehen von den Stielaugen war nicht viel an ihr dran. Ihre Füße waren nicht zu sehen. Zu beiden Seiten konnte man nur die Fugen der Türen erkennen, aus denen bei Bedarf die magnetischen Greifer herauskamen. Die Vorderseite lief zu einer spitzen Nase zu und war extra verstärkt. Die zusätzlichen Metallplatten, die hier sowie an ihrer Hinterseite angeschweißt waren, gaben ihr fast das Aussehen einer Kriegsmaschine. Eines Panzers etwa. Oder das eines runden Schiffs, das nun an Land gekommen war. Oder das eines Insekts. Einer Kellerassel.

»Los, komm!« rief Bobby.

Plötzlich kam Leben in Nanny, sie faßte Tritt und fuhr in einer leichten Drehung herum. Eine ihrer Seitentüren öffnete sich. Eine lange Metallstange schoß heraus. Verspielt faßte sie Bobby mit ihrem Greifer beim Arm und zog ihn zu sich her. Sie hob ihn auf ihren Rücken, und Bobby saß breitbeinig auf. Wild hüpfte er auf und ab und gab ihr die Sporen.

»Einmal um den Block. Wer erster ist!« rief Jean.

»Lauf los!« schrie Bobby. Nanny lief mit ihm los und aus dem Zimmer. Ein riesiger brummender Metallkäfer, voll klickender Relais, Fotozellen und Röhren. Jean lief neben ihr her.

Es wurde still im Raum. Die Eltern waren wieder allein. »Ist sie nicht großartig?« sagte Mrs. Fields. »Natürlich sind Roboter heutzutage nichts Ungewöhnliches mehr. Jedenfalls wenn man denkt, wie es noch vor ein paar Jahren aussah. Heute sind sie doch wirklich überall, heute arbeiten sie als Kassierer im Supermarkt, als Busfahrer, auf Baustellen ...«

»Aber Nanny ist was Besonderes«, murmelte Tom Fields.

»Ja. Sie ... sie ist so gar nicht wie eine Maschine. Sie ist wie ein lebendes Wesen. Wie ein Mensch. Außerdem ist sie auch viel intelligenter als andere Roboter. Das ist ja auch gut so. Angeblich soll sie sogar noch intelligenter sein als unsere Küche.«

»Wir haben genug dafür bezahlt«, warf Tom ein.

»Allerdings«, gab Mary Fields zu. »Trotzdem. Sie wirkt so lebendig ...« In ihrer Stimme schwang ein merkwürdiger Unterton mit.

»Hauptsache, sie paßt auf die Kinder auf«, sagte Tom und wandte sich wieder seiner Zeitung zu.

»Schon, aber ich mache mir dennoch Sorgen.« Mary setzte die Kaffeetasse ab. Sie runzelte die Stirn. Sie hatten ihr Abendbrot fast beendet. Es war schon spät. Die Kinder waren von Nanny zu Bett geschickt worden. Mary tupfte sich mit der Serviette den Mund ab. »Tom, ich mach mir Sorgen. Bitte hör mir zu.«

Tom Fields blinzelte. »Sorgen? Was für Sorgen?«

»Wegen ihr. Wegen Nanny.«

»Wieso?«

»Ich ... ich weiß nicht.«

»Glaubst du, sie muß wieder zur Reparatur? Sie war doch gerade erst in der Werkstatt. Was ist denn jetzt schon wieder? Die Kinder sollten nicht andauernd mit ihr ...«

»Nein, das ist es nicht.«

»Was denn dann?«

Sie schwieg eine Weile. Dann stand sie vom Tisch auf, lief aus dem Zimmer und ein paar Stufen die Treppe rauf. Sie sah hinauf ins Dunkel. Tom sah ihr verständnislos nach.

»Was hast du?«

»Ich will nicht, daß sie uns hört.«

»Wer? Nanny?«

Mary kam zurück. »Tom, ich bin heute nacht wieder aufgewacht. Von diesen Geräuschen. Ich hab schon wieder diese Geräusche gehört, dieselben Geräusche wie schon einmal. Und damals hast du mir gesagt, daß sie nichts zu bedeuten hätten!«

Tom machte eine ungeduldige Handbewegung. »Und? Haben sie das etwa?«

»Ich weiß nicht. Darüber mach ich mir ja die Sorgen. Aber wenn wir alle zu Bett gegangen sind, kommt sie hier herunter. Sie verläßt das Kinderzimmer. Wenn sie sicher ist, daß wir alle schlafen, läuft sie so leise wie möglich die Treppe runter.«

»Und wozu das?«

»Ich weiß es nicht! Heute nacht habe ich gehört, wie sie runtergeschlichen ist, lautlos wie eine Katze. Und dann ...«

»Und dann?«

»Tom, dann habe ich gehört, wie sie zur Hintertür hinausgegangen ist. Nach draußen. Sie ist auf den Hof gegangen. Das war zunächst alles, was ich mitbekommen konnte.«

Tom rieb sich das Kinn. »Erzähl weiter!«

»Ich hab die Ohren offen gehalten. Ich hab kerzengerade im Bett gesessen. Du hast natürlich geschlafen wie ein Weltmeister. Ich hab versucht, dich zu wecken, aber zwecklos. Da bin ich aufgestanden und zum Fenster gegangen. Ich hab das Rollo hochgelassen und nach draußen gesehen. Sie war da. Draußen im Hof.«

»Was hat sie denn da zu suchen?«

»Ich hab keine Ahnung.« Ihr Gesicht war von Sorge gezeichnet. »Ich habe einfach keine Ahnung! Wieso, um alles in der Welt, sollte denn ein Kindermädchen *überhaupt* nachts etwas draußen zu suchen haben, im Hof?«

Es war dunkel. Schrecklich dunkel. Aber im nächsten Moment schaltete sich der Infrarotfilter ein, und das Dunkel war verschwunden. Die Gestalt schlich durch die Küche; sie setzte die Füße nur zur Hälfte auf, um möglichst kein Geräusch zu machen. Sie erreichte die Hintertür, hielt an und lauschte.

Nichts zu hören. Im Haus war alles still. Sie schliefen oben. Tief und fest.

Das Kindermädchen drückte leicht gegen die Tür, sie schwang auf. Es betrat die Veranda und ließ die Tür sacht wieder zugleiten. Die Nacht war kühl, die Luft frisch. Es roch gut. Geheimnisvoll und aufregend, wie es nachts riecht, wenn der Frühling gerade in den Sommer übergeht, wenn der Boden noch saftig ist und die heiße Julisonne noch keine Gelegenheit hatte, das überall wuchernde Grün zu versengen.

Das Kindermädchen ging die Treppe hinunter auf den Plattenweg. Dann betrat es behutsam den Rasen und ging durch das nasse Gras. Nach einer Weile blieb es stehen und richtete sich auf seinen hinteren Füßen auf. Die Nase ragte in die Luft. Seine Stielaugen traten angespannt hervor; sie zitterten leicht. Schließlich löste das Kindermädchen sich aus seiner Erstarrung und setzte seinen Weg fort.

Es war gerade um den Pfirsichbaum herumgegangen und wollte sich wieder ins Haus begeben, da hörte es das Geräusch.

Es hielt schlagartig inne. Die Türen glitten auf, und an den Seiten erschienen in voller Länge die beiden gelenkigen Greifer. Auf der anderen Seite des Gartenzauns, hinter den Margeriten, hatte sich etwas bewegt. Das Kindermädchen spähte in die Nacht, der Infrarotfilter klickte heftig. Nur einige wenige Sterne leuchteten am Himmel, aber Nanny konnte mehr als genug sehen.

Im benachbarten Garten trieb sich ebenfalls ein Kindermädchen herum, schlich durch die Rabatten und näherte sich dem Zaun. Auch dieses Kindermädchen bemühte sich, nicht den geringsten Lärm zu machen. Dann blieben beide plötzlich stehen und sahen einander an – das grüne Kindermädchen im Hof und das blaue Kindermädchen, das nun fast bis an den Zaun gekommen war.

Das blaue Kindermädchen war größer, denn es war zur Bändigung zweier Jungen konstruiert. Sein Äußeres war im Laufe der Jahre etwas ramponiert, aber die Greifer waren immer noch gut in Schuß und äußerst wirkungsvoll. Zusätzlich zu der üblichen doppelt gepanzerten Nase verfügte dieses Kindermädchen noch über einen stählernen Vorsprung, einen vorstehenden Kiefer, der bereits ausgefahren und einsatzbereit war.

Mekko International, die Herstellerfirma, hatte sich auf diese Kieferkonstruktion spezialisiert. Sie war ihr Markenzeichen und Aushängeschild. In der Werbung, in den Prospekten, überall waren sämtliche Modelle mit diesem eindrucksvollen Hauer bestückt. Und die De-Luxe-Ausführung stattete dieses Werkzeug sogar noch mit einem Zusatz aus: mit einer motorbetriebenen Reihe scharfer Sägezähne.

Das blaue Kindermädchen war eine De-Luxe-Ausführung.

Vorsichtig näherte es sich dem Zaun. Es hielt an und inspizierte die Holzlatten. Sie waren dünn und vermodert, vor langer Zeit zusammengezimmert. Das Kindermädchen stieß mit seinem harten Kopf gegen den Zaun. Er gab nach, splitterte und brach. Im selben Moment bäumte sich das grüne Kindermädchen auf seinen hinteren Füßen auf; die Greifer schwangen durch die Luft. Wilde Freude erfüllte es, eine wütende Begeisterung – die Hitze des Gefechts.

Die beiden stürzten sich aufeinander, wälzten sich am Boden, packten mit den Greifern zu. Keins von beiden gab einen Laut von sich, weder das Mekko-Kindermädchen noch das kleiner und leichter gebaute mattgrüne der Factotum GmbH & Co. KG. Sie kämpften unermüdlich und eng ineinander verkeilt. Das blaue Kindermädchen versuchte seinen großen Kiefer unten in die weichen Laufflächen des grünen Kindermädchens zu graben. Und das grüne seinerseits versuchte mit seiner stählernen Nase die böse blitzenden Augen neben sich zu erwischen. Das grüne Kindermädchen war im Nachteil, es war viel billiger gewesen als das blaue; es kämpfte in der falschen Preis- und Gewichtsklasse. Aber es kämpfte, eisern und unerbittlich.

Sie wälzten sich noch lange so in dem feuchten Gras. Ohne jeden Lärm. Still und stumm gingen sie der martialischen Beschäftigung nach, für die sie beide geschaffen waren.

»Ich versteh das nicht«, murmelte Mrs. Fields und schüttelte den Kopf. »Ich versteh das wirklich nicht.«

»Vielleicht war es ein Tier?« schlug Tom vor. »Gibt's in der Nachbarschaft irgendwo einen großen Hund?«

»Nein. Die Pettys mit ihrem Irish Setter sind doch aufs Land gezogen.«

Die beiden sahen sich ratlos an. Nanny hatte sich neben die Badezimmertür gehockt und überwachte Bobby beim Zähneputzen. Ihr grüner Rumpf war mächtig verbeult. Ein Auge war kaputt, das Glas war in die Brüche gegangen. Ein Greifer ließ sich nicht mehr richtig einziehen und baumelte jetzt traurig aus der Tür heraus.

»Ich versteh das einfach nicht«, sagte Mary zum wiederholten Mal. »Ich ruf in der Werkstatt an. Mal sehen, was die dazu sagen. Tom, es muß irgendwann in der Nacht passiert sein. Als wir schliefen. Das Geräusch, das ich gehört habe ...«

»Pst!« warnte Tom. Nanny näherte sich vom Bad. Klickend und unangenehm brummend hinkte sie an ihnen vorüber, ein grüner Haufen Metall, der unrhythmische, kratzende Laute von sich gab. Tom und Mary Fields beobachteten sie unglücklich, wie sie sich langsam ins Wohnzimmer schob.

»Ich hoffe nur ...«, flüsterte Mary.

»Was?«

»Ich hoffe nur, daß es nicht wieder vorkommt.« Sie sah plötzlich ihrem Mann tief besorgt in die Augen. »Du weißt doch, wie sehr die Kinder an ihr hängen. Ohne Nanny wären sie so schutzlos. Denkst du nicht auch?«

»Es kommt bestimmt nicht wieder vor«, versuchte Tom sie zu beruhigen. »Bestimmt war es ein Unfall.« Aber er glaubte es selbst nicht. Er wußte ganz genau, daß das kein Unfall war.

Er holte aus der Garage den Schwebekreuzer, stieß ihn so zurück, daß der Heckraum direkt mit der Hintertür des Hauses verbunden war, und lud dann das angeschlagene Kindermädchen ein. Zehn Minuten später war er unterwegs, quer durch die Stadt zum Wartungsdienst der Factotum GmbH & Co. KG.

Der Mann vom Wartungsdienst in seinem ehemals weißen, jetzt ölverschmierten Overall stand im Eingangstor. »Ärger mit Ihrem Mädchen?« fragte er müde. Hinter ihm, in den Tiefen der endlosen Halle, sah man reihenweise lädierte Kindermädchen, die einen mehr, die anderen weniger auseinandergenommen. »Was ist es denn diesmal?«

Tom erwiderte nichts, sondern rief nur das Kindermädchen zu sich und wartete dann, während der Mechaniker es sich genauer ansah.

Als sich der Mechaniker wieder erhob und sich die öligen Finger abwischte, schüttelte er den Kopf. »Das wird teuer«, sagte er. »Der halbe Neurotransmitter ist raus.«

Mit belegter Stimme fragte Tom: »Haben Sie so etwas schon mal gesehen? Das ist ja nicht einfach kaputt gegangen. Das hat doch irgendwer kaputt *gemacht.*«

»Na klar«, erwiderte der Mechaniker gleichgültig. »Hat ordentlich was abgekriegt. Nach den Schäden zu urteilen ...«, er deutete auf die demolierte Vorderfront, »würde ich sagen, das war einer von den neuen Mekkos, die mit ihren Motorsägen.«

Tom Fields stockte das Herz. »Dann ist das gar nichts Neues für Sie?« sagte er mit schwacher Stimme. Er rang nach Luft. »Dann kommt so etwas häufiger vor?«

»Na ja, Mekko hat die neue Ausführung gerade erst auf den Markt gebracht. Gar nicht übel ... fast doppelt so teuer wie das Modell hier. Selbstverständlich«, fügte er gewichtig hinzu, »haben wir ebenfalls ein neues Modell entwickelt, das es mit dem Luxus-Mekko spielend aufnehmen kann. Und unser Modell ist entschieden günstiger.«

Tom sagte so ruhig wie möglich: »Ich will diese Nanny wiederhaben. Die und keine andere.«

»Ich werd sehen, was ich machen kann. Aber Ihr Mädchen wird nicht so sein wie früher. Die Schäden sind einfach zu groß. Ich würde Ihnen raten, geben Sie die hier in Zahlung – Sie können dafür fast den Neupreis kriegen. Das neue Modell kommt etwa in einem Monat, das heißt, die Händler stehen schon in ihren Startlöchern, um Ihnen für Ihr Mädchen hier sofort ...«

»Versteh ich Sie richtig?« Tom Fields zündete sich nervös eine Zigarette an. »Factotum will die Mädchen gar nicht reparieren? Sondern bloß die neusten Modelle an den Mann bringen, wenn die alten kaputtgehen?« Er musterte den Mechaniker. »Oder kaputt gemacht *werden*?«

Der Mechaniker zuckte die Schultern. »Es ist meistens reine Zeitverschwendung, sie zu reparieren. Über kurz oder lang sind sie sowieso im Eimer.« Er versetzte dem verunstalteten grünen Rumpf einen Tritt. »Das Mädchen ist fast drei Jahre alt, Mister. Sie ist am Ende.«

»Reparieren Sie sie!« stieß Tom zwischen den Zähnen hervor. Allmählich begriff er, wie der Hase lief. Er mußte sich bemühen, nicht die Selbstbeherrschung zu verlieren. »Ich kauf keine neue! Ich will, daß die hier repariert wird!«

»Wie Sie wünschen«, sagte der Mechaniker gleichgültig. Er holte ein Formular und begann es dann auszufüllen. »Wir tun unser möglichstes. Aber erwarten Sie keine Wunder.«

Während Tom Fields mit ein paar zackigen Strichen die

Auftragsbestätigung unterschrieb, wurden zwei weitere defekte Kindermädchen in die Halle gebracht.

»Wann kann ich sie wiederhaben?« fragte er.

»Ein paar Tage wird es schon dauern.« Der Mechaniker wies mit einem Nicken auf die halbfertigen Kindermädchen hinter ihm. »Sie sehen ja«, fügte er gelangweilt hinzu, »wir sind ziemlich gut beschäftigt.«

»Ich kann warten«, sagte Tom gereizt. »Und wenn es einen Monat dauert.«

»Komm, wir gehen in den Park!« rief Jean.

Also gingen sie in den Park.

Es war ein herrlicher Tag. Es war sehr warm, die Sonne schien, und ein leichter Wind strich durch das Gras und über die Blumen. Die Kinder gingen langsam über den Kiesweg und atmeten die vom Duft der Rosen, Hortensien und Orangenblüten erfüllte Sommerluft tief ein und hielten sie so lange in sich wie nur möglich. Sie kamen durch ein Wäldchen aus dunklen, kräftigen Zedern. Der Boden war weich und feucht, das samtweiche, nasse Fell einer lebenden Kreatur unter ihnen. Am Ende des Wäldchens, wo ihnen wieder die Sonne entgegenstrahlte und der blaue Himmel in Sicht kam, erreichten sie eine weitläufige Grünfläche.

Hinter ihnen her trottete Nanny, schwerfällig und geräuschvoll klapperten ihre Füße. Der herunterhängende Greifer war repariert und das beschädigte Auge ausgewechselt worden. Aber der Elan und die Eleganz von einst, sie waren fort. Die Klarheit ihrer Konturen war nicht mehr vorhanden. Immer wieder hielt sie jetzt an, und die beiden Kindern hielten ebenfalls an und warteten ungeduldig, bis sie zu ihnen aufschloß.

»Was ist denn los?« fragte Bobby sie.

»Irgend etwas stimmt nicht mit ihr«, klagte Jean. »Seit Mittwoch ist sie so komisch. Und so langsam. Sie war ja auch ganz schön lange weg.«

»Sie war in der Werkstatt«, erklärte ihr Bobby. »Vielleicht ist sie irgendwie müde. Papa sagt, sie ist alt. Ich hab gehört, wie er das zu Mama gesagt hat.«

Etwas betrübt gingen sie weiter; mühselig folgte ihnen das Kindermädchen. Sie kamen zu den ersten Bänken, die hier in unregelmäßigen Abständen auf dem Rasen aufgestellt waren. Leute saßen dort und dösten in der Sonne. Ein junger Mann lag vor ihnen im Gras, die Jacke als Kopfkissen, eine Zeitung über dem Gesicht. Sie mußten einen Bogen machen, um nicht auf ihn zu treten.

»Da ist der See!« schrie Jean. Die Niedergeschlagenheit war verflogen.

Die Rasenfläche verlief hier abschüssig. An ihrem Ende, ganz unten, war ein Weg, ein Kiesweg, und dahinter – der blaue See. Die beiden Kinder jagten aufgeregt los. Sie wurden schneller und schneller, als sie den Hang hinunterliefen; und Nanny mußte sich sputen, daß sie sie nicht aus den Augen verlor.

»Der See!«

»Wer letzter ist, ist ein stinkender Marskäfer!«

Völlig außer Atem überquerten sie den Weg und erreichten den schmalen grünen Uferstreifen, an den sacht das Wasser schlug. Bobby ließ sich auf alle viere fallen, lachend und keuchend, und sah ins Wasser. Jean ließ sich neben ihm nieder und brachte ihr verrutschtes Kleid wieder in Ordnung. Tief unten im wolkig blauen Wasser waren Kaulquappen und kleine Elritzen, winzige künstliche Fische, zu klein, um sie zu fangen.

Am anderen Ufer ließen ein paar Kinder Segelschiffe mit flatternden weißen Segeln schwimmen. Auf einer Bank saß ein dicker Mann und las angestrengt in einem Buch, eine Pfeife klemmte zwischen seinen Lippen. Ein junges Pärchen schlenderte am Ufer entlang, Arm in Arm; sie sahen sich an und hatten ganz offensichtlich alles um sich herum vergessen.

»Schade, daß wir keine Schiffe haben«, seufzte Bobby.

Ratternd und klappernd erreichte Nanny schließlich den Weg und kam zu ihnen ans Ufer. Sie hielt an, ließ sich nieder und zog die Füße ein. Reglos hockte sie da. Ein Auge, das helle, blitzte auf in der Sonne. Das andere war nicht richtig parallel eingestellt worden und gaffte trüb in eine ganz andere Richtung. Sie hatte sich bemüht, beim Laufen das Gewicht auf die gute Seite zu verlagern, um so die beschädigte Seite zu entlasten. Aber ihre Bewegungen waren unbeholfen und schwerfällig. Ein Geruch von Öl umgab sie, von verbranntem Öl und von heißgelaufenem Metall.

Jean beobachtete sie. Gutmütig klopfte sie ihr auf den buckeligen Rücken. »Arme Nanny! Was hast du bloß angestellt? Was ist mit dir passiert? Hast du einen Unfall gebaut?«

»Los, wir schubsen sie rein«, schlug Bobby gelangweilt vor. »Mal sehen, ob sie schwimmen kann. Können Kindermädchen schwimmen?«

Jean meinte, nein, weil sie doch so schwer sind. Sie würde untergluckern und nie mehr hochkommen.

»Dann schubsen wir sie eben nicht rein«, sagte Bobby.

Sie schwiegen eine Weile. Hoch über ihnen flatterten ein paar Vögel, undeutliche Flecken, die schnell am Himmel hinzogen. Ein kleiner Junge kam auf einem wackeligen Fahrrad den Weg herauf. Das Vorderrad schlingerte bedenklich durch den Kies.

»Schade, daß ich kein Fahrrad hab«, moserte Bobby.

Der Junge zuckelte an ihnen vorüber. Der dicke Mann auf der anderen Seite des Sees stand auf und klopfte seine Pfeife an der Bank aus. Er schlug das Buch zu und bummelte über den Weg davon; mit einem immensen roten Taschentuch wischte er sich dabei den Schweiß von der Stirn.

»Was passiert eigentlich mit Kindermädchen, wenn sie alt werden?« wunderte sich Bobby. »Was machen sie? Und wohin kommen sie dann?«

»Sie kommen in den Himmel.« Liebevoll tätschelte Jean den grünen Metallrumpf. »Wie wir alle.«

»Werden Kindermädchen geboren? Hat es schon immer Kindermädchen gegeben?« Bobby hatte das Gefühl, er rühre am innersten Geheimnis des Universums. »Vielleicht hat es ganz früher keine Kindermädchen gegeben. Wie das wohl war, als es noch keine Kindermädchen gab?«

»Kindermädchen hat es schon immer gegeben«, widersprach Jean ungeduldig. »Wenn nicht, wo sollen sie denn dann plötzlich hergekommen sein?«

Darauf wußte Bobby auch keine Antwort. Er grübelte noch eine Weile vor sich hin, wurde dann aber müde ... er war wirklich noch zu jung, um solche Fragen zu beantworten. Die Augenlider wurden ihm schwer und schwerer. Er mußte gähnen. Die Kinder legten sich ins warme Gras der Uferböschung, sahen in den Himmel, zu den Wolken, lauschten dem Wind, der durch das Zedernwäldchen strich. Neben ihnen ruhte eine arg mitgenommene Nanny und versuchte, ihre geringen Kräfte zu sammeln.

Ein kleines Mädchen lief langsam über die Wiese, ein hübsches Mädchen in einem blauen Kleid mit einer hell leuchtenden Schleife im langen schwarzen Haar. Sie ging auf den See zu.

»Kuck mal«, sagte Jean. »Phyllis Casworthy. Sie hat eine *orange* Nanny!«

Neugierig betrachteten die Kinder die Näherkommenden. »Ein oranges Kindermädchen hab ich ja noch nie gesehen«, sagte Bobby verächtlich. Das Mädchen überquerte nicht weit von ihnen entfernt den Weg und trat ans Seeufer. Sie und ihre Nanny blieben stehen und sahen sich um, betrachteten die weißen Segel der kleinen Segelschiffe der Kinder und die mechanischen Fische im Wasser.

»Sie ist viel größer als unsere«, bemerkte Jean.

»Stimmt«, mußte Bobby zugeben. Er stieß den grünen Rumpf kameradschaftlich an. »Dafür ist unsere aber viel schöner, hab ich nicht recht, Nanny?«

Das Kindermädchen reagierte nicht. Bobby sah es überrascht an. Nanny stand völlig reglos da; das gute Auge war weit ausgefahren und fixierte angespannt das orangefarbene Kindermädchen.

»Was ist?« fragte Bobby unbehaglich.

»Nanny, was ist los?« fragte jetzt auch Jean.

Das grüne Kindermädchen brummte, als ihr Getriebe sich in Bewegung setzte. Ihre Füße wurden ausgefahren und rasteten mit einem metallischen Klacken ein. Langsam öffneten sich die Türen und entließen die beiden Greifer.

»Nanny, was hast du vor?« Jean sprang auf, und Bobby kam ebenfalls auf die Füße.

»Nanny, was ist denn los?«

»Komm«, rief Jean ängstlich, »wir gehen nach Hause.«

»Ja, genau, laß uns nach Hause gehen«, befahl Bobby.

Ohne sich ihnen auch nur einmal zuzuwenden, ließ das grüne Kindermädchen sie stehen. In einiger Entfernung, am Ufer, wandte sich das andere Kindermädchen, die große orangefarbene Nanny, ebenfalls von ihrem Zögling ab und marschierte los.

»Nanny! Hierher!« Die Stimme des kleinen schwarzhaarigen Mädchens war schrill und von Panik erfüllt.

Jean und Bobby liefen den Hang hinauf, fort vom Ufer. »Sie wird schon kommen!« sagte Bobby. »Nanny! Bitte komm jetzt!«

Aber Nanny kam nicht.

Das orangefarbene Kindermädchen kam näher. Es war riesig, viel größer noch als das große Mekko-de-Luxe-Modell, das in jener Nacht auf den Hof gekommen war. Das lag jetzt wie eine alte Konservenbüchse aufgeschlitzt und zerfetzt auf der anderen Seite vom Gartenzaun.

Ein solch großes Kindermädchen wie dieses hier hatte die grüne Nanny noch nicht gesehen. Unsicher schob sie sich voran, mit erhobenen Greifern, und schaltete die inneren Schutzschilde ein. In diesem Moment klappte das orangefarbene Kindermädchen einen vierkantigen Metallarm aus. Er schnellte hervor und fuhr in die Höhe, höher und höher. Dann beschrieb der Arm Kreise in der Luft, immer schneller, bis er eine furchterregende Geschwindigkeit erreicht hatte.

Das grüne Kindermädchen hielt inne. Verunsichert von diesem wirbelnden Dreschflegel aus Stahl, wich es ein wenig zurück. Und dann, als es gerade stehenblieb, unschlüssig, wie es vorgehen sollte, setzte das andere Kindermädchen zum Sprung an.

»Nanny!« schrie Jean.

»Nanny! Nanny!«

Die beiden Metallkörper wirbelten wütend kämpfend am Boden umeinander. Immer wieder ging der schreckliche Dreschflegel nieder und hieb ein auf den grünen Körper. Oben schien unverändert die Sonne gleichmütig auf sie herab, und der Wind kräuselte sanft die Oberfläche des Sees.

»Nanny!« kreischte Bobby und zappelte hilflos herum.

Aber das wütend sich umherwälzende Knäuel aus grünem und orangefarbenem Metall registrierte seine Stimme gar nicht.

»Was sollen wir denn jetzt bloß tun?« Mary Fields preßte die Lippen aufeinander. Ihr Gesicht war blaß.

»Ihr bleibt hier.« Tom schnappte sich seine Jacke von der Garderobe und riß dann den Hut von der Ablage. Er marschierte zur Tür.

»Was hast du vor?«

»Steht der Kreuzer draußen?« Tom öffnete die Haustür und trat auf die Veranda. Die beiden Kinder beobachteten ihn. Der Schreck saß ihnen noch in den Gliedern, noch immer zitterten sie.

»Ja«, murmelte Mary, »er steht vor der Tür. Aber wohin ...«

Abrupt wandte sich Tom zu den Kindern um. »Und ihr seid sicher, daß sie – daß sie *tot* ist?«

Bobby nickte. Sein Gesicht war tränenverschmiert. »Sie hat sie kurz und klein gehauen ... Die Stücke liegen überall auf dem Rasen.«

Tom nickte wütend. »Ich bin gleich wieder da. Und macht euch nur keine Sorgen. Wartet hier auf mich.«

Er lief die Treppe hinunter, über den Weg, hin zum geparkten Kreuzer. Dann hörten sie, wie er rasant davonfuhr.

Er mußte zu verschiedenen Firmen fahren, bis er endlich fand, was er suchte. Factotum hatte ihm nichts mehr zu bieten, mit denen war er durch. Erst in dem luxuriösen, mit Strahlern erleuchteten Schaufenster der Domestic AG sah er, wonach er Ausschau hielt. Man wollte gerade schließen; als der Verkäufer jedoch Toms Gesichtsausdruck sah, ließ er ihn doch noch herein.

»Ich nehm es«, sagte Tom und langte in seine Innentasche nach dem Scheckbuch.

»Welches Modell meinen Sie, Sir?« fragte der Verkäufer unsicher.

»Das große. Das große schwarze im Schaufenster. Mit den vier Armen und der Ramme vorn.«

Das Gesicht des Verkäufers strahlte. »Sehr wohl, Sir!« rief er aus und zückte seinen Bestellblock. »Den Imperator Spezial mit Energiestrahlfokus. Hätten Sie gern die Ausführung mit der Hochgeschwindigkeits-Scherenklaue plus Fernbedienung? Für einen geringen Aufpreis stellen wir Ihnen auch ein Monitorsystem zur Verfügung. Dann können Sie das Geschehen ganz gemütlich von Ihrer Stube aus verfolgen.«

»Das Geschehen?« Tom stutzte.

»Wenn sie in Aktion tritt.« Der Verkäufer kritzelte hastig auf seinem Block herum. »Wenn es richtig zur Sache geht – dieses Modell ist in nur fünfzehn Sekunden nach dem Einschalten kampfbereit. Sie finden kein Nahkampfmodell, das schneller wäre, weder in unserem Haus noch sonstwo. Noch vor einem halben Jahr hieß es, ein Fünfzehn-Sekunden-Angriff wäre ein Ding der Unmöglichkeit.« Erregt lachte der Verkäufer laut auf. »Aber die Wissenschaft schreitet voran.«

Ein kaltes, taubes Gefühl breitete sich in Tom Fields aus. »Hören Sie«, sagte er heiser. Er packte den Verkäufer am Revers und zog ihn zu sich ran. Der Bestellblock flatterte in hohem Bogen davon; der Verkäufer schluckte überrascht und verängstigt. »Hören Sie mir zu«, stieß Tom hervor, »die Dinger, die Sie bauen, werden von Modell zu Modell größer und immer größer - hab ich recht? Jedes Jahr ein neues Modell, jedes Jahr eine neue Waffe. All diese Firmen - alle bauen sie Nannys mit immer besserer Ausrüstung, damit sie sich dann gegenseitig zerstören.«

»Tja«, versuchte der Verkäufer zu protestieren. »Nur, daß Domestic-Modelle *nie* zerstört werden. Sie stecken wohl auch schon mal was ein, aber zeigen Sie mir auch nur eins unserer Modelle, das einmal irgendwo liegen geblieben wäre.« Mit Würde hob er den Bestellblock auf und strich dann seinen Kittel glatt. »O nein, Sir«, sagte er mit Nachdruck, »unsere Modelle überleben. Ich sag Ihnen was, erst neulich habe ich eine sieben Jahre alte Domestic laufen gesehen, aus der alten 3S-Klasse. Hatte hier und da ein paar Kratzer, aber die stand noch voll im Saft. Das gäbe was, wenn eins von den billigen Dingern aus den Protector-Werken sich mit unserer alten 3S anlegen würde.«

Tom versuchte, nicht in die Luft zu gehen: »Und wozu soll das gut sein? Warum das alles? Was soll das für einen Sinn haben, diese Art ... Wettbewerb zwischen den Marken?«

Der Verkäufer zögerte. Unsicher griff er wieder zu seinem Bestellblock. »Ganz recht, Sir«, sagte er dann. »Wettbewerb. Sie treffen den Nagel auf den Kopf. Es ist ein Konkurrenzkampf. Einer, allerdings, bei dem die Domestic AG, wenn man so sagen kann, konkurrenzlos ist. Denn wir kämpfen nicht einfach gegen die Konkurrenz, wir *vernichten* sie.«

Es brauchte einige Sekunden, bis Tom Fields verstanden hatte. »Also mit anderen Worten«, sagte er schließlich, »nach einem Jahr sind diese Dinger schon überholt. Sind nicht mehr gut genug, nicht mehr groß genug. Sind sie nicht mehr stark genug. Und wenn ich mir dann nicht sofort ein neues Modell besorge, ein besseres ...«

»Ihr letztes Kindermädchen ist ... äh ... im Kampf unterlegen?« Der Verkäufer lächelte wissend. »War es wohl ganz eventuell schon ein paar Jährchen älter? Entsprach nicht mehr ganz den heutigen Standards? Konnte sich im ... äh ... Wettstreit nicht mehr recht behaupten?«

»Sie ist nicht mehr nach Hause gekommen«, sagte Tom mit belegter Stimme.

»Sie wurde also zerstört. Ich verstehe voll und ganz. Ein ganz alltäglicher Vorgang. Sehen Sie, Sir, Sie haben gar keine Wahl. Und Sie können wirklich niemandem die Schuld dafür geben. Die Domestic AG jedenfalls trifft gewiß keine Schuld.«

»Aber wenn ein Kindermädchen zerstört wird«, entgegnete Tom scharf, »bedeutet das für Sie bares Geld, weil Sie dann wieder ein neues verkaufen können.«

»Allerdings. Aber wir müssen schließlich alle stets den neuesten Qualitätsansprüchen gerecht werden. Niemand kann es sich erlauben, hinter den anderen hinterherzuhinken ... wie Sie ja selbst gesehen haben, wenn Sie mir diese Bemerkung erlauben, Sir ... Sie haben ja selbst gesehen, was es zur Folge hat, nicht auf dem neuesten Stand zu sein.«

»Stimmt«, bestätigte Tom mit fast tonloser Stimme. »Man sagte mir, ich solle sie lieber nicht reparieren lassen, sondern besser eine neue kaufen.«

Das selbstzufriedene Grinsen des Verkäufers schwoll maßlos an. Sein Gesicht glühte wie eine Miniatursonne vor schierer Euphorie. »Aber mit Domestic haben Sie ausgesorgt, Sir. An unser Modell kommt dann wirklich keiner mehr heran. Dieses Modell löst alle Ihre Probleme, Mister ...« Er zögerte angelegentlich. »Wie war doch gleich der werte Name, Sir? An wen darf ich die Bestellung senden?«

Gebannt beobachteten Bobby und Jean, wie die Lieferanten die riesige Kiste ins Wohnzimmer trugen. Ächzend und schwitzend setzten sie sie auf den Boden und richteten sich dann erleichtert stöhnend auf.

»In Ordnung«, sagte Tom knapp. »Besten Dank.«

»Nichts zu danken, Mister.« Die Männer stapften raus und schlossen geräuschvoll die Tür hinter sich.

»Was ist das denn, Daddy?« flüsterte Jean. Ehrfürchtig und mit großen Augen näherten sich die Kinder der mächtigen Kiste.

»Das werdet ihr gleich sehen.«

»Tom, es ist schon spät. Die Kinder sollten längst im Bett sein«, protestierte Mary. »Hat das nicht bis morgen Zeit?«

»Ich möchte, daß sie es sich *sofort* ansehen.« Tom verschwand nach unten, um aus dem Keller einen Schraubenzieher zu holen. Dann kniete er neben der Kiste nieder und machte sich daran, die Schrauben zu lösen, die sie zusammenhielten. »Sie können heute mal länger aufbleiben. Ausnahmsweise.«

Geschickt löste er ein Brett nach dem anderen, bis schließlich die Bretter der Vorderseite entfernt und ordentlich an die Wand gelehnt waren. Tom entnahm der Kiste die Bedienungsanleitung und die Vierteljahr-Garantie und gab beides Mary. »Halt mal.«

»Ein Kindermädchen!« schrie Bobby.

»Eine Riesennanny, eine Riesennanny!«

In der Kiste ruhte, umhüllt von einem schmierigen Schutzfilm, etwas, das aussah wie eine metallene Riesenschildkröte. Frisch aus dem Werk, geprüft, geölt, mit Stempel und allem. Tom nickte. »Ganz recht. Ein Kindermädchen. Das ist jetzt eure neue Nanny.«

»Die ist für uns?«

»Natürlich.« Tom ließ sich in einen Sessel fallen und zündete sich eine Zigarette an. »Morgen stellen wir sie an, dann sehen wir mal, wie sie so läuft.«

Die Kinder kamen aus dem Staunen nicht heraus. Sie waren sprachlos.

»Aber denkt dran«, sagte Mary, »geht jetzt nicht mehr in den Park. Bleibt mit ihr dem Park fern, habt ihr mich verstanden?«

»Ach was«, widersprach Tom. »Sie können ruhig in den Park gehen.«

Mary blickte ihn verständnislos an. »Aber wenn dieses orangefarbene Ding wieder auftaucht ...«

Tom lächelte grimmig. »Von mir aus können sie jederzeit in den Park gehen.« Er beugte sich zu Bobby und Jean vor. »Ihr könnt in den Park gehen, wann ihr wollt. Ihr braucht vor nichts Angst zu haben. Vor nichts und niemandem. Merkt euch das.«

Er stieß mit der Fußspitze gegen die schwere Kiste.

»Es gibt nichts mehr, wovor ihr euch fürchten müßtet. Das ist jetzt ein für allemal vorbei.«

Bobby und Jean nickten, ohne den Blick von dem Inhalt der Kiste abzuwenden.

»Ist gut, Daddy«, sagte Jean.

»Mensch, guck dir die an!« flüsterte Bobby. »Ich kann's kaum erwarten, bis wir sie anstellen.«

Mrs. Andrew Casworthy erwartete ihren Mann bereits händeringend an der Tür ihres vornehmen zweigeschossigen Hauses.

»Was ist denn mit dir los?« grummelte Casworthy und nahm den Hut ab. Er zog ein Taschentuch hervor und wischte sich den Schweiß vom geröteten Gesicht. »Verdammt, ist das heiß heute. Was ist? Ist was passiert?«

»Andrew, ich befürchte ...«

»Was ist los?«

»Phyllis ist heute ohne das Kindermädchen aus dem Park zurückgekommen. Gestern war es schon völlig verbeult und zerkratzt, als Phyllis es nach Hause brachte. Und Phyllis ist so aufgelöst, ich kann nichts aus ihr herausbringen, was ...«

»Ohne das Kindermädchen?«

»Sie ist ohne Nanny nach Hause gekommen. Ganz allein.«

Maßlose Wut verzerrte die massigen Gesichtszüge des Mannes. »Was ist da vorgefallen?«

»Vermutlich das gleiche wie gestern. Irgend etwas hat ihr

Kindermädchen angegriffen ... und hat es zerstört! Es ist aus ihr ja nichts herauszubringen, aber irgend etwas Schwarzes, Riesiges ... es muß ein anderes Kindermädchen gewesen sein.«

Casworthy schob langsam das Kinn vor. Sein plumpes Gesicht nahm jetzt eine schon furchterregend dunkle Farbe an. Plötzlich machte er kehrt.

»Wo willst du hin?« Seine Frau zitterte vor Aufregung.

Der schwergewichtige Mann stürmte die Auffahrt hinunter, hin zu dem schlanken Schwebekreuzer und hatte die Hand bereits am Türgriff.

»Ich besorg uns eine neue Nanny«, schnaubte er. »Die beste, die man kriegen kann, verlaß dich drauf. Und wenn ich jeden einzelnen Laden in dieser verdammten Stadt abklappern muß. Die beste und größte.«

»Aber Schatz«, seine Frau lief besorgt hinter ihm her, »können wir uns das denn überhaupt leisten?« Wieder die Hände ringend fuhr sie atemlos fort: »Ich meine, wäre es nicht besser, noch ein wenig zu warten? Du solltest vielleicht noch einmal in Ruhe über alles nachdenken. Vielleicht, wenn du dich erst einmal etwas beruhigt hast ...«

Aber Andrew Casworthy hörte nicht hin. Der Kreuzer brodelte bereits lebhaft und war bereit, mit Casworthy davonzujagen. »Mich macht niemand fertig.« Seine dicken Lippen zuckten verächtlich. »Ich werd es denen zeigen. Allen werd ich es zeigen. Und wenn ich ein neues, größeres Modell bauen lassen muß. Irgendeinen von diesen Herstellern werde ich schon dazu kriegen.«

Und sonderbar, er wußte nur zu genau, er würde mit seinem Ansinnen nicht auf taube Ohren stoßen.

Jons Welt

KASTNER GING WORTLOS um das Schiff herum. Er kletterte die Rampe hinauf, trat behutsam ein und verschwand im Inneren. Eine Weile war seine umherwandernde Silhouette zu sehen. Dann tauchte er wieder auf, sein breites Gesicht leuchtete schwach.

»Nun?« fragte Caleb Ryan. »Was halten Sie davon?«

Kastner kam die Rampe herunter. »Ist es startklar? Nichts mehr dran zu tüfteln?«

»Es ist fast startbereit. Die restlichen Abschnitte werden von Facharbeitern fertiggestellt. Relaisschaltungen und Versorgungsleitungen. Aber größere Probleme wird es nicht geben. Zumindest keine, die wir voraussehen können.«

Die beiden Männer standen nebeneinander und blickten hinauf zu dem gedrungenen Metallkasten mit seinen Pforten, Abschirmungen und vergitterten Beobachtungsfenstern. Das Schiff war nicht schön. Es hatte keine schnittige Form, keine Streben aus Chrom und Rexeroid, die dem Rumpf die Leichtigkeit einer allmählich spitz zulaufenden Träne verliehen hätten. Das Schiff war gedrungen und wulstig, überall ragten Türmchen und Vorsprünge heraus.

»Was werden die denken, wenn wir aus dem Ding aussteigen?« fragte Kastner.

»Wir hatten keine Zeit, es zu verzieren. Wenn Sie natürlich noch zwei Monate länger warten wollen ...«

»Könnten Sie nicht ein paar von diesen Wülsten entfernen? Wozu dienen die eigentlich? Was bewirken die?«

»Ventile. Sie können die Pläne einsehen. Sie leiten die Starkstromspannung ab, sobald sie die Höchstgrenze überschreitet. Zeitreisen ist gefährlich. Während das Schiff sich rückwärts bewegt, wird eine ungeheure Spannung angestaut. Die muß man allmählich ableiten – sonst werden wir zu einer gewaltigen Bombe, die mit Millionen von Volt aufgeladen ist.«

»Ich verlasse mich ganz auf Sie.« Kastner nahm seine Aktentasche auf. Er ging auf einen der Ausgänge zu. Die Wachposten der Liga gaben den Weg frei. »Ich werde den Direktoren berichten, daß es bald startklar ist. Ich muß Ihnen übrigens noch etwas eröffnen.«

»Was ist los?«

»Wir haben entschieden, wer Sie begleiten wird.«

»Wer?«

»Ich werde Sie begleiten. Ich wollte schon immer wissen, wie die Welt vor dem Krieg aussah. Man sieht die Geschichtsbänder, aber das ist nicht das gleiche. Ich will dort *sein*. Herumlaufen. Wissen Sie, man sagt, daß es vor dem Krieg keine Asche gab. Das Land war fruchtbar. Man konnte meilenweit laufen, ohne auf Ruinen zu stoßen. Das würde ich gern sehen.«

»Ich wußte nicht, daß Sie sich für die Vergangenheit interessieren.«

»O ja. Meine Familie hat ein paar Bücher mit Abbildungen aufbewahrt, die zeigen, wie es war. Kein Wunder, daß USIC Schonermans Papiere in die Hände bekommen will. Wenn der Wiederaufbau beginnen könnte ...«

»Das wünschen wir uns alle.«

»Und vielleicht bekommen wir es. Auf Wiedersehen.«

Ryan beobachtete, wie der feiste, kleine Geschäftsmann hinausging und seine Aktentasche umklammerte. Die Wachposten der Liga traten beiseite, damit er passieren konnte, und schlossen die Lücke hinter ihm, während er durch den Ausgang verschwand.

Ryan wandte sich wieder dem Schiff zu. Also würde Kastner sein Begleiter sein. USIC – United Synthetic Industries Combine – hatte auf einer paritätischen Vertretung während der Reise bestanden: ein Mann von der Liga, einer von USIC. USIC war sowohl in organisatorischer als auch in finanzieller Hinsicht die Versorgungsquelle für das Projekt »Uhr« gewesen. Ohne diese Hilfe wäre das Projekt nie über das Planungsstadium hinausgekommen. Ryan setzte sich an den Arbeitstisch und schickte die Blaupausen rasch durch den Scanner. Sie hatten lange gearbeitet. Es war nicht mehr sehr viel zu tun. Nur hier und da noch der letzte Schliff.

Der Videoschirm klickte. Ryan stoppte den Scanner und wirbelte herum, um den Anruf entgegenzunehmen.

»Ryan.«

Auf dem Bildschirm erschien der Operator der Zentrale. Der Anruf kam über Ligakabel. »Notruf.«

Ryan erstarrte. »Stellen Sie durch.«

Der Operator wurde ausgeblendet. Einen Augenblick später erschien ein altes Gesicht, rot und zerfurcht. »Ryan ...«

»Was ist passiert?«

»Du solltest besser nach Hause kommen. So schnell du kannst.«

»Was gibt's?«

»Jon.«

Ryan zwang sich, ruhig zu bleiben. »Ein neuer Anfall.« Seine Stimme klang belegt.

»Ja.«

»Wie die anderen?«

»Genau wie die anderen.«

Ryans Hand zuckte zum Abschaltknopf. »In Ordnung. Ich bin sofort zu Hause. Laß niemanden hinein. Versuch, ihn zu beruhigen. Laß ihn nicht aus seinem Zimmer. Wenn nötig, verdopple die Wachen.«

Ryan unterbrach die Verbindung. Einen Augenblick später war er auf dem Weg zum Dach, zu seinem Intercity-Schiff, das über ihm, auf dem Dachflugplatz des Gebäudes, parkte.

Sein Intercity-Schiff raste über die endlose graue Asche, automatische Lenkstationen leiteten es nach Stadt vier. Schreckensbleich starrte Ryan durch die Luke, halb blind für die Aussicht unter ihm.

Er befand sich zwischen den Städten. Das Land war unfruchtbar, endlose Hügel von Schlacke und Asche, so weit das Auge reichte. Städte ragten auf wie verstreute Giftpilze, dazwischen meilenweit Grau. Giftpilze hier und da, Türme und Gebäude, arbeitende Männer und Frauen. Allmählich wurde das Land wieder urbar gemacht. Proviant und Geräte wurden von der Mondstation heruntergebracht.

Während des Krieges hatten die Menschen Terra verlassen und den Mond besiedelt. Terra war verwüstet. Nur noch eine Kugel aus Ruinen und Asche. Als der Krieg vorbei war, kehrten die Menschen allmählich zurück.

Eigentlich hatte es zwei Kriege gegeben. Der erste: Menschen gegen Menschen. Der zweite: Menschen gegen Greifer – komplizierte Roboter, die als Kriegswaffe geschaffen worden waren. Die Greifer hatten sich gegen ihre Schöpfer gewandt und ihre eigenen neuen Typen und Geräte konstruiert.

Ryans Schiff setzte zur Landung an. Er befand sich über Stadt vier. Gleich darauf kam das Schiff auf dem Dach seines gediegenen Privatwohnsitzes im Stadtzentrum zum Stehen. Ryan sprang schnell heraus und lief quer über das Dach zum Lift.

Einen Augenblick später betrat er seinen Wohntrakt und machte sich auf den Weg zu Jons Zimmer.

Er fand den alten Mann, der Jon mit ernstem Gesicht durch die gläserne Zimmerwand beobachtete. Jons Zimmer lag teilweise im Dunkeln. Jon saß auf dem Bettrand, die Hände ineinander verkrampft. Seine Augen waren geschlossen. Sein Mund stand ein wenig offen, und von Zeit zu Zeit kam seine starre Zunge heraus.

»Seit wann ist er in diesem Zustand?« fragte Ryan den alten Mann neben sich.

»Ungefähr seit einer Stunde.«

»Verliefen die anderen Anfälle nach dem gleichen Muster?«

»Dieser ist schlimmer. Sie werden jedesmal schlimmer.«

»Hat keiner außer dir ihn gesehen?«

»Nur wir beide. Ich rief dich an, sobald ich sicher war. Es ist fast vorüber. Er kommt wieder zu sich.«

Auf der anderen Seite der Glasscheibe erhob sich Jon und entfernte sich mit verschränkten Armen von seinem Bett. Das blonde Haar hing ihm zerzaust ins Gesicht. Seine Augen waren noch immer geschlossen. Sein Gesicht war bleich und starr. Seine Lippen zuckten.

»Zuerst war er regelrecht bewußtlos. Ich hatte ihn eine Zeitlang allein gelassen. Ich war in einem anderen Teil des Gebäudes. Als ich zurückkam, lag er auf dem Boden. Er hatte gelesen. Die Bänder lagen überall um ihn herum verstreut. Sein Gesicht war blau, die Atmung unregelmäßig. Er hatte immer wieder Muskelkrämpfe, wie vorher.«

»Was hast du gemacht?«

»Ich ging ins Zimmer und trug ihn zum Bett. Zuerst war er starr, doch nach ein paar Minuten begann er sich zu entspannen. Sein Körper wurde schlaff. Ich kontrollierte seinen Puls. Er war sehr langsam. Die Atmung wurde ruhiger. Und dann fing es an.«

»Es?«

»Das Gerede.«

»Oh.« Ryan nickte.

»Ich wünschte, du hättest dabeisein können. Er redete mehr als je zuvor. Redete und redete. Es strömte nur so aus ihm heraus. Ununterbrochen. Als könnte er nicht aufhören.«

»War ... war es das gleiche Gerede wie immer?«

»Genau das gleiche wie sonst auch. Und sein Gesicht leuchtete. Es glühte. Wie zuvor.«

Ryan überlegte. »Kann ich jetzt ins Zimmer gehen?«

»Ja. Es ist fast vorüber.«

Ryan ging zur Tür. Seine Finger drückten gegen das Codeschloß, und die Tür glitt zurück in die Wand.

Jon bemerkte ihn nicht, als er leise ins Zimmer trat. Er lief auf und ab, die Augen geschlossen, die Arme um sich geschlungen. Er schwankte ein wenig. Ryan ging bis zur Mitte des Zimmers und blieb stehen.

»Jon!«

Der Junge blinzelte. Seine Augen öffneten sich. Er schüttelte heftig den Kopf. »Ryan? Was ... was wolltest du?«

»Setz dich besser hin.«

Jon nickte. »Ja. Danke.« Unsicher ließ er sich auf dem Bett nieder. Seine blauen Augen waren weit offen. Er strich sich das Haar aus dem Gesicht und lächelte Ryan zaghaft zu.

»Wie fühlst du dich?«

»Ich fühle mich gut.«

Ryan zog sich einen Stuhl heran und setzte sich ihm gegenüber. Er schlug die Beine übereinander und lehnte sich zurück. Lange und eingehend musterte er den Jungen. Keiner von beiden sprach. »Grant sagt, du hattest einen kleinen Anfall«, sagte Ryan schließlich.

Jon nickte.

»Bist du jetzt wieder klar?«

»O ja. Wie läuft's mit dem Zeitschiff?«

»Gut.«

»Du hast versprochen, daß ich es sehen darf, wenn es fertig ist.«

»Darfst du. Wenn alle Arbeiten abgeschlossen sind.«

»Wann wird das sein?«

»Bald. In ein paar Tagen.«

»Ich will es unbedingt sehen. Ich habe darüber nachgedacht. Stell dir vor, in der Zeit zu reisen. Du könntest zurückreisen nach Griechenland. Du könntest zurückreisen und Perikles und Xenophon und ... und Epiktet sehen. Du könntest zurückreisen nach Ägypten und mit Echnaton sprechen.« Er grinste. »Ich kann's kaum erwarten, es zu sehen.«

Ryan änderte seine Haltung. »Jon, glaubst du wirklich, du bist gesund genug, um rauszugehen? Vielleicht ...«

»Gesund genug? Was soll das heißen?«

»Deine Anfälle. Glaubst du wirklich, du solltest rausgehen? Bist du stark genug?«

Jons Miene verdüsterte sich. »Es sind keine Anfälle. Eigentlich nicht. Du sollst sie nicht Anfälle nennen.«

»Keine Anfälle? Was sind sie dann?«

Jon zögerte. »Ich ... ich sollte es dir nicht sagen, Ryan. Du würdest es nicht verstehen.«

Ryan erhob sich. »In Ordnung, Jon. Wenn du das Gefühl hast, du kannst nicht mit mir sprechen, dann gehe ich zurück ins Labor.« Er ging quer durch den Raum zur Tür. »Schade, daß du das Schiff nicht sehen kannst. Ich glaube, es würde dir gefallen.«

Jon folgte ihm wehleidig. »Darf ich es nicht sehen?«

»Vielleicht, wenn ich mehr über deine ... deine Anfälle wüßte; dann wüßte ich, ob du gesund genug bist, um rauszugehen.«

Jons Gesicht zuckte. Ryan beobachtete ihn aufmerksam. Er konnte sehen, welche Gedanken Jon durch den Kopf gingen; sie standen ihm ins Gesicht geschrieben. Er kämpfte mit sich.

»Willst du es mir nicht sagen?«

Jon atmete tief durch. »Es sind *Visionen.*«

»Was?«

»Es sind Visionen.« Jons Gesicht strahlte lebhaft. »Ich weiß es schon lange. Grant sagt, es sind keine, aber es sind welche. Wenn du sie sehen könntest, wüßtest du das auch. Sie sind anders als alles andere. Echter als, na ja, als das hier.« Er schlug gegen die Wand. »Echter als das.«

Bedächtig zündete sich Ryan eine Zigarette an. »Erzähl weiter.«

Da sprudelte alles heraus. »Echter als *alles* andere! Als würde man durch ein Fenster schauen. Ein Fenster in eine andere Welt. Eine echte Welt. Sehr viel echter als unsere. Dagegen ist all dies hier nur eine Schattenwelt. Nur verschwommene Schatten. Formen. Bilder.«

»Schatten einer ultimativen Wirklichkeit?«

»Ja! Genau. Die Welt hinter all dem hier.« Von der Aufregung getrieben, lief Jon auf und ab. »Das hier, all diese

Dinge. Was wir hier sehen. Gebäude. Der Himmel. Die Städte. Die endlose Asche. Nichts ist ganz echt. Es ist so verschwommen und vage! Ich fühle es nicht richtig, nicht wie das andere. Und es wird mit der Zeit immer weniger echt. Das andere wird stärker, Ryan. Es wird immer lebendiger! Grant hat gesagt, das sei nur meine Fantasie. Aber das stimmt nicht. Es ist echt. Echter als all diese Dinge hier, die Dinge in diesem Zimmer.«

»Warum können wir es dann nicht alle sehen?«

»Ich weiß es nicht. Ich wünschte, du könntest es sehen. Du solltest es sehen, Ryan. Es ist schön. Es würde dir gefallen, wenn du dich erst mal dran gewöhnt hast. Man braucht Zeit, um sich anzupassen.«

Ryan überlegte. »Erzähl's mir«, sagte er schließlich. »Ich will genau wissen, was du siehst. Siehst du immer das gleiche?«

»Ja. Immer das gleiche. Aber intensiver.«

»Was ist es? Was siehst du, das so echt sein soll?«

Eine Zeitlang gab Jon keine Antwort. Er schien sich in sich zurückgezogen zu haben. Ryan wartete und beobachtete seinen Sohn. Was ging vor in dessen Kopf? Woran dachte er? Die Augen des Jungen waren wieder geschlossen. Seine Hände waren zusammengepreßt, die Finger waren weiß. Er war wieder fort, fort in seiner eigenen Welt.

»Erzähl weiter«, sagte Ryan laut.

Also hatte der Junge *Visionen.* Visionen einer ultimativen Wirklichkeit. Wie im Mittelalter. Sein eigener Sohn. Darin lag eine bittere Ironie. Gerade jetzt, da es schien, als sei endlich dieser Hang des Menschen unter Kontrolle gebracht worden, seine ewige Unfähigkeit, der Wirklichkeit ins Auge zu sehen. Seine ewige Träumerei. Würde es der Wissenschaft denn niemals gelingen, ihr Ideal zu verwirklichen? Würde der Mensch immer weiter die Illusion der Wirklichkeit vorziehen?

Sein eigener Sohn. Degeneration. Tausend Jahre verloren. Geister, Götter, Teufel, die geheime innere Welt. Die Welt der ultimativen Wirklichkeit. All die Fabeln und Dichtungen und die Metaphysik, die der Mensch jahrhundertelang benutzt hatte, um seine Angst und seine schreckliche Furcht vor der Welt zu kompensieren. All die Träume, die er erfunden hatte, um die Wahrheit zu verbergen, die Welt der rauhen Wirklichkeit. Mythen, Religionen, Märchen. Eine bessere Welt, jenseits, im Himmel. Das Paradies. All das kam zurück, tauchte wieder auf, und ausgerechnet bei seinem eigenen Sohn.

»Erzähl weiter«, sagte Ryan ungeduldig. »Was siehst du?«

»Ich sehe Felder«, sagte Jon. »Gelbe Felder, so strahlend wie die Sonne. Felder und Parks. Endlose Parks. Grün, vermischt mit dem Gelb. Wege, auf denen Menschen gehen können.«

»Was noch?«

»Männer und Frauen. In Gewändern. Sie gehen die Wege entlang, zwischen den Bäumen. Die Luft ist frisch und wohlriechend. Der Himmel leuchtend blau. Vögel. Tiere. Tiere, die in den Parks herumlaufen. Schmetterlinge. Meere. Plätschernde Meere klaren Wassers.«

»Keine Städte?«

»Nicht wie unsere Städte. Nicht genauso. Die Menschen leben in den Parks. Kleine Holzhäuser hier und dort. Zwischen den Bäumen.«

»Straßen?«

»Nur Wege. Keine Schiffe oder so was. Nur Fußgänger.«

»Was siehst du sonst noch?«

»Das ist alles.« Jon öffnete die Augen. Seine Wangen glühten. Seine Augen funkelten und tanzten. »Das ist alles, Ryan. Parks und gelbe Felder. Männer und Frauen in Gewändern. Und so viele Tiere. Die herrlichen Tiere.«

»Wovon leben sie?«

»Was?«

»Wovon leben die Menschen? Was hält sie am Leben?«

»Sie pflanzen etwas an. Auf den Feldern.«

»Ist das alles? Bauen sie nichts? Haben sie keine Fabriken?«

»Ich glaube nicht.«

»Eine Agrargesellschaft. Primitiv.« Ryan runzelte die Stirn. »Kein Geschäftsleben oder Handel.«

»Sie arbeiten auf den Feldern. Und diskutieren Dinge.«

»Kannst du sie *hören*?«

»Sehr leise. Manchmal kann ich sie ein wenig hören, wenn ich sehr angestrengt lausche. Wörter kann ich allerdings nicht verstehen.«

»Was diskutieren sie?«

»Dinge.«

»Was für Dinge?«

Jon machte eine unbestimmte Geste. »Große Dinge. Die Welt. Das Universum.«

Sie schwiegen. Ryan brummte. Er sagte nichts. Schließlich drückte er die Zigarette aus. »Jon ...«

»Ja?«

»Glaubst du, das, was du siehst, ist *echt*?«

Jon lächelte. »Ich weiß, daß es echt ist.«

Ryans Blick war schneidend. »Was soll das heißen, echt? Inwiefern ist deine Welt echt?«

»Sie existiert.«

»Wo existiert sie?«

»Ich weiß es nicht.«

»Hier? Existiert sie hier?«

»Nein. Sie ist nicht hier.«

»Irgendwo anders? Weit weg von hier? In einem anderen Teil des Universums, jenseits unseres Erfahrungsbereichs?«

»Nicht in einem anderen Teil des Universums. Es hat nichts mit dem Raum zu tun. Sie ist hier.« Jon deutete umher. »In der Nähe. Sie ist ganz nah. Ich sehe sie überall um mich herum.«

»Siehst du sie jetzt?«

»Nein. Sie kommt und geht.«

»Hört sie auf zu existieren? Existiert sie nur manchmal?«

»Nein, sie ist immer da. Aber ich kann nicht immer Kontakt mit ihr aufnehmen.«

»Woher weißt du, daß sie immer da ist?«

»Ich weiß es einfach.«

»Warum kann *ich* sie nicht sehen? Warum bist du der einzige, der sie sehen kann?«

»Ich weiß es nicht.« Müde rieb Jon sich die Stirn. »Ich weiß nicht, warum ich der einzige bin, der sie sehen kann. Ich wünschte, du könntest sie sehen. Ich wünschte, jeder könnte sie sehen.«

»Wie kannst du beweisen, daß das keine Halluzination ist? Du hast keinen objektiven Beweis dafür. Du hast nur dein eigenes inneres Empfinden, deinen Bewußtseinszustand. Wie könnte man sie einer empirischen Überprüfung zugänglich machen?«

»Vielleicht geht das nicht. Ich weiß es nicht. Es ist mir egal. Ich *will* sie keiner empirischen Überprüfung zugänglich machen.«

Sie schwiegen. Jons Gesicht war starr und grimmig, er hatte die Zähne zusammengebissen. Ryan seufzte. Toter Punkt.

»In Ordnung, Jon.« Er ging langsam auf die Tür zu. »Auf Wiedersehen.«

Jon sagte nichts.

An der Tür blieb Ryan stehen und blickte zurück. »Deine Visionen werden also stärker, nicht wahr? Stufenweise lebhafter.«

Jon nickte knapp.

Ryan überlegte eine Weile. Schließlich hob er die Hand. Die Tür glitt beiseite, und er trat aus dem Zimmer auf den Flur hinaus.

Grant kam zu ihm herüber. »Ich habe durch das Fenster zugeschaut. Er ist ziemlich verschlossen, oder?«

»Es ist schwer, mit ihm zu reden. Er scheint zu glauben, diese Anfälle seien so eine Art Vision.«

»Ich weiß. Er hat es mir gesagt.«

»Warum hast du mir nichts davon erzählt?«

»Ich wollte dich nicht noch mehr beunruhigen. Ich weiß, daß du dir Sorgen um ihn gemacht hast.«

»Die Anfälle werden schlimmer. Er sagt, sie seien lebhafter. Überzeugender.«

Grant nickte.

Tief in Gedanken versunken, ging Ryan den Korridor hinunter, Grant folgte ihm. »Es ist schwer, mit Sicherheit zu sagen, welche Vorgehensweise jetzt die beste ist. Die Anfälle nehmen ihn immer mehr in Anspruch. Er fängt an, sie ernst zu nehmen. Sie verdrängen die Außenwelt immer mehr. Und außerdem ...«

»Und außerdem reist du bald ab.«

»Wenn wir bloß mehr über das Zeitreisen wüßten. Uns kann alles mögliche passieren.« Ryan rieb sich das Kinn. »Vielleicht kommen wir nicht zurück. Die Zeit ist eine gewaltige Kraft. Sie ist noch nicht gründlich erforscht. Wir haben keine Ahnung, in was wir da hineingeraten können.«

Er erreichte den Lift und blieb stehen.

»Ich muß meine Entscheidung sofort treffen. Sie muß getroffen werden, bevor wir abreisen.«

»Deine Entscheidung?«

Ryan betrat den Lift. »Du wirst es später erfahren. Halte Jon von jetzt ab ständig unter Beobachtung. Du darfst ihn auch nicht einen Augenblick allein lassen. Verstehst du?«

Grant nickte. »Ich verstehe. Du willst sicher sein, daß er sein Zimmer nicht verläßt.«

»Du hörst entweder heute abend oder morgen von mir.«

Ryan fuhr zum Dach hinauf und bestieg sein Intercity-Schiff.

Sobald er in der Luft war, schaltete er den Videoschirm ein und wählte die Dienststelle der Liga an. Das Gesicht des Liga-Operators erschien. »Dienststelle.«

»Verbinden Sie mich mit dem Gesundheitszentrum.«

Der Operator wurde ausgeblendet. Gleich darauf erschien Walter Timmer, der ärztliche Leiter, auf dem Bildschirm. Seine Augen flackerten, als er Ryan erkannte. »Was kann ich für dich tun, Caleb?«

»Ich möchte, daß du einen Krankenwagen und ein paar gute Leute losschickst und hierher nach Stadt vier kommst.«

»Warum?«

»Es geht um eine Angelegenheit, die ich vor mehreren Monaten mit dir besprochen habe. Ich denke, du erinnerst dich.«

Timmers Gesichtsausdruck veränderte sich. »Dein Sohn?«

»Ich habe mich entschieden. Ich kann nicht länger warten. Sein Zustand verschlechtert sich, und wir gehen bald auf die Zeitreise. Ich will, daß das erledigt wird, bevor ich abreise.«

»In Ordnung.« Timmer machte sich eine Notiz. »Wir werden hier sofort alle Vorbereitungen treffen. Und wir schicken ein Schiff rüber, um ihn unverzüglich abzuholen.«

Ryan zögerte. »Werdet ihr die Sache auch ordentlich machen?«

»Natürlich. James Pryor wird die eigentliche Operation durchführen.« Timmer griff nach oben, um die Leitung des Videoschirms zu unterbrechen. »Keine Sorge, Caleb. Er wird seine Sache ordentlich machen. Pryor ist der beste Lobotomie-Spezialist, den wir hier im Zentrum haben.«

Ryan breitete die Karte aus und spannte die Ecken auf den Tisch. »Das ist die Zeitkarte; darin ist die Zeit räumlich dargestellt. Damit wir sehen können, wohin wir reisen.«

Kastner spähte über seine Schulter. »Werden wir uns auf das eine Projekt beschränken – Schonermans Papiere zu bekommen? Oder können wir herumreisen?«

»Nur das eine Projekt ist geplant. Doch um sicherzustellen, daß auch alles klappt, sollten wir auf dieser Seite von Schonermans Kontinuum einige Zwischenstopps einlegen. Unsere Zeitkarte könnte ungenau sein, oder beim Triebwerk selbst könnte eine gewisse Abweichung auftreten.«

Die Arbeit war beendet. Die letzten Teilstücke waren alle montiert.

In einer Ecke des Raumes saß Jon und sah mit ausdruckslosem Gesicht zu. Ryan blickte kurz zu ihm hinüber. »Wie gefällt es dir?«

»Gut.«

Das Zeitschiff sah aus wie eine Art stummelförmiges Insekt, das mit Warzen und Wülsten übersät war. Ein viereckiger Kasten mit Fenstern und zahllosen Türmchen. Überhaupt nicht wie ein echtes Schiff.

»Ich nehme an, du würdest gern mitkommen«, sagte Kastner zu Jon. »Stimmt's?«

Jon nickte matt.

»Wie fühlst du dich?« fragte Ryan ihn.

»Gut.«

Ryan betrachtete seinen Sohn. Der Junge hatte wieder Farbe bekommen. Er hatte einen Großteil seiner früheren Vitalität wiedererlangt. Visionen hatte er natürlich nicht mehr.

»Vielleicht kannst du nächstes Mal mitkommen«, sagte Kastner.

Ryan wandte sich wieder der Karte zu. »Schonermans Arbeit entstand größtenteils zwischen 2030 und 2037. Die Ergebnisse kamen erst einige Jahre später zur Anwendung. Erst nach gründlicher Erwägung wurde die Entscheidung getroffen, seine Arbeit im Krieg zu verwenden. Die Regierungen scheinen sich der Gefahren bewußt gewesen zu sein.«

»Aber nicht ausreichend.«

»Nein.« Ryan zögerte. »Und wir könnten in die gleiche Situation kommen.«

»Was soll das heißen?«

»Schonermans Entdeckung des künstlichen Gehirns ging verloren, als der letzte Greifer vernichtet wurde. Keiner von uns war in der Lage, seine Arbeit zu kopieren. Wenn wir seine Papiere hierherholen, könnten wir die Gesellschaft wieder in Gefahr bringen. Wir könnten die Greifer zurückbringen.«

Kastner schüttelte den Kopf. »Nein. Man kann Schonermans Arbeit nicht ohne weiteres mit den Greifern gleichsetzen. Die Entwicklung eines künstlichen Gehirns impliziert nicht dessen todbringende Verwendung. Jede wissenschaftliche Entdeckung kann zur Vernichtung eingesetzt werden. Selbst das Rad wurde für die Streitwagen der Assyrer benutzt.«

»Vermutlich haben Sie recht.« Ryan warf Kastner einen raschen Blick zu. »Sind Sie sicher, daß USIC nicht beabsichtigt, Schonermans Arbeit für militärische Zwecke zu nutzen?«

»USIC ist ein Industriekonzern. Keine Regierung.«

»Das würde seine Überlegenheit für lange Zeit sichern.«

»USIC ist auch so mächtig genug.«

»Lassen wir das.« Ryan rollte die Karte zusammen. »Wir können jederzeit starten. Ich kann es kaum erwarten. Wir haben lange dafür gearbeitet.«

»Richtig.«

Ryan ging quer durch den Raum zu seinem Sohn hinüber. »Wir reisen ab, Jon. Wir dürften schon recht bald zurück sein. Wünsch uns Glück.«

Jon nickte. »Ich wünsche euch Glück.«

»Fühlst du dich gut?«

»Ja.«

»Jon – du fühlst dich jetzt besser, oder? Besser als vorher?«

»Ja.«

»Bist du nicht froh, daß sie verschwunden sind? Die ganzen Scherereien, die du hattest?«

»Ja.«

Unbeholfen legte Ryan die Hand auf die Schulter des Jungen. »Auf Wiedersehen.«

Ryan und Kastner stiegen die Rampe hinauf zur Einstiegsluke des Zeitschiffes. Jon beobachtete sie schweigend aus seiner Ecke. Ein paar Wachposten der Liga lungerten an den Eingängen zum Arbeitslabor herum und sahen mit oberflächlichem Interesse zu.

An der Luke blieb Ryan stehen. Er rief einen der Wachposten zu sich herüber. »Sagen Sie Timmer, ich möchte ihn sprechen.«

Der Wachposten ging weg und schob sich durch den Ausgang.

»Was ist los?« fragte Kastner.

»Ich muß ihm einige letzte Anweisungen geben.«

Kastner warf ihm einen kurzen, scharfen Blick zu. »Letzte? Was ist los? Glauben Sie, uns wird etwas passieren?«

»Nein. Nur eine Vorsichtsmaßnahme.«

Timmer kam mit großen Schritten herein. »Reist ihr ab, Ryan?«

»Alles ist bereit. Es gibt keinen Grund, noch länger zu zögern.«

Timmer kam die Rampe herauf. »Wozu hast du mich rufen lassen?«

»Vielleicht ist es unnötig. Aber es besteht immer die Möglichkeit, daß irgendwas schiefgeht. Falls das Schiff nicht planmäßig wiederauftaucht, habe ich bei den Mitgliedern der Liga etwas hinterlegt ...«

»Du möchtest, daß ich einen Vormund für Jon benenne.«

»Genau.«

»Mach dir darüber keine Sorgen.«

»Ich weiß. Aber ich würde mich besser fühlen. Jemand sollte auf ihn aufpassen.«

Sie warfen beide einen kurzen Blick auf den stillen, teilnahmslosen Jungen, der in der Ecke des Raumes saß. Jon starrte geradeaus. Sein Gesicht war leer. Seine Augen waren glanzlos und gleichgültig. Dort war nichts.

»Viel Glück«, sagte Timmer. Er und Ryan schüttelten sich die Hände. »Ich hoffe, daß alles klappt.«

Kastner kletterte ins Innere des Schiffes und stellte seine Aktentasche ab. Ryan folgte ihm, klappte die Luke herunter und ließ die Verriegelung einrasten. Er sperrte das innere Schloß fest zu. Eine Reihe der automatischen Beleuchtung schaltete sich ein. Der Druckkontrollmechanismus ließ zischend Luft in die Kabine des Schiffes strömen.

»Luft, Licht, Heizung«, sagte Kastner. Er spähte durch die Pforte zu den Wachposten der Liga draußen. »Es ist kaum zu glauben. In wenigen Minuten wird das alles verschwinden. Das Gebäude. Die Wachposten. Alles.«

Ryan ließ sich am Steuerpult des Schiffes nieder und breitete die Zeitkarte aus. Er befestigte die Karte in der richtigen Lage und legte die Kabelzuleitungen von dem vor ihm liegenden Pult aus quer über ihre Oberfläche. »Mein Plan sieht vor, unterwegs mehrere Beobachtungsstopps einzulegen, damit wir einige der Ereignisse aus der Vergangenheit, die für unsere Arbeit wichtig sind, in Augenschein nehmen können.«

»Den Krieg?«

»Hauptsächlich. Ich bin daran interessiert, die Greifer konkret in Aktion zu sehen. Nach den Berichten des Kriegsministeriums hatten sie einmal ganz Terra unter Kontrolle.«

»Gehen wir nicht zu nah ran, Ryan.«

Ryan lachte. »Wir werden nicht landen. Wir machen unsere Beobachtungen aus der Luft. Der einzige, mit dem wir wirklich Kontakt aufnehmen, ist Schonerman.«

Ryan schloß den Starkstromkreis. Energie floß durch das Schiff um sie herum, strömte in die Meßinstrumente und Anzeigetafeln am Steuerpult. Nadeln schnellten empor und registrierten die Spannung.

»Das Wichtigste, worauf wir achten müssen, ist unsere Energiehöchstgrenze«, erklärte Ryan. »Wenn sich eine zu starke Ladung von Zeit-Ergs anstaut, ist das Schiff nicht mehr in der Lage, aus dem Zeitstrom auszuscheren. Wir werden uns stetig zurück in die Vergangenheit bewegen und dabei eine immer größere Spannung aufbauen.«

»Eine gewaltige Bombe.«

»Richtig.« Ryan stellte die vor ihm angeordneten Schalter ein. Die Anzeigen der Meßgeräte veränderten sich. »Jetzt geht's los. Halten Sie sich lieber fest.«

Er gab die Steuerung frei. Das Schiff bebte, während es in die richtige Position polarisierte und in den Zeitstrom glitt.

Die Turbinenschaufeln und Wülste veränderten ihre Lage und stellten sich selbsttätig auf die Belastung ein. Relais schlossen sich und bremsten das Schiff gegen die Strömung, die sie umflutete.

»Wie das Meer«, murmelte Ryan. »Die mächtigste Energie im Universum. Die große Dynamik hinter aller Bewegung. Die Urkraft.«

»Vielleicht ist es das, was man sich früher unter Gott vorstellte.«

Ryan nickte. Das Schiff um sie herum vibrierte. Sie waren in der Gewalt einer riesigen Hand, einer ungeheuren Faust, die sich geräuschlos schloß. Sie hatten sich in Bewegung gesetzt. Durch die Pforte sahen sie, wie Menschen und Mauern zu schwinden begannen, wie sie aufhörten zu existieren, während das Schiff aus seiner Phasengleichheit mit der Gegenwart herausglitt und immer weiter in den Zeitstrom hineintrieb.

»Es wird nicht lange dauern«, murmelte Ryan.

Ganz plötzlich erlosch die Szene jenseits der Pforte. Nichts war mehr dort. Jenseits von ihnen: nichts.

»Wir sind nicht phasengleich mit irgendwelchen Raum-Zeit-Objekten«, erklärte Ryan. »Wir sind aus dem Brennpunkt des Universums selbst gerückt. In diesem Augenblick existieren wir in der Nicht-Zeit. Es gibt kein Kontinuum, zu dem wir gehören.«

»Ich hoffe, wir können zurückkehren.« Kastner setzte sich nervös hin, die Augen auf die leere Pforte gerichtet. »Ich fühle mich wie der erste Mensch, der in einem U-Boot untertauchte.«

»Das war während der Amerikanischen Revolution. Das U-Boot wurde mit einer Kurbel angetrieben, die der Steuermann drehte. Am anderen Ende der Kurbel war eine Schiffsschraube.«

»Wie gelang es ihm, tief zu tauchen?«

»Es gelang ihm nicht. Er kurbelte sein Boot unter eine britische Fregatte und bohrte ein Loch in ihren Rumpf.«

Kastner warf einen raschen Blick auf den Rumpf des Zeitschiffes, der unter der Belastung vibrierte und klapperte. »Was würde geschehen, wenn das Schiff auseinanderbräche?«

»Wir würden uns in Atome auflösen. In den Strom um uns herum übergehen.« Ryan zündete sich eine Zigarette an. »Wir würden zu einem Bestandteil des Zeitstromes. Wir würden uns endlos hin und her bewegen, von einem Ende des Universums zum anderen.«

»Ende?«

»Die Zeit ist endlich. Die Zeit strömt in beide Richtungen. In diesem Augenblick bewegen wir uns rückwärts. Doch Energie muß sich in beide Richtungen bewegen, um ein Gleichgewicht zu halten. Andernfalls würden sich ungeheure Mengen von Zeit-Ergs in einem bestimmten Kontinuum ansammeln, und das Ergebnis wäre katastrophal.«

»Glauben Sie, daß hinter all dem ein Sinn steckt? Ich frage mich, wie der Zeitstrom jemals angefangen hat.«

»Ihre Frage ist bedeutungslos. Fragen nach dem Sinn haben keine objektive Gültigkeit. Sie können nicht mit empirischen Methoden überprüft werden.«

Kastner verstummte. Nervös zupfte er an seinem Ärmel und beobachtete die Pforte.

Die Kabelarme bewegten sich quer über die Zeitkarte und folgten einer Linie von der Gegenwart zurück in die Vergangenheit. Aufmerksam beobachtete Ryan die Bewegung der Arme. »Wir erreichen den letzten Teil des Krieges. Das Endstadium. Ich werde das Schiff wieder in Phase bringen und es aus dem Zeitstrom auskoppeln.«

»Befinden wir uns dann wieder im Universum?«

»Zwischen Objekten. In einem spezifischen Kontinuum.«

Ryan packte den Stromversorgungsschalter. Er atmete tief durch. Das Schiff hatte den ersten großen Test bestanden. Sie waren ohne Zwischenfall in den Zeitstrom eingetreten. Konnten sie ihn ebenso leicht wieder verlassen? Er schaltete die Stromversorgung ab.

Das Schiff machte einen Satz. Kastner taumelte und hielt

sich am Wandträger fest. Draußen vor der Pforte wirbelte und flimmerte ein grauer Himmel. Regulatoren rasteten ein und brachten das Schiff in der Luft in horizontale Lage. Tief unter ihnen kreiste und krängte Terra, während das Schiff sein Gleichgewicht wiederfand.

Kastner eilte zur Pforte, um hinauszuspähen. Sie befanden sich gut hundert Meter über der Erdoberfläche und rasten parallel zum Boden dahin. Graue Asche erstreckte sich in alle Richtungen, unterbrochen von gelegentlichen Schuttbergen. Ruinen von Städten, Gebäuden, Mauern. Kümmerliche Überreste von Kriegsgerät. Aschewolken wirbelten über den Himmel und verdunkelten die Sonne.

»Ist der Krieg noch im Gange?« fragte Kastner.

»Noch herrschen die Greifer über Terra. Wir müßten sie sehen können.«

Ryan stieg mit dem Zeitschiff höher und erweiterte dadurch ihren Gesichtskreis. Kastner suchte den Boden ab. »Was passiert, wenn sie auf uns schießen?«

»Wir können immer in die Zeit entkommen.«

»Sie könnten das Schiff kapern und es benutzen, um in die Gegenwart zu gelangen.«

»Das bezweifle ich. In diesem Stadium des Krieges waren die Greifer damit beschäftigt, sich gegenseitig zu bekämpfen.«

Rechts von ihnen schlängelte sich eine Straße, verschwand in der Asche und tauchte weiter hinten wieder auf. Bombenkrater klafften hier und da und hatten die Straße aufgerissen. Etwas kroch langsam darauf entlang.

»Dort«, sagte Kastner. »Auf der Straße. Eine Art Kolonne.«

Ryan manövrierte das Schiff. Sie hingen über der Straße und spähten beide hinaus. Die Kolonne war dunkelbraun, eine Reihe im Gänsemarsch, die sich gleichmäßig vorwärts bewegte. Männer, eine Kolonne von Männern, die schweigend durch die Landschaft aus Asche marschierte.

Plötzlich schnappte Kastner nach Luft. »Sie sind identisch! Sie sind alle gleich!«

Was sie sahen, war eine Greiferkolonne. Wie ferngesteuerte Spielzeuge marschierten die Roboter dahin und stapften durch die graue Asche. Ryan hielt den Atem an. Natürlich hatte er einen solchen Anblick erwartet. Es gab nur vier Typen Greifer. Die, die er jetzt sah, waren alle in derselben unterirdischen Fabrik hergestellt worden, mit denselben Preßwerkzeugen und Stanzmaschinen. Fünfzig oder sechzig Roboter, die aussahen wie junge Männer, marschierten ruhig dahin. Sie bewegten sich sehr langsam. Jeder hatte nur ein Bein.

»Sie müssen gegeneinander gekämpft haben«, murmelte Kastner.

»Nein. Dieser Typ wurde so gemacht. Der Verwundeter-Soldat-Typ. Ursprünglich wurden sie konstruiert, um menschliche Wachposten zu überlisten und sich so Zutritt zu den normalen Bunkern zu verschaffen.«

Es war unheimlich, die schweigende Kolonne der Männer zu beobachten, identischer Männer, jeder genau wie sein Nebenmann, wie sie sich auf der Straße dahinschleppten. Jeder Soldat stützte sich auf eine Krücke. Selbst die Krücken waren identisch. Angewidert öffnete und schloß Kastner den Mund.

»Nicht sehr erfreulich, nicht wahr?« sagte Ryan. »Wir haben Glück, daß die menschliche Rasse zur Luna entkommen konnte.«

»Sind keine von denen gefolgt?«

»Ein paar, doch zu diesem Zeitpunkt hatten wir die vier Typen schon identifiziert und waren auf sie vorbereitet.« Ryan packte den Stromversorgungsschalter. »Sehen wir zu, daß wir weiterkommen.«

»Warten Sie.« Kastner hob die Hand. »Gleich passiert was.«

Rechts der Straße glitt eine Gruppe von Gestalten schnell durch die Asche den Abhang einer Anhöhe hinunter. Ryan ließ den Stromversorgungsschalter los und beobachtete sie. Die Gestalten waren identisch. Frauen. Die Frauen in Uniform und Stiefeln rückten geräuschlos in Richtung auf die Kolonne auf der Straße vor.

»Eine andere Variante«, sagte Kastner.

Plötzlich kam die Kolonne der Soldaten zum Stehen. Sie verteilten sich und humpelten unbeholfen in alle Richtungen. Einige von ihnen stolperten, ließen ihre Krücken los und fielen hin. Die Frauen stürmten auf die Straße. Sie waren schlank und jung, mit dunklen Haaren und Augen. Einer der Verwundeten Soldaten begann zu schießen. Eine Frau nestelte an ihrem Gürtel. Sie holte zum Wurf aus.

»Was ...«, brummte Kastner. Plötzlich ein Aufblitzen. Eine Wolke aus weißem Licht stieg von der Mitte der Straße auf und wogte in alle Richtungen.

»Irgendeine Art Aufschlagbombe«, sagte Ryan.

»Vielleicht sollten wir besser hier verschwinden.«

Ryan legte den Hebel um. Die Szene unter ihnen begann zu verschwimmen. Plötzlich wurde sie ausgeblendet und erlosch.

»Gott sei Dank ist das vorbei«, sagte Kastner. »So sah also der Krieg aus.«

»Der zweite Teil. Der wichtigere Teil, Greifer gegen Greifer. Ein Glück, daß sie begannen, sich gegenseitig zu bekämpfen. Glück für uns, meine ich.«

»Wohin jetzt?«

»Wir legen noch einen Beobachtungsstopp ein. Während des ersten Teils des Krieges. Bevor die Greifer zum Einsatz kamen.«

»Und dann Schonerman?«

Ryan biß die Zähne zusammen. »Richtig. Noch ein Zwischenstopp, und dann Schonerman.«

Ryan stellte die Steuerung ein. Die Meßinstrumente reagierten kaum merklich. Die Kabelarme folgten ihrem Weg quer über die Karte. »Es wird nicht lange dauern«, sagte Ryan. Er packte den Schalter und stellte die Relais ein. »Diesmal müssen wir vorsichtiger sein. Es wird mehr Kampfhandlungen geben.«

»Vielleicht sollten wir nicht einmal ...«

»Ich will es sehen. Damals kämpften Menschen gegen

Menschen. Das Sowjetgebiet gegen die Vereinten Nationen. Ich bin gespannt, wie das war.«

»Was, wenn sie uns entdecken?«

»Wir können schnell abhauen.«

Kastner sagte nichts. Ryan bediente die Steuerung. Die Zeit verging. Am Rande des Pultes verglomm Ryans Zigarette zu Asche. Schließlich richtete er sich auf.

»Wir sind da. Aufgepaßt.« Er schaltete den Strom ab.

Unter ihnen erstreckten sich grüne und braune Ebenen, von Bombenkratern übersät. Teile einer Stadt flitzten vorbei. Sie brannte. Gewaltige Rauchsäulen stiegen zum Himmel. Entlang den Straßen bewegten sich schwarze Punkte, Ströme von fliehenden Menschen und Fahrzeugen.

»Ein Bombenangriff«, sagte Kastner. »Gerade vor kurzem.«

Die Stadt blieb zurück. Sie befanden sich über offenem Gelände. Militärlastwagen rasten dahin. Der Großteil des Bodens war noch unversehrt. Sie konnten ein paar Bauern sehen, die ihre Felder bestellten. Die Bauern warfen sich zu Boden, als das Zeitschiff über sie hinwegflog.

Ryan beobachtete den Himmel. »Passen Sie auf.«

»Flugzeuge?«

»Ich weiß nicht genau, wo wir sind. In diesem Teil des Krieges kenne ich die Stellungen der Kriegsparteien nicht. Wir können uns über UN-Gebiet oder über sowjetischem Gebiet befinden.« Ryan hielt den Schalter fest umklammert.

Aus dem blauen Himmel tauchten zwei Punkte auf. Die Punkte wurden größer. Ryan beobachtete sie aufmerksam. Neben ihm gab Kastner ein nervöses Brummen von sich. »Ryan, wir sollten lieber ...«

Die Punkte trennten sich. Ryans Hand schloß sich um den Stromversorgungsschalter. Mit einem Ruck schaltete er den Strom an. Während sich die Szene auflöste, flitzten die Punkte vorbei. Dann war draußen nur noch Grau.

In ihren Ohren hallte noch das Dröhnen der beiden Flugzeuge wider.

»Das war knapp«, sagte Kastner.

»Ziemlich. Die haben keine Zeit verplempert.«

»Ich hoffe, Sie wollen nicht noch mal anhalten.«

»Nein. Keine Beobachtungsstopps mehr. Als nächstes kommt das Projekt selbst. Wir sind in der Nähe von Schonermans Zeitbereich. Ich kann anfangen, die Geschwindigkeit des Schiffes zu drosseln. Es wird brenzlig werden.«

»Brenzlig?«

»Es wird nicht leicht sein, zu Schonerman vorzudringen. Wir müssen sein Kontinuum exakt treffen, sowohl räumlich als auch zeitlich. Vielleicht wird er bewacht. Auf jeden Fall wird uns niemand viel Zeit geben, uns vorzustellen.« Ryan klopfte auf die Zeitkarte. »Und es besteht immer die Möglichkeit, daß die hier angegebenen Informationen ungenau sind.«

»Wie lange noch, bis wir uns mit einem Kontinuum phasengleich schalten? Mit Schonermans Kontinuum?«

Ryan sah auf seine Armbanduhr. »Etwa fünf bis zehn Minuten. Machen Sie sich zum Verlassen des Schiffes bereit. Wir werden einen Teil zu Fuß erledigen.«

Es war Nacht. Kein Laut, nur unendliche Stille. Kastner lauschte angestrengt, das Ohr gegen den Schiffsrumpf gepreßt. »Nichts.«

»Nein. Ich höre auch nichts.« Vorsichtig ließ Ryan die Verriegelung zurückgleiten und öffnete die Luke. Er stieß sie auf, packte sein Gewehr fest und spähte hinaus in die Dunkelheit.

Die Luft war frisch und kalt. Sie roch nach Dingen, die wachsen. Nach Bäumen und Blumen. Er atmete tief ein. Er konnte nichts sehen. Es war stockdunkel. Weit weg, in der Ferne, zirpte eine Grille.

»Hören Sie das?« fragte Ryan.

»Was ist das?«

»Ein Käfer.« Ryan stieg behutsam aus. Der Boden unter den Füßen war weich. Er begann, sich an die Dunkelheit zu gewöhnen. Über ihm blinkten ein paar Sterne. Er konnte

Bäume erkennen, eine weite Fläche voller Bäume. Und jenseits der Bäume einen hohen Zaun.

Kastner stieg neben ihm aus. »Was jetzt?«

»Sprechen Sie leise.« Ryan deutete auf den Zaun. »Wir gehen dort rüber. Irgendein Gebäude.«

Sie gingen quer über die weite Fläche zum Zaun. Dort richtete Ryan sein Gewehr auf den Zaun und stellte die niedrigste Ladung ein. Der Zaun verkohlte und sank in sich zusammen, der Draht glühte rot.

Ryan und Kastner stiegen über den Zaun. Vor ihnen ragte die Seitenwand des Gebäudes auf, Beton und Stahl. Ryan nickte Kastner zu. »Wir müssen uns schnell bewegen. Und geduckt.«

Er ging in die Hocke und atmete tief ein. Dann rannte er gebückt los, Kastner neben ihm. Sie rannten quer über das Gelände zum Gebäude. Vor ihnen wurde undeutlich ein Fenster sichtbar. Dann eine Tür. Ryan warf sein Gewicht dagegen.

Die Tür gab nach. Ryan fiel taumelnd nach drinnen. Flüchtig sah er erschreckte Gesichter, Männer, die auf die Füße sprangen.

Ryan schoß und schwenkte dabei die Gewehrmündung durch den Raum. Flammen schossen heraus und knisterten um ihn herum. Kastner schoß über Ryans Schulter. In den Flammen bewegten sich Gestalten, verschwommene Silhouetten, die hinfielen und sich am Boden wälzten.

Die Flammen erloschen. Ryan schob sich vorwärts, stieg über verkohlte Haufen auf dem Fußboden. Eine Kaserne. Schlafkojen, Überreste eines Tisches. Eine Lampe und ein Radio waren umgekippt.

Im Lichtstrahl der Lampe studierte Ryan eine Gefechtskarte an der Wand. Nachdenklich fuhr er mit dem Finger über die Karte.

»Sind wir weit weg?« fragte Kastner, der mit schußbereitem Gewehr neben der Tür stand.

»Nein. Nur ein paar Meilen.«

»Wie kommen wir dorthin?«

»Wir benutzen das Zeitschiff. Das ist sicherer. Wir haben Glück. Es hätte am anderen Ende der Welt sein können.«

»Werden dort viele Wachposten sein?«

»Die Fakten verrate ich Ihnen, wenn wir dort sind.« Ryan ging zur Tür. »Kommen Sie. Es könnte uns jemand gesehen haben.«

Von den Überresten des Tisches schnappte sich Kastner eine Handvoll Zeitungen. »Die nehm ich mit. Vielleicht verraten sie uns irgendwas.«

»Gute Idee.«

Ryan landete das Schiff in einer Talmulde zwischen zwei Hügeln. Er breitete die Zeitungen aus und studierte sie aufmerksam. »Wir sind früher, als ich dachte. Um ein paar Monate. Vorausgesetzt, die sind neu.« Er befühlte das Zeitungspapier. »Noch nicht vergilbt. Wahrscheinlich etwa einen Tag alt.«

»Welches Datum haben wir?«

»Herbst 2030. 21. September.«

Kastner spähte durch die Pforte. »Die Sonne wird bald aufgehen. Der Himmel wird schon grau.«

»Wir werden schnell arbeiten müssen.«

»Ich bin etwas unsicher. Worin besteht meine Aufgabe?«

»Schonerman hält sich in einem kleinen Dorf jenseits dieses Hügels auf. Wir befinden uns in den Vereinigten Staaten. In Kansas. Dieses Gebiet ist von Truppen umstellt, von einem Ring aus Bunkern und Unterständen. Wir befinden uns innerhalb dieser Begrenzung. In diesem Kontinuum ist Schonerman praktisch unbekannt. Seine Forschungsarbeit ist noch nicht veröffentlicht worden. Gegenwärtig arbeitet er an einem großangelegten Forschungsprojekt der Regierung mit.«

»Dann hat er keine Sonderbewachung.«

»Erst später, nachdem er seine Arbeit der Regierung übergeben haben wird, wird er Tag und Nacht bewacht. Er wird in einem unterirdischen Laboratorium untergebracht und nie raufgelassen ins Freie. Der wertvollste Forschungsarbeiter der Regierung. Aber im Augenblick ...«

»Wie werden wir ihn erkennen?«

Ryan reichte Kastner ein Bündel Fotos. »Das ist Schonerman. Alle Aufnahmen, die bis in unsere Zeit erhalten geblieben sind.«

Kastner betrachtete die Aufnahmen aufmerksam. Schonerman war klein und trug eine Hornbrille. Er lächelte matt in die Kamera, ein dünner, nervöser Mann mit vorspringender Stirn. Seine Hände waren schlank, die Finger lang und spitz. Auf einem Foto saß er an seinem Schreibtisch, neben sich eine Pfeife, die schmale Brust von einem Wollpullunder bedeckt. Auf einem anderen saß er mit übereinandergeschlagenen Beinen da, eine getigerte Katze auf dem Schoß und einen Krug Bier vor sich. Einen alten deutschen Emailkrug mit Jagdszenen und Frakturschrift.

»Das ist also der Mann, der die Greifer erfand. Beziehungsweise die Forschungsarbeit gemacht hat.«

»Das ist der Mann, der die Grundlagen für das erste funktionierende künstliche Gehirn erarbeitet hat.«

»Wußte er, daß man seine Arbeit benutzen würde, um die Greifer zu bauen?«

»Zunächst nicht. Berichten zufolge erfuhr Schonerman erst davon, nachdem die erste Partie Greifer freigegeben war. Die Vereinten Nationen waren dabei, den Krieg zu verlieren. Die Sowjets waren uns durch ihre Überraschungsangriffe zu Beginn des Krieges zunächst überlegen. Die Greifer wurden als Triumph des westlichen Fortschritts begeistert begrüßt. Eine Zeitlang schien sich das Blatt in diesem Krieg gewendet zu haben.«

»Und dann ...«

»Und dann begannen die Greifer, ihre eigenen Varianten herzustellen und Sowjets und Westmächte gleichermaßen anzugreifen. Die einzigen Menschen, die überlebten, waren die auf der UN-Station auf Luna. Ein paar Dutzend Millionen.«

»Es war ein Glück, daß sich die Greifer schließlich gegenseitig angriffen.«

»Schonerman erlebte die gesamte Entwicklung seiner Arbeit bis zum Endstadium. Es heißt, er sei außerordentlich verbittert gewesen.«

Kastner gab die Aufnahmen zurück. »Und Sie sagen, er wird nicht besonders bewacht?«

»Nicht in diesem Kontinuum. Nicht mehr als jeder andere Forschungsarbeiter auch. Er ist jung. In diesem Kontinuum ist er erst fünfundzwanzig Jahre alt. Vergessen Sie das nicht.«

»Wo werden wir ihn finden?«

»Das Regierungsprojekt ist in einem ehemaligen Schulhaus untergebracht. Ein Großteil der Arbeit findet über der Erde statt. Noch ist der Raum unter der Erde kaum nutzbar gemacht. Die Forscher leben in Kasernen etwa eine Viertelmeile von ihren Laboratorien entfernt.« Ryan warf einen raschen Blick auf seine Uhr. »Unsere beste Chance besteht darin, ihn zu erwischen, wenn er mit der Arbeit an seinem Werktisch im Labor beginnt.«

»Nicht in der Kaserne?«

»Die Papiere sind alle im Labor. Die Regierung gestattet nicht, irgendwelche Schriftstücke mit hinauszunehmen. Jeder Arbeiter wird beim Hinausgehen durchsucht.« Ryan berührte behutsam seinen Mantel. »Wir müssen vorsichtig sein. Schonerman darf nichts geschehen. Wir wollen nur seine Papiere.«

»Werden wir unsere Sprengschußgewehre nicht benutzen?«

»Nein. Wir dürfen keinesfalls das Risiko eingehen, ihn zu verletzen.«

»Werden seine Papiere ganz bestimmt an seinem Werktisch sein?«

»Er darf sie unter keinen Umständen von dort wegbringen. Wir wissen ganz genau, wo wir das finden werden, was wir suchen. Es gibt nur einen Ort, an dem die Papiere sein können.«

»Ihre Sicherheitsvorkehrungen spielen uns direkt in die Hände.«

»Genau«, murmelte Ryan.

Zwischen den Bäumen hindurch rannten Ryan und Kastner den Abhang hinunter. Der Boden unter ihren Füßen war hart und kalt. Sie kamen am Stadtrand heraus. Einige Menschen waren bereits unterwegs und gingen langsam die Straße entlang. Die Stadt war nicht bombardiert worden. Bis jetzt war noch nichts beschädigt. Die Schaufenster der Geschäfte waren mit Brettern vernagelt, und riesige Pfeile wiesen den Weg zu den unterirdischen Schutzräumen.

»Was tragen sie?« fragte Kastner. »Einige von ihnen tragen etwas vor ihren Gesichtern.«

»Bakterienmasken. Kommen Sie.« Ryan packte seine Sprengschußpistole fester, während er und Kastner die Stadt durchquerten. Niemand beachtete sie.

»Nur zwei Uniformierte mehr«, sagte Kastner.

»Unsere größte Hoffnung liegt in der Überraschung. Wir befinden uns innerhalb des Verteidigungswalles. Am Himmel fliegen Patrouillen gegen sowjetische Flugzeuge. Hier könnten keine Sowjetagenten landen. Und auf jeden Fall ist dies hier ein unbedeutendes Forschungslabor mitten in den Vereinigten Staaten. Es gäbe keinen Grund für Sowjetagenten hierherzukommen.«

»Aber es gibt Wachposten.«

»Alles wird bewacht. Die gesamte Wissenschaft. Die gesamte Forschungsarbeit.«

Vor ihnen zeichnete sich undeutlich das Schulgebäude ab. Ein paar Männer liefen am Eingang herum. Ryans Herz schnürte sich zusammen. War einer von ihnen Schonerman?

Die Männer gingen hinein, einer nach dem anderen. Ein Wachposten in Helm und Uniform überprüfte ihre Kennmarken. Ein paar der Männer trugen Bakterienmasken, nur ihre Augen waren sichtbar. Würde er Schonerman erkennen? Was, wenn er eine Maske trüge? Plötzlich wurde Ryan von Furcht ergriffen. Mit einer Maske würde Schonerman aussehen wie alle anderen.

Ryan ließ seine Sprengschußpistole verschwinden und bedeutete Kastner, dasselbe zu tun. Seine Finger schlossen sich um das Futter seiner Manteltasche. Schlafgaskristalle. Zu diesem frühen Zeitpunkt würde niemand gegen Schlafgas immunisiert worden sein. Es war erst etwa ein Jahr später entwickelt worden. Das Gas würde jeden im Umkreis von über einhundert Metern für eine unterschiedliche Zeitdauer in Schlaf versetzen. Es war eine heikle und unberechenbare Waffe – doch wie geschaffen für diese Situation.

»Ich bin bereit«, murmelte Kastner.

»Warten Sie. Wir müssen auf *ihn* warten.«

Sie warteten. Die Sonne stieg und erwärmte den kalten Himmel. Weitere Forschungsarbeiter erschienen und gingen im Gänsemarsch den Weg entlang ins Gebäude hinein. Sie stießen weiße Wolken gefrierender Atemluft aus und schlugen die Hände aneinander. Ryan begann nervös zu werden. Einer der Wachposten beobachtete ihn und Kastner. Wenn sie Verdacht schöpften ...

Ein kleiner Mann in einem schweren Überzieher und mit Hornbrille kam den Weg herauf und eilte auf das Gebäude zu.

Ryan spannte sich an. Schonerman! Schonerman ließ den Wachposten kurz seine Kennmarke sehen. Er stampfte den Matsch von den Füßen und streifte beim Hineingehen seine Fausthandschuhe ab. Es dauerte nur einen Augenblick. Ein flotter junger Mann, der sich beeilte, an seine Arbeit zu kommen. An seine Papiere.

»Kommen Sie«, sagte Ryan.

Er und Kastner bewegten sich vorwärts. Ryan löste die Gaskristalle aus dem Futter seiner Manteltasche und zog sie heraus. Die Kristalle lagen kalt und hart in seiner Hand. Wie Diamanten. Der Wachposten beobachtete, wie sie näher kamen, und hielt sein Gewehr bereit. Sein Gesicht war starr.

Er musterte sie. Er hatte sie noch nie zuvor gesehen. Ryan, der das Gesicht des Wachpostens beobachtete, konnte mühelos seine Gedanken lesen.

Ryan und Kastner blieben am Eingang stehen. »Wir sind vom FBI«, sagte Ryan ruhig.

»Ihre Kennmarken.« Der Wachposten bewegte sich nicht.

»Hier sind unsere Ausweispapiere«, sagte Ryan. Er zog die Hand aus der Manteltasche. Und zerbrach die Gaskristalle in seiner Faust.

Der Wachposten sackte zusammen. Sein Gesicht entspannte sich. Sein Körper glitt schlaff zu Boden. Das Gas breitete sich aus. Kastner trat durch die Tür und blickte sich um, seine Augen leuchteten.

Das Gebäude war klein. Nach allen Seiten erstreckten sich Werktische und Laborgerätschaften. Die Arbeiter lagen, wo sie gestanden hatten, schlaffe Haufen auf dem Fußboden mit ausgestreckten Armen und Beinen und offenen Mündern.

»Schnell.« Ryan eilte an Kastner vorbei quer durchs Labor. Am anderen Ende des Raumes lag Schonerman zusammengesackt über seinem Werktisch, der Kopf ruhte auf der metallenen Tischplatte. Die Brille war heruntergefallen. Die offenen Augen stierten ins Leere. Er hatte seine Papiere aus der Schublade genommen. Vorhängeschloß und Schlüssel lagen noch auf dem Werktisch. Die Papiere lagen unter seinem Kopf und zwischen seinen Händen.

Kastner rannte zu Schonerman, raffte die Papiere zusammen und stopfte sie in seine Aktentasche.

»Nehmen Sie alles mit!«

»Ich hab alles.« Kastner zog die Schublade auf. Er riß die restlichen Papiere in der Schublade an sich. »Jedes einzelne Blatt.«

»Gehen wir. Das Gas wird sich rasch verflüchtigen.«

Sie rannten zurück nach draußen. Ein paar Körper lagen ausgestreckt quer vorm Eingang, Arbeiter, die auf das Gelände gekommen waren.

»Beeilung.«

Sie rannten durch die Stadt, die einzige Hauptstraße entlang. Leute blickten sie erstaunt an. Kastner rang nach Luft und hielt seine Aktentasche fest, während er rannte. »Ich kann ... nicht mehr.«

»Nicht stehenbleiben.«

Sie erreichten den Stadtrand und begannen, den Hügel hinaufzueilen. Ryan rannte zwischen den Bäumen, sein Körper war vornübergeneigt, er blickte nicht zurück. Einige Arbeiter würden jetzt wieder zu Bewußtsein kommen. Und andere Wachposten würden das Gelände betreten. Es würde nicht mehr lange dauern, bis der Alarm ausgelöst war.

Hinter ihnen surrte eine Sirene los.

»Jetzt kommen sie.« Ryan hielt auf der Hügelkuppe inne und wartete auf Kastner. Hinter ihnen strömten Menschen eilig auf die Straße, kamen aus unterirdischen Bunkern herauf. Weitere Sirenen heulten, ein bedrückendes, hallendes Geräusch.

»Runter!« Ryan rannte den Abhang hinunter auf das Zeitschiff zu und rutschte und schlitterte dabei über die trockene Erde. Kastner eilte hinter ihm her und rang schluchzend nach Atem. Sie konnten hören, wie Befehle gerufen wurden. Soldaten schwärmten aus und folgten ihnen den Abhang hinauf.

Ryan erreichte das Schiff. Er packte Kastner und zog ihn ins Innere. »Machen Sie die Luke zu. Machen Sie sie dicht!«

Ryan rannte zum Steuerpult. Kastner ließ die Aktentasche fallen und zerrte am Rand der Luke. Auf der Hügelkuppe tauchte ein Trupp Soldaten auf. Sie kamen den Abhang hinunter und zielten und schossen im Laufen.

»Hinlegen«, bellte Ryan. Granaten krachten gegen den Rumpf des Schiffes. »Runter!«

Kastner schoß mit seiner Sprengschußpistole zurück. Eine Feuerwand wälzte sich den Abhang hinauf auf die Soldaten zu. Die Luke fiel mit einem Knall herunter. Kastner wirbelte die Verriegelung herum und ließ das innere Schloß einrasten. »Fertig. Alles startklar.«

Ryan riß den Stromversorgungsschalter herum. Draußen kämpften sich die restlichen Soldaten durch die Flammen an die Seite des Schiffes heran. Durch die Pforte konnte Ryan ihre Gesichter sehen, die von der Explosion versengt und verbrannt waren.

Ein Mann hob ungeschickt sein Gewehr. Die meisten von ihnen lagen am Boden, wälzten sich herum oder kämpften sich auf die Füße. Während die Szene verschwamm, sah er, wie einer von ihnen mühsam auf die Knie kam. Die Kleider des Mannes brannten. Rauchwolken stiegen von ihm auf, von seinen Armen und Schultern. Sein Gesicht war schmerzverzerrt. Er streckte seine Arme vor, zum Schiff hin, er streckte sie hinauf zu Ryan, seine Hände bebten, sein Körper krümmte sich.

Ryan erstarrte.

Er starrte noch immer unverwandt hinaus, als die Szene erlosch und nichts mehr zu sehen war. Gar nichts. Die Anzeigen der Meßgeräte veränderten sich. Die Arme bewegten sich ruhig über die Zeitkarte und folgten ihren Linien.

Im letzten Augenblick hatte Ryan direkt in das Gesicht des Mannes geblickt. Das vor Schmerz verzogene Gesicht. Die Gesichtszüge waren entstellt, verzerrt und verunstaltet. Und die Hornbrille war verschwunden. Doch es gab keinen Zweifel – es war Schonerman gewesen.

Ryan setzte sich. Er strich sich mit zitternder Hand durchs Haar.

»Sind Sie sicher?« fragte Kastner.

»Ja. Er muß sehr schnell aus dem Schlaf erwacht sein. Es wirkt bei jedem Menschen anders. Und er befand sich am anderen Ende des Raumes. Er muß zu sich gekommen und uns gefolgt sein.«

»War er schwer verletzt?«

»Ich weiß es nicht.«

Kastner öffnete die Aktentasche. »Immerhin haben wir die Papiere.«

Ryan hörte nur halb zu und nickte. Schonerman verletzt,

versengt, in brennenden Kleidern. Das war nicht Bestandteil ihres Planes gewesen.

Doch wichtiger noch – *war es nun Bestandteil der Geschichte?*

Zum ersten Mal kam ihm die Tragweite ihres Handelns zu Bewußtsein. Ihr Ziel war es gewesen, sich Schonermans Papiere zu verschaffen, damit die USIC vom künstlichen Gehirn Gebrauch machen konnte. Richtig angewandt, konnte Schonermans Entdeckung eine äußerst wertvolle Hilfe bei der Wiederherstellung des verwüsteten Planeten Terra sein. Armeen von Arbeitsrobotern, die alles wieder bepflanzten und aufbauten. Eine mechanische Armee, um Terra wieder fruchtbar zu machen. Roboter konnten in einer Generation das erreichen, wofür Menschen sich jahrelang plagen mußten. Terra könnte wiedergeboren werden.

Doch hatten sie durch die Rückkehr in die Vergangenheit neue Faktoren eingeführt? War eine neue Vergangenheit entstanden? War irgendein Gleichgewicht gestört worden?

Ryan erhob sich und lief hin und her.

»Was ist los?« fragte Kastner. »Wir haben die Papiere.«

»Ich weiß.«

»USIC wird erfreut sein. Von jetzt an kann die Liga mit Unterstützung rechnen. Was immer sie will. Das wird USIC für alle Zeiten eine gute Position verschaffen. Schließlich wird USIC die Roboter herstellen. Arbeitsroboter. Das Ende der menschlichen Plackerei. Maschinen statt Menschen, um den Boden zu bearbeiten.«

Ryan nickte. »Gut.«

»Was ist dann nicht in Ordnung?«

»Ich mache mir Sorgen um unser Kontinuum.«

»Worüber machen Sie sich Sorgen?«

Ryan ging zum Steuerpult hinüber und studierte die Zeitkarte. Das Schiff bewegte sich rückwärts in die Gegenwart, die Arme folgten einem Weg zurück. »Ich mache mir Sorgen über neue Faktoren, die wir vielleicht in frühere Kontinua eingeführt haben. Es gibt keinen Bericht über einen verletzten Schonerman. Es gibt keinen Bericht über dieses Ereignis. Es könnte eine andere Kausalkette in Gang gesetzt haben.«

»Zum Beispiel?«

»Ich weiß es nicht. Aber ich werde es herausfinden. Wir werden gleich jetzt einen Zwischenstopp einlegen und in Erfahrung bringen, welche neuen Faktoren wir in Gang gesetzt haben.«

Ryan steuerte das Schiff in ein Kontinuum, das unmittelbar auf den Vorfall mit Schonerman folgte. Es war Anfang Oktober, eine gute Woche danach. Er landete das Schiff bei Sonnenuntergang auf dem Feld eines Bauern außerhalb von Des Moines in Iowa. Eine kalte Herbstnacht, der Boden unter den Füßen war hart und spröde.

Ryan und Kastner gingen in die Stadt, Kastner hielt die Aktentasche fest umklammert. Des Moines war mit russischen Fernlenkkörpern beschossen worden. Die meisten Industriegebiete waren zerstört. Nur Militärangehörige und Bauarbeiter blieben noch in der Stadt. Die Zivilbevölkerung war evakuiert worden.

Tiere streiften durch die verlassenen Straßen und suchten nach Nahrung. Überall lag Glas und Schutt. Die Stadt war kalt und trostlos. Durch die Brände nach dem Bombenangriff waren die Straßen ausgebrannt und zusammengefallen. Die Herbstluft war stickig vom Verwesungsgeruch der Leichen, die zusammen mit den Trümmern an Kreuzungen und auf unbebauten Grundstücken zu gewaltigen Bergen aufgetürmt worden waren.

An einem mit Brettern vernagelten Zeitungskiosk stahl Ryan ein Nachrichtenmagazin. Die Zeitschrift war feucht und schimmlig. Kastner steckte sie in die Aktentasche, und sie kehrten zum Zeitschiff zurück. Gelegentlich wurden sie von Soldaten überholt, die Waffen und Ausrüstung aus der Stadt herausbrachten. Niemand fragte sie nach der Losung.

Sie erreichten das Zeitschiff, gingen an Bord und schlossen die Luke hinter sich. Die Felder um sie herum lagen verlassen da. Das Bauernhaus war niedergebrannt, das Getreide vertrocknet. In der Einfahrt lagen die Überreste eines zertrümmerten, umgekippten Autos, ein verkohltes Wrack. Eine Gruppe häßlicher Schweine schnüffelte in den Ruinen des Bauernhauses herum und suchte nach Eßbarem.

Ryan setzte sich und schlug die Zeitschrift auf. Er las lange und aufmerksam darin und blätterte die feuchten Seiten langsam um.

»Was steht drin?« fragte Kastner.

»Alles über den Krieg. Er ist noch im Anfangsstadium. Sowjetische Fernlenkkörper werden abgeschossen. Amerikanische Scheibenbomben hageln über ganz Rußland nieder.«

»Irgendwas über Schonerman?«

»Ich kann nichts finden. Es ist zuviel anderes im Gange.« Ryan las aufmerksam weiter. Schließlich fand er auf einer der letzten Seiten, was er gesucht hatte. Einen kurzen Artikel, nur einen Absatz lang.

SOWJETAGENTEN ÜBERRASCHT

Eine Gruppe Sowjetagenten, die versuchte, eine Forschungsstation der Regierung in Harristown, Kansas, zu zerstören, wurde von den Wachposten beschossen und schnell vertrieben. Die Agenten entkamen, nachdem sie versucht hatten, an den Wachposten vorbei in die Arbeitsräume der Station einzudringen. Die Sowjetagenten gaben sich als FBI-Männer aus und versuchten, sich bei Beginn der Frühschicht Zutritt zu verschaffen. Aufmerksame Wachposten versperrten ihnen den Weg und nahmen die Verfolgung auf. Die Forschungslaboratorien und -gerätschaften wurden nicht beschädigt. Zwei Wachposten und ein Arbeiter wurden bei dem Zusammenstoß getötet. Die Namen der Wachposten

Ryan umklammerte die Zeitschrift.

»Was ist los?« Kastner eilte herbei.

Ryan las den Artikel zu Ende. Er legte die Zeitschrift hin und schob sie langsam zu Kastner hinüber.

»Was ist los?« Kastner überflog suchend die Seite.

»Schonerman ist gestorben. Durch die Explosion getötet. Wir haben ihn getötet. Wir haben die Vergangenheit verändert.«

Ryan erhob sich und ging zur Pforte. Er zündete sich eine Zigarette an und gewann langsam seine Fassung wieder. »Wir haben neue Fakten geschaffen und eine neue Kette von Ereignissen ausgelöst. Niemand kann wissen, wo sie enden wird.«

»Was soll das heißen?«

»Vielleicht entdeckt jemand anders das künstliche Gehirn. Vielleicht wird die Verschiebung sich selbst berichtigen. Der Zeitstrom wird seinen normalen Verlauf wiederaufnehmen.«

»Warum sollte er?«

»Ich weiß es nicht. Wie die Dinge jetzt liegen, haben wir ihn getötet und seine Papiere gestohlen. Es gibt keinen Weg, wie die Regierung in den Besitz seiner Arbeit gelangen kann. Sie werden nicht einmal wissen, daß sie je existiert hat. Es sei denn, jemand anders macht die gleiche Arbeit, befaßt sich mit derselben Materie ...«

»Wie werden wir das erfahren?«

»Wir werden noch öfter nachschauen müssen. Nur so können wir es herausfinden.«

Ryan wählte das Jahr 2051 ...

Im Jahre 2051 waren die ersten Greifer aufgetaucht. Die Sowjets hatten den Krieg schon fast gewonnen. In einem letzten verzweifelten Versuch, das Blatt in diesem Krieg noch zu wenden, hatten die UN mit dem Einsatz der Greifer begonnen.

Ryan landete das Zeitschiff auf dem Kamm einer Hügelkette. Unter ihnen erstreckte sich eine eintönige Ebene, die von einem Gewirr aus Ruinen, Stacheldraht und den Überresten von Waffen überzogen war.

Kastner schraubte die Luke auf und trat behutsam hinaus auf den Boden.

»Seien Sie vorsichtig«, sagte Ryan. »Denken Sie an die Greifer.«

Kastner packte sein Sprengschußgewehr. »Ich werde dran denken.«

»In dieser Phase waren sie klein. Etwa dreißig Zentimeter lang. Metall. Sie versteckten sich unten in der Asche. Die humanoiden Typen gab es noch nicht.«

Die Sonne stand hoch am Himmel. Es war gegen Mittag. Die Luft war warm und trübe. Aschewolken wurden vom Wind über den Boden getrieben.

Plötzlich spannte sich Kastner an. »Schauen Sie. Was ist das? Es kommt die Straße herauf.«

Ein Lastwagen holperte langsam auf sie zu, ein schwerer, brauner Lastwagen voller Soldaten. Der Lastwagen kämpfte sich die Straße entlang bis zum Fuß der Hügelkette. Ryan packte sein Sprengschußgewehr. Er und Kastner waren bereit.

Der Lastwagen hielt an. Soldaten sprangen herunter und kamen mit großen Schritten durch die Asche den Abhang der Hügelkette hinauf.

»Aufgepaßt«, murmelte Ryan.

Die Soldaten erreichten sie und blieben wenige Schritte entfernt stehen. Ryan und Kastner standen schweigend da, die Sprengschußgewehre im Anschlag. Einer der Soldaten lachte. »Steckt sie weg. Wißt ihr nicht, daß der Krieg vorbei ist?«

»Vorbei?«

Die Soldaten entspannten sich. Ihr Anführer, ein großer Mann mit rotem Gesicht, wischte sich den Schweiß von der Stirn und drängte sich zu Ryan durch. Seine Uniform war zerlumpt und schmutzig. Seine zerschlissenen Stiefel waren von einer Aschenkruste bedeckt. »Der Krieg ist seit einer Woche vorbei. Kommt mit! Es gibt eine Menge zu tun. Wir nehmen euch mit zurück.«

»Zurück?«

»Wir trommeln sämtliche vorgeschobenen Posten zusammen. Wart ihr abgeschnitten? Keine Verbindung?«

»Nein«, sagte Ryan.

»Es wird Monate dauern, bis alle wissen, daß der Krieg vorbei ist. Kommt mit. Keine Zeit, hier rumzustehen und zu tratschen.«

Ryan änderte seine Haltung. »Hör mal. Der Krieg ist wirklich vorbei, sagst du? Aber ...«

»Ein Glück, außerdem. Viel länger hätten wir uns nicht halten können.« Der Offizier klopfte gegen seinen Gürtel. »Du hast nicht zufällig eine Zigarette, oder?«

Ryan brachte langsam seine Schachtel zum Vorschein. Er nahm die Zigaretten heraus und reichte sie dem Offizier, dann zerknüllte er die Schachtel sorgfältig und steckte sie zurück in seine Tasche.

»Danke.« Der Offizier reichte die Zigaretten an seine Männer weiter. Ihre Mienen hellten sich auf. »Ja, ein Glück. Wir waren fast am Ende.«

Kastners Mund öffnete sich. »Die Greifer. Was ist mit den Greifern?«

Der Offizier runzelte die Stirn. »Was?«

»Warum endete der Krieg so ... so plötzlich?«

»Konterrevolution in der Sowjetunion. Wir hatten monatelang Agenten und Material abgeworfen. Trotzdem hätten wir nie gedacht, daß irgendwas dabei rauskommt. Sie waren sehr viel schwächer, als sich irgend jemand vorstellen konnte.«

»Dann ist der Krieg also wirklich vorbei?«

»Natürlich.« Der Offizier packte Ryan am Arm. »Gehen wir. Wir haben viel Arbeit. Wir versuchen, diese gottverdammte Asche wegzuräumen und etwas anzupflanzen.«

»Anzupflanzen? Getreide?«

»Natürlich. Was würdest *du* denn anpflanzen?«

Ryan entzog sich ihm. »Hab ich das richtig verstanden: Der Krieg ist vorbei? Keine Kampfhandlungen mehr? Und ihr habt nie was von Greifern gehört? Von einer Sorte Waffen, die man Greifer nennt?«

Das Gesicht des Offiziers verzog sich. »Wovon sprichst du?«

»Von mechanischen Killern. Robotern. Als Waffe.«

Der Kreis der Soldaten zog sich ein wenig zurück. »Wovon, zum Teufel, redet er eigentlich?«

»Besser, du erklärst das«, sagte der Offizier, und sein Gesicht war plötzlich hart. »Was soll das mit den Greifern?«

»Wurde niemals eine Waffe nach diesem Prinzip entwickelt?« fragte Kastner.

Schweigen. Schließlich brummte einer der Soldaten. »Ich glaube, ich weiß, was er meint. Er meint Dowlings Mine.«

Ryan drehte sich um. »Was?«

»Ein englischer Physiker. Er hat mit künstlichen, selbstgelenkten Minen experimentiert. Roboterminen. Doch die Minen konnten sich nicht selbst reparieren. Deshalb gab die Regierung das Projekt auf und verstärkte statt dessen die Propagandaarbeit.«

»Darum ist der Krieg vorbei«, sagte der Offizier. Er wandte sich zum Aufbruch. »Gehen wir.«

Die Soldaten folgten ihm den Abhang der Hügelkette hinunter.

»Kommt ihr?« Der Offizier blieb stehen und schaute zu Ryan und Kastner zurück.

»Wir kommen später nach«, sagte Ryan. »Wir müssen unsere Ausrüstung zusammenpacken.«

»In Ordnung. Das Camp liegt etwa eine halbe Meile die Straße hinunter. Es gibt dort eine Siedlung. Leute, die vom Mond zurückkommen.«

»Vom Mond?«

»Wir hatten begonnen, Einheiten zur Luna zu verlegen, aber jetzt ist das nicht mehr nötig. Vielleicht ist das ein Glück. Wer, zum Teufel, will schon Terra verlassen?«

»Danke für die Zigaretten«, rief einer der Soldaten zurück. Die Soldaten drängten sich auf die Ladefläche des Lastwagens. Der Offizier glitt hinter das Lenkrad. Der Lastwagen fuhr los und setzte holpernd seinen Weg fort.

Ryan und Kastner beobachteten, wie er davonfuhr.

»Dann wurde Schonermans Tod nie ausgeglichen«, murmelte Ryan. »Eine völlig neue Vergangenheit ...«

»Ich frage mich, wie weit sich die Veränderung fortsetzt. Ich frage mich, ob sie sich bis in unsere eigene Zeit fortsetzt.«

»Es gibt nur einen Weg, das herauszufinden.«

Kastner nickte. »Ich will es sofort wissen. Je eher, desto besser. Brechen wir auf.«

Ryan nickte, tief in Gedanken versunken. »Je eher, desto besser.«

Sie gingen an Bord des Zeitschiffes. Kastner setzte sich mit seiner Aktentasche. Ryan stellte die Steuerung ein. Draußen vor der Pforte erlosch die Szene. Sie waren wieder im Zeitstrom und bewegten sich auf die Gegenwart zu.

Ryans Gesicht war grimmig. »Ich kann es nicht fassen. Das gesamte Gefüge der Vergangenheit verändert. Eine völlig neue Kette in Gang gesetzt. Die sich auf jedes Kontinuum ausweitet. Und unseren Zeitstrom immer weiter abändert.«

»Dann wird es nicht unsere Gegenwart sein, wenn wir zurückkommen. Man kann nicht vorhersehen, wie sie sich verändert haben wird. Alles durch Schonermans Tod. Eine völlig neue Geschichte, die durch einen einzigen Zwischenfall in Gang gesetzt wurde.«

»Nicht durch Schonermans Tod«, verbesserte Ryan.

»Was soll das heißen?«

»Nicht durch seinen Tod, sondern durch den Verlust seiner Papiere. Weil Schonerman starb, erhielt die Regierung keine brauchbare Methode zur Konstruktion eines künstlichen Gehirns. Deshalb wurden die Greifer nie gebaut.«

»Das kommt aufs gleiche raus.«

»Wirklich?«

Kastner blickte rasch auf. »Erklären Sie.«

»Schonermans Tod ist unwichtig. Der Verlust seiner Papiere für die Regierung ist der entscheidende Faktor.« Ryan deutete auf Kastners Aktentasche. »Wo sind die Papiere? Da drinnen. Wir haben sie.«

Kastner nickte. »Das stimmt.«

»Wir können die Situation wiederherstellen, indem wir in die Vergangenheit zurückgehen und die Papiere bei irgendeiner Regierungsstelle abliefern. Schonerman ist unwichtig. Es sind seine Papiere, die zählen.«

Ryans Hand griff nach dem Stromversorgungsschalter.

»Warten Sie!« sagte Kastner. »Wollen wir nicht die Gegenwart sehen? Wir sollten sehen, welche Veränderungen sich bis in unsere Zeit fortsetzen.«

Ryan zögerte. »Stimmt.«

»Dann können wir entscheiden, was wir tun wollen. Ob wir die Papiere zurückgeben wollen.«

»In Ordnung. Wir setzen unsere Reise in die Gegenwart fort und treffen dann eine Entscheidung.«

Die Kabelarme, die quer über die Zeitkarte liefen, waren fast in ihre Ausgangsposition zurückgekehrt. Ryan betrachtete sie lange und eingehend, seine Hand lag auf dem Stromversorgungsschalter. Kastner hielt die Aktentasche fest, seine Arme umschlangen das schwere Lederbündel auf seinem Schoß.

»Wir sind fast da«, sagte Ryan.

»In unserer eigenen Zeit?«

»In wenigen Augenblicken.« Ryan erhob sich und packte den Schalter. »Ich bin gespannt, was wir sehen werden.«

»Wahrscheinlich sehr wenig Bekanntes.«

Ryan atmete tief durch und fühlte das kalte Metall unter seinen Fingern. Wie verändert würde ihre Welt sein? Würden sie irgend etwas wiedererkennen? Hatten sie alles Vertraute ausgelöscht?

Eine gewaltige Kette war in Gang gesetzt worden. Eine Flutwelle, die durch die Zeit spülte, jedes Kontinuum abänderte und alle zukünftigen Zeitalter beeinflussen würde. Der zweite Teil des Krieges hatte nie stattgefunden. Bevor die Greifer erfunden werden konnten, war der Krieg vorbei. Es hatte nie ein brauchbares Verfahren für die Umsetzung der Idee vom künstlichen Gehirn gegeben. Die wirksamste Waffe in diesem Krieg war nie gebaut worden. Die menschliche

Energie hatte sich vom Krieg ab- und dem Wiederaufbau des Planeten zugewandt.

Um Ryan herum vibrierten die Meßgeräte und Skalen. In wenigen Augenblicken würden sie zurück sein. Wie würde Terra aussehen? Würde noch irgend etwas so sein wie früher?

Die Fünfzig Städte. Wahrscheinlich existierten sie nicht mehr. Sein Sohn Jon, der still in seinem Zimmer saß und las. USIC. Die Regierung. Die Liga und ihre Laboratorien und Büros, ihre Gebäude, Dachflugplätze und Wachposten. Die ganze komplizierte Gesellschaftsstruktur. Würde all das spurlos verschwunden sein? Wahrscheinlich.

Und was würde er statt dessen vorfinden?

»Gleich wissen wir's«, murmelte Ryan.

»Gleich ist es soweit.« Kastner erhob sich und ging zur Pforte. »Ich will es sehen. Es dürfte eine äußerst ungewohnte Welt sein.«

Ryan legte den Stromversorgungsschalter um. Das Schiff scherte mit einem plötzlichen Ruck aus dem Zeitstrom aus. Draußen vor der Pforte trieb und wirbelte etwas vorbei, während sich das Schiff wieder aufrichtete. Die automatische Schwerkraftsteuerung schaltete sich ein. Das Schiff raste über der Erdoberfläche dahin.

Kastner rang nach Luft.

»Was sehen Sie?« fragte Ryan und regulierte die Geschwindigkeit des Schiffes. »Was ist da draußen?«

Kastner sagte nichts.

»Was sehen Sie?«

Nach einer langen Zeit wandte sich Kastner von der Pforte ab. »Sehr interessant. Sehen Sie selbst.«

»Was ist da draußen?«

Kastner setzte sich langsam hin und nahm die Aktentasche auf. »Das eröffnet ganz neue gedankliche Möglichkeiten.«

Ryan ging hinüber zur Pforte und blickte hinaus. Unter dem Schiff lag Terra. Aber nicht der Planet Terra, den sie verlassen hatten.

Felder, endlose gelbe Felder. Und Parks. Parks und gelbe Felder. Grüne Rechtecke zwischen dem Gelb, so weit das Auge reichte. Sonst nichts.

»Keine Städte«, sagte Ryan mit belegter Stimme.

»Nein. Erinnern Sie sich nicht? Die Menschen sind alle draußen in den Feldern. Oder gehen in den Parks spazieren. Diskutieren das Wesen des Universums.«

»Das ist das, was Jon gesehen hat.«

»Ihr Sohn war außerordentlich präzise.«

Ryan ging zurück zur Steuerung; sein Gesicht war bleich. Sein Kopf war wie betäubt. Er setzte sich und stellte die Lenkstation für die Landung ein. Das Schiff sank immer tiefer, bis es antriebslos über die flachen Felder schwebte. Männer und Frauen blickten erschreckt zu dem Schiff hinauf. Männer und Frauen in Gewändern.

Sie flogen über einen Park. Eine Herde Tiere raste wie wahnsinnig davon. Irgendeine Sorte Wild.

Hier war die Welt, die sein Sohn gesehen hatte. Hier war seine Vision. Felder und Parks, Männer und Frauen in langen, fließenden Gewändern. Die die Wege entlangspazierten und die Probleme des Universums diskutierten.

Und die andere Welt, seine Welt, existierte nicht mehr. Die Liga war verschwunden. Die Arbeit seines ganzen Lebens zerstört. In dieser Welt existierte sie nicht. Jon. Sein Sohn. Ausgelöscht. Er würde ihn niemals wiedersehen. Seine Arbeit, sein Sohn, alles, was ihm vertraut gewesen war, hatte aufgehört zu existieren.

»Wir müssen zurück«, sagte Ryan plötzlich.

Kastner blinzelte. »Wie bitte?«

»Wir müssen die Papiere zurückbringen in ihr Kontinuum, wo sie hingehören. Wir können nicht genau die gleiche Situation wiederherstellen, aber wir können die Papiere der Regierung in die Hände spielen. Dadurch sind wieder alle relevanten Faktoren vorhanden.«

»Ist das Ihr Ernst?«

Ryan erhob sich schwankend und ging auf Kastner zu.

»Geben Sie mir die Papiere. Das ist eine sehr ernste Situation. Wir müssen schnell handeln. Die Dinge müssen wieder an ihren Platz zurückgebracht werden.«

Kastner wich zurück und riß seine Pistole heraus. Ryan stürzte vor. Er erwischte Kastner mit der Schulter und stieß den kleinen Geschäftsmann um. Die Pistole schlitterte quer über den Boden des Schiffes und krachte gegen die Wand. Die Papiere flatterten in alle Richtungen.

»Sie verdammter Idiot!« Ryan fiel auf die Knie und griff hastig nach den Papieren.

Kastner jagte hinter seiner Pistole her. Er hob sie auf, das runde Gesicht starr vor eulenhafter Entschlossenheit. Ryan sah ihn aus dem Augenwinkel. Einen Augenblick konnte er der Versuchung zu lachen kaum widerstehen. Kastners Gesicht glühte, seine Augen waren feuerrot. Er fuchtelte mit der Pistole herum und versuchte zu zielen.

»Kastner, um Gottes willen ...«

Die Finger des kleinen Geschäftsmannes spannten sich um den Abzug. Pötzliche Furcht ließ Ryan erzittern. Er rappelte sich auf. Die Pistole bellte laut auf, Flammen fauchten quer durch das Zeitschiff. Ryan sprang beiseite, eine Feuerspur versengte ihn.

Schonermanns Papiere loderten auf, wo sie auf dem Fußboden verstreut lagen. Sie brannten einen kurzen Augenblick. Dann verglühten sie zu Asche. Der dünne, beißende Geruch des Schusses wehte zu Ryan hinüber, reizte seine Nase und trieb ihm Tränen in die Augen.

»Tut mir leid«, murmelte Kastner. Er legte die Pistole auf das Steuerpult. »Finden Sie nicht, Sie sollten uns lieber runterbringen? Wir sind ziemlich nah am Boden.«

Mechanisch ging Ryan zum Steuerpult hinüber. Nach kurzem Zögern nahm er Platz und begann, die Steuerung einzustellen und die Geschwindigkeit des Schiffes zu drosseln. Er sagte nichts.

»Langsam begreife ich die Sache mit Jon«, murmelte Kastner. »Er muß so etwas wie ein paralleles Zeitempfinden gehabt haben. Ein Bewußtsein über andere Möglichkeiten der Zukunft. Während die Arbeit am Zeitschiff Fortschritte machte, verstärkten sich seine Visionen, nicht wahr? Jeden Tag wurden seine Visionen echter. Jeden Tag wurde das Zeitschiff wirklicher.«

Ryan nickte.

»Das eröffnet ganz neue Möglichkeiten der Betrachtung. Die mystischen Visionen der Heiligen im Mittelalter. Vielleicht kamen sie aus einer anderen Zukunft, aus anderen Zeitströmen. Visionen der Hölle wären schlechtere Zeitströme, Visionen des Himmels bessere Zeitströme. Unserer muß irgendwo in der Mitte liegen. Und die Vision der ewig unveränderlichen Welt. Vielleicht ist das ein Bewußtsein von der Nicht-Zeit. Keine andere Welt, sondern diese Welt, außerhalb der Zeit betrachtet. Auch darüber werden wir mehr nachdenken müssen.«

Das Schiff landete und kam am Rande eines der Parks zum Stillstand. Kastner ging hinüber zur Pforte und blickte hinaus auf die Bäume jenseits des Schiffes.

»In den Büchern, die meine Familie gerettet hat, waren einige Bilder von Bäumen«, sagte er gedankenvoll. »Diese Bäume hier neben uns. Das sind Peruanische Pfefferbäume. Die dort drüben nennt man Immergrün. Sie bleiben das ganze Jahr über so. Daher der Name.«

Kastner hob die Aktentasche auf und umklammerte sie. Er ging auf die Luke zu.

»Gehen wir nachschauen, wo ein paar Leute sind. Damit wir anfangen können, Dinge zu diskutieren. Metaphysische Dinge.« Er grinste Ryan an. »Ich habe metaphysische Dinge schon immer gemocht.«

Frühstück im Zwielicht

»DAD?« FRAGTE EARL und kam aus dem Badezimmer gerannt, »fährst du uns heute zur Schule?«

Tim McLean goß sich eine zweite Tasse Kaffee ein. »Ihr könnt zur Abwechslung mal laufen, Kinder. Der Wagen ist in der Werkstatt.«

Judy maulte: »Es regnet.«

»Nein, gar nicht«, korrigierte Virginia ihre Schwester. Sie zog das Rollo hoch. »Es ist ganz neblig, aber es regnet nicht.«

»Laß mich mal sehen.« Mary McLean trocknete sich die Hände ab und kam von der Spüle herüber. »Was für ein sonderbarer Tag. Ist das Nebel? Sieht eher aus wie Rauch. Ich kann gar nichts erkennen. Was meldet die Vorhersage?«

»Ich konnte im Radio überhaupt nichts hören«, sagte Earl. »Bloß Rauschen.«

Tim blaffte verärgert: »Ist dieses verdammte Ding schon wieder im Eimer? Ich hab's doch gerade erst reparieren lassen.« Er erhob sich und ging verschlafen zum Radio hinüber. Träge spielte er an der Sendereinstellung herum. Die drei Kinder huschten hin und her und machten sich für die Schule fertig. »Merkwürdig«, sagte Tim.

»Ich gehe.« Earl öffnete die Eingangstür.

»Warte auf deine Schwestern«, befahl Mary abwesend.

»Ich bin fertig«, sagte Virginia. »Seh ich ordentlich aus?«

»Du siehst gut aus«, sagte Mary und gab ihr einen Kuß.

»Ich ruf die Radiowerkstatt vom Büro aus an«, sagte Tim. Er unterbrach sich. Earl stand in der Küchentür, blaß und still, die Augen vor Entsetzen weit aufgerissen.

»Was ist los?«

»Ich ... ich bin zurückgekommen.«

»Was ist los? Bist du krank?«

»Ich kann nicht zur Schule gehen.«

Sie starrten ihn an. »Was ist passiert?« Tim packte seinen Sohn am Arm. »Warum kannst du nicht zur Schule gehen?«

»Sie ... sie lassen mich nicht.«

»Wer?«

»Die Soldaten.« Die Worte überschlugen sich. »Sie sind überall. Soldaten mit Gewehren. Und sie kommen hierher.«

»Sie kommen? Sie kommen hierher?« wiederholte Tim benommen.

»Sie kommen hierher, und sie werden ...« Erschrocken unterbrach er sich. Vorne auf der Veranda hörte man schwere Stiefeltritte. Ein Krachen. Zersplitterndes Holz. Stimmen.

»Du lieber Himmel«, keuchte Mary. »Was ist los, Tim?«

Tim trat ins Wohnzimmer, sein Herz schlug mühsam und quälend. Drei Männer standen in der Tür. Männer in graugrünen Uniformen, beladen mit Gewehren und einem undurchdringlichen Gewirr von Ausrüstungsgegenständen. Röhren und Schläuche. Meßinstrumente an dicken Schnüren. Behälter, Lederriemen und Antennen. Hochkomplizierte Masken, die über ihre Köpfe gestülpt waren. Hinter den Masken sah Tim müde, bärtige Gesichter und rotgeränderte Augen, die ihn brutal und abweisend anstarrten.

Einer der Soldaten riß sein Gewehr hoch und zielte damit auf McLeans Bauch. Tim schaute es sprachlos an. *Das Gewehr.* Lang und dünn. Wie eine Nadel. Mit spiralförmig zusammengerollten Rohren verbunden.

»Was, um Himmels ...«, setzte er an, doch der Soldat fiel ihm barsch ins Wort.

»Wer sind Sie?« Seine Stimme klang rauh und kehlig. »Was machen Sie hier?« Er schob seine Maske beiseite. Seine Haut war schmutzig. Schnitte und Pusteln bedeckten das fahle Fleisch. Die Zähne waren abgebrochen oder ausgefallen.

»Antworten Sie!« forderte ihn ein zweiter Soldat auf. »Was machen Sie hier?«

»Zeigen Sie mal Ihre blaue Karte«, sagte der dritte. »Und Ihre Sektorennummer.« Seine Augen wanderten zu Mary und den Kindern hinüber, die wortlos in der Tür zum Eßzimmer standen. Ihm fiel die Kinnlade herunter.

»Eine Frau!«

Die drei Soldaten starrten sie ungläubig an.

»Was, zum Teufel, ist hier los?« wollte der erste wissen. »Wie lange ist diese Frau schon hier?«

Tim fand seine Sprache wieder. »Das ist meine Frau. Was ist los? Was ...«

»*Ihre* Frau?« Sie glaubten ihm kein Wort.

»Meine Frau und meine Kinder. Um Himmels willen ...«

»Ihre Frau? Und Sie haben sie hierher gebracht? Sie müssen den Verstand verloren haben!«

»Er hat die Aschekrankheit«, sagte der erste. Er ließ sein Gewehr sinken und ging mit großen Schritten quer durchs Wohnzimmer zu Mary. »Los, Schwester. Sie kommen mit uns.«

Tim stürzte los.

Etwas traf ihn mit voller Wucht. Er fiel der Länge nach zu Boden, Dunkelheit umfing ihn. Seine Ohren summten. Sein Kopf dröhnte. Alles wich zurück. Undeutlich nahm er die sich bewegenden Umrisse wahr. Stimmen. Das Zimmer. Er konzentrierte sich.

Die Soldaten drängten die Kinder zurück. Einer von ihnen packte Mary am Arm. Er riß an ihrem Kleid und zerrte es von ihren Schultern. »Mann«, knurrte er. »Er bringt sie hierher, und sie ist noch nicht einmal verschnürt!«

»Nimm sie mit.«

»Okay, Captain.« Der Soldat schleppte Mary zur Haustür. »Wir werden mit ihr tun, was wir können.«

»Die Kinder.« Der Kommandant winkte den anderen Soldaten und die Kinder herüber. »Nimm sie mit. Ich begreife das nicht. Keine Masken. Keine Karten. Wieso ist dieses

Haus nicht getroffen worden? Die letzte Nacht war die schlimmste seit Monaten!«

Tim rappelte sich unter Schmerzen hoch. Sein Mund blutete. Er konnte nur verschwommen sehen und hielt sich an der Wand fest. »Hören Sie«, murmelte er. »Um Himmels willen ...«

Der Captain starrte in die Küche. »Sind das ... sind das *Lebensmittel*?« Langsam durchquerte er das Eßzimmer. »Seht mal!«

Die anderen Soldaten folgten ihm, Mary und die Kinder waren vergessen. Verblüfft standen sie um den Tisch herum.

»Seht euch das an!«

»Kaffee!« Einer schnappte sich die Tasse und kippte ihn gierig hinunter. Er würgte, schwarzer Kaffee rann ihm über den Uniformrock. »Heiß. Jesses. Heißer Kaffee.«

»Sahne!« Ein anderer Soldat riß den Kühlschrank auf. »Seht mal. Milch. Eier. Butter. Fleisch.« Seine Stimme brach. »Er ist voll mit Lebensmitteln.«

Der Captain verschwand in der Speisekammer. Er kam heraus und schleifte einen Karton mit Erbsen in Dosen hinter sich her. »Holt den Rest. Holt alles. Wir laden es in die Schlange.«

Er ließ den Karton krachend auf den Tisch fallen. Während er Tim aufmerksam beobachtete, suchte er tastend in seinem schmutzigen Uniformrock herum, bis er eine Zigarette fand. Er zündete sie bedächtig an und ließ Tim nicht aus den Augen. »In Ordnung«, sagte er. »Lassen Sie hören, was Sie zu sagen haben.«

Tims Mund öffnete und schloß sich. Er brachte kein Wort heraus. Sein Kopf war leer. Tot. Er konnte nicht denken.

»Die Lebensmittel. Woher haben Sie die? Und diese Sachen.« Der Captain deutete in der Küche herum. »Geschirr. Möbel. Wie kommt es, daß dieses Haus nicht getroffen wurde? Wie haben Sie den Angriff der letzten Nacht überlebt?«

»Ich ...«, keuchte Tim.

Der Kommandant kam drohend auf ihn zu. »Die Frau. Und die Kinder. Sie alle. Was machen Sie hier?« Seine Stimme war hart. »Es wäre besser, wenn Sie das erklären könnten, Mister. Es wäre besser, wenn Sie erklären könnten, was Sie hier machen – oder wir müssen Ihre ganze Sippschaft verbrennen.«

Tim setzte sich an den Tisch. Schaudernd atmete er tief durch und versuchte sich zu konzentrieren. Sein Körper schmerzte. Er wischte sich das Blut vom Mund und bemerkte einen abgebrochenen Backenzahn und lose Zahnstückchen. Er holte ein Taschentuch heraus und spuckte die Stückchen hinein. Seine Hände zitterten.

»Kommen Sie schon«, sagte der Captain.

Mary und die Kinder schlüpften ins Zimmer. Judy weinte. Virginias Gesicht war vom Schock gezeichnet. Earl starrte mit weit aufgerissenen Augen auf die Soldaten, sein Gesicht war weiß.

»Tim«, sagte Mary und legte ihre Hand auf seinen Arm. »Alles in Ordnung?«

Tim nickte. »Alles in Ordnung.«

Mary zog ihr Kleid um sich. »Tim, damit kommen sie nicht durch. Irgend jemand wird kommen. Der Postbote. Die Nachbarn. Sie können doch nicht einfach ...«

»Ruhe«, fuhr der Captain sie an. Seine Augen flackerten sonderbar. »Der Postbote? Wovon reden Sie überhaupt?« Er streckte die Hand aus. »Lassen Sie mal Ihren gelben Schein sehen, Schwester.«

»Gelben Schein?« stammelte Mary.

Der Captain rieb sich das Kinn. »Kein gelber Schein. Keine Masken. Keine Karten.«

»Das sind Mecks«, sagte einer der Soldaten.

»Vielleicht. Vielleicht auch nicht.«

»Das sind Mecks, Captain. Am besten verbrennen wir sie. Wir können kein Risiko eingehen.«

»Hier geht was Seltsames vor«, sagte der Captain. Er zerrte

an seinem Hals und zog ein kleines Kästchen an einer Schnur hoch. »Ich fordere einen Polik an.«

»Einen Polik?« Ein Schauder überlief die Soldaten. »Warten Sie, Captain. Wir werden allein damit fertig. Holen Sie keinen Polik. Er wird uns auf 4 setzen, und dann werden wir nie ...«

Der Captain sprach in das Kästchen. »Geben Sie mir Netz B.«

Tim blickte zu Mary auf. »Hör zu, Liebling. Ich ...«

»Ruhe.« Einer der Soldaten stieß nach ihm. Tim verstummte.

Das Kästchen schepperte. »Netz B.«

»Können Sie einen Polik entbehren? Wir haben hier etwas Merkwürdiges gefunden. Eine Fünfergruppe. Mann, Frau, drei Kinder. Keine Masken, keine Karten, die Frau nicht verschnürt, die Wohnung völlig intakt. Möbel, Lampen, etwa einhundert Kilo Lebensmittel.«

Das Kästchen zögerte. »In Ordnung. Der Polik ist unterwegs. Bleiben Sie dort. Lassen Sie sie nicht entwischen.«

»Nein.« Der Captain ließ das Kästchen wieder in sein Hemd gleiten. »Der Polik wird jeden Augenblick hier sein. In der Zwischenzeit laden wir die Lebensmittel auf.«

Von draußen kam ein tiefes, dröhnendes Donnern. Es ließ das Haus erzittern und das Geschirr im Schrank klirren.

»Jesses«, sagte einer der Soldaten. »Das war nah.«

»Ich hoffe, die Schirme halten bis zum Einbruch der Nacht stand.« Der Captain schnappte sich den Karton mit den Erbsendosen. »Holt den Rest. Wir verstauen besser alles, bevor der Polik kommt.«

Die beiden Soldaten luden sich die Arme voll und folgten ihm durchs Haus und zur Tür hinaus. Ihre Stimmen wurden leiser, während sie den Weg hinuntergingen.

Tim erhob sich. »Bleib hier«, sagte er mit belegter Stimme.

»Was hast du vor?« fragte Mary nervös.

»Vielleicht kann ich hier raus.« Er rannte zur Hintertür und öffnete sie mit zitternden Händen. Er zog die Tür weit auf und trat hinaus auf die hintere Veranda. »Ich sehe keinen von ihnen. Könnten wir doch nur ...«

Er hielt inne.

Ihn umwehten graue Wolken. Wogende graue Asche, so weit er sehen konnte. Verschwommene Umrisse wurden sichtbar. Zerklüftete Umrisse, schweigend und reglos im trüben Grau.

Ruinen.

Zerstörte Gebäude. Schutthaufen. Überall Trümmer. Langsam ging er die Hintertreppe hinunter. Der Betonweg endete abrupt. Dahinter überall Schlacke und Schutthaufen. Sonst nichts. Nichts, so weit das Auge reichte.

Nichts regte sich. Nichts bewegte sich. In der grauen Stille gab es weder Leben noch Bewegung. Nur die dahintreibenden Aschewolken. Die Schlacke und die endlosen Schutthaufen.

Die Stadt war verschwunden. Die Gebäude waren zerstört. Nichts war übriggeblieben. Keine Menschen. Kein Leben. Gezackte Mauern, leer und klaffend. Hier und da wuchs dunkles Unkraut zwischen den Trümmern. Tim bückte sich und berührte das Unkraut. Ein derber Stengel. Und die Schlacke. Metallschlacke. Geschmolzenes Metall. Er richtete sich auf ...

»Kommen Sie wieder rein«, sagte eine schneidende Stimme.

Wie betäubt drehte er sich um. Ein Mann stand auf der Veranda, hinter ihm, die Hände in die Hüften gestemmt. Ein kleiner, hohlwangiger Mann. Kleine Augen, glänzend wie zwei schwarze Kohlen. Er trug eine andere Uniform als die Soldaten und hatte seine Maske vom Gesicht zurückgeschoben. Seine Haut war gelb und spannte sich matt schimmernd über den Backenknochen. Ein krankes Gesicht, von Fieber und Erschöpfung schwer gezeichnet.

»Wer sind Sie?« fragte Tim.

»Douglas. Politischer Kommissar Douglas.«

»Sie ... Sie sind von der Polizei«, sagte Tim.

»Richtig. Kommen Sie jetzt rein. Ich hoffe ein paar Antworten von Ihnen zu bekommen. Ich habe eine ganze Menge Fragen.«

»Das erste, was ich wissen will«, sagte Kommissar Douglas, »ist, wie dieses Haus der Zerstörung entgehen konnte.«

Tim, Mary und die Kinder saßen zusammen auf dem Sofa, still und reglos, mit vom Schock gezeichneten Gesichtern.

»Nun?« forderte ihn Douglas auf.

Tim fand seine Sprache wieder. »Hören Sie«, sagte er. »Ich weiß es nicht. Ich weiß überhaupt nichts. Wir sind heute morgen aufgewacht wie an jedem anderen Morgen. Wir haben uns angezogen, haben gefrühstückt ...«

»Es war neblig draußen«, sagte Virginia. »Wir haben rausgeguckt und haben den Nebel gesehen.«

»Und das Radio hat nicht funktioniert«, sagte Earl.

»Das Radio?« Douglas' hageres Gesicht zuckte. »Seit Monaten werden keine Audiosignale mehr gesendet. Außer zu Regierungszwecken. Dieses Haus. Sie alle. Ich verstehe das nicht. Wenn Sie Mecks wären ...«

»Mecks. Was bedeutet das?« murmelte Mary.

»Sowjetische Mehrzweck-Truppen.«

»Dann hat also der Krieg begonnen.«

»Nordamerika wurde vor zwei Jahren angegriffen«, sagte Douglas. »1978.«

Tim sackte zusammen. »1978. Dann haben wir jetzt 1980.« Plötzlich griff er in seine Tasche. Er zog seine Brieftasche heraus und warf sie zu Douglas hinüber. »Schauen Sie da rein.«

Argwöhnisch öffnete Douglas die Brieftasche. »Warum?«

»Die Benutzerkarte der Bibliothek. Die Empfangsbestätigungen für Pakete. Schauen Sie sich das Datum an.« Tim wandte sich zu Mary um. »Jetzt fange ich an zu begreifen. Ich hatte so eine Ahnung, als ich die Ruinen gesehen hab.«

»Gewinnen wir?« flötete Earl.

Douglas untersuchte Tims Brieftasche. »Sehr interessant. Die sind alle alt. Sieben, acht Jahre alt.« Seine Augen flackerten. »Was wollen Sie damit andeuten? Daß Sie aus der Vergangenheit kommen? Daß Sie Zeitreisende sind?«

Der Captain kam wieder herein. »Die Schlange ist voll beladen, Sir.«

Douglas nickte knapp. »In Ordnung. Sie können mit Ihrer Patrouille starten.«

Der Captain warf einen raschen Blick auf Tim. »Wollen Sie denn ...«

»Ich werd mit denen schon fertig.«

Der Captain salutierte. »Gut, Sir.« Rasch verschwand er durch die Tür. Draußen bestiegen er und seine Männer einen langen, dünnen Lastwagen, wie ein auf Laufflächen montiertes Rohr. Mit einem schwachen Summen ruckte der Lastwagen an.

Einen Augenblick später blieben nur noch graue Wolken und die verschwommene Silhouette zerstörter Gebäude zurück.

Douglas lief hin und her, untersuchte das Wohnzimmer, die Tapete, die Lampe und die Stühle. Er nahm ein paar Zeitschriften und blätterte sie durch. »Aus der Vergangenheit. Aber aus der jüngeren Vergangenheit.«

»Sieben Jahre?«

»Wäre das möglich? Vermutlich ja. In den letzten Monaten ist eine Menge passiert. Zeitreisen.« Douglas grinste ironisch. »Sie haben sich einen schlechten Zeitpunkt ausgesucht, McLean. Sie hätten weiterreisen sollen.«

»Ich habe ihn nicht ausgesucht. Es ist einfach passiert.«

»Sie müssen doch irgendwas *getan* haben.«

Tim schüttelte den Kopf. »Nein. Nichts. Wir sind aufgestanden. Und waren ... hier.«

Douglas war tief in Gedanken versunken. »Hier. Sieben Jahre in der Zukunft. Vorwärts durch die Zeit. Wir wissen nichts über Zeitreisen. Daran hat noch niemand gearbeitet.

Dabei scheint es ganz offensichtlich militärische Möglichkeiten zu geben.«

»Wie hat der Krieg angefangen?« fragte Mary leise.

»Angefangen? Er hat nicht angefangen. Sie wissen doch. Vor sieben Jahren gab es auch Krieg.«

»Der echte Krieg. Dieser.«

»Es gab keinen bestimmten Punkt, an dem es ... dieser wurde. Wir kämpften in Korea. Wir kämpften in China. In Deutschland, Jugoslawien und im Iran. Er breitete sich immer weiter aus. Schließlich fielen auch hier Bomben. Er kam wie eine Seuche. Der Krieg *wuchs*. Er hat nicht angefangen.« Plötzlich steckte er sein Notizbuch weg. »Ein Bericht über Sie wäre verdächtig. Die könnten denken, ich hätte die Aschekrankheit.«

»Was ist das?« fragte Virginia.

»Radioaktive Partikel in der Luft. Dringen ins Gehirn und verursachen Geisteskrankheiten. Jeder hat eine Spur davon, selbst mit den Masken.«

»Ich möchte wirklich wissen, wer gewinnt«, wiederholte Earl. »Was war das da draußen? Der Lastwagen. Hat er Raketenantrieb?«

»Die Schlange? Nein. Turbinen. Bohrschnauze. Bahnt sich einen Weg durch die Trümmer.«

»Sieben Jahre«, sagte Mary. »Soviel hat sich verändert. Das ist doch nicht möglich.«

»Soviel?« Douglas zuckte die Achseln. »Vermutlich, ja. Ich erinnere mich, was ich vor sieben Jahren gemacht habe. Ich war noch auf der Schule. Hab gebüffelt. Ich hatte eine Wohnung und ein Auto. Ich bin tanzen gegangen. Ich hab mir einen Fernseher gekauft. Doch diese Dinge waren da. Das Zwielicht. Das hier. Ich hab es bloß nicht gewußt. Keiner von uns hat es gewußt. Doch sie waren da.«

»Sie sind Politischer Kommissar?« fragte Tim.

»Ich überwache die Truppen. Achte auf politische Abweichung. In einem totalen Krieg müssen wir die Menschen ständig unter Beobachtung halten. Ein einziger Roter unten in den Netzen könnte die ganze Sache vermasseln. Wir können kein Risiko eingehen.«

Tim nickte. »Ja. Es war da. Das Zwielicht. Wir haben es bloß nicht verstanden.«

Aufmerksam betrachtete Douglas die Bücher im Bücherschrank. »Ich nehm ein paar davon mit. Ich hab seit Monaten keine Romane mehr gesehen. Die meisten sind verschwunden. Wurden '77 verbrannt.«

»Verbrannt?«

Douglas bediente sich. »Shakespeare. Milton. Dryden. Ich nehme das alte Zeug. Das ist sicherer. Keinen Steinbeck oder Dos Passos. Selbst ein Polik kann Schwierigkeiten bekommen. Wenn Sie hierbleiben, sollten Sie *den* besser loswerden.« Er klopfte auf einen Band von Dostojewskis *Die Brüder Karamasoff.*

»Wenn wir hierbleiben! Was können wir denn sonst tun?«

»Wollen Sie hierbleiben?«

»Nein«, sagte Mary ruhig.

Douglas warf ihr einen kurzen Blick zu. »Nein, vermutlich nicht. Wenn Sie bleiben, wird man Sie natürlich trennen. Kinder in die kanadischen Umsiedlungslager. Frauen bekommen einen Platz unten in den unterirdischen Fabrik-Arbeitslagern. Männer gehören automatisch zum Militär.«

»Wie die, die weggefahren sind«, sagte Tim.

»Es sei denn, Sie qualifizieren sich für den ID-Block.«

»Was ist das?«

»Industrie-Design und Technologie. Was für eine Ausbildung haben Sie? Irgendwas Wissenschaftliches?«

»Nein. Buchhaltung.«

Douglas zuckte die Achseln. »Nun, man wird einen Standardtest mit Ihnen machen. Falls Ihr IQ hoch genug ist, können Sie in den Politischen Dienst eintreten. Wir brauchen eine Menge Leute.« Er schwieg nachdenklich, die Arme mit Büchern beladen. »Sie gehen besser zurück, McLean. Es wird Ihnen schwerfallen, sich an das hier zu gewöhnen. Ich würde zurückgehen, wenn ich könnte. Aber ich kann nicht.«

»Zurück?« wiederholte Mary. »Wie denn?«
»Wie Sie hergekommen sind.«
»Wir waren einfach hier.«
Douglas blieb an der Eingangstür stehen. »Letzte Nacht war der bisher schwerste RoR-Angriff. Sie haben die ganze Gegend getroffen.«
»RoR?«
»Robotergesteuerte Raketen. Die Sowjets zerstören systematisch das amerikanische Festland, Kilometer um Kilometer. RoRs sind billig. Sie stellen eine Million davon her und schießen sie ab. Der gesamte Ablauf ist automatisiert. Roboterfabriken produzieren sie und schießen sie auf uns ab. Letzte Nacht sind sie hier niedergegangen – in aufeinanderfolgenden Wellen. Heute morgen ist die Patrouille hergekommen und hat hier nichts mehr gefunden. Außer Ihnen natürlich.«
Tim nickte bedächtig. »Langsam begreife ich.«
»Die konzentrierte Energie muß irgendeine instabile Zeitspalte gekippt haben. Wie eine Felsspalte. Wir lösen ständig Erdbeben aus. Aber ein *Zeitbeben* ... Interessant. Ich glaube, genau das ist passiert. Die Freisetzung von Energie, die Vernichtung von Materie, hat Ihr Haus in die Zukunft gesaugt. Das Haus sieben Jahre weiter getragen. Diese Straße, alles hier, selbst diese Stelle, wurde völlig zerstört. Ihr Haus, das sieben Jahre zurücklag, wurde in den Sog hineingezogen. Die Explosion muß durch die Zeit zurückgeströmt sein.«
»In die Zukunft gesaugt«, sagte Tim. »Während der Nacht. Während wir schliefen.«
Douglas beobachtete ihn aufmerksam. »Heute nacht«, sagte er, »wird es wieder einen RoR-Angriff geben. Der dürfte allem, was noch übrig ist, den Rest geben.« Er sah auf seine Uhr. »Es ist jetzt vier Uhr nachmittags. Der Angriff beginnt in wenigen Stunden. Sie sollten dann unter der Erde sein. Hier oben wird nichts überleben. Wenn Sie wollen, kann ich Sie mit runter nehmen. Aber wenn Sie es riskieren wollen, wenn Sie hierbleiben wollen ...«

»Glauben Sie, wir könnten zurückgekippt werden?«

»Vielleicht. Ich weiß es nicht. Es ist ein gewagtes Unternehmen. Kann sein, daß Sie in Ihre Zeit zurückgekippt werden, kann sein, daß nicht. Wenn nicht ...«

»Wenn nicht, hätten wir nicht die geringste Überlebenschance.«

Douglas zog rasch einen Plan aus der Tasche und faltete ihn auf dem Sofa auseinander. »Eine Patrouille wird noch eine halbe Stunde in diesem Gebiet bleiben. Sollten Sie sich entschließen, mit uns unter die Erde zu kommen, dann gehen Sie die Straße hier runter.« Er zeichnete eine Linie in den Plan. »Zu diesem freien Feld hier. Die Patrouille ist eine Politische Einheit. Sie wird Sie den Rest des Weges mitnehmen. Glauben Sie, daß Sie das Feld finden?«

»Ich glaube schon«, sagte Tim und blickte auf den Plan. Seine Lippen zuckten. »Auf diesem freien Feld stand früher die Schule, in die meine Kinder gegangen sind. Dorthin wollten sie gerade aufbrechen, als die Soldaten sie aufhielten. Es ist noch nicht lange her.«

»Sieben Jahre«, verbesserte Douglas. Er faltete den Plan zusammen und verstaute ihn wieder in seiner Tasche. Er zog seine Maske herunter und ging durch die Haustür auf die vordere Veranda. »Vielleicht sehen wir uns wieder. Vielleicht auch nicht. Es ist Ihre Entscheidung. Sie müssen sich für das eine oder das andere entscheiden. Auf alle Fälle – viel Glück.«

Er drehte sich um und entfernte sich mit energischen Schritten vom Haus.

»Dad«, schrie Earl, »wirst du Soldat? Trägst du dann eine Maske und schießt du mit einem dieser Gewehre?« Seine Augen sprühten vor Aufregung. »Fährst du auch eine *Schlange*?«

Tim McLean ging in die Hocke und zog seinen Sohn zu sich heran. »Willst du das? *Willst du wirklich hier bleiben?* Wenn ich eine Maske trage und mit einem von diesen Gewehren schieße, können wir nicht mehr zurück.«

Earl blickte unschlüssig drein. »Können wir nicht später zurück?«

Tim schüttelte den Kopf. »Ich fürchte, nein. Wir müssen uns jetzt entscheiden, ob wir zurückgehen wollen oder nicht.«

»Du hast doch Mr. Douglas gehört«, sagte Virginia angewidert. »Der Angriff beginnt in wenigen Stunden.«

Tim erhob sich und ging auf und ab. »Wenn wir im Haus bleiben, werden sie uns in die Luft jagen. Machen wir uns doch nichts vor. Die Wahrscheinlichkeit, daß wir wieder in unsere Zeit zurückgekippt werden, ist gering. Eine vage Chance – ein fast aussichtsloser Versuch. Wollen wir hierbleiben, wo überall um uns herum RoRs niedergehen und wir wissen, daß jeder Augenblick der letzte sein kann ... wo wir hören, wie sie immer näher kommen, immer näher einschlagen ... auf dem Boden liegen, warten und lauschen ...«

»Willst du wirklich zurückgehen?« wollte Mary wissen.

»Natürlich, aber das Risiko ...«

»Ich frage dich nicht nach dem Risiko. Ich frage dich, ob du wirklich zurückgehen willst. Vielleicht willst du hierbleiben. Vielleicht hat Earl recht. Du in Uniform und Maske, mit einem von diesen Nadel-Gewehren. Fährst eine Schlange.«

»Und du in einem Fabrik-Arbeitslager! Und die Kinder in einem Umsiedlungslager der Regierung! Was glaubst du, was das bedeutet? Was glaubst du, was die ihnen beibringen würden? Was glaubst du, wie sie dort aufwachsen würden? Und an was glauben ...«

»Sie würden ihnen wahrscheinlich beibringen, sehr nützlich zu sein.«

»Nützlich! Für was? Für sich selbst? Für die Menschheit? Oder für den Krieg ...?«

»Sie wären am Leben«, sagte Mary. »Sie wären in Sicherheit. Wenn wir aber im Haus bleiben und auf den Angriff warten ...«

»Sicher«, knirschte Tim. »Sie wären am Leben. Wahrscheinlich ganz gesund. Gut genährt. Gut gekleidet und versorgt.«

Er schaute seine Kinder an, sein Gesicht war starr. »Sie würden am Leben bleiben, richtig. Sie würden leben, um zu wachsen, erwachsen zu werden. Aber was für Erwachsene? Du hast gehört, was er gesagt hat! Bücherverbrennungen '77. Wovon werden sie lernen? Welche Ideen sind seit '77 noch übrig? Was für Überzeugungen können sie in einem Umsiedlungslager der Regierung schon entwickeln? Was für Werte werden sie haben?«

»Es gibt den ID-Block«, deutete Mary an.

»Industrie-Design und Technologie. Für die ganz Klugen. Die Schlauen, Phantasievollen. Fleißige Rechenschieber und Bleistifte. Zeichnen, Planen und Entdecken. Das wäre was für die Mädchen. Sie könnten die Gewehre entwerfen. Earl könnte in den Politischen Dienst eintreten. Er könnte sicherstellen, daß die Gewehre auch benutzt werden. Wenn einige der Soldaten davon abweichen und nicht schießen wollen, könnte Earl sie melden und sie zur Umerziehung abtransportieren lassen. Um ihren politischen Glauben zu stärken – in einer Welt, wo die *mit* Verstand die Waffen entwerfen und die *ohne* Verstand sie abfeuern.«

»Aber sie wären am Leben«, wiederholte Mary.

»Du hast eine merkwürdige Vorstellung davon, was Leben bedeutet! Nennst du das Leben? Vielleicht ist es das.« Tim schüttelte erschöpft den Kopf. »Vielleicht hast du recht. Vielleicht sollten wir mit Douglas unter die Erde gehen. In dieser Welt bleiben. Am Leben bleiben.«

»Das habe ich nicht gesagt«, sagte Mary sanft. »Tim, ich mußte herausfinden, ob du *wirklich* verstanden hast, warum es sich lohnt. Sich lohnt, im Haus zu bleiben und das Risiko einzugehen, daß wir nicht zurückgekippt werden.«

»Dann willst du es also riskieren?«

»Natürlich. Wir *müssen* es riskieren. Wir können ihnen doch nicht unsere Kinder überlassen – dem Umsiedlungslager. Um zu lernen, wie man haßt, tötet und zerstört.« Mary lächelte matt. »Jedenfalls sind sie immer zur Jefferson-

Schule gegangen. Und hier, in dieser Welt, ist sie bloß ein freies Feld.«

»Gehen wir zurück?« flötete Judy. Flehend packte sie Tims Ärmel. »Gehen wir jetzt zurück?«

Tim befreite seinen Arm. »Sehr bald, Liebling.«

Mary öffnete die Vorratsschränke und wühlte darin herum. »Es ist alles hier. Was haben sie mitgenommen?«

»Den Karton mit den Erbsen in Dosen. Alles, was wir im Kühlschrank hatten. Und sie haben die Haustür eingeschlagen.«

»Wir werden's denen schon zeigen!« schrie Earl. Er rannte zum Fenster und spähte hinaus. Der Anblick der sich dahinwälzenden Asche enttäuschte ihn. »Ich kann nichts sehen! Nur den Nebel!« Er drehte sich fragend zu Tim um. »Sieht es hier immer so aus?«

»Ja«, antwortete Tim.

Earl machte ein langes Gesicht. »Nur Nebel? Sonst nichts? Scheint hier nie die Sonne?«

»Ich mach Kaffee«, sagte Mary.

»Gut.« Tim ging ins Badezimmer und betrachtete sich eingehend im Spiegel. Sein Mund war zerschnitten und mit getrocknetem Blut verkrustet. Sein Kopf schmerzte. Ihm war übel.

»Es ist nicht sehr wahrscheinlich«, sagte Mary, als sie sich am Küchentisch niederließen.

Tim nippte an seinem Kaffee. »Nein. Nicht sehr.« Von seinem Platz aus konnte er aus dem Fenster sehen. Die Aschewolken. Die undeutliche, zerklüftete Silhouette zerstörter Gebäude.

»Kommt der Mann zurück?« fragte Judy. »Er war so dünn und sah so komisch aus. Er kommt doch nicht zurück, oder?«

Tim sah auf seine Uhr. Sie zeigte zehn Uhr. Er stellte sie und drehte die Zeiger auf Viertel nach vier. »Douglas hat gesagt, daß es bei Einbruch der Nacht losgeht. Das dauert nicht mehr lange.«

»Dann bleiben wir also wirklich im Haus«, sagte Mary.

»Richtig.«

»Obwohl wir nur eine geringe Chance haben?«

»Obwohl wir nur eine geringe Chance haben, zurückzukommen. Bist du froh?«

»Ich bin froh«, sagte Mary mit leuchtenden Augen. »Es lohnt sich, Tim. Du weißt es. Alles lohnt sich, auch die geringste Chance. *Um zurückzukommen.* Und noch etwas. Wir werden hier alle zusammen sein ... Man kann uns nicht – auseinanderreißen. Trennen.«

Tim goß sich noch Kaffee ein. »Wir können es uns ruhig bequem machen. Wir müssen vielleicht noch drei Stunden warten. Wir können sie ruhig genießen.«

Um halb sieben fiel die erste RoR. Sie spürten die Erschütterung, eine mächtige Druckwelle, die sich heranwälzte und über das Haus hinwegrollte.

Judy kam mit schreckensbleichem Gesicht aus dem Eßzimmer gerannt. »Daddy! Was ist los?«

»Nichts. Mach dir keine Sorgen.«

»Komm zurück«, rief Virginia ungeduldig. »Du bist dran.« Sie spielten Monopoly.

Earl sprang auf. »Ich will es sehen.« Aufgeregt rannte er zum Fenster. »Ich kann sehen, wo sie eingeschlagen hat!«

Tim ließ das Rollo hoch und schaute hinaus. Weit weg, in der Ferne, brannte flackernd eine grellweiße Flamme. Eine riesige, hell leuchtende Rauchsäule stieg daraus auf.

Ein zweites Beben vibrierte durch das Haus. Krachend fiel ein Teller vom Regal in die Spüle.

Draußen war es fast dunkel. Außer den zwei weißen Flecken konnte Tim nichts erkennen. Die Aschewolken hatten sich in der Dunkelheit verloren. Die Asche, und die gezackten Ruinen.

»Das war näher«, sagte Mary.

Eine dritte RoR ging nieder. Die Fenster im Wohnzimmer zersprangen, ein Glasregen ergoß sich über den Teppich.

»Wir ziehen uns besser zurück«, sagte Tim.

»Wohin?«

»Nach unten in den Keller. Kommt mit.« Tim öffnete die Kellertür, und nervös marschierten sie hintereinander die Treppe hinunter.

»Lebensmittel«, sagte Mary. »Am besten holen wir noch die restlichen Lebensmittel.«

»Gute Idee. Ihr Kinder geht runter. Wir kommen gleich nach.«

»Ich kann auch was tragen«, sagte Earl.

»Geh runter.« Die vierte RoR schlug ein, weiter entfernt als die letzte. »Und bleib vom Fenster weg.«

»Ich werde was vors Fenster stellen«, sagte Earl. »Die große Sperrholzplatte, die wir für meine Eisenbahn benutzt haben.«

»Gute Idee.« Tim und Mary kehrten in die Küche zurück. »Lebensmittel. Geschirr. Was noch?«

»Bücher.« Mary blickte sich nervös um. »Ich weiß nicht. Sonst nichts. Komm mit.«

Ein ohrenbetäubendes Donnern übertönte ihre Worte. Das Küchenfenster gab nach, ein Glasregen ergoß sich über sie. Das Geschirr über der Spüle stürzte wie ein Wildbach aus Porzellanscherben herab. Tim packte Mary und zog sie zu Boden.

Durch das zerbrochene Fenster wälzten sich drohendgraue Wolken ins Zimmer. Die Abendluft stank, ein saurer, fauliger Geruch. Tim schauderte.

»Vergiß die Lebensmittel. Laß uns wieder runtergehen.«

»Aber ...«

»Vergiß es.« Er packte sie und zog sie die Kellertreppe hinunter. Sie fielen übereinander, Tim knallte die Tür hinter ihnen zu.

»Wo sind die Lebensmittel?« wollte Virginia wissen.

Tim wischte sich zitternd die Stirn. »Vergiß es. Wir brauchen sie nicht.«

»Hilf mir«, keuchte Earl. Tim half ihm, die Sperrholzplatte vor das Fenster über den Wäschebottichen zu stellen. Im

Keller war es kalt und still. Der Zementboden unter ihnen war leicht feucht.

Zwei RoRs schlugen gleichzeitig ein. Tim wurde zu Boden geschleudert. Er stürzte auf den Beton und stöhnte. Einen Augenblick umfing ihn wirbelnde Dunkelheit. Dann kam er auf die Knie und richtete sich tastend auf.

»Keiner verletzt?« murmelte er.

»Ich bin unverletzt«, sagte Mary. Judy begann zu wimmern. Earl tastete sich quer durch den Raum.

»Ich bin unverletzt«, sagte Virginia. »Glaube ich.«

Die Lampen flackerten und wurden schwächer. Plötzlich gingen sie aus. Es war stockdunkel im Keller.

»Nun«, sagte Tim. »Jetzt geht's los.«

»Ich hab meine Taschenlampe hier«, sagte Earl und knipste sie an. »Wie ist das?«

»Gut«, sagte Tim.

Weitere RoRs schlugen ein. Der Boden ruckte unter ihnen, bäumte sich auf und wurde emporgehoben. Eine Druckwelle ließ das ganze Haus erzittern.

»Wir legen uns besser hin«, sagte Mary.

»Ja. Legt euch hin.« Tim streckte sich unbeholfen aus. Mörtelbrocken regneten auf sie herab.

»Wann hört das denn auf?« fragte Earl voll Unbehagen.

»Bald«, sagte Tim.

»Sind wir dann zurück?«

»Ja. Dann sind wir zurück.«

Fast im gleichen Augenblick spürten sie die nächste Explosion. Tim fühlte, wie sich der Beton unter ihm hob, wie er wuchs und immer höher stieg. Er wurde hochgehoben. Er schloß die Augen und klammerte sich fest. Er wurde immer höher gehoben, hinaufgetragen von dem aufschwellenden Beton. Um ihn herum barsten Balken und Bretter. Massen von Mörtel fielen herab. Er konnte Glas splittern hören. Und weit entfernt das züngelnde Knistern von Flammen.

»Tim«, kam Marys leise Stimme.

»Ja.«

»Wir ... wir schaffen es nicht.«

»Ich weiß nicht.«

»Nein. Ich fühl es.«

»Vielleicht nicht.« Er stöhnte vor Schmerz, als ein Brett seinen Rücken traf und auf ihm liegen blieb. Bretter und Mörtel bedeckten ihn, begruben ihn. Er konnte den sauren Geruch riechen, die Nachtluft und die Asche. Sie trieb und wälzte sich durch das zerbrochene Fenster in den Keller.

»Daddy«, kam leise Judys Stimme.

»Ja?«

»Gehen wir nicht zurück?«

Er öffnete den Mund, um zu antworten. Ein ohrenbetäubender Donner schnitt ihm das Wort ab. Durch die Explosion wurde er mit einem Ruck emporgeschleudert. Alles um ihn herum bewegte sich. Ein gewaltiger Wind zerrte an ihm, ein heißer Wind, der an ihm leckte und nagte. Er klammerte sich fest. Der Wind zog und schleifte ihn mit sich. Tim schrie auf, als er ihm Hände und Gesicht versengte.

»Mary ...«

Dann Stille. Nur Dunkelheit und Stille.

Autos.

Autos hielten in der Nähe. Dann Stimmen. Und das Geräusch von Schritten. Tim regte sich und schob die Bretter von sich. Er rappelte sich hoch.

»Mary.« Er blickte sich um. »Wir sind zurück.«

Der Keller war ein Trümmerhaufen. Die Mauern waren eingebrochen und zusammengefallen. Große klaffende Löcher gaben den Blick auf einen grünen Grasstreifen frei. Ein Betonweg. Der kleine Rosengarten. Das weiße, stuckverzierte Haus nebenan.

Reihen von Telefonmasten. Dächer. Häuser. Die Stadt. So, wie sie immer gewesen war. Jeden Morgen.

»Wir sind zurück!« Wilde Freude durchzuckte ihn. *Zurück.* In Sicherheit. Es war vorbei. Schnell bahnte sich Tim einen

Weg durch die Trümmer seines zerstörten Hauses. »Mary, alles in Ordnung?«

»Hier.« Mary setzte sich auf, Mörtelstaub regnete von ihr herab. Sie war über und über weiß, ihr Haar, ihre Haut, ihre Kleidung. Ihr Gesicht war zerschrammt und zerschnitten. Ihr Kleid war zerrissen. »Sind wir wirklich zurück?«

»Mr. McLean! Alles in Ordnung?«

Ein Polizist in blauer Uniform sprang in den Keller hinunter. Zwei weißgekleidete Gestalten folgten. Draußen versammelte sich eine Gruppe von Nachbarn, die ängstlich versuchten, etwas zu erspähen.

»Ich bin okay«, sagte Tim. Er half Judy und Virginia auf. »Ich glaube, wir sind alle okay.«

»Was ist passiert?« Der Polizist schob Bretter beiseite und kam herüber. »Eine Bombe? Irgendeine Art von Bombe?«

»Das Haus ist ein Trümmerhaufen«, sagte einer der weißgekleideten Ärzte. »Sind Sie sicher, daß niemand verletzt ist?«

»Wir waren hier unten. Im Keller.«

»Alles in Ordnung, Tim«, rief Mrs. Hendricks und stieg beherzt in den Keller hinunter.

»Was ist passiert?« schrie Frank Foley. Er sprang blitzschnell hinterher. »Mein Gott, Tim! Was, zum Teufel, hast du gemacht?«

Die beiden weißgekleideten Ärzte stocherten mißtrauisch in den Ruinen herum. »Sie haben Glück gehabt, Mister. Verdammtes Glück. Oben ist nichts mehr übrig.«

Foley kam zu Tim herüber. »Verdammt, Mann. Ich hab dir doch *gesagt*, du mußt deinen Heißwasserboiler nachsehen lassen!«

»Was?« murmelte Tim.

»Den Heißwasserboiler. Ich hab dir gesagt, daß irgendwas mit dem Ausschaltmechanismus nicht stimmt. Er muß sich immer weiter aufgeheizt haben, ohne sich abzuschalten ...« Foley blinzelte nervös. »Aber ich werde nichts sagen, Tim. Die Versicherung. Du kannst dich auf mich verlassen.«

Tim öffnete den Mund. Doch er brachte kein Wort heraus. Was konnte er schon sagen? – Nein, es war kein defekter Heißwasserboiler, den ich vergessen hatte reparieren zu lassen. Nein, es war keine Fehlschaltung im Herd. Es war keins von diesen Dingen. Es war kein Leck in der Gasleitung, es war kein verstopftes Ofenrohr, es war kein Dampfkochtopf, den wir vergessen haben abzuschalten.

Es ist Krieg. Totaler Krieg. Und nicht nur Krieg für mich. Für meine Familie. Für mein Haus.

Auch für dein Haus. Dein Haus und mein Haus und alle Häuser. Hier und im nächsten Block, in der nächsten Stadt, im nächsten Bundesstaat, Land, Erdteil. Die ganze Welt sieht so aus. Trümmer und Ruinen. Nebel und glitschiges Unkraut, das in der rostenden Schlacke wächst. Krieg für uns alle. Wir alle werden uns im Keller zusammendrängen, mit bleichen, erschrockenen Gesichtern, und vage etwas Schreckliches spüren.

Und wenn es wirklich soweit war, wenn die fünf Jahre um waren, gäbe es kein Entrinnen. Kein Zurückgehen, kein Zurückkippen in die Vergangenheit, weg von allem. Wenn es für sie alle soweit war, dann war das unwiderruflich; keiner könnte zurückklettern, so wie er.

Mary beobachtete ihn. Der Polizist, die Nachbarn, die weißgekleideten Ärzte – alle beobachteten ihn. Warteten auf eine Erklärung. Er sollte ihnen sagen, was passiert war.

»War es der Heißwasserboiler?« fragte Mrs. Hendricks ängstlich. »Das war es doch, nicht wahr, Tim? Solche Dinge passieren manchmal. Man kann nie sicher sein ...«

»Vielleicht war es das Selbstgebraute im Keller«, bemerkte ein Nachbar in dem lahmen Versuch, einen Scherz zu machen. »War es das?«

Er konnte es ihnen nicht sagen. Sie würden es nicht verstehen, weil sie es nicht verstehen wollten. Sie wollten es nicht wissen. Sie wollten beruhigt werden. Er konnte es in ihren Augen sehen. Erbärmliche, jämmerliche Furcht. Sie spürten etwas Schreckliches – und sie hatten Angst. Sie forschten in seinem Gesicht, suchten seine Hilfe. Worte des Trostes. Worte, um ihre Furcht zu verscheuchen.

»Ja«, sagte Tim mit belegter Stimme. »Es war der Heißwasserboiler.«

»Das hab ich mir gedacht!« Foley atmete auf. Ein Seufzer der Erleichterung ging durch die Menge. Gemurmel, schüchternes Lachen. Kopfnicken, Grinsen.

»Ich hätte ihn reparieren lassen sollen«, sprach Tim weiter. »Ich hätte ihn schon vor langer Zeit mal nachsehen lassen sollen. Bevor er in so schlechtem Zustand war.« Tim blickte um sich auf den Kreis der ängstlichen Menschen, die an seinen Lippen hingen. »Ich hätte ihn nachsehen lassen sollen. Bevor es zu spät war.«

Kleine Stadt

VERNE HASKEL SCHLEPPTE SICH mißmutig die Treppe zu seinem Haus hinauf; seinen Überzieher schleifte er hinter sich her. Er war müde. Müde und deprimiert. Und seine Füße schmerzten.

»Mein Gott«, stieß Madge hervor, als er die Tür schloß und sich aus Hut und Mantel schälte. »Schon zu Hause?«

Haskel stellte seine Aktentasche ab und begann sich die Schuhe aufzubinden. Sein Körper sackte zusammen. Sein Gesicht war abgespannt und grau.

»Sag doch was!«

»Abendessen fertig?«

»Nein, das Abendessen ist nicht fertig. Was ist es diesmal? Wieder Streit mit Larson?«

Haskel ging schwerfällig in die Küche und füllte ein Glas mit warmem Wasser und Soda. »Laß uns umziehen«, sagte er.

»Umziehen?«

»Weg aus Woodland. Nach San Francisco. Irgendwohin.« Haskel trank sein Soda, den schlaffen, nicht mehr ganz jungen Körper auf die glänzende Spüle gestützt. »Ich fühle mich lausig. Vielleicht sollte ich noch mal Dr. Barnes aufsuchen. Ich wünschte, heute wäre Freitag und morgen Samstag.«

»Was möchtest du zum Abendessen?«

»Nichts. Ich weiß nicht.« Haskel schüttelte erschöpft den Kopf. »Irgendwas.« Er sank auf einen Stuhl am Küchentisch. »Alles, was ich will, ist Ruhe. Mach eine Dose auf. Schweinefleisch mit Bohnen. Irgendwas.«

»Ich schlage vor, wir gehen in Don's Steakhouse. Montags haben sie immer gutes Beefsteak.«

»Nein. Ich hab für heute genug Gesichter gesehen.«

»Ich nehme an, du bist auch zu müde, um mich zu Helen Grant rüberzufahren.«

»Der Wagen ist in der Werkstatt. Wieder kaputt.«

»Wenn du ihn besser pflegen würdest ...«

»Was, zum Teufel, soll ich denn tun? Ihn in 'ner Plastiktüte rumtragen?«

»Schrei mich nicht an, Verne Haskel!« Madge wurde rot vor Zorn. »Vielleicht möchtest du dir dein Abendessen selbst machen.«

Erschöpft stand Haskel auf. Er schlurfte zur Tür ins Untergeschoß. »Bis später.«

»Wo gehst du hin?«

»Runter in den Keller.«

»Mein Gott!« schrie Madge wütend. »Diese Züge! Diese Spielsachen! Wie kann ein erwachsener Mann, ein Mann in deinem Alter ...«

Haskel sagte nichts. Er war schon halb die Treppe hinunter und tastete nach dem Kellerlicht.

Im Keller war es kühl und feucht. Haskel nahm seine Lokführermütze vom Haken und setzte sie auf. Erregung und ein zaghafter Strom neuer Energie durchfluteten seinen müden Körper. Mit ungeduldigen Schritten näherte er sich dem großen Sperrholztisch.

Überall fuhren Züge. Auf dem Fußboden, unter dem Kohlenkasten, zwischen den Heizungsrohren. Die Gleise führten auf sacht ansteigenden Rampen aufwärts und liefen auf dem Tisch zusammen. Auf dem Tisch selbst türmten sich Transformatoren, Signale, Weichen und Haufen von Apparaturen und Leitungsdrähten. Und ...

Und die Stadt.

Das Modell von Woodland, peinlich genau bis ins kleinste Detail. Jeder Baum und jedes Haus, jedes Geschäft und Gebäude, jede Straße und jeder Hydrant. Eine winzige Stadt, jede kleinste Fläche in mustergültigem Zustand. Im Laufe der Jahre mit kunstvoller Sorgfalt aufgebaut. Solange er denken konnte. Seit er ein Kind war, hatte er nach der Schule daran gebaut, geklebt und gearbeitet.

Haskel schaltete den Haupttransformator ein. Überall entlang den Gleisen leuchteten Signale auf. Er gab der schweren Lionel-Lok, an die eine Menge Güterwagen angehängt waren, Saft. Langsam beschleunigend erwachte die Lokomotive zum Leben und glitt die Gleise entlang. Ein blitzendes dunkles Geschoß aus Metall, das seinen Atem stocken ließ. Er verstellte eine elektrische Weiche, und die Lokomotive fuhr die Rampe hinunter, durch einen Tunnel und vom Tisch fort. Sie raste unter die Werkbank.

Seine Züge. Und seine Stadt. Haskel beugte sich über die Miniaturhäuser und -straßen, sein Herz glühte vor Stolz. Er hatte das gebaut – er allein. Jeden Zentimeter. Jeden vollendeten Zentimeter. Die ganze Stadt. Er berührte die Ecke von Freds Lebensmittelladen. Nicht ein Detail fehlte. Sogar die Schaufenster. Die Auslagen voller Lebensmittel. Die Schilder. Die Ladentische.

Das Uptown Hotel. Er fuhr mit der Hand über das Flachdach. Die Sofas und Sessel in der Eingangshalle. Er konnte sie durchs Fenster sehen.

Green's Drugstore. Ein Schaufenster mit orthopädischen Einlagen. Zeitschriften. Frazier's Autoersatzteile. Speiselokal Mexico City. Sharpstein's Modehaus. Bob's Wein- und Spirituosengeschäft. Billardsalon As.

Die ganze Stadt. Er fuhr mit den Händen über sie hin. Er hatte sie gebaut; die Stadt gehörte ihm.

Der Zug flitzte unter der Werkbank hervor und wieder zurück. Die Räder fuhren über eine automatische Weiche, und eine bewegliche Brücke senkte sich gehorsam herab. Der Zug fegte darüber hinweg und schleppte die Wagen hinter sich her.

Haskel stellte die Geschwindigkeit höher. Der Zug wurde schneller. Sein Pfiff ertönte. Er bog um eine scharfe Kurve und fuhr knirschend über eine Gleiskreuzung. Noch schneller. Haskels Hände ruckten krampfhaft am Transformator. Der Zug machte einen Satz und schoß davon. Er schwankte und bockte, als er um eine Kurve schoß. Der Transformator war auf Höchstleistung gestellt. Der Zug flitzte die Gleise entlang, über Brücken und Weichen, hinter die großen Rohre der Fußbodenheizung, ein ratternd dahinrasender, verschwommener Fleck.

Er verschwand im Kohlenkasten. Einen Augenblick später fegte er auf der anderen Seite heftig schaukelnd wieder heraus.

Haskel verlangsamte den Zug. Er atmete schwer, sein Brustkorb hob sich schmerzend. Er setzte sich auf den Hocker neben der Werkbank und zündete sich mit zitternden Fingern eine Zigarette an.

Der Zug und die Modellstadt gaben ihm ein merkwürdiges Gefühl. Es war schwer zu erklären. Züge hatte er schon immer geliebt, Modell-Loks, -signale und -häuser. Seit er ein kleiner Junge war, vielleicht sechs oder sieben Jahre alt. Seinen ersten Zug hatte ihm sein Vater geschenkt. Eine Lokomotive und ein paar Schienen. Einen alten Zug zum Aufziehen. Als er neun war, bekam er seinen ersten richtigen elektrischen Zug. Und zwei Weichen.

Jahr um Jahr fügte er etwas hinzu. Gleise, Lokomotiven, Weichen, Wagen und Signale. Stärkere Transformatoren. Und die Anfänge der Stadt.

Er hatte die Stadt sorgfältig aufgebaut. Stück für Stück. Zuerst, als er noch auf der Mittelschule war, ein Modell des Southern-Pacific-Bahnhofs. Dann den Taxistand daneben. Das Restaurant, wo die Fahrer aßen. Die Broad Street.

Und so weiter. Immer mehr. Häuser, Gebäude, Geschäfte. Eine ganze Stadt, die unter seinen Händen wuchs, während die Jahre vergingen. Jeden Nachmittag kam er aus der Schule nach Hause und arbeitete. Klebte, schnitt, malte und sägte.

Jetzt war sie nahezu vollständig. Fast fertig. Er war dreiundvierzig Jahre alt, und die Stadt war fast fertig.

Haskel ging um den großen Sperrholztisch herum, die Hände ehrfurchtsvoll ausgestreckt. Hier und da berührte er eines der Miniaturgeschäfte. Den Blumenladen. Das Theater. Die Telefongesellschaft. Larsons Pumpen- und Ventilefabrik.

Das auch. Wo er arbeitete. Sein Arbeitsplatz. Eine perfekte Miniaturausgabe der Anlage, bis ins kleinste Detail.

Haskel machte ein finsteres Gesicht. Jim Larson. Zwanzig Jahre lang hatte er dort gearbeitet, Tag für Tag geschuftet. Wozu? Nur um zu sehen, wie andere vor ihm befördert wurden. Jüngere. Lieblinge des Chefs. Kriecher mit grellen Krawatten, gebügelten Hosen und einem breiten, dummen Grinsen.

Kummer und Haß stiegen in Haskel hoch. Sein Leben lang hatte Woodland ihn untergekriegt. Nie war er hier glücklich gewesen. Die Stadt war immer gegen ihn gewesen. Miss Murphy in der Oberschule. Die Studentenverbindungen auf dem College. Die Verkäufer in den piekfeinen Warenhäusern. Seine Nachbarn. Polizisten, Briefträger, Busfahrer und Botenjungen. Sogar seine Frau. Sogar Madge.

Er hatte sich in dieser Stadt nie heimisch gefühlt. In dem reichen, teuren kleinen Vorort von San Francisco, unterhalb der Halbinsel und jenseits des Nebelgürtels. In Woodland lebte viel zu viel obere Mittelschicht. Zu viele große Häuser, Rasenflächen, chromglänzende Wagen und Liegestühle. Zu spießig und aufgemotzt. Solange er denken konnte. In der Schule. Sein Job ...

Larson. Die Pumpen- und Ventilefabrik. Zwanzig Jahre harter Arbeit.

Haskels Finger schlossen sich um das winzige Gebäude, das Modell von Larsons Pumpen- und Ventilefabrik. Unbeherrscht riß er es ab und warf es zu Boden. Er zerstampfte es unter seinen Füßen und zermalmte die Glas-, Metall- und Pappstückchen zu einer formlosen Masse.

Gott, er zitterte am ganzen Körper. Er starrte auf die Überreste, sein Herz hämmerte heftig. Merkwürdige Gefühle, verrückte Gefühle, stiegen in ihm auf. Gedanken, die er nie zuvor gehabt hatte. Lange Zeit blickte er starr auf seine Strümpfe und die zerknüllte Masse, die um sie herum lag. Auf das, was einmal das Modell von Larsons Pumpen- und Ventilefabrik gewesen war.

Abrupt wandte er sich ab. Wie in Trance kehrte er an seine Werkbank zurück und setzte sich steif auf den Hocker. Er raffte Werkzeug und Material zusammen und schaltete die elektrische Bohrmaschine ein.

Es dauerte nur wenige Augenblicke. Schnell, mit flinken, geschickten Fingern, baute Haskel ein neues Modell zusammen. Er malte, klebte, fügte Stücke aneinander. Er beschriftete ein mikroskopisch kleines Schild und sprühte einen grünen Rasen an seinen Platz.

Dann trug er das neue Modell vorsichtig zum Tisch hinüber und klebte es an der richtigen Stelle fest. Dort, wo Larsons Pumpen- und Ventilefabrik gestanden hatte. Das neue Gebäude glühte im Licht der Deckenlampe, noch feucht und glänzend.

LEICHENHALLE WOODLAND

In einem Freudentaumel rieb Haskel sich die Hände. Die Ventilefabrik war verschwunden. Er hatte sie vernichtet. Sie ausradiert. Sie aus der Stadt entfernt. Unter ihm lag Woodland – ohne Ventilefabrik. Statt dessen mit einer Leichenhalle.

Seine Augen leuchteten. Seine Lippen zuckten. Seine aufwallenden Gefühle brachen hervor. Er hatte sich davon befreit. In einem kurzen Anfall von Aktionismus. In einem Augenblick. Alles war ganz einfach – erstaunlich leicht.

Merkwürdig, daß er nicht schon früher darauf gekommen war.

Madge Haskel nippte an einem großen Glas voll eiskalten Bieres und sagte: »Irgendwas stimmt nicht mit Verne. Das ist mir vor allem gestern abend aufgefallen. Als er von der Arbeit nach Hause kam.«

Dr. Paul Tyler grunzte abwesend. »Ein höchst neurotischer Typus. Minderwertigkeitsgefühle. Rückzug und Introvertiertheit.«

»Aber es wird immer schlimmer mit ihm. Er und seine Züge. Diese verdammten Modelleisenbahnen. Großer Gott, Paul! Weißt du, daß er eine ganze Stadt da unten im Keller hat?«

Tyler war neugierig. »Wirklich? Das wußte ich nicht.«

»Er hat sie dort unten, solange ich ihn kenne. Hat als Kind damit angefangen. Stell dir vor, ein erwachsener Mann, der mit Zügen spielt! Es ist ... es ist ekelhaft. Jeden Abend das gleiche.«

»Interessant.« Tyler rieb sich das Kinn. »Er macht ununterbrochen damit weiter? Ein unveränderliches Muster?«

»Jeden Abend. Gestern abend hat er nicht einmal Abendbrot gegessen. Er kam nach Hause und ging sofort hinunter.«

Paul Tylers glatte Gesichtszüge verzogen sich sorgenvoll. Madge saß ihm gegenüber und nippte gleichgültig an ihrem Bier. Es war zwei Uhr nachmittags. Der Tag war sonnig und warm. Das Wohnzimmer war ansprechend, auf eine träge, ruhige Art. Abrupt stand Tyler auf. »Laß uns doch mal einen Blick drauf werfen. Auf die Modelle. Ich wußte nicht, daß es so weit fortgeschritten ist.«

»Willst du das wirklich?« Madge schob den Ärmel ihres grünseidenen Hausanzugs zurück und sah auf ihre Armbanduhr. »Er wird nicht vor fünf zurück sein.« Sie sprang auf und setzte ihr Glas ab. »Na schön. Wir haben Zeit.«

»Gut. Laß uns runtergehen.« Tyler nahm Madge beim Arm, und sie eilten in den Keller hinunter; eine merkwürdige Erregung durchströmte sie. Madge knipste das Kellerlicht an, und sie näherten sich dem großen Sperrholztisch, nervös kichernd wie ungezogene Kinder.

»Siehst du?« sagte Madge und drückte Tylers Arm. »Sieh dir das an. Hat Jahre gedauert. Sein ganzes Leben.«

Tyler nickte bedächtig. »Muß wohl.« Ehrfurcht lag in seiner Stimme. »So was habe ich noch nie gesehen. Diese Einzelheiten ... Er versteht was davon.«

»Ja, Verne hat geschickte Hände.« Madge deutete auf die Werkbank. »Ständig kauft er Werkzeug.«

Tyler ging langsam um den großen Tisch herum, beugte sich darüber und spähte hinunter. »Erstaunlich. Jedes Gebäude. Die ganze Stadt ist da. Sieh mal! Da ist meine Wohnung.«

Er deutete auf das luxuriöse Apartmenthaus ein paar Blocks vom Einfamilienhaus der Haskels entfernt.

»Ich nehme an, alles ist da«, sagte Madge. »Stell dir vor, ein erwachsener Mann, der hier runterkommt und mit Modelleisenbahnen spielt!«

»Macht.« Tyler schob eine Lokomotive am Gleis entlang. »Das ist der Grund, warum Jungen Gefallen daran finden. Züge sind etwas Großes. Riesig und laut. Macht- und Sexualsymbole. Der Junge sieht den Zug das Gleis entlangsausen. Er ist so riesig und unbarmherzig, daß er ihm angst macht. Dann bekommt er eine Spielzeugeisenbahn. Ein Modell, wie diese hier. Er hat die Kontrolle über sie. Läßt sie losfahren und anhalten. Langsam fahren. Schnell. Er steuert sie. Sie reagiert auf ihn.«

Madge fröstelte. »Laß uns raufgehen, dort ist es warm. Es ist so kalt hier unten.«

»Aber wenn der Junge heranwächst, wird er größer und stärker. Er kann das symbolische Modell aufgeben. Das echte Objekt beherrschen, den echten Zug. Wirkliche Kontrolle über die Dinge erlangen. Reale Macht.« Tyler schüttelte den Kopf. »Nicht diesen Ersatz. Ungewöhnlich, daß sich ein erwachsener Mensch so viel Mühe gibt.« Er runzelte die Stirn. »Ich hab noch nie eine Leichenhalle in der State Street bemerkt.«

»Eine Leichenhalle?«

»Und das hier. Zoohandlung Steuben. Neben der Radiowerkstatt. Da ist keine Zoohandlung.« Tyler zermarterte sich das Hirn. »Was war da noch mal? Neben der Radiowerkstatt?«

»Pelze aus Paris.« Madge verschränkte die Arme. »Brrrr. Komm schon, Paul. Laß uns raufgehen, bevor ich erfriere.«

Tyler lachte. »Okay, du Mimose.« Er ging auf die Treppe zu und stutzte erneut. »Ich frage mich, warum. Zoohandlung Steuben. Nie gehört. Alles stimmt bis ins kleinste Detail. Er muß die Stadt in- und auswendig kennen. Einen Laden dort hinzustellen, der nicht ...« Er knipste das Kellerlicht aus. »Und die Leichenhalle. Was ist eigentlich wirklich da? Ist da nicht die ...«

»Vergiß es«, rief Madge zurück, während sie an ihm vorbei ins warme Wohnzimmer eilte. »Im Grunde genommen bist du genauso schlimm wie er. Männer sind solche Kinder.«

Tyler reagierte nicht. Er war tief in Gedanken versunken. Sein weltmännisches Selbstvertrauen war verschwunden; er sah nervös und erschüttert aus.

Madge zog die Jalousien herunter. Das Wohnzimmer sank in bernsteinfarbenes Dämmerlicht. Sie ließ sich auf die Couch plumpsen und zog Tyler neben sich. »Hör auf, so zu gucken«, befahl sie. »So hab ich dich noch nie gesehen.« Ihre schlanken Arme umschlangen seinen Hals, und ihre Lippen streiften sein Ohr. »Ich hätte dich nicht reingelassen, wenn ich gewußt hätte, daß du dir *seinetwegen* Gedanken machst.«

Tyler grunzte gedankenverloren. »Warum *hast* du mich denn reingelassen?«

Der Druck von Madges Armen wurde stärker. Ihr seidener Anzug raschelte, als sie näher zu ihm herrückte. »Dummkopf«, sagte sie.

Ungläubig riß der große, rothaarige Larson den Mund auf. »Was soll das heißen? Was ist los mit Ihnen?«

»Ich kündige.« Haskel schaufelte den Inhalt seines Schreibtisches in seine Aktentasche. »Schicken Sie den Scheck zu mir nach Hause.«

»Aber ...«

»Aus dem Weg.« Haskel drängte sich an Larson vorbei, hinaus in den Flur. Larson war sprachlos vor Staunen. Auf Haskels Gesicht lag ein unverwandter Ausdruck. Ein glasiger, starrer Blick, den Larson noch nie gesehen hatte.

»Sind Sie ... in Ordnung?« fragte Larson.

»Sicher.« Haskel öffnete das Werktor und verschwand nach draußen. Das Tor knallte hinter ihm zu.

»Sicher bin ich in Ordnung«, murmelte er vor sich hin. Er bahnte sich einen Weg durch das spätnachmittägliche Gedränge der Kauflustigen, seine Lippen zuckten. »Und ob ich in Ordnung bin, verdammt noch mal.«

»Paß doch auf, Mann«, murmelte ein Arbeiter drohend, als Haskel sich an ihm vorbeizwängte.

»Verzeihung.« Seine Aktentasche umklammernd, eilte Haskel weiter. Auf der Hügelkuppe hielt er einen Augenblick inne, um zu verschnaufen. Hinter ihm lag Larsons Pumpen- und Ventilefabrik. Haskel lachte schrill. Zwanzig Jahre – von einem Augenblick auf den anderen abgeschüttelt. Es war vorbei. Kein Larson mehr. Kein stumpfsinniger, zermürbender Job mehr, Tag für Tag. Ohne Beförderungen oder jede Zukunft. Routine und Langeweile, monatelang, ununterbrochen. Ein neues Leben fing an.

Er eilte weiter. Die Sonne ging unter. Wagen rasten an ihm vorüber, Geschäftsleute, die von der Arbeit nach Hause fuhren. Morgen würden sie wieder zurückfahren – aber er nicht. Nie wieder.

Er erreichte seine Straße. Ed Tildons Haus ragte auf, ein großes, imposantes Bauwerk aus Beton und Glas. Tildons Hund kam herausgeflitzt und bellte. Haskel hastete vorbei. Tildons Hund. Er lachte wütend.

»Halt dich lieber fern!« rief er dem Hund zu.

Er erreichte sein Haus, sprang, zwei Stufen auf einmal nehmend, die Vordertreppe hinauf und riß die Tür auf. Im Wohnzimmer war es dunkel und still. Dann plötzlich regte und bewegte sich etwas. Gestalten lösten sich voneinander und erhoben sich hastig von der Couch.

»Verne!« keuchte Madge. »Was machst du so früh zu Hause?«

Verne Haskel warf seine Aktentasche zu Boden und ließ Hut und Mantel auf einen Stuhl fallen. Sein zerfurchtes Gesicht war vor Erregung verzerrt und von leidenschaftlichen inneren Kräften zerrissen.

»Was in aller Welt!« Madge zitterte vor Aufregung und eilte, ihren Hausanzug glättend, nervös auf ihn zu. »Ist irgendwas passiert? Ich habe dich nicht erwartet, noch nicht so ...« Errötend unterbrach sie sich. »Ich meine, ich ...«

Paul Tyler schlenderte gemächlich auf Haskel zu. »Hi, Verne«, murmelte er verlegen. »Bin vorbeigekommen, um hallo zu sagen und Ihrer Frau ein Buch zurückzubringen.«

Haskel nickte knapp. »Tag.« Er ignorierte die beiden, drehte sich um und ging zur Kellertür. »Ich bin unten.«

»Aber Verne!« protestierte Madge. »Was ist passiert?«

Verne blieb kurz neben der Tür stehen. »Ich habe gekündigt.«

»Du hast was?«

»Ich habe gekündigt. Ich habe mit Larson Schluß gemacht. Es ist vorbei mit ihm.« Die Kellertür knallte zu.

»Du lieber Himmel!« kreischte Madge und umklammerte Tyler hysterisch. »Er hat den Verstand verloren!«

Unten im Keller knipste Haskel ungeduldig das Licht an. Er setzte seine Lokführermütze auf und zog den Hocker an den großen Sperrholztisch heran.

Was als nächstes?

Morris Möbel Für Ihr Heim. Das große, luxuriöse Geschäft. Keine stinkfeinen Verkäufer mehr, die die Augenbrauen hochzogen, wenn er eintrat. Alles wie aus dem Ei gepellt, ganz Anzug und Fliege und gefaltete Taschentücher.

Er entfernte das Modell von Morris Möbel Für Ihr Heim und nahm es auseinander. Er arbeitete fieberhaft, in höchster Eile. Jetzt, da er wirklich begonnen hatte, wollte er keine Zeit verlieren. Einen Augenblick später klebte er zwei kleine

Gebäude an seine Stelle. Schuhputzladen Ritz. Pete's Kegelbahn.

Haskel kicherte aufgeregt. Ein passendes Ende für das luxuriöse, exklusive Möbelgeschäft. Ein Schuhputzladen und eine Kegelbahn. Genau, was sie verdienten.

Die Staatsbank Kalifornien. Er hatte die Bank immer gehaßt. Sie hatten ihm einmal einen Kredit verweigert. Er zerrte die Bank herunter.

Ed Tildons Villa. Sein verdammter Hund. Eines Nachmittags hatte der Hund ihn in den Knöchel gebissen. Er riß das Modell ab. Ihm schwirrte der Kopf. Er konnte machen, was er wollte.

Elektro-Harrison. Sie hatten ihm ein Schrottradio verkauft. Weg mit Elektro-Harrison.

Joe's Tabakwarenladen. Im Mai 1949 hatte Joe ihm einen falschen Vierteldollar rausgegeben, Weg mit Joe's.

Die Tintenwerke. Er verabscheute den Geruch von Tinte. Vielleicht statt dessen eine Brotfabrik. Er liebte das Brotbacken. Weg mit den Tintenwerken.

Die Elm Street war nachts zu dunkel. Er war dort mehrmals gestolpert. Ein paar zusätzliche Straßenlampen waren fällig.

Nicht genug Bars in der High Street. Zu viele Bekleidungsgeschäfte, teure Hut- und Pelzgeschäfte und Damenmoden. Er riß eine ganze Handvoll herunter und trug sie zur Werkbank.

Oben an der Treppe öffnete sich langsam die Tür. Madge spähte hinunter, bleich und ängstlich. »Verne?«

Er machte ein finsteres, ungeduldiges Gesicht. »Was willst du?«

Madge kam zögernd die Treppe hinunter. Hinter ihr folgte Dr. Tyler, weltmännisch und gutaussehend in seinem grauen Anzug. »Verne – ist alles in Ordnung?«

»Natürlich.«

»Haben – haben Sie wirklich gekündigt?«

Haskel nickte. Er begann, die Tintenwerke auseinanderzunehmen, und ignorierte seine Frau und Dr. Tyler.

»Aber *warum* nur?«

Haskel grunzte ungeduldig. »Keine Zeit.«

Dr. Tyler sah allmählich besorgt aus. »Meinen Sie, Sie sind zu beschäftigt für Ihren Job?«

»Richtig.«

»Beschäftigt *womit*?« Tylers Stimme wurde lauter; er zitterte nervös. »Damit, hier unten an Ihrer Stadt zu arbeiten? Dinge zu verändern?«

»Gehen Sie«, murmelte Haskel. Seine flinken Hände bauten gerade eine reizende kleine Langendorf-Brotfabrik zusammen. Er formte sie mit liebevoller Sorgfalt, besprühte sie mit weißer Farbe und pinselte einen Kiesweg und Sträucher davor. Er legte sie beiseite und begann mit einem Park. Einem großen, grünen Park. Woodland hatte schon immer einen Park gebraucht. Er würde an die Stelle des State Street Hotels kommen.

Tyler zog Madge vom Tisch weg, abseits in eine Ecke des Kellers. »O Gott.« Zitternd zündete er sich eine Zigarette an. Die Zigarette entglitt seinen Fingern und rollte davon. Er ignorierte sie und suchte tastend nach einer anderen. »Siehst du? Siehst du, was er da macht?«

Madge schüttelte stumm den Kopf. »Was ist los? Ich kann nicht ...«

»Wie lange hat er daran gearbeitet? Sein ganzes Leben?«

Madge nickte mit bleichem Gesicht. »Ja, sein ganzes Leben.«

Tylers Gesichtszüge zuckten. »Großer Gott, Madge. Das genügt, jemanden um den Verstand zu bringen. Ich kann es kaum fassen. Wir müssen etwas unternehmen.«

»Was passiert da?« jammerte Madge. »Was ...«

»Er verliert sich darin.« Tylers Gesicht war eine Maske ungläubigen Zweifelns. »Immer schneller.«

»Er ist immer hier runtergekommen«, stammelte Madge. »Das ist nichts Neues. Er wollte immer entfliehen.«

»Ja. Entfliehen.« Tyler schauderte, ballte die Fäuste und riß sich zusammen. Er durchquerte den Keller und blieb neben Verne Haskel stehen.

»Was wollen Sie?« murmelte Haskel, als er ihn bemerkte.

Tyler leckte sich die Lippen. »Sie fügen ein paar Dinge hinzu, nicht wahr? Neue Gebäude?«

Haskel nickte.

Mit zitternden Fingern berührte Tyler die kleine Brotfabrik. »Was ist das? Brot? Wo kommt sie hin?« Er lief um den Tisch. »Ich erinnere mich nicht an eine Brotfabrik in Woodland.« Er fuhr herum. »*Verbessern* Sie die Stadt etwa? Bringen Sie sie hier und da in Ordnung?«

»Verschwinden Sie, verdammt noch mal«, sagte Haskel mit bedrohlicher Ruhe. »Alle beide.«

»Verne!« quiekte Madge.

»Ich habe viel zu tun. Du kannst so gegen elf belegte Brote runterbringen. Ich hoffe, ich werde irgendwann heute nacht fertig.«

»Fertig?« fragte Tyler.

»Fertig«, antwortete Haskel und kehrte an seine Arbeit zurück.

»Komm schon, Madge.« Tyler packte sie und zog sie zur Treppe. »Laß uns hier verschwinden.« Er schritt voran, die Treppe hinauf und in den Flur. »Komm schon!« Sobald sie oben war, verschloß er die Tür hinter ihnen.

Madge betupfte sich hysterisch die Schläfen. »Er ist verrückt geworden, Paul! Was machen wir bloß?«

Tyler war tief in Gedanken versunken. »Sei still. Ich muß nachdenken.« Er lief hin und her, einen starren, finsteren Ausdruck im Gesicht. »Es ist bald soweit. Es wird nicht lange dauern, nicht bei diesem Tempo. Irgendwann heute nacht.«

»*Was?* Was meinst du damit?«

»Seinen Rückzug. In seine Ersatzwelt. In das verbesserte Modell, über das er die Kontrolle hat. In das er entfliehen kann.«

»Können wir denn gar nichts tun?«

»Tun?« Tyler lächelte zaghaft. »Wollen wir denn irgendwas tun?«

Madge keuchte. »Aber wir können doch nicht einfach ...«

»Vielleicht löst das unser Problem. Vielleicht ist das genau das, was wir gesucht haben.« Tyler betrachtete Mrs. Haskel nachdenklich. »Vielleicht ist das die Lösung.«

Es war nach Mitternacht, fast zwei Uhr morgens, als die Dinge langsam ihre endgültige Gestalt annahmen. Er war müde – aber auf der Hut. Alles ging so schnell. Die Aufgabe war fast erledigt.

Nahezu vollendet.

Er hielt einen Augenblick bei der Arbeit inne und begutachtete sein Werk. Die Stadt war von Grund auf verändert worden. Gegen zehn Uhr hatte er mit grundlegenden strukturellen Veränderungen bei der Anordnung der Straßen begonnen. Er hatte die meisten öffentlichen Gebäude entfernt, das Verwaltungszentrum und das wildwuchernde Geschäftsviertel drumherum.

Er hatte ein neues Rathaus errichtet, eine Polizeiwache und einen riesengroßen Park mit Brunnen und indirekter Beleuchtung. Er hatte die Slums beseitigt, die alten, heruntergekommenen Geschäfte, Häuser und Straßen. Die Straßen waren breiter und gut beleuchtet. Die Häuser waren jetzt klein und sauber. Die Geschäfte modern und ansprechend – ohne protzig zu sein.

Alle Reklameschilder waren entfernt worden. Die meisten Tankstellen waren verschwunden. Auch das riesengroße Gewerbegebiet war verschwunden. An seine Stelle war eine wellige Landschaft getreten. Bäume, Hügel und grünes Gras.

Das wohlhabende Viertel war erneuert worden. Nur wenige Villen waren noch übrig – sie gehörten Personen, denen er wohlgesinnt war. Der Rest war verkleinert worden, umgewandelt in einheitliche einstöckige Dreizimmerhäuschen mit Einzelgaragen.

Das Rathaus war jetzt kein kunstvolles Rokokobauwerk mehr. Es war niedrig und schlicht, dem Parthenon nachgebildet, einem seiner Lieblingsbauwerke.

Es gab zehn oder zwölf Personen, die ihm besonderes Unrecht zugefügt hatten. Er hatte ihre Häuser völlig umgebaut und sie selbst in Häuserblocks aus der Kriegszeit untergebracht, mit sechs Wohnungen pro Gebäude, weit draußen am Stadtrand, wo der Wind aus der Bucht wehte und den modrigen Geruch des Wattenmeeres herantrug.

Jim Larsons Haus war vollständig verschwunden. Er hatte Larson völlig ausradiert. Er existierte nicht mehr, nicht in diesem neuen Woodland – das jetzt fast fertig war.

Fast. Haskel musterte seine Arbeit aufmerksam. Alle Veränderungen mußten *jetzt* vorgenommen werden. Nicht später. Dies war die Zeit der Erschaffung. Später, wenn alles vollendet war, konnte nichts mehr erneuert werden. Er mußte all die notwendigen Veränderungen jetzt aufnehmen – oder sie vergessen.

Das neue Woodland sah ziemlich gut aus. Sauber, ordentlich – und schlicht. Das reiche Viertel war gemäßigt, das arme Viertel verbessert worden. Aufdringliche Werbung, Schilder, Auslagen, all das war verändert oder entfernt worden. Der Geschäftsbezirk war kleiner. Parks und ländliche Gegenden waren an die Stelle von Fabriken getreten. Das Verwaltungszentrum war reizend.

Er fügte ein paar Spielplätze für Kleinkinder hinzu. Ein kleines Theater anstelle des riesigen Uptown mit seinem blinkenden Neonschild. Nach einiger Überlegung entfernte er einen Großteil der Bars, die er vorher gebaut hatte. Das neue Woodland würde moralisch sein. Äußerst moralisch. Wenige Bars, keine Billardsalons, kein Bordellviertel. Und für Unerwünschte gab es ein ganz hervorragendes Gefängnis.

Der schwierigste Teil war die mikroskopisch kleine Beschriftung an der Tür des wichtigsten Büros im Rathaus gewesen. Er hatte sich das bis zum Schluß aufgehoben und die Worte darin mit quälender Sorgfalt gemalt:

BÜRGERMEISTER
VERNON R. HASKEL

Ein paar letzte Änderungen. Er gab den Edwards einen 39er Plymouth statt eines neuen Cadillac. Im Innenstadtbezirk stellte er noch weitere Bäume auf. Noch eine Feuerwache. Ein Bekleidungsgeschäft weniger. Taxis hatte er nie gemocht. Aus einem Impuls heraus entfernte er den Taxistand und ersetzte ihn durch einen Blumenladen.

Haskel rieb sich die Hände. Noch irgendwas? Oder war sie fertig ... Vollendet ... Er musterte jeden Teil aufmerksam. Was hatte er übersehen?

Die Oberschule. Er entfernte sie und ersetzte sie durch zwei kleinere Oberschulen, eine an jedem Ende der Stadt. Noch ein Krankenhaus. Das dauerte fast eine halbe Stunde. Er wurde langsam müde. Seine Hände waren weniger flink. Zitternd wischte er sich die Stirn. Noch irgendwas? Erschöpft setzte er sich auf seinen Hocker, um auszuruhen und nachzudenken.

Alles getan. Sie war fertig. Glückseligkeit stieg in ihm auf. Ein Freudenschrei entfuhr ihm. Seine Arbeit war beendet.

»Fertig!« schrie Verne Haskel.

Unsicher stand er auf. Er schloß die Augen, streckte die Arme aus und näherte sich dem Sperrholztisch. Greifend, tastend, mit langgestreckten Fingern, ging Haskel darauf zu, einen Ausdruck strahlender Verzückung auf dem von Falten durchzogenen, nicht mehr ganz jungen Gesicht.

Eine Treppe höher hörten Tyler und Madge den Schrei. Ein fernes Brausen, das in Wellen durch das Haus wogte. Madge zuckte vor Entsetzen zusammen. »Was war das?«

Tyler lauschte aufmerksam. Er hörte, wie Haskel sich unter ihnen im Keller bewegte. Jäh drückte er seine Zigarette aus. »Ich glaube, es ist passiert. Früher, als ich erwartet hatte.«

»Es? Du meinst, er ist ...«

Tyler stand schnell auf. »Er ist verschwunden, Madge. In seine andere Welt. Endlich sind wir frei.«

Madge packte seinen Arm. »Vielleicht machen wir einen Fehler. Es ist so schrecklich. Sollten wir nicht ... versuchen, etwas zu unternehmen? Ihn da rausholen ... versuchen, ihn davon loszureißen.«

»Ihn zurückholen?« Tyler lachte nervös. »Ich glaube nicht, daß wir das jetzt noch könnten. Selbst wenn wir wollten. Es ist zu spät.« Er eilte zur Kellertür. »Komm mit.«

»Es ist entsetzlich.« Madge schauderte und folgte widerwillig. »Ich wünschte, wir hätten vorher etwas getan.«

Tyler blieb kurz an der Tür stehen. »Entsetzlich? Er ist glücklicher, wo er jetzt ist. Und du bist glücklicher. So, wie es war, war niemand glücklich. Das ist die beste Lösung.«

Er öffnete die Kellertür. Madge folgte ihm. Vorsichtig stiegen sie die Treppe hinunter, in den dunklen, stillen, von drückenden nächtlichen Nebeln feuchten Keller.

Der Keller war leer.

Tyler entspannte sich, benommen und maßlos erleichtert. »Er ist verschwunden. Es ist alles in Ordnung. Es hat alles genau hingehauen.«

»Aber ich verstehe das nicht«, wiederholte Madge hoffnungslos, während Tylers Buick die dunklen, verlassenen Straßen entlangschnurrte. »Wohin ist er gegangen?«

»Du weißt, wohin er gegangen ist«, antwortete Tyler. »In seine Ersatzwelt natürlich.« Er jagte auf zwei Rädern um eine Ecke, die Reifen quietschten. »Der Rest dürfte ziemlich einfach sein. Ein paar Routineformalitäten. Jetzt ist wirklich nicht mehr viel zu tun.«

Die Nacht war eisigkalt und schwarz. Kein Licht war zu sehen, nur gelegentlich eine einsame Straßenlaterne. In der Ferne ertönte klagend der Pfiff eines Zuges, ein trostloses Echo. Reihen stiller Häuser flimmerten links und rechts an ihnen vorbei.

»Wohin fahren wir?« fragte Madge. Sie kauerte sich an die Tür, das Gesicht bleich vor Bestürzung und Entsetzen; sie zitterte in ihrem Mantel.

»Zur Polizeiwache.«

»Warum?«

»Um ihn zu melden natürlich. Damit sie wissen, daß er verschwunden ist. Wir werden warten müssen; es wird einige Jahre dauern, bis er per Gesetz für tot erklärt wird.« Tyler reichte hinüber und umarmte sie kurz. »Wir werden in der Zwischenzeit schon zurechtkommen, da bin ich sicher.«

»Was, wenn ... sie ihn finden?«

Tyler schüttelte ärgerlich den Kopf. Er war noch immer angespannt und nervös. »Verstehst du denn nicht? Sie werden ihn niemals finden - er existiert nicht. Zumindest nicht in unserer Welt. Er ist in seiner eigenen Welt. Du hast sie gesehen. Das Modell. Den verbesserten Ersatz.«

»Er ist dort?«

»Sein ganzes Leben hat er daran gearbeitet. Sie aufgebaut. Sie Wirklichkeit werden lassen. Er hat diese Welt ins Leben gerufen - und jetzt ist er dort. Das ist genau das, was er wollte. Deshalb hat er sie gebaut. Er träumte nicht bloß von einer Welt, in die er sich flüchten konnte. Er baute sie tatsächlich - Stück für Stück. Jetzt ist er ganz dorthin verschwunden, weg aus unserer Welt. Aus unserem Leben.«

Endlich begann Madge zu begreifen. »Dann hat er sich *wirklich* in seiner Ersatzwelt verloren. Du hast das ernst gemeint, was du über ihn gesagt hast ... daß er entflieht.«

»Ich brauchte eine Weile, um das zu begreifen. Der Geist erzeugt die Wirklichkeit. Erfindet sie. Erschafft sie. Wir alle haben eine gemeinsame Wirklichkeit, einen gemeinsamen Traum. Aber Haskel kehrte unserer gemeinsamen Wirklichkeit den Rücken und erschuf seine eigene. Und er hatte eine einzigartige Begabung - weit über das gewöhnliche Maß hinaus. Er verwendete sein ganzes Leben, seine ganze Geschicklichkeit darauf, sie zu bauen. Jetzt ist er dort.«

Tyler zögerte und runzelte die Stirn. Er hielt das Lenkrad fest umklammert und erhöhte die Geschwindigkeit. Der Buick zischte die dunkle Straße entlang, durch die stille, reglose Trostlosigkeit der Stadt.

»Da ist nur eine Sache«, fuhr er gleich darauf fort. »Eine Sache, die ich nicht verstehe.«

»Was denn?«

»Das Modell. Es war auch verschwunden. Ich ging davon aus, er würde ... schrumpfen, nehme ich an. Darin eintauchen. Aber auch das Modell ist verschwunden.« Tyler zuckte die Achseln. »Das spielt keine Rolle.« Er spähte in die Dunkelheit. »Wir sind fast da. Wir sind auf der Elm.«

Im gleichen Augenblick schrie Madge. *»Sieh mal!«*

Rechts vom Wagen stand ein kleines hübsches Gebäude. Und ein Schild. Das Schild war in der Dunkelheit leicht zu erkennen.

LEICHENHALLE WOODLAND

Madge schluchzte vor Entsetzen. Der Wagen schoß aufheulend weiter, von Tylers gefühllosen Händen mechanisch gelenkt. Als sie vor dem Rathaus vorfuhren, sahen sie ein anderes Schild aufblitzen.

ZOOHANDLUNG STEUBEN

Das Rathaus wurde von versenkten Beleuchtungskörpern indirekt angestrahlt. Ein niedriges, schlichtes Gebäude, ein weißglühendes Viereck. Wie ein griechischer Marmortempel.

Tyler brachte den Wagen zum Stehen. Dann plötzlich schrie er auf und fuhr wieder los. Aber nicht früh genug.

Zwei glänzendschwarze Polizeiwagen hielten neben dem Buick, einer auf jeder Seite. Die vier unfreundlich dreinblickenden Polizisten hatten die Hände schon an der Tür. Sie stiegen aus und kamen zu ihm herüber, unerbittlich und pflichtbewußt.

Das Vater-Ding

»ABENDESSEN IST FERTIG«, befahl Mrs. Walton. »Geh deinen Vater holen und sag ihm, er soll sich die Hände waschen. Das gleiche gilt für dich, junger Mann.« Sie trug eine dampfende Kasserolle zu dem hübsch gedeckten Tisch. »Er ist draußen in der Garage.«

Charles zögerte. Er war erst acht Jahre alt, und das Problem, das ihn bedrückte, hätte sogar einen so weisen Mann wie Rabbi Hillel verwirrt. »Ich ...«, begann er unsicher.

»Was ist los?« June Walton bemerkte den ängstlichen Ton in der Stimme ihres Sohnes, und plötzliche Besorgnis regte sich in ihrem mütterlichen Busen. »Ist Ted nicht draußen in der Garage? Meine Güte, vor einem Augenblick hat er noch die Heckenschere geschärft. Er ist doch wohl nicht zu den Andersons rübergegangen, oder? Ich habe ihm gesagt, daß das Abendessen praktisch schon auf dem Tisch steht.«

»Er ist in der Garage«, sagte Charles. »Aber er ... redet mit sich selbst.«

»Redet mit sich selbst!« Mrs. Walton nahm ihre glänzende Plastikschürze ab und hängte sie über den Türknauf. »Ted? Na, hör mal, er redet nie mit sich selbst. Geh, sag ihm, er soll reinkommen.« Sie goß kochendheißen schwarzen Kaffee in kleine blau-weiße Porzellantassen und fing an, Mais in Rahmsoße auszuteilen. »Was ist bloß los mit dir? Geh und sag's ihm!«

»Ich weiß nicht, wem von ihnen ich es sagen soll«, platzte Charles verzweifelt heraus. »Sie sehen beide gleich aus.«

June Waltons Finger rutschten von der Aluminiumpfanne;

einen Moment lang schwappte die Soße bedenklich. »Junger Mann ...«, setzte sie zornig an, aber in diesem Moment kam Ted Walton in die Küche geschlendert, atmete tief ein, schnupperte und rieb sich die Hände.

»Ah«, rief er fröhlich. »Lammbraten.«

»Rinderbraten«, murmelte June. »Ted, was hast du da draußen gemacht?«

Ted ließ sich auf seinen Platz fallen und entfaltete seine Serviette. »Ich hab die Heckenschere so scharf wie ein Rasiermesser geschliffen. Geölt und geschliffen. Faßt sie lieber nicht an – die schneidet euch die Hand ab.« Er war ein gutaussehender Mann Anfang Dreißig; dichtes blondes Haar, starke Arme, geschickte Hände, scharfgeschnittene Gesichtszüge und blitzende braune Augen. »Mensch, der Braten sieht gut aus. Harter Tag im Büro – eben ein Freitag. Die Sachen häufen sich, und wir müssen alle Abrechnungen bis fünf raus haben. Al McKinley behauptet, die Abteilung könnte zwanzig Prozent mehr bringen, wenn wir unsere Mittagspausen koordinieren würden.« Er winkte Charles heran. »Setz dich, und laß uns anfangen.«

Mrs. Walton trug die Erbsen auf. »Ted«, sagte sie, während sie sich langsam auf ihren Platz setzte, »geht dir irgendwas durch den Kopf?«

»Durch den Kopf?« Er blinzelte. »Nein, nichts Besonderes. Nur normales Zeugs. Wieso?«

Beklommen sah June Walton zu ihrem Sohn hinüber. Charles saß kerzengerade auf seinem Platz, das Gesicht ausdruckslos, kreidebleich. Er hatte sich nicht bewegt, hatte seine Serviette nicht auseinandergefaltet, geschweige denn seine Milch angerührt. Spannung lag in der Luft; sie konnte sie spüren. Charles hatte seinen Stuhl von dem seines Vaters weggerückt; er war zu einem angespannten kleinen Bündel zusammengekauert, so weit weg von seinem Vater wie möglich. Seine Lippen bewegten sich, aber sie konnte nicht verstehen, was er sagte.

»Was ist?« fragte sie und beugte sich vor.

»Der andere«, murmelte Charles mit angehaltenem Atem. »Der andere ist reingekommen.«

»Was meinst du damit, Schatz?« fragte June Walton laut. »Welcher andere?«

Ted zuckte zusammen. Ein seltsamer Ausdruck huschte über sein Gesicht. Er verschwand sofort wieder; aber in dem kurzen Augenblick verlor Ted Waltons Gesicht jede Vertrautheit. Etwas Fremdes und Kaltes schimmerte durch, eine zuckende, sich windende Masse. Die Augen verschwammen und traten zurück, als sich ein archaischer Glanz über sie legte. Der gewöhnliche Blick eines müden Ehemannes mittleren Alters war verschwunden.

Und dann war er wieder da – oder fast da. Ted grinste und fing an, gierig seinen Braten und die Erbsen und den Mais zu essen. Er lachte, rührte seinen Kaffee, witzelte und aß. Aber etwas Schreckliches stimmte nicht.

»Der andere«, murmelte Charles mit bleichem Gesicht, und seine Hände begannen zu zittern. Plötzlich sprang er auf und wich vom Tisch zurück. »Hau ab!« schrie er. »Raus hier!«

»He«, grollte Ted bedrohlich. »Was ist denn in dich gefahren?« Er wies streng auf den Stuhl des Jungen. »Du setzt dich jetzt dahin und ißt dein Abendessen, junger Mann. Deine Mutter hat das nicht zum Spaß gekocht.«

Charles drehte sich um und rannte aus der Küche, die Treppe hinauf, zu seinem Zimmer. June Walton stockte der Atem, und sie bebte vor Schrecken. »Was in aller Welt ...«

Ted aß weiter. Sein Gesicht war grimmig; die Augen hart und dunkel. »Dieses Kind«, knirschte er, »wird noch einiges lernen müssen. Vielleicht sollte ich mich mal mit ihm unter vier Augen unterhalten.«

Charles kauerte sich hin und lauschte.

Das Vater-Ding kam die Treppe herauf, näher und immer näher. »Charles!« rief es wütend. »Bist du da oben?«

Er antwortete nicht. Geräuschlos ging er rückwärts in sein Zimmer und zog die Tür zu. Sein Herz pochte wie wild. Das

Vater-Ding hatte den Treppenabsatz erreicht; jeden Augenblick würde es in sein Zimmer kommen.

Er hastete zum Fenster. Er war zu Tode verängstigt; schon tastete es im dunklen Flur nach dem Türknopf. Er schob das Fenster hoch und stieg hinaus aufs Dach. Mit einem Ächzen ließ er sich in den Blumengarten fallen, der sich neben der Haustür erstreckte, taumelte und keuchte, dann sprang er auf und rannte weg vom Licht, das sich aus dem Fenster ergoß, ein gelber Fleck in der abendlichen Dunkelheit.

Er kam zur Garage; sie zeichnete sich als ein schwarzes Viereck gegen den Himmel ab. Rasch atmend tastete er in seiner Tasche nach der Taschenlampe, dann schob er vorsichtig die Tür auf und ging hinein.

Die Garage war leer. Der Wagen parkte davor. Zur Linken war die Werkbank seines Vaters. Hämmer und Sägen an den Holzwänden. Im Hintergrund waren der Rasenmäher, Harke, Schaufel, Hacke. Ein Kanister Kerosin. Überall waren Nummernschilder angenagelt. Der Boden war Beton und Erde; ein großer Ölfleck verunzierte die Mitte, Unkrautbüschel, schmierig und schwarz, im flackernden Strahl der Taschenlampe.

Knapp hinter der Tür war eine große Abfalltonne. Oben auf der Tonne waren Stapel durchnäßter Zeitungen und Zeitschriften, schimmlig und feucht. Ein schwerer Verwesungsgestank ging von ihnen aus, als Charles anfing, sie zu bewegen. Spinnen fielen auf den Boden und huschten davon; er zertrat sie mit dem Fuß und suchte weiter.

Bei dem Anblick schrie er auf. Er ließ die Taschenlampe fallen und sprang erschrocken zurück. Sofort war die Garage in Dunkelheit getaucht. Er zwang sich dazu, sich hinzuknien, und einen nicht enden wollenden Augenblick lang tastete er in der Dunkelheit nach der Lampe, zwischen den Spinnen und dem schmierigen Unkraut. Endlich hatte er sie wieder. Er schaffte es, den Lichtstrahl in das Faß zu richten, hinunter in den Schacht, der dadurch entstanden war, daß er die Zeitschriftenstapel weggeschoben hatte.

Das Vater-Ding hatte es bis hinunter auf den Grund des Fasses gestopft. Zwischen das Laub und zerrissene Kartons, die vermoderten Überreste von Zeitschriften und Vorhängen, Müll, den seine Mutter vom Speicher hierhergeschafft hatte, wo er eines Tages verbrannt werden sollte. Es sah noch immer ein wenig nach seinem Vater aus, noch so sehr, daß er ihn erkennen konnte. Er hatte es gefunden – und bei dem Anblick wurde ihm übel. Er klammerte sich an dem Faß fest und schloß die Augen, bis er schließlich in der Lage war, erneut hinzusehen. Im Faß waren die Überreste seines Vaters, seines echten Vaters. Teile, für die das Vater-Ding keine Verwendung hatte. Teile, die es ausrangiert hatte.

Er holte die Harke und schob sie nach unten, um die Überreste zu bewegen. Sie waren trocken. Sie knisterten und zerbrachen, als die Harke sie berührte. Sie waren wie eine abgelegte Schlangenhaut, blättrig und krümelig, raschelten, wenn man sie berührte. *Eine leere Haut.* Das Innere war verschwunden. Der wichtige Teil. Das war alles, was geblieben war, nur die spröde, knisternde Haut, die zu einem kleinen Haufen am Grunde der Abfalltonne zusammengepreßt war. Das war alles, was das Vater-Ding übriggelassen hatte; es hatte den Rest gegessen. Das Innere vereinnahmt – und den Platz seines Vaters.

Ein Geräusch.

Er ließ die Harke fallen und hastete zur Tür. Das Vater-Ding kam den Gartenweg herunter, auf die Garage zu. Seine Schuhe knirschten auf dem Kies; es ertastete sich unsicher seinen Weg. »Charles!« rief es wütend. »Bist du da drin? Warte, bis ich dich zu fassen kriege, junger Mann!«

Die ausladende, nervöse Gestalt seiner Mutter hob sich als Silhouette gegen den hellen Hauseingang ab. »Ted, bitte tu ihm nicht weh. Er ist wegen irgendwas völlig durcheinander.«

»Ich werde ihm nicht weh tun«, krächzte das Vater-Ding; es blieb stehen, um ein Streichholz anzuzünden. »Ich werde mich nur ein bißchen mit ihm unterhalten. Er muß bessere

Manieren lernen. Einfach so vom Tisch aufzustehen und abends rauszurennen, das Dach runterzuklettern ...«

Charles schlich sich von der Garage weg; der Lichtschein des Streichholzes fiel auf seine sich bewegende Gestalt, und das Vater-Ding brüllte auf und sprang vorwärts.

»Komm her!«

Charles rannte. Er kannte das Grundstück besser als das Vater-Ding; es wußte viel, hatte viel erfahren, als es das Innere seines Vaters bekam, aber keiner kannte sich so gut aus wie *er*. Er erreichte den Zaun, kletterte hinüber, sprang in den Hof der Andersons, jagte an ihrer Wäscheleine vorüber, den Pfad hinunter, an der Seite ihres Hauses entlang und hinaus auf die Maple Street.

Er lauschte, kauerte sich hin, wagte nicht zu atmen. Das Vater-Ding war nicht hinter ihm hergekommen. Es war zurückgegangen. Oder es kam über den Bürgersteig.

Er holte tief, zitternd Luft. Er mußte weiter. Früher oder später würde es ihn finden. Er blickte nach rechts und links, vergewisserte sich, daß es ihn nicht beobachtete, und trabte eilig los.

»Was willst du?« fragte Tony Peretti streitlustig. Tony war vierzehn. Er saß am Tisch in dem mit Eiche vertäfelten Eßzimmer der Perettis, Bücher und Stifte um sich herum verstreut, ein halbes Schinken-Erdnußbutter-Brot und eine Cola neben sich. »Du bist Walton, nicht?«

Tony Peretti arbeitete nach der Schule in Johnsons Elektrogeschäft im Stadtzentrum, wo er Küchenherde und Kühlschränke auspackte. Er war groß und hatte grobe Gesichtszüge. Schwarzes Haar, olivfarbene Haut, weiße Zähne. Zweimal hatte er Charles verprügelt; er hatte jedes Kind in der Nachbarschaft verprügelt.

Charles wand sich. »Hör mal, Peretti. Tust du mir einen Gefallen?«

»Was willst du?« Peretti war ärgerlich. »Dir ein blaues Auge abholen?«

Charles starrte unglücklich zu Boden, hielt die Fäuste geballt und erklärte, was passiert war, in knappen, leise gemurmelten Worten.

Als er fertig war, gab Peretti einen lauten Pfiff von sich. »Kein Witz?«

»Es ist wahr.« Er nickte schnell. »Ich zeig's dir. Komm mit, und ich zeig's dir.«

Peretti stand langsam auf. »Ja, zeig's mir. Das will ich sehen.«

Er holte sein Luftgewehr aus seinem Zimmer, und die beiden gingen still die dunkle Straße hinauf, zu Charles' Haus. Keiner von ihnen sprach viel. Peretti war tief in Gedanken, ernst, und blickte gewichtig drein. Charles war noch immer benommen; sein Kopf war völlig leer.

Sie bogen in die Einfahrt zu den Andersons, durchquerten den Hof hinter dem Haus, kletterten über den Zaun und ließen sich vorsichtig in Charles' Hinterhof herunter. Nichts rührte sich. Der Hof war still. Die Haustür war geschlossen.

Sie spähten durch das Wohnzimmerfenster. Die Jalousien waren heruntergelassen, aber ein schmaler gelber Streifen fiel nach draußen. Mrs. Walton saß auf der Couch und nähte ein Baumwoll-T-Shirt. Ein trauriger, besorgter Ausdruck lag in ihrem flächigen Gesicht. Sie arbeitete lustlos, ohne Interesse. Ihr gegenüber war das Vater-Ding. Zurückgelehnt in den Sessel seines Vaters, die Schuhe ausgezogen, las es die Abendzeitung. Der Fernseher war eingeschaltet, lief in der Ecke vor sich hin. Eine Dose Bier stand auf der Lehne des Sessels. Das Vater-Ding saß exakt so, wie sein eigener Vater gesessen hatte; es hatte viel gelernt.

»Sieht genauso aus wie er«, flüsterte Peretti mißtrauisch. »Du hast mich doch wohl nicht auf den Arm genommen?«

Charles führte ihn zur Garage und zeigte ihm die Abfalltonne. Peretti streckte seinen langen braunen Arm tief hinein und zog die trockenen, blättrigen Überreste heraus. Sie breiteten sich aus, entfalteten sich, bis die ganze Gestalt seines Vaters in ihren Umrissen erkennbar war. Peretti legte die

Überreste auf den Boden und setzte abgetrennte Teile an den richtigen Stellen an. Die Überreste waren farblos. Fast transparent. Bernsteingelb, dünn wie Papier. Trocken und völlig leblos.

»Das ist alles«, sagte Charles. Tränen stiegen ihm in die Augen. »Das ist alles, was von ihm übrig ist. Das Ding hat das Innere aufgegessen.«

Peretti war blaß geworden. Zittrig stopfte er die Überreste zurück in die Abfalltonne. »Das ist wirklich allerhand«, murmelte er. »Du sagst, du hast die beiden zusammen gesehen?«

»Sie haben geredet. Sahen genau gleich aus. Ich bin reingerannt.« Charles wischte sich die Tränen ab und zog die Nase hoch; er konnte es nicht mehr länger zurückhalten. »Es hat ihn gegessen, während ich drinnen war. Dann ist es ins Haus gekommen. Es hat so getan, als ob es er wäre. Aber das ist es nicht. Es hat ihn getötet und sein Inneres gegessen.«

Einen Moment lang schwieg Peretti. »Ich sag dir was«, meinte er plötzlich. »Ich hab von solchen Sachen gehört. Schlimme Geschichte. Du mußt deinen Kopf gebrauchen und darfst keine Angst haben. Du hast doch keine Angst, oder?«

»Nein«, brachte Charles leise heraus.

»Als erstes müssen wir rausfinden, wie man es töten kann.« Er schüttelte sein Luftgewehr. »Ich weiß nicht, ob das ausreicht. Es muß ziemlich zäh sein, wenn es deinen Vater besiegt hat. Er war ein großer Mann.« Peretti dachte nach. »Laß uns von hier abhauen. Es könnte zurückkommen. Man sagt, Mörder machen das.«

Sie verließen die Garage. Peretti kauerte sich hin und spähte erneut durch das Fenster. Mrs. Walton war aufgestanden. Sie redete ängstlich. Undeutliche Laute drangen bis zu ihnen. Das Vater-Ding warf die Zeitung zu Boden. Sie stritten sich.

»Zum Donnerwetter!« brüllte das Vater-Ding. »Sei doch nicht so dumm.«

»Irgend etwas stimmt nicht«, jammerte Mrs. Walton. »Irgend etwas Schreckliches. Laß mich einfach das Krankenhaus anrufen und mich erkundigen.«

»Du rufst niemanden an. Es geht ihm gut. Wahrscheinlich spielt er weiter oben auf der Straße.«

»Er ist nie so spät draußen. Er ist nie ungehorsam. Er war schrecklich aufgeregt ... verängstigt wegen dir. Und ich mache ihm keinen Vorwurf deswegen.« Ihre Stimme brach vor Kummer. »Was ist los mit dir? Du bist so seltsam.« Sie ging aus dem Zimmer, in den Flur. »Ich werde die Nachbarn anrufen.«

Das Vater-Ding sah ihr zornig nach, bis sie verschwunden war. Dann geschah etwas Beängstigendes. Charles keuchte; selbst Peretti stöhnte mit angehaltenem Atem.

»Sieh nur«, sagte Charles leise. »Was ...«

»Mann!« sagte Peretti, die schwarzen Augen weit aufgerissen.

Sobald Mrs. Walton das Zimmer verlassen hatte, sackte das Vater-Ding in seinem Sessel zusammen. Es wurde schlaff. Sein Mund fiel auf. Seine Augen blickten leer. Sein Kopf fiel nach vorn, wie eine ausrangierte Stoffpuppe.

Peretti entfernte sich vom Fenster. »Das ist es«, flüsterte er. »So läuft der Hase.«

»Was denn?« fragte Charles. Er war schockiert und durcheinander. »Es hat so ausgesehen, als ob ihm jemand den Strom abgedreht hätte.«

»Genau.« Peretti nickte langsam, finster und erschüttert. »Es wird von außen gesteuert.«

Grauen senkte sich über Charles. »Du meinst, von außerhalb unserer Welt?«

Peretti schüttelte angewidert den Kopf. »Von außerhalb des Hauses! Im Hof. Bist du gut im Suchen?«

»Nicht besonders.« Charles suchte seine Gedanken zusammen. »Aber ich kenne jemanden, der gut suchen kann.« Er zermarterte sich den Kopf nach dem Namen. »Bobby Daniels.«

»Der kleine Schwarze? Der ist gut im Suchen?«

»Der beste.«

»Na schön«, sagte Peretti. »Gehen wir ihn holen. Wir müssen das Ding finden, das draußen ist. Es hat das da drinnen gemacht und hält es in Gang ...«

»Es ist in der Nähe der Garage«, sagte Peretti zu dem kleinen, schmalgesichtigen Schwarzen, der neben ihnen in der Dunkelheit kauerte. »Als es ihn erwischt hat, war er in der Garage. Also, such da.«

»In der Garage?« fragte Daniels.

»Um die Garage *herum.* Walton hat die Garage innen schon durchsucht. Sieh dich draußen um. In der Nähe.«

Neben der Garage befand sich ein kleines Blumenbeet, und zwischen Garage und der Rückseite des Hauses war ein hohes Bambusgebüsch und ein Abfallhaufen. Der Mond war hervorgekommen; ein kaltes, dunstiges Licht legte sich über alles. »Wenn wir es nicht ziemlich bald finden«, sagte Daniels, »muß ich zurück nach Hause. Ich darf nicht mehr lange aufbleiben.« Er war kaum älter als Charles. Vielleicht neun.

»Na schön«, stimmte Peretti zu. »Dann fang an zu suchen.«

Die drei verteilten sich und fingen an, den Boden sorgfältig abzusuchen. Daniels arbeitete mit einer unglaublichen Geschwindigkeit; sein dünner kleiner Körper bewegte sich rasend schnell, während er zwischen den Blumen umherkroch, Steine umdrehte, unter das Haus spähte, Pflanzenstauden teilte, seine geschickten Hände über Blätter und Stämme gleiten ließ, in Haufen von Kompost und Unkraut steckte. Kein Zentimeter wurde ausgelassen.

Peretti hielt nach kurzer Zeit inne. »Ich werde Wache halten. Es könnte gefährlich sein. Das Vater-Ding könnte kommen und versuchen, uns aufzuhalten.« Er postierte sich auf der Hintertreppe, mit seinem Luftgewehr, während Charles und Bobby Daniels suchten. Charles arbeitete langsam. Er war müde, und sein Körper war kalt und gefühllos. Es erschien ihm unglaublich, das Vater-Ding und das, was mit seinem eigenen Vater, seinem richtigen Vater, passiert war. Aber der Schrecken spornte ihn an; was, wenn es mit seiner Mutter passierte, oder mit ihm? Oder mit allen? Vielleicht der ganzen Welt.

»Ich hab's gefunden!« rief Daniels mit dünner, hoher Stimme. »Kommt her, schnell!«

Peretti hob sein Gewehr und stand vorsichtig auf. Charles eilte herüber; er richtete den gelben Lichtstrahl seiner Taschenlampe dahin, wo Daniels stand.

Der kleine Schwarze hatte eine Betonplatte umgedreht. In der feuchten, modrigen Erde schimmerte das Licht auf einem metallischen Körper. Ein dünnes, vielgliedriges Ding mit endlosen, gekrümmten Beinen grub wie verzweifelt. Gepanzert, wie eine Ameise; ein rotbrauner Käfer, der rasch vor ihren Augen verschwand. Seine Beinreihen schabten und kratzten. Der Boden gab rasch unter ihm nach. Sein gefährlich aussehender Schwanz zuckte wütend, während er sich den Tunnel hinunterzwängte, den er gegraben hatte.

Peretti rannte in die Garage und hob die Harke auf. Er klemmte den Schwanz des Käfers damit ein. »Schnell! Schieß mit dem Luftgewehr auf ihn!«

Daniels packte das Gewehr und zielte. Der erste Schuß riß den Schwanz des Käfers los. Er wand sich und zuckte verzweifelt; sein Schwanz schleifte nutzlos, und ein paar seiner Beine brachen ab. Er war ungefähr dreißig Zentimeter lang, wie ein sehr großer Tausendfüßler. Er kämpfte verbissen, um hinunter in sein Loch zu entkommen.

»Schieß noch mal«, befahl Peretti.

Daniels hantierte mit dem Gewehr. Der Käfer schlängelte sich und zischte. Sein Kopf ruckte vor und zurück; er wand sich um und biß in die Harke, die ihn festhielt. Seine bösartigen Augenpunkte funkelten vor Haß. Einen Moment lang griff er vergeblich die Harke an; dann mit einem Mal, ohne Vorwarnung, zappelte er wild zuckend hin und her, daß sie alle verschreckt zurückwichen.

Etwas surrte durch Charles' Gehirn. Ein lautes Summen,

metallisch und rauh, eine Milliarde Metalldrähte tanzten und vibrierten auf einmal. Er wurde mit Gewalt herumgeschleudert; der tosende Krach von Metall machte ihn taub und konfus. Er kam taumelnd auf die Beine und wich zurück; die anderen taten das gleiche, mit bleichen Gesichtern und schwankend.

»Wenn wir es nicht mit dem Gewehr töten können«, keuchte Peretti, »können wir es ertränken. Oder es verbrennen. Oder einen Stock durch sein Gehirn stechen.« Er hielt krampfhaft die Harke fest, preßte den Käfer mit aller Kraft auf den Boden.

»Ich habe ein Glas mit Formaldehyd«, murmelte Daniels. Er fingerte nervös an dem Luftgewehr herum. »Wie funktioniert das Ding? Irgendwie krieg ich es nicht ...«

Charles entriß ihm das Gewehr. »Ich werde es töten.« Er hockte sich hin, ein Auge am Visier, und umfaßte den Abzug. Der Käfer peitschte und kämpfte. Sein Kräftefeld hämmerte Charles in den Ohren, aber er hielt das Gewehr fest. Sein Finger krümmte sich ...

»Na schön, Charles«, sagte das Vater-Ding. Kraftvolle Finger packten ihn, ein lähmender Druck um sein Handgelenk. Das Gewehr fiel zu Boden, als er sich vergeblich wehrte. Das Vater-Ding versetzte Peretti einen Stoß. Der Junge sprang weg, und der Käfer, von der Harke befreit, glitt triumphierend hinunter in seinen Tunnel.

»Du kannst dich auf eine Tracht Prügel gefaßt machen, Charles«, sagte das Vater-Ding schleppend. »Was ist in dich gefahren? Deine arme Mutter macht sich wer weiß was für Sorgen.«

Es war da gewesen, im Schatten versteckt. Hatte in der Dunkelheit gekauert und sie beobachtet. Seine ruhige emotionslose Stimme, eine gräßliche Parodie der Stimme seines Vaters, dröhnte dicht neben seinem Ohr, während es ihn unnachgiebig zur Garage zerrte. Sein kalter Atem wehte ihm ins Gesicht, ein eisig-süßer Geruch, wie modrige Erde.

Seine Stärke war gewaltig; er konnte nichts dagegen machen.

»Wehr dich nicht«, sagte es ruhig. »Komm mit, in die Garage. Es ist zu deinem eigenen Nutzen. Ich weiß es am besten, Charles.«

»Hast du ihn gefunden?« rief seine Mutter ängstlich und öffnete die Hintertür.

»Ja, ich habe ihn gefunden.«

»Was hast du vor?«

»Eine kleine Tracht Prügel.« Das Vater-Ding schob das Garagentor auf. »In der Garage.« In dem Dämmerlicht zeigte sich ein schwaches Lächeln, humorlos und völlig ohne Gefühl, auf seinen Lippen. »Geh zurück ins Wohnzimmer, June. Ich mach das schon. Hier bin ich zuständig. Du hast ihn noch nie gern bestraft.«

Die Hintertür schloß sich zögernd. Als das Licht erlosch, bückte sich Peretti und tastete nach dem Luftgewehr. Im gleichen Augenblick erstarrte das Vater-Ding.

»Geht nach Hause, Jungs«, schnarrte es.

Peretti blieb unschlüssig stehen, das Luftgewehr fest in der Hand.

»Los jetzt«, beharrte das Vater-Ding. »Leg das Spielzeug hin und macht, daß ihr wegkommt.« Er ging langsam auf Peretti zu, während er Charles mit einer Hand festhielt und die andere nach Peretti ausstreckte. »Luftgewehre sind in der Stadt verboten, Bürschchen. Weiß dein Vater, daß du so etwas hast? Es gibt eine städtische Verordnung. Es ist wohl besser, du gibst es mir, bevor ...«

Peretti schoß ins Auge.

Das Vater-Ding grunzte und faßte sich auf das zerstörte Auge. Unvermittelt schlug es nach Peretti. Peretti bewegte sich die Einfahrt hinunter und versuchte dabei, das Gewehr zu spannen. Das Vater-Ding sprang vor. Seine kraftvollen Finger rissen Peretti das Gewehr aus den Händen. Das Vater-Ding zerschmetterte stumm das Gewehr an der Hauswand.

Charles riß sich los und rannte steif davon. Wo konnte er

sich verstecken? Es war zwischen ihm und dem Haus. Schon kam es wieder hinter ihm her, eine schwarze Gestalt, die, vorsichtig schleichend, in die Dunkelheit spähte, versuchte, ihn auszumachen. Charles zog sich zurück. Wenn es nur einen Platz gäbe, wo er sich verstecken könnte ...

Der Bambus.

Er kroch rasch in den Bambus. Die Stangen waren groß und alt. Sie schlossen sich mit einem leisen Rascheln hinter ihm. Das Vater-Ding suchte in seiner Tasche herum; es zündete ein Streichholz an, dann flammte die ganze Packung auf. »Charles«, sagte es. »Ich weiß, daß du hier irgendwo bist. Es hat keinen Zweck, sich zu verstecken. Du machst es nur noch schlimmer.«

Mit pochendem Herzen kauerte Charles zwischen dem Bambus. Müll und Dreck verrotteten hier. Unkraut, Abfall, Papier, Schachteln, alte Kleider, Bretter, Blechdosen, Flaschen, Spinnen und Salamander wimmelten um ihn herum. Der Bambus wiegte sich sacht im Nachtwind. Insekten und Dreck.

Und noch etwas anderes.

Eine Gestalt, eine stumme unbewegliche Gestalt, die aus einem Dreckhügel herauswuchs, wie ein Nachtpilz. Eine weiße Säule, eine schwammige Masse, die feucht im Mondlicht glänzte. Gespinst bedeckte sie, ein modriger Kokon. Sie hatte schemenhafte Arme und Beine. Einen undeutlichen, halb ausgeformten Kopf. Die Gesichtszüge hatten sich noch nicht ganz gebildet. Aber er konnte erkennen, was es war.

Ein Mutter-Ding. Es wuchs hier in dem Dreck und der Feuchtigkeit, zwischen Garage und Haus. Hinter dem hohen Bambus.

Es war fast fertig. Noch ein paar Tage, und es würde reif sein. Es war noch eine Larve, weiß und weich und schwammig. Aber die Sonne würde es trocknen und erwärmen. Seine Schale härten. Es dunkel und stark werden lassen. Es würde aus seinem Kokon herauskommen, und eines Tages, wenn seine Mutter in die Garage ging ... Hinter dem Mutter-

Ding waren weitere schwammige, weiße Larven, kürzlich von dem Käfer gelegt. Klein. Gerade im Entstehen begriffen. Er konnte sehen, wo das Vater-Ding abgetrennt worden war; die Stelle, an der es gewachsen war. Dort war es herangereift. Und in der Garage war sein Vater ihm begegnet.

Charles rückte Stück für Stück weg, wie betäubt, vorbei an den modernden Brettern, dem Dreck und dem Abfall, den schwammigen Pilzlarven. Schwach streckte er den Arm aus, um den Zaun zu ergreifen – und fuhr zurück.

Noch eine. Noch eine Larve. Er hatte sie nicht gesehen, anfänglich. Sie war nicht weiß. Sie war schon dunkel geworden. Das Gespinst, die schwammige Weichheit, die Feuchtigkeit waren verschwunden. Sie war fertig. Sie bewegte sich ein bißchen, bewegte schwach die Arme.

Das Charles-Ding.

Der Bambus teilte sich, und die Hand des Vater-Dings legte sich fest um das Handgelenk des Jungen. »Du bleibst schön hier«, sagte es. »Das ist genau der richtige Platz für dich. Rühr dich nicht.« Mit der anderen Hand zerrte es an den Überresten des Kokons, die das Charles-Ding festhielten. »Ich werde ihm heraushelfen – es ist noch ein bißchen schwach.«

Der letzte Fetzen aus feuchtem Grau wurde abgestreift, und das Charles-Ding kam herausgetorkelt. Es zappelte unsicher, als das Vater-Ding ihm einen Weg bahnte, auf Charles zu.

»Hier entlang«, brummte das Vater-Ding. »Ich werde ihn für dich halten. Wenn du gegessen hast, wirst du stärker sein.«

Der Mund des Charles-Dings öffnete und schloß sich. Es streckte gierig die Arme nach Charles aus. Der Junge wehrte sich verzweifelt, aber die gewaltige Hand des Vater-Dings drückte ihn hinab.

»Hör auf damit, junger Mann«, befahl das Vater-Ding. »Es wird sehr viel einfacher für dich sein, wenn du ...«

Es schrie und krümmte sich. Es ließ Charles los und taumelte zurück. Sein Körper wand sich heftig. Es krachte gegen die Garage, mit zuckenden Gliedern. Eine Weile rollte und zappelte es wie in einem qualvollen Todestanz. Es winselte, stöhnte, versuchte wegzukriechen. Allmählich wurde es still. Das Charles-Ding sank zu einem stummen Häufchen zusammen. Es lag benommen zwischen Bambus und den modernden Abfällen, der Körper schlaff, das Gesicht leer und ausdruckslos.

Schließlich hörte das Vater-Ding auf, sich zu bewegen. Nur noch das schwache Rascheln des Bambus im Nachtwind war zu hören.

Charles stand unbeholfen auf. Er trat hinaus auf die Zementeinfahrt. Peretti und Daniels kamen auf ihn zu, mit großen Augen und vorsichtig. »Geh nicht zu nah ran«, befahl Daniels scharf. »Es ist noch nicht tot. Dauert ein bißchen.«

»Was habt ihr gemacht?« murmelte Charles.

Daniels setzte mit einem erleichterten Stöhnen den Kerosinkanister ab. »Haben wir in der Garage gefunden. Bei uns zu Hause haben wir immer Kerosin gegen die Moskitos benutzt, unten in Virginia.«

»Daniels hat das Kerosin in den Tunnel von dem Käfer gegossen«, erklärte Peretti, noch immer beeindruckt. »Es war seine Idee.«

Daniels trat vorsichtig gegen den gekrümmten Körper des Vater-Dings. »Es ist jetzt tot. Ist gestorben, als der Käfer gestorben ist.«

»Ich denke, die anderen werden auch sterben«, sagte Peretti. Er schob den Bambus beiseite, um die Larven zu prüfen, die verstreut zwischen den Abfällen wuchsen. Das Charles-Ding bewegte sich nicht im geringsten, als Peretti ihm die Spitze eines Stockes in die Brust stieß. »Dies hier ist tot.«

»Wir sollten lieber auf Nummer Sicher gehen«, sagte Daniels grimmig. Er hob den schweren Kerosinkanister auf und zerrte ihn zum Rand des Bambus. »Es hat ein paar Streichhölzer in der Einfahrt fallen gelassen. Hol sie, Peretti.«

Ein nicht gerade alltäglicher Job:
Ben Affleck als Michael Jennings

Jennings bespricht mit seinem Chef Rethrick *(Aaron Eckhart)* den nächsten Einsatz...

...bei dem allerdings irgendetwas schief läuft:
Jennings auf der Flucht

Kann Rachel *(Uma Thurman)* ihm helfen?

Jennings auf der gefährlichen Jagd nach der Wahrheit

Jennings und Rachel werfen einen Blick in die Zukunft

Sie sahen sich an.

»Klar«, sagte Peretti leise.

»Wir drehen besser den Gartenschlauch auf«, sagte Charles. »Damit es sich nicht ausbreitet.«

»Fangen wir an«, sagte Peretti ungeduldig. Er war schon auf dem Weg. Charles folgte ihm rasch, und sie fingen an, in der vom Mond erhellten Dunkelheit nach den Streichhölzern zu suchen.

Zwischen den Stühlen

DIE ERDE NEIGTE SICH auf sechs Uhr zu, der Arbeitstag war fast vorüber. Pendlerscheiben erhoben sich in dichten Schwärmen und schwebten fort aus der Industriezone zu den umliegenden Wohnringen. Wie Nachtfalter verdunkelten die dicken Wolken aus Scheiben den Abendhimmel. Still, schwerelos, brachten sie ihre Passagiere nach Hause zu wartenden Familien, warmen Mahlzeiten und Betten.

Don Walsh war der dritte Mann auf seiner Scheibe; damit war das Fahrzeug voll. Als er die Münze in den Schlitz warf, erhob sich der Teppich ungeduldig. Walsh lehnte sich dankbar gegen das unsichtbare Sicherheitsgeländer und rollte seine Abendzeitung auseinander. Ihm gegenüber taten die beiden Mitreisenden das gleiche.

HARTE AUSEINANDERSETZUNGEN UM HORNEY-GESETZ

Walsh dachte über die Bedeutung der Schlagzeile nach. Er senkte die Zeitung, um sie vor dem Fahrtwind zu schützen, und überflog die nächste Spalte.

GEWALTIGE WAHLBETEILIGUNG FÜR MONTAG ERWARTET
GESAMTER PLANET GEHT ZUR URNE

Auf der Rückseite des einzelnen Blattes stand der Skandal des Tages.

FRAU TÖTET GATTEN WEGEN POLITISCHER
MEINUNGSVERSCHIEDENHEIT

Und eine Meldung, von der ihm kalte Schauer über den Rücken liefen. Er hatte sie in ähnlicher Form schon mehrmals gelesen, aber sie löste in ihm immer noch ein unbehagliches Gefühl aus.

PURISTENMOB LYNCHT NATURALISTEN IN BOSTON
FENSTER EINGESCHLAGEN – GROSSER SACHSCHADEN

Und in der nächsten Spalte:

NATURALISTENMOB LYNCHT PURISTEN IN CHICAGO
HÄUSER NIEDERGEBRANNT – GROSSER SACHSCHADEN

Walsh gegenüber fing einer der Mitreisenden an, laut vor sich hinzumurmeln. Er war ein großer, schwergebauter Mann mittleren Alters, mit roten Haaren und vom Bier aufgedunsenen Gesichtszügen. Plötzlich zerknüllte er seine Zeitung und warf sie von der Scheibe. »Das kriegen die niemals durch!« rief er. »Damit kommen sie nicht durch!«

Walsh steckte seine Nase tiefer in die Zeitung und ignorierte den Mann, so gut es ging. Es passierte wieder, das, wovor er sich zu jeder Stunde des Tages fürchtete. Eine politische Auseinandersetzung. Der andere Pendler hatte seine Zeitung gesenkt; er musterte den rothaarigen Mann und las dann weiter.

Der Rothaarige wandte sich an Walsh. »Haben Sie die Butte-Petition unterschrieben?« Er riß einen Metallfolienblock aus seiner Tasche und stieß ihn Walsh unter die Nase. »Scheuen Sie sich nicht, Ihren Namen für die Freiheit darunterzusetzen!«

Walsh klammerte sich an seine Zeitung und spähte nervös über den Rand der Scheibe. Die Wohneinheiten von Detroit kamen rasend schnell näher; er war fast zu Hause. »Tut mir leid«, murmelte er. »Danke, nein danke.«

»Lassen Sie ihn in Ruhe«, sagte der andere Pendler zu

dem rothaarigen Mann. »Sehen Sie denn nicht, daß er nicht unterschreiben will?«

»Kümmern Sie sich um Ihren eigenen Kram.« Der Rothaarige rutschte dicht an Walsh heran, den Block angriffslustig ausgestreckt. »Hören Sie, mein Freund. Wissen Sie, was es für Sie und Ihre Familie bedeutet, wenn das hier durchkommt? Denken Sie, man wird Sie in Ruhe lassen? Wachen Sie auf, mein Freund. Wenn das Horney-Gesetz in Kraft tritt, ist es mit unserer Selbstbestimmung und Freiheit vorbei.«

Der andere Pendler legte seine Zeitung ruhig beiseite. Er war schlank, gut angezogen, ein grauhaariger Kosmopolit. Er nahm seine Brille ab und sagte: »Sie riechen mir ganz nach einem Naturalisten.«

Der rothaarige Mann taxierte seinen Gegner. Er bemerkte den breiten Plutoniumring an der Hand des schlanken Mannes; ein regelrechter Schlagring aus Schwermetall. »Was sind Sie?« murmelte der Rothaarige, »ein verweichlichter Purist? Igitt.« Er machte eine angeekelte Bewegung, als ob er ausspuckte, und wandte sich wieder Walsh zu. »Hören Sie, Freund, Sie wissen doch, was diese Puristen vorhaben. Sie wollen, daß wir alle degenerieren. Sie werden uns in eine Rasse von Weibern verwandeln. Gott hat das Universum so gemacht, wie es ist, und das ist mir gut genug. Sie wenden sich gegen Gott, wenn sie sich gegen die Natur wenden. Dieser Planet ist von kraftstrotzenden *Männern* aufgebaut worden, die stolz auf ihren Körper waren, stolz darauf, wie sie aussahen und rochen.« Er schlug sich auf die eigene wuchtige Brust. »Bei Gott, ich bin stolz darauf, wie ich rieche!«

Walsh wand sich verzweifelt. »Ich ...«, murmelte er. »Nein, ich kann es nicht unterschreiben.«

»Sie haben schon unterschrieben?«

»Nein.«

Mißtrauen machte sich im fleischigen Gesicht des rothaarigen Mannes bemerkbar. »Sie meinen, Sie sind *für* das Horney-Gesetz?« Seine belegte Stimme hob sich wutentbrannt, »Wollen Sie das Ende der natürlichen Ordnung der ...«

»Ich steige hier aus«, unterbrach ihn Walsh; er riß hastig an dem Halteseil der Scheibe. Sie schwenkte nach unten zu dem Magnetgreifer am Ende seines Einheitsabschnitts, einer Reihe weißer Rechtecke, die sich über den grünen und braunen Hang erstreckten.

»Einen Moment, mein Freund.« Der rothaarige Mann griff drohend nach Walshs Ärmel, während die Scheibe über die glatte Oberfläche des Greifers glitt und anhielt. Oberflächenwagen waren in Reihen geparkt; Ehefrauen, die darauf warteten, ihre Männer nach Hause zu kutschieren. »Mir gefällt Ihre Haltung nicht. Haben Sie Angst, Stellung zu beziehen und registriert zu werden? Schämen Sie sich, zur menschlichen Rasse zu gehören? Bei Gott, wenn Sie nicht Manns genug sind, um ...«

Der hagere, grauhaarige Mann schlug ihn mit dem Plutoniumring nieder, und der Griff an Walshs Ärmel lockerte sich. Die Petition fiel klappernd zu Boden, und die beiden kämpften erbittert und lautlos.

Walsh stieß das Sicherheitsgeländer beiseite und sprang von der Scheibe, die drei Stufen des Greifers hinunter, auf die Schlacke des Parkplatzes. In der Dämmerung des frühen Abends konnte er den Wagen seiner Frau erkennen; Betty saß darin, sah auf das Fernsehen im Armaturenbrett und hatte keine Augen für den stummen Kampf zwischen dem rothaarigen Naturalisten und dem grauhaarigen Puristen.

»Bestie«, keuchte der grauhaarige Mann, als er sich aufrichtete. »Stinkende Kreatur.«

Der rothaarige Mann lag halb bewußtlos an das Sicherheitsgeländer gelehnt. »Du gottverdammte Schwuchtel!« grunzte er.

Der grauhaarige Mann drückte auf den Auslöser, und die Scheibe erhob sich über Walsh und ging auf Kurs. Walsh winkte dankbar. »Danke«, rief er hinauf. »Vielen Dank.«

»Keine Ursache«, antwortete der grauhaarige Mann und überprüfte fröhlich einen abgebrochenen Zahn. Seine Stimme wurde schwächer, während die Scheibe an Höhe gewann. »Bin immer gern behilflich, besonders einem ...« – die letzten Worte klangen von fern an Walshs Ohr – »... einem Mitpuristen.«

»Nein!« rief Walsh vergeblich. »Ich bin kein Purist, und ich bin kein Naturalist! Hören Sie?«

Niemand hörte ihn.

»Nein«, wiederholte Walsh monoton, als er beim Abendessen saß und Mais in Rahmsoße, Kartoffeln und Rippchen aß. »Ich bin kein Purist, und ich bin kein Naturalist. Wieso muß ich entweder das eine oder das andere sein? Gibt es denn keinen Platz für einen Menschen, der seine *eigene* Meinung hat?«

»Iß, Schatz«, murmelte Betty.

Durch die dünnen Wände des hellen kleinen Eßzimmers hallte das Geklapper anderer Familien, die beim Essen saßen, das Gemurmel von anderen Gesprächen, die geführt wurden. Das blecherne Geplärr der Fernsehapparate. Das Summen von Öfen und Tiefkühlschränken und Klimaanlagen und Wandheizern. Gegenüber von Walsh schlang sein Schwager Carl einen zweiten Teller voll dampfenden Essens in sich rein. Neben ihm blätterte Walshs fünfzehnjähriger Sohn Jimmy eine Taschenbuchausgabe von *Finnegans Wake* durch, die er in dem Laden unter der Rampe gekauft hatte, der die autarke Wohneinheit versorgte.

»Du sollst nicht bei Tisch lesen«, sagte Walsh verärgert zu seinem Sohn.

Jimmy blickte auf. »Sehr witzig. Ich kenne die Regeln der Einheit; und die ist bestimmt nicht dabei. Und überhaupt, ich muß das gelesen haben, bevor ich gehe.«

»Wohin gehst du heute abend, Schatz?« fragte Betty.

»Offizielle Parteiangelegenheit«, antwortete Jimmy ausweichend. »Mehr kann ich nicht sagen.«

Walsh konzentrierte sich auf sein Essen und versuchte, die Gedanken, die ihm durch den Kopf jagten, zu bremsen.

»Auf dem Weg von der Arbeit nach Hause«, sagte er, »hat es eine Schlägerei gegeben.«

Jimmy war interessiert. »Wer hat gewonnen?«

»Der Purist.«

Eine stolze Röte überzog langsam das Gesicht des Jungen; er war Fähnrich im Puristischen Jugendbund. »Dad, du solltest was tun. Trage dich jetzt ein, dann bist du nächsten Montag wahlberechtigt.«

»Ich werde wählen.«

»Nicht, wenn du nicht Mitglied einer der beiden Parteien bist.«

Es stimmte. Walsh starrte unglücklich an seinem Sohn vorbei, sah die Tage, die vor ihnen lagen. Er sah sich in zahllose deprimierende Situationen wie die von heute verwickelt; manchmal würden es Naturalisten sein, die ihn angriffen, und andere Male (wie letzte Woche) würden es aufgebrachte Puristen sein.

»Weißt du«, sagte sein Schwager, »du hilfst den Puristen, wenn du hier einfach nur rumsitzt und nichts tust.« Er rülpste zufrieden und schob seinen leeren Teller weg. »Du bist das, was wir als unbewußt pro-puristisch bezeichnen.« Er funkelte Jimmy an. »Du kleiner Pimpf! Wenn du volljährig wärst, würde ich dich mit rausnehmen und dir eine ordentliche Tracht Prügel verabreichen.«

»Bitte«, seufzte Betty. »Keine Streitereien um Politik beim Essen. Seien wir doch zur Abwechslung mal friedlich und ruhig. Ich bin weiß Gott froh, wenn die Wahl vorbei ist.«

Carl und Jimmy funkelten einander an und aßen gereizt weiter. »Du solltest in der Küche essen ...«, sagte Jimmy zu ihm. »Unter dem Herd. Da gehörst du hin. Sieh dich doch an – du bist von oben bis unten verschwitzt.« Er hörte hohnlächelnd auf zu essen. »Wenn wir das Gesetz durchhaben, siehst du besser zu, daß du deinen Schweiß loswirst, wenn du nicht im Gefängnis landen willst.«

Carl lief rot an. »Ihr Weichlinge kriegt es nicht durch.« Aber seiner rauhen Stimme mangelte es an Überzeugung.

Die Naturalisten hatten Angst; die Puristen kontrollierten den Bundesrat. Wenn die Wahl zu ihren Gunsten ausging, konnten sie die Gesetzgebung tatsächlich zwingen, die Zwangseinhaltung der Fünf-Punkte-Regel der Puristen festzuschreiben. »Niemand wird mir die Schweißdrüsen entfernen«, murmelte Carl. »Niemand wird mich dazu bringen, Atemkontrollen und Zahnbleich- und Haarwuchsprozeduren über mich ergehen zu lassen. Es gehört zum Leben dazu, daß man schmutzig und kahl und dick und alt wird.«

»Stimmt das?« fragte Betty ihren Mann. »Bist du wirklich unbewußt pro-puristisch?«

Don Walsh spießte heftig ein letztes Rippchen auf. »Weil ich keiner der beiden Parteien beitrete, nennt man mich unbewußt pro-puristisch und unbewußt pro-naturalistisch. Ich lege Wert auf Ausgewogenheit. Wenn ich jedermanns Feind bin, bin ich niemandes Feind.« Er fügte hinzu: »Oder Freund.«

»Ihr Naturalisten habt der Zukunft nichts zu bieten«, sagte Jimmy zu Carl. »Was könnt ihr der Jugend dieses Planeten geben – mir zum Beispiel? Höhlen und rohes Fleisch und eine vertierte Existenz. Ihr seid zivilisationsfeindlich.«

»Sprüche«, widersetzte Carl.

»Ihr wollt uns das primitive Leben zurückbringen, uns an der sozialen Vervollkommnung hindern.« Jimmy fuchtelte aufgeregt mit einem dünnen Finger vor der Nase seines Onkels herum. »Ihr seid thalamisch orientiert!«

»Ich schlag dir noch den Schädel ein«, knurrte Carl und kam halb von seinem Stuhl hoch. »Ihr Puristenpimpfe habt keinen Respekt vor der älteren Generation.«

Jimmy gackerte. »Das will ich sehen. Einen Minderjährigen zu schlagen bedeutet fünf Jahre Gefängnis. Los doch – schlag mich.«

Don Walsh stand schwerfällig auf und verließ das Eßzimmer.

»Wohin gehst du?« rief Betty ihm verärgert nach. »Du bist noch nicht mit dem Essen fertig.«

»Die Zukunft gehört der Jugend«, belehrte Jimmy Carl. »Und die Jugend dieses Planeten ist eindeutig puristisch. Ihr habt keine Chance; die puristische Revolution kommt.«

Don Walsh ging aus der Wohnung und schlenderte über den Gemeinschaftskorridor in Richtung Rampe. Links und rechts von ihm erstreckten sich Reihen geschlossener Türen. Lärm und Licht und Geschäftigkeit umgab ihn, die unmittelbare Nähe von Familien und häuslichem Treiben. Er schob sich an einem Jungen und einem Mädchen vorbei, die sich im Schutz der Dunkelheit liebten, und erreichte die Rampe. Einen Moment blieb er stehen, dann gab er sich einen Ruck und ging weiter, stieg zu der untersten Ebene der Einheit hinab.

Die Ebene war verlassen, es war kühl und ein wenig feucht. Über ihm waren die Geräusche der Menschen zu einem dumpfen Echo an der Betondecke verklungen. Er war sich seines jähen Eintauchens in die Isolation und Stille bewußt und ging mit ruhigeren Schritten weiter, zwischen den dunklen Lebensmittel- und Bekleidungsgeschäften hindurch, vorbei an dem Schönheitssalon und dem Spirituosengeschäft, vorbei an der Reinigung und der Apotheke, vorbei an dem Zahnarzt und dem praktischen Arzt, bis zu dem Wartezimmer des Analytikers seiner Einheit.

Er konnte den Analytiker im Sprechzimmer sehen. Er saß unbeweglich und still im Halbdunkel des Abends. Niemand konsultierte ihn; der Analytiker war abgeschaltet. Walsh zögerte, dann durchquerte er das Kontrollfeld des Wartezimmers und klopfte an die transparente Innentür. Die Anwesenheit seines Körpers schloß Relais und Schalter; unvermittelt gingen die Lichter im inneren Sprechzimmer flimmernd an, und der Analytiker setzte sich auf, lächelte und erhob sich andeutungsweise.

»Don«, rief er herzlich. »Kommen Sie rein und setzen Sie sich.«

Er trat ein und setzte sich müde hin. »Ich dachte, ich könnte vielleicht mit Ihnen reden, Charley«, sagte er.

»Klar, Don.« Der Roboter beugte sich vor, um auf die Uhr auf seinem Mahagonischreibtisch zu schauen. »Aber ist denn nicht Abendessenszeit?«

»Doch«, gab Walsh zu. »Ich habe keinen Hunger. Charley, Sie wissen ja, worüber wir letztes Mal geredet haben ... Sie erinnern sich doch, was ich gesagt habe. Sie wissen, was mich beunruhigt.«

»Klar, Don.« Der Roboter lehnte sich in seinem Schreibtischsessel zurück, stützte täuschend echte Ellbogen auf den Schreibtisch und betrachtete seinen Patienten freundlich. »Wie ist es denn so gelaufen, die letzten paar Tage?«

»Nicht so gut. Charley, ich muß etwas tun. Sie können mir helfen; Sie sind unvoreingenommen.« Er sprach flehentlich auf das quasi-menschliche Gesicht aus Metall und Kunststoff ein. »Sie können das unverzerrt sehen, Charley. *Wie kann ich einer der Parteien beitreten?* All ihre Parolen und die Propaganda, es kommt mir alles so ... albern vor. Wie, zum Teufel, kann ich mich über saubere Zähne und Achselgeruch aufregen? Die Leute bringen sich gegenseitig wegen dieser Lappalien um ... Das ergibt keinen Sinn. Es wird einen selbstmörderischen Bürgerkrieg geben, wenn dieses Gesetz durchkommt, und ich soll mich auf die eine oder andere Seite schlagen.«

Charley nickte. »Ich verstehe, was Sie meinen, Don.«

»Soll ich etwa losziehen und irgendeinem Burschen eins über den Schädel ziehen, weil er riecht oder nicht riecht? Irgendeinem Mann, den ich nie zuvor gesehen habe? Ich werde es nicht tun. Ich weigere mich. Wieso können die mich nicht in Ruhe lassen? Wieso kann ich nicht meine eigene Meinung haben? Wieso muß ich mitmachen, bei diesem ... Wahnsinn?«

Der Analytiker lächelte geduldig. »Das ist ein bißchen hart ausgedrückt, Don. Sie haben sich von Ihrer Gesellschaft gelöst, nicht wahr. Deshalb erscheinen Ihnen das Klima und die Sitten nicht recht überzeugend. Aber es ist Ihre Gesellschaft; Sie müssen darin leben. Sie können sich nicht zurückziehen.«

Walsh versuchte, seine Hände nicht zu verkrampfen. »Ich denke folgendes: Jedem Menschen, der riechen möchte, sollte es erlaubt sein zu riechen. Jeder Mensch, der nicht riechen möchte, sollte hingehen und sich seine Drüsen entfernen lassen. Was ist daran falsch?«

»Don, Sie umgehen den eigentlichen Kern der Frage.« Die Stimme des Roboters war ruhig und leidenschaftslos. »Sie behaupten, daß keine der beiden Seiten recht hat. Und das ist töricht, nicht wahr. Eine Seite muß recht haben.«

»Wieso?«

»Weil beide Seiten praktikable Möglichkeiten ausschöpfen. Ihre Position ist eigentlich gar keine Position ... es ist eine Art Beschreibung. Nicht wahr, Don, Sie haben die psychologische Unfähigkeit, sich einer Frage zu stellen. Sie wollen sich nicht engagieren, weil Sie Angst haben, Ihre Freiheit und Individualität zu verlieren. Sie sind so etwas wie eine intellektuelle Jungfrau; Sie möchten unberührt bleiben.«

Walsh dachte nach. »Ich möchte«, sagte er, »meine Integrität bewahren.«

»Sie sind kein isoliertes Individuum, Don. Sie sind Teil einer Gesellschaft ... Ideen existieren nicht in einem Vakuum.«

»Ich habe ein Recht, meine eigenen Ideen zu vertreten.«

»Nein, Don«, antwortete der Roboter sanft. »Es sind nicht Ihre Ideen; Sie haben sie nicht geschaffen. Sie können sie nicht ein- und ausschalten, wann immer Ihnen danach ist. Sie kommen in Ihnen zum Ausdruck ... es sind Konditionierungen, die durch Ihre Umwelt geprägt wurden. Das, woran Sie glauben, ist der Niederschlag bestimmter sozialer Kräfte und Zwänge. In Ihrem Fall haben die beiden einander ausschließenden sozialen Strömungen eine Art Pattsituation geschaffen. Sie kämpfen mit sich selbst ... Sie können sich nicht entscheiden, welcher Seite Sie beitreten wollen, weil Elemente von beiden in Ihnen existieren.« Der Roboter nickte weise. »Aber Sie müssen eine Entscheidung treffen. Sie müssen diesen Konflikt lösen und handeln. Sie können kein Zuschauer bleiben ... Sie müssen Teilnehmer werden. Niemand kann ein bloßer Zuschauer des Lebens sein ... das *ist* das Leben.«

»Sie meinen, es gibt keine andere Welt als dieses Getue um Schweiß und Zähne und Haare?«

»Logischerweise gibt es andere Gesellschaftsformen. Aber Sie sind nun mal in diese hineingeboren worden. Es ist Ihre Gesellschaft ... die einzige, die Sie haben können. Entweder Sie leben in ihr, oder Sie leben gar nicht.«

Walsh stand auf. »Mit anderen Worten, *ich* muß mich anpassen. Eine Seite muß nachgeben, und das werde *ich* sein müssen.«

»Leider ja, Don. Es wäre albern, zu erwarten, daß alle anderen sich Ihnen anpassen, nicht wahr. Dreieinhalb Milliarden Menschen, die sich ändern, nur um Don Walsh zu gefallen. Nicht wahr, Don, Sie haben Ihre infantil ich-bezogene Phase noch nicht ganz hinter sich gelassen. Sie sind noch nicht ganz an dem Punkt angelangt, der Realität ins Auge zu sehen.« Der Roboter lächelte. »Aber Sie schaffen das schon.«

Walsh erhob sich und ging niedergeschlagen zum Ausgang. »Ich werde darüber nachdenken.«

»Es ist zu Ihrem eigenen Besten, Don.«

An der Tür wandte Walsh sich um, um noch etwas zu sagen. Aber der Roboter hatte sich ausgeschaltet; er verblaßte in der Dunkelheit und Stille, die Ellbogen auf den Schreibtisch gestützt. Die schwächer werdenden Deckenlichter beleuchteten etwas, das er zuvor nicht bemerkt hatte. An dem Stromkabel, der Nabelschnur des Roboters, war mit Draht ein weißes Plastikschildchen befestigt. Im Halbdunkel konnte er die gedruckten Worte lesen:

EIGENTUM DES BUNDESRATES
NUR ZUM ÖFFENTLICHEN GEBRAUCH

Der Roboter war wie alles andere in der Mehrfamilieneinheit von den herrschenden Institutionen der Gesellschaft geliefert worden. Der Analytiker war ein Werkzeug des Staates, ein Bürokrat mit Schreibtisch und Arbeitsplatz. Seine Funktion war es, Leute wie Don Walsh mit der Welt, so wie sie war, in Einklang zu bringen.

Aber wenn er nicht auf den Analytiker der Einheit hörte, auf wen sollte er dann hören? Wohin konnte er sonst gehen?

Drei Tage später fand die Wahl statt. Die knallige Schlagzeile verriet ihm nichts, was er nicht bereits wußte; im Büro war die Nachricht Thema des Tages gewesen. Er steckte die Zeitung in seine Jackettasche und sah sie erst durch, als er nach Hause kam.

ERDRUTSCHARTIGER SIEG DER PURISTEN
WEG IST FREI FÜR HORNEY-GESETZ

Walsh lehnte sich matt in seinem Sessel zurück. In der Küche bereitete Betty munter das Abendessen zu. Das angenehme Geschirrgeklapper und der warme Duft brutzelnder Speisen erfüllte die freundliche kleine Wohnung.

»Die Puristen haben gewonnen«, sagte Walsh, als Betty erschien, die Hände voll mit Geschirr und Besteck. »Es ist alles vorüber.«

»Jimmy wird sich freuen«, antwortete Betty ausweichend. »Ich frage mich, ob Carl pünktlich zum Abendessen nach Hause kommt.« Sie rechnete leise. »Vielleicht sollte ich rasch die Rampe runter, um noch Kaffee zu kaufen.«

»Verstehst du nicht?« fragte Walsh. »Es ist eingetreten! Die Puristen haben die absolute Mehrheit!«

»Ich verstehe schon«, antwortete Betty ärgerlich. »Du brauchst nicht zu schreien. Hast du diese komische Petition unterschrieben? Diese Butte-Petition, die von den Naturalisten rumgereicht worden ist?«

»Nein.«

»Gott sei Dank. Ich habe auch nicht damit gerechnet; du unterschreibst nie irgendwas, was einer mitbringt.« Sie blieb an der Küchentür stehen. »Ich hoffe, Carl ist so vernünftig, etwas zu unternehmen. Mir hat das nie gefallen, wie er hier rumgesessen hat, Bier saufend und schwitzend wie ein Schwein im Sommer.«

Die Wohnungstür öffnete sich, und Carl kam hereingehastet, mit rotem Gesicht und finsterem Blick. »Mach kein Abendessen für mich, Betty. Ich muß zu einer Dringlichkeitsversammlung.« Er warf Walsh einen kurzen Blick zu. »Bist du nun zufrieden? Wenn du dich dagegen aufgelehnt hättest, wäre das vielleicht nicht passiert.«

»Wie schnell wird das Gesetz verabschiedet?« fragte Walsh.

Carl brach in nervöses Gelächter aus. »Sie haben es schon verabschiedet.« Er grabschte einen Armvoll Papiere von seinem Schreibtisch und stopfte sie in den Müllschluckerschlitz. »Wir haben Informanten im Hauptquartier der Puristen. Sobald die neuen Mitglieder des Rates eingeschworen waren, haben sie das Gesetz durchgeboxt. Sie wollen uns überrumpeln.« Er grinste verkrampft. »Aber das werden sie nicht schaffen.«

Die Tür knallte, und Carls eilige Schritte verklangen rasch auf dem Gemeinschaftsflur.

»Ich habe noch nie gesehen, daß er sich so schnell bewegt«, bemerkte Betty verwundert.

Entsetzen stieg in Don Walsh auf, während er den hastigen, schweren Schritten seines Schwagers lauschte. Außerhalb der Einheit kletterte Carl rasch in seinen Oberflächenwagen. Der Motor heulte auf, und er fuhr davon. »Er hat Angst«, sagte Walsh. »Er ist in Gefahr.«

»Ich denke, er kann auf sich selbst aufpassen. Er ist ziemlich stark.«

Walsh zündete sich zittrig eine Zigarette an. »So stark ist nicht mal dein Bruder. Es scheint unmöglich, daß sie das wirklich vorhaben. Ein Gesetz wie dieses durchzusetzen, das jeden zwingt, sich ihren Vorstellungen davon, was richtig ist, anzupassen. Aber es war schon seit Jahren abzusehen ... das ist der letzte Schritt auf einem langen Weg.«

»Ich wünschte, sie würden es hinter sich bringen, ein für allemal«, klagte Betty. »Ist das schon immer so gewesen? Ich kann mich nicht erinnern, daß immer nur über Politik geredet wurde, als ich noch ein Kind war.«

»Damals haben sie es nicht Politik genannt. Die Industriellen haben den Leuten eingebleut, zu kaufen und zu konsumieren. Dabei ging es um diese ›Haare-Schweiß-Zähne-Reinheit‹; die Leute in den Städten haben es aufgenommen und eine Ideologie drum herum gebaut.«

Betty deckte den Tisch und brachte die Schüsseln mit dem Essen. »Du meinst, die politische Bewegung der Puristen ist bewußt in Gang gesetzt worden?«

»Sie haben nicht bemerkt, wie sehr sie unter ihren Einfluß gerieten. Sie wußten nicht, daß ihre Kinder als Erwachsene schließlich Achselschweiß und weiße Zähne und gepflegtes Haar für die wichtigsten Dinge auf der Welt halten würden. Dinge, für die es sich lohnt, zu kämpfen und zu sterben. Dinge, die so wichtig sind, daß man diejenigen tötet, die nicht der gleichen Meinung sind.«

»Die Naturalisten waren Leute vom Land?«

»Leute, die außerhalb der großen Städte lebten und nicht von den Reizen konditioniert wurden.« Walsh schüttelte den Kopf. »Unglaublich, daß ein Mensch den anderen wegen Banalitäten umbringt. Im Verlauf der ganzen Geschichte haben sich Menschen wegen verbalem Nonsens, sinnlosen Parolen gegenseitig umgebracht, die ihnen jemand anders eingeimpft hat – jemand, der sich zurücklehnt und davon profitiert.«

»Es ist nicht sinnlos, wenn sie daran glauben.«

»Es ist sinnlos, einen anderen Menschen umzubringen, weil er Mundgeruch hat! Es ist sinnlos, jemanden zusammenzuschlagen, weil er sich nicht seine Schweißdrüsen entfernen und künstliche Entsorgungsröhrchen für die Ausscheidungen einsetzen läßt. Es wird einen sinnlosen Krieg geben; die Naturalisten haben in ihrem Parteihauptquartier Waffen gelagert. Die Menschen werden genauso tot sein, als ob sie für etwas Wahres gestorben wären.«

»Das Essen ist fertig, Schatz«, sagte Betty und wies auf den Tisch.

»Ich bin nicht hungrig.«

»Hör auf zu schmollen und iß. Sonst bekommst du eine Magenverstimmung, und du weißt, was das bedeutet.«

Er wußte genau, was das bedeutete. Es bedeutete, daß sein Leben in Gefahr war. Ein Rülpser in Gegenwart eines Puristen, und ein Kampf auf Leben und Tod war die Folge. Es war kein Platz in derselben Welt für Menschen, die rülpsten, und Menschen, die keine Menschen duldeten, die rülpsten. Eine Seite mußte unterliegen ... und sie war bereits unterlegen. Das Gesetz war verabschiedet worden: Die Tage der Naturalisten waren gezählt.

»Jimmy kommt heute abend später«, sagte Betty, als sie sich Lammkoteletts, Erbsen und Mais in Rahmsoße auf den Teller gab. »Die Puristen veranstalten irgendeine Feier. Reden, Paraden, Fackelzüge.« Sie fügte sehnsüchtig hinzu: »Wir können wohl nicht runtergehen und zusehen, oder? Es wird hübsch aussehen, all die Lichter und Stimmen und eine Parade.«

»Geh ruhig.« Lustlos löffelte Walsh sein Essen. Er aß ohne Appetit. »Amüsier dich.«

Sie aßen noch, als die Tür aufflog, und Carl forsch hereinkam. »Noch was für mich da?« wollte er wissen.

Betty erhob sich halb erstaunt. »Carl! Du ... riechst nicht mehr.«

Carl setzte sich und grabschte nach der Platte mit Lammkoteletts. Dann erinnerte er sich und wählte geziert ein kleines aus und eine winzige Portion Erbsen. »Ich bin hungrig«, gab er zu, »aber nicht zu hungrig.« Er aß mit Bedacht und in aller Stille.

Walsh starrte ihn verblüfft an. »Was, zum Teufel, ist passiert?« wollte er wissen. »Dein Haar – und deine Zähne und dein Atem. *Was hast du gemacht?*«

Carl antwortete, ohne aufzusehen. »Parteitaktik. Wir befinden uns auf einem strategischen Rückzug. Angesichts dieses Gesetzes hat es keinen Zweck, etwas Unüberlegtes zu tun. Verdammt, wir wollen uns nicht abschlachten lassen.« Er nippte etwas lauwarmen Kaffee. »Um die Wahrheit zu sagen, wir sind in den Untergrund gegangen.«

Walsh ließ langsam seine Gabel sinken. »Du meinst, ihr werdet nicht kämpfen?«

»Zum Teufel, nein. Es wäre Selbstmord.« Carl blickte sich verstohlen um. »Jetzt hört mir mal zu. Ich entspreche vollkommen den Bestimmungen des Horney-Gesetzes; mir kann keiner etwas anhängen. Wenn die Cops kommen und hier rumschnüffeln, haltet den Mund. Ein Gesetz bietet das Recht zu widerrufen, und genaugenommen haben wir das getan. Wir sind sauber; sie können uns nichts anhaben. Aber es ist besser, wir sagen nichts.« Er zeigte ihnen eine kleine blaue Karte. »Die Mitgliedskarte der Puristen. Zurückdatiert; wir waren auf jede Eventualität vorbereitet.«

»O Carl!« rief Betty entzückt. »Ich bin ja so froh. Du siehst einfach – *wunderbar* aus!«

Walsh sagte nichts.

»Was ist los?« fragte Betty. »Hast du nicht genau das gewollt? Du wolltest doch nicht, daß sie kämpfen und sich gegenseitig umbringen ...« Ihre Stimme hob sich schrill. »Bist du denn mit nichts zufrieden? Das hast du gewollt, und du bist immer noch unzufrieden. Was willst du denn noch?«

Unterhalb der Einheit war Lärm zu hören. Carl setzte sich auf, und einen Augenblick lang verlor sein Gesicht jede Farbe. Er hätte angefangen zu schwitzen, wenn das noch möglich gewesen wäre. »Das ist die Konformitätspolizei«, sagte er mit belegter Stimme. »Laßt euch bloß nicht verunsichern; sie werden eine Routineüberprüfung machen und weiterziehen.«

»O Schatz«, keuchte Betty. »Ich hoffe, sie machen nichts kaputt. Vielleicht sollte ich mich lieber etwas frisch machen.«

»Sitz einfach still«, krächzte Carl. »Sie haben keinen Grund, irgendeinen Verdacht zu schöpfen.«

Als die Tür aufging, stand Jimmy zwischen grün uniformierten Konformitätspolizisten, die ihn weit überragten.

»Da ist er!« kreischte Jimmy und deutete auf Carl. »Er ist ein Naturalistenfunktionär! *Riecht* an ihm!«

Die Polizei verteilte sich zügig im Zimmer. Sie umstellten den bewegungslosen Carl, überprüften ihn kurz und entfernten sich dann. »Kein Körpergeruch«, widersprach der Polizeisergeant. »Kein Mundgeruch. Haar dicht und gepflegt.« Er machte ein Zeichen, und Carl öffnete gehorsam den Mund. »Zähne weiß, gut geputzt. Nichts Inakzeptables. Nein, dieser Mann ist in Ordnung.«

Jimmy funkelte Carl wütend an. »Ganz schön schlau.«

Carl stocherte stoisch in seinem Essen herum und ignorierte den Jungen und die Polizei.

»Anscheinend haben wir den Kern des naturalistischen Widerstands gebrochen«, sagte der Sergeant in sein Halsmikro. »Wenigstens in diesem Bereich gibt es keine organisierte Opposition.«

»Gut«, antwortete das Sprechgerät. »Ihr Gebiet war eine Hochburg. Wir werden trotzdem weitermachen und die Zwangsreinigung in Gang setzen. Sie sollte so bald wie möglich durchgeführt werden.«

Einer der Cops wandte seine Aufmerksamkeit Don Walsh zu. Seine Nasenflügel zuckten, und dann zog ein harter, verschlagener Ausdruck über sein Gesicht. »Wie heißen Sie?« wollte er wissen.

Walsh nannte seinen Namen.

Die Polizisten umringten ihn skeptisch. »Körpergeruch«, bemerkte einer. »Aber das Haar ist voll und gepflegt. Öffnen Sie den Mund.«

Walsh öffnete den Mund.

»Zähne sauber und weiß. Aber ...« Der Cop schnüffelte. »Schwacher Mundgeruch ... Magenverstimmung. Ich bin mir nicht sicher. Ist er ein Naturalist oder ist er keiner?«

»Er ist kein Purist«, sagte der Sergeant. »Kein Purist hätte Körpergeruch. Also muß er ein Naturalist sein.«

Jimmy drängte sich vor. »Dieser Mann«, erklärte er, »ist nur ein Mitläufer. Er ist kein Parteimitglied.«

»Sie kennen ihn?«

»Er ist mit mir verwandt«, gab Jimmy zu.

Der Polizist machte sich Notizen. »Er hat sich mit Naturalisten abgegeben, aber er ist nicht ganz auf ihrer Linie?«

»Er sitzt zwischen den Stühlen«, stimmte Jimmy zu. »Ein Quasi-Naturalist. Er kann gerettet werden. Das ist eigentlich kein Fall für die Polizei.«

»Therapeutische Maßnahmen«, bemerkte der Sergeant. »Na schön, Walsh«, wandte er sich an Don. »Packen Sie Ihre Sachen und dann los. Das Gesetz schreibt für Leute wie Sie Zwangsreinigung vor; wir wollen keine Zeit verlieren.«

Walsh versetzte dem Sergeant einen Kinnhaken.

Der Sergeant schlug albern hin, mit schlenkernden Armen, vor lauter Fassungslosigkeit fast gelähmt. Die Cops zogen hysterisch ihre Pistolen und drängten sich im Zimmer durcheinander, schrien und liefen sich gegenseitig in den Weg. Betty fing an, wild zu kreischen. Jimmys schrille Stimme verlor sich in dem allgemeinen Aufruhr.

Walsh packte eine Tischlampe und schmetterte sie einem Cop über den Kopf. Die Lichter in der Wohnung flackerten und gingen aus; der Raum war ein dunkles, brüllendes Chaos. Walsh stieß mit einem Körper zusammen; er rammte ihn mit dem Knie, und der Körper sank mit einem schmerzerfüllten Aufstöhnen nieder. Einen Moment lang verlor er in dem brodelnden Lärm die Orientierung; dann fanden seine Finger die Tür. Er riß sie auf und hastete hinaus in den öffentlichen Flur.

Eine Gestalt kam hinterher, als Walsh den Abfahrtslift erreichte. *»Warum hast du das getan?«* jammerte Jimmy unglücklich. »Ich hatte alles vorbereitet ... du hättest dir keine Sorgen zu machen brauchen!«

Seine dünne Stimme wurde leiser, als der Lift den Schacht hinunterschoß bis zum Erdgeschoß. Im nächsten Moment kamen die Polizisten vorsichtig auf den Flur; Walsh vernahm das häßliche Hallen ihrer Stiefel.

Er sah auf die Uhr. Wahrscheinlich hatte er fünfzehn oder zwanzig Minuten. Sie würden ihn kriegen; es war unausweichlich. Er holte tief Luft, trat aus dem Lift und ging so ruhig wie möglich den dunklen, verlassenen Geschäftskorridor hinunter, zwischen den Reihen schwarzer Ladeneingänge hindurch.

Charley war beleuchtet und eingeschaltet, als Walsh das Wartezimmer betrat. Zwei Männer warteten, und mit einem dritten fand gerade ein Gespräch statt. Aber als der Roboter den Ausdruck auf Walshs Gesicht sah, winkte er ihn sofort herein.

»Was ist los, Don?« fragte er ernst und wies auf einen Stuhl. »Setzen Sie sich, und erzählen Sie mir, was Sie beschäftigt.«

Walsh erzählte es.

Als er geendet hatte, lehnte sich der Analytiker zurück und gab einen leisen Pfiff von sich. »Das ist eine Straftat, Don. Dafür werden die Sie vereisen; das ist eine Bestimmung des neuen Gesetzes.«

»Ich weiß«, stimmte Walsh zu. Er empfand keinerlei Emotion. Zum ersten Mal seit Jahren war sein Kopf frei von dem endlosen Wirbel aus Gefühlen und Überlegungen. Er war nur ein bißchen müde, mehr aber auch nicht.

Der Roboter schüttelte den Kopf. »Tja, Don, endlich sitzen Sie nicht mehr zwischen den Stühlen. Das ist immerhin etwas; endlich ist Bewegung in Ihre Angelegenheit gekommen.« Er griff nachdenklich in die oberste Schublade seines Schreibtischs und nahm einen Block heraus. »Ist der Mannschaftswagen der Polizei schon da?«

»Ich habe Sirenen gehört, als ich ins Wartezimmer gekommen bin. Er ist unterwegs.«

Die Metallfinger des Roboters trommelten ruhelos auf die Oberfläche seines großen Mahagonischreibtisches. »Ihre plötzliche Enthemmung markiert den Moment psychologischer Integration. Sie sind nicht mehr unentschieden, nicht wahr?«

»Nein«, sagte Walsh.

»Gut. Nun ja, es mußte früher oder später so kommen. Es tut mir trotzdem leid, daß es auf diese Art geschehen mußte.«

»Mir nicht«, sagte Walsh. »Das war die einzig mögliche Art. Es ist mir jetzt klar. Unentschieden zu sein ist nicht unbedingt schlecht. In Parolen und organisierten Parteien und Überzeugungen und im Sterben nicht alles zu sehen, kann eine Überzeugung sein, für die es sich zu sterben lohnt. Ich dachte, ich hätte keine Überzeugung ... Jetzt sehe ich, daß ich eine sehr starke Überzeugung habe.«

Der Roboter hörte nicht zu. Er kritzelte etwas auf seinen Block, unterschrieb es und riß den Zettel dann mit Schwung ab. »Hier.« Er reichte Walsh energisch das Stück Papier.

»Was ist das?« wollte Walsh wissen.

»Ich möchte nicht, daß irgend etwas Ihre Therapie gefährdet. Sie sind endlich auf dem richtigen Weg – und auf dem wollen wir auch bleiben.« Der Roboter stand rasch auf. »Viel Glück, Don. Zeigen Sie das der Polizei; wenn es irgendwelche Probleme gibt, sollen die sich mit mir in Verbindung setzen.«

Der Zettel war eine Bescheinigung von der Bundesbehörde für Psychiatrie. Walsh drehte ihn verständnislos um. »Sie meinen, damit komme ich durch?«

»Sie haben unter einem inneren Zwang gehandelt; Sie waren nicht dafür verantwortlich. Es wird natürlich eine oberflächliche Untersuchung geben, aber nichts, worüber Sie sich Sorgen machen müßten.« Der Roboter klopfte ihm aufmunternd auf die Schulter. »Es war Ihre letzte neurotische Handlung ... jetzt sind Sie frei. Es hatte sich einfach so viel aufgestaut; die ganze Sache war eine rein symbolische Manifestation Ihrer Libido – ohne jegliche politische Bedeutung.«

»Ich verstehe«, sagte Walsh.

Der Roboter drängte ihn entschlossen zum äußeren Ausgang. »Sie gehen jetzt da raus und geben ihnen den Zettel.« Aus seiner Metallbrust ließ der Roboter eine kleine Flasche herausspringen. »Und nehmen Sie eine von diesen Kapseln, bevor Sie schlafengehen. Nichts Ernstes, nur ein sanftes Sedativum, um die Nerven zu beruhigen. Es wird alles gut werden; ich erwarte Sie bald wieder hier. Und glauben Sie mir: Sie machen endlich richtige Fortschritte.«

Walsh fand sich unvermittelt draußen in der nächtlichen Dunkelheit. Ein Mannschaftswagen der Polizei war vor dem Eingang zur Wohneinheit vorgefahren, ein großer, bedrohlicher Kasten, der sich gegen den leeren Himmel abhob. Eine neugierige Menschenmenge hatte sich in sicherer Entfernung versammelt, versuchte herauszufinden, was vor sich ging.

Walsh steckte das Pillenfläschchen mechanisch in seine Jackettasche. Er blieb eine Weile stehen und atmete die kühle Luft ein, den kalten klaren Geruch nach Dunkelheit und Nacht. Über seinem Kopf glitzerten in der Ferne ein paar schwache Sterne.

»He«, rief einer der Polizisten. Er leuchtete Walsh mit seiner Lampe mißtrauisch ins Gesicht. »Kommen Sie her.«

»Das könnte er sein«, sagte ein anderer. »Komm schon, Bürschchen. Ein bißchen dalli!«

Walsh holte die Bescheinigung hervor, die Charley ihm gegeben hatte. »Ich komme«, antwortete er. Während er zu dem Polizisten hinüberging, riß er den Zettel in Fetzen und warf die Fetzen in den Nachtwind. Der Wind hob sie auf und trieb sie in alle Richtungen davon.

»Was, zum Teufel, haben Sie da gemacht?« wollte einer der Cops wissen.

»Nichts«, antwortete Walsh. »Ich habe nur etwas Abfall weggeworfen. Etwas, das ich nicht brauchen kann.«

»Komischer Typ«, murmelte ein Cop, als sie Walsh mit ihren Kältestrahlern vereisten. »Da wird einem ganz unheimlich.«

»Sei froh, daß wir nicht noch mehr von der Sorte haben«, sagte ein anderer. »Bis auf ein paar solcher Burschen läuft alles glatt.«

Walshs starrer Körper wurde in den Mannschaftswagen geworfen, und die Türen schlugen zu. Die Entsorgungsmaschinerie fing unverzüglich an, seinen Körper zu verarbeiten und ihn in mineralische Basiselemente zu zerlegen. Einen Moment später war der Wagen unterwegs zum nächsten Einsatz.

Autofab

I

NERVOSITÄT LASTETE AUF DEN drei wartenden Männern. Sie rauchten, liefen hin und her, traten ziellos nach dem Unkraut am Straßenrand. Die heiße Mittagssonne brannte herab auf braune Felder, hübsche Plastikreihenhäuser, die ferne Gebirgskette im Westen.

»Ist bald soweit«, sagte Earl Perine und verknotete seine knochigen Hände. »Das wechselt je nach Ladung, eine halbe Sekunde für jedes zusätzliche Pfund.«

»Hast du dir das etwa ausgerechnet?« erwiderte Morrison verbittert. »Du bist schon genauso schlimm wie dieses Ding. Tun wir doch so, als ob es bloß *zufällig* zu spät dran wär.«

Der dritte Mann sagte nichts. O'Neill war zu Gast aus einer anderen Siedlung; er kannte Perine und Morrison nicht gut genug, um sich mit ihnen anzulegen. Statt dessen hockte er sich hin und ordnete die Papiere, die an seiner Kontrolltafel aus Aluminium klemmten. In der glühenden Sonne wirkten O'Neills Arme braungebrannt, sie waren behaart, glänzten vor Schweiß. Er war muskulös, hatte wirres graues Haar, eine Hornbrille und war älter als die beiden anderen. Er trug lange Hosen, ein Sporthemd und Schuhe mit Kreppsohlen. Zwischen seinen Fingern glitzerte sein Füllfederhalter, metallisch und professionell.

»Was schreiben Sie denn da?« brummte Perine.

»Ich skizziere das Verfahren, nach dem wir vorgehen«, sagte O'Neill nachsichtig. »Das legen wir lieber jetzt fest, statt es auf gut Glück zu probieren. Wir möchten ja schließlich wissen, was wir probiert haben und was nicht funktioniert hat. Sonst bewegen wir uns im Kreis. Wir haben es hier mit einem Kommunikationsproblem zu tun; so sehe ich das zumindest.«

»Kommunikation«, pflichtete Morrison mit seiner tiefen, hohlen Stimme bei. »Ja, wir kommen an die verdammte Kiste einfach nicht ran. Sie taucht hier auf, lädt ab und fährt weiter ... Wir kriegen einfach keinen Kontakt zwischen ihr und uns zustande.«

»Sie ist eine Maschine«, sagte Perine erregt. »Sie ist tot – blind und taub.«

»Aber sie steht in Kontakt mit der Außenwelt«, erklärte O'Neill. »Es muß doch eine Möglichkeit geben, sie zu packen. Sie spricht auf bestimmte semantische Signale an; wir müssen diese Signale bloß finden. Wiederentdecken, genauer gesagt. Die Chancen stehen vielleicht ein halbes Dutzend zu einer Milliarde.«

Ein schwaches Rattern unterbrach die drei Männer. Wachsam und argwöhnisch blickten sie auf. Es war soweit.

»Da ist sie«, sagte Perine. »Na schön, Sie Klugscheißer, mal sehen, ob Sie auch nur eine einzige Änderung in ihrem Funktionsablauf hinkriegen.«

Der Lastwagen war gewaltig und ächzte unter seiner prallen Ladung. In vieler Hinsicht ähnelte er konventionellen, von Menschen gesteuerten Transportfahrzeugen, mit einer Ausnahme – es gab kein Führerhäuschen. Eine Ladebühne bildete die waagerechte Oberfläche, und der Teil, wo normalerweise Scheinwerfer und Kühlergrill zu sehen waren, bestand aus einer fibrösen, schwammähnlichen Rezeptorenmasse, dem beschränkten Sinnesapparat dieser mobilen Nutzungseinheit.

Als er die drei Männer bemerkte, kam der Lastwagen langsam zum Stillstand, schaltete und zog die Notbremse. Es verging ein Augenblick, während sich Relais in Gang setzten; dann kippte ein Teil der Ladefläche ab, und eine Kaskade von schweren Kartons ergoß sich auf die Straße.

Den Gegenständen flatterte eine ausführliche Inventarliste hinterher.

»Sie wissen ja, was wir zu tun haben«, meinte O'Neill rasch. »Beeilen Sie sich, bevor er wieder verschwindet.«

Geschickt, verbissen schnappten sich die drei Männer die abgeladenen Kartons und rissen die Schutzhülle auf. Schimmernde Gegenstände: ein Binokular-Mikroskop, ein tragbares Funkgerät, stapelweise Plastikgeschirr, medizinisches Versorgungsmaterial, Rasierklingen, Kleidung, Lebensmittel. Der größte Teil der Lieferung bestand, wie üblich, aus Lebensmitteln. Die drei Männer begannen, systematisch Gegenstände zu zertrümmern. Nach ein paar Minuten waren sie bloß noch von chaotisch verstreuten Trümmern umgeben.

»Das hätten wir«, keuchte O'Neill und trat zurück. Er tastete nach seiner Kontrolliste. »Mal sehen, was er jetzt macht.«

Der Lastwagen war langsam angefahren; urplötzlich hielt er an und setzte zurück. Seine Rezeptoren hatten mitbekommen, daß die drei Männer den abgeworfenen Teil der Ladung zerstört hatten. Knirschend machte er in einem Halbkreis kehrt, blieb stehen und wandte ihnen seine Rezeptorenbank zu. Seine Antenne fuhr aus; er hatte sich schon mit der Fabrik in Verbindung gesetzt. Instruktionen waren unterwegs.

Eine zweite, identische Ladung wurde abgekippt und vom Lastwagen gestoßen.

»Alles für die Katz«, ächzte Perine, als der neuen Ladung eine entsprechende Inventarliste hinterherflatterte. »Wir haben das ganze Zeug umsonst kaputtgemacht.«

»Was jetzt?« fragte Morrison O'Neill. »Was steht denn als nächster Schachzug auf unserem Täfelchen?«

»Helfen Sie mir mal.« O'Neill schnappte sich einen Karton und schleppte ihn zum Lastwagen zurück. Er schleifte den Karton auf die Ladefläche und drehte sich dann nach dem nächsten um. Die beiden anderen Männer taten es ihm ungeschickt nach. Sie wuchteten die Ladung auf den Lastwagen zurück. Als der Laster losfuhr, war auch die letzte viereckige Kiste wieder an ihrem Platz.

Der Lastwagen zögerte. Seine Rezeptoren hatten registriert, daß er wieder beladen worden war. Aus dem Innern seines Triebwerks kam ein schwaches, anhaltendes Summen.

»Vielleicht schnappt er jetzt völlig über«, erklärte O'Neill schwitzend. »Er hat seinen Auftrag erfüllt und damit nichts erreicht.«

Der Lastwagen machte einen kurzen, vergeblichen Versuch, sich von der Stelle zu rühren. Dann plötzlich wendete er entschlossen und schüttete die Ladung, fast zu schnell fürs bloße Auge, erneut auf die Straße.

»Greift sie euch!« schrie O'Neill. Die drei Männer schnappten sich die Kartons und luden sie fieberhaft wieder auf. Aber ebenso schnell, wie die Kartons auf die waagerechte Bühne zurückgeschoben worden waren, kippten die Greifer des Lastwagens sie über die Laderampen auf der anderen Seite hinunter auf die Straße.

»Es hat keinen Zweck«, meinte Morrison schwer atmend. »Als ob man mit einem Sieb Wasser schöpfen würde.«

»Wir sind geliefert«, pflichtete Perine elend und japsend bei, »wie immer. Wir Menschen ziehen jedesmal den kürzeren.«

Der Lastwagen betrachtete sie gelassen, seine Rezeptoren teilnahmslos und leer. Er tat nur seine Arbeit. Das erdumspannende System von automatischen Fabriken erfüllte die Aufgabe reibungslos, die man ihm vor fünf Jahren auferlegt hatte, in der Anfangsphase des Totalen Globalen Konflikts.

»Da geht er hin«, bemerkte Morrison traurig. Der Lastwagen hatte die Antenne eingefahren; er schaltete in einen niedrigen Gang und löste die Feststellbremse.

»Ein letzter Versuch«, sagte O'Neill. Er griff sich einen der Kartons und riß ihn auf. Er zerrte einen Vierzig-Liter-Kanister Milch heraus und schraubte den Deckel ab. »So blöd das auch sein mag.«

»Das ist doch albern«, protestierte Perine. Widerwillig suchte er sich in den verstreuten Trümmern einen Becher und tauchte ihn in die Milch. »Einfach kindisch!«

Der Lastwagen hatte angehalten und beobachtete sie.

»Los«, befahl O'Neill spitz. »Genau wie wir's geübt haben.«

Rasch tranken alle drei aus dem Milchkanister, ließen sich die Milch dabei absichtlich übers Kinn rinnen; was sie da taten, durfte auf keinen Fall mißverstanden werden.

Wie vorgesehen, war O'Neill der erste. Mit wildverzerrtem Gesicht schleuderte er den Becher von sich und spuckte die Milch angeekelt auf die Straße.

»Um Gottes willen!« würgte er.

Die beiden anderen taten dasselbe; sie stampften mit den Füßen auf und fluchten laut, traten den Milchkanister um und funkelten den Lastwagen vorwurfsvoll an.

»Die ist nicht mehr gut!« brüllte Morrison.

Neugierig geworden, kam der Lastwagen langsam zurück. Elektronische Synapsen klickten und sirrten, reagierten so auf die Situation; seine Antenne schoß in die Höhe wie eine Fahnenstange.

»Ich glaub, das ist es«, sagte O'Neill zitternd. Der Lastwagen schaute zu, wie er einen zweiten Milchkanister hervorzerrte, den Deckel abschraubte und den Inhalt probierte. »Dasselbe!« schrie er den Lastwagen an. »Die ist genauso schlecht!«

Aus dem Lastwagen ploppte ein Metallzylinder. Der Zylinder fiel Morrison vor die Füße; hastig griff er danach und riß ihn auf.

ERBITTE GENAUE FEHLERANGABE

Das Instruktionsverzeichnis listete reihenweise mögliche Defekte auf, dahinter je ein ordentliches Kästchen; es war ein Lochstab beigelegt, um den speziellen Mangel des Produkts zu kennzeichnen.

»Was soll ich angeben?« fragte Morrison. »Kontaminiert? Bakteriell verseucht? Sauer? Ranzig? Falsch ausgezeichnet? Zerbrochen? Zerquetscht? Rissig? Verbogen? Verunreinigt?«

O'Neill dachte rasch nach. »Geben Sie gar nichts an«, meinte er. »Die Fabrik ist garantiert in der Lage, sie zu testen und neue Proben zu entnehmen. Sie erstellt ihre eigene Analyse und ignoriert uns dann.« Seine Miene hellte sich auf, als ihn die Eingebung überfiel. »Schreiben Sie in die freie Zeile da unten. Da ist Platz für weitere Daten.«

»Was soll ich denn schreiben?«

»Schreiben Sie: Das *Produkt ist vollkommen fieselig*«, sagte O'Neill.

»Was ist denn das?« fragte Perine verwirrt.

»Schreiben Sie schon! Das ist semantischer Quark – das versteht die Fabrik bestimmt nicht. Vielleicht können wir so die Arbeiten blockieren.«

Mit O'Neills Füller trug Morrison sorgfältig ein, die Milch sei fieselig. Kopfschüttelnd versiegelte er den Zylinder wieder und gab ihn dem Lastwagen zurück. Der Lastwagen schnappte sich die Milchkanister und ließ seine Ladeklappe säuberlich einrasten. Mit quietschenden Reifen raste er davon. Aus seinem Schlitz titschte ein letzter Zylinder; der Lastwagen fuhr eilig weiter und ließ den Zylinder im Staub liegen.

O'Neill hob ihn auf und hielt das Papier hoch, damit die anderen es sehen konnten.

EIN FABRIKSVERTRETER
WIRD SICH BEI IHNEN MELDEN.
HALTEN SIE KOMPLETTE DATEN
ÜBER PRODUKTFEHLER BEREIT.

Einen Augenblick lang schwiegen die drei Männer. Dann fing Perine an zu kichern. »Wir haben's geschafft. Wir haben Kontakt. Wir sind durchgekommen.«

»Allerdings«, pflichtete O'Neill bei. »Von einem fieseligen Produkt hab ich noch nie was gehört.«

Tief in den Bergsockel gehauen lag der riesige Metallwürfel der Fabrik von Kansas City. Seine Oberfläche war korrodiert, mit Strahlungspocken übersät, rissig und zernarbt von den fünf Kriegsjahren, die über ihn hinweggefegt waren. Der größte Teil der Fabrik war unter der Erdoberfläche begraben, nur die Zufahrtsrampen waren zu sehen. Der Lastwagen war ein Punkt, der mit hoher Geschwindigkeit auf den riesigen Klotz aus schwarzem Metall zuratterte. Augenblicklich entstand eine Öffnung in der gleichförmigen Oberfläche; der Lastwagen tauchte hinein und verschwand im Innern. Die Zufahrt schloß sich krachend.

»Jetzt haben wir das größte Stück Arbeit vor uns«, sagte O'Neill. »Jetzt müssen wir sie dazu bringen, den Betrieb einzustellen ... sich selbst abzuschalten.«

II

JUDITH O'NEILL SERVIERTE DEN LEUTEN im Wohnzimmer heißen schwarzen Kaffee. Ihr Mann redete, und die anderen hörten zu. O'Neill konnte durchaus als Experte für Autofab-Systeme gelten, soweit es überhaupt einen gab.

Zu Hause, im Bezirk Chicago, hatte er den Schutzzaun der örtlichen Fabrik so lange kurzgeschlossen, daß er mit Datenbändern davonkommen konnte, die in ihrem Nachhirn gespeichert waren. Die Fabrik hatte natürlich sofort einen neuen, besseren Zaun konstruiert. Aber er hatte bewiesen, daß die Fabriken nicht unfehlbar waren.

»Das Institut für Angewandte Kybernetik«, erklärte O'Neill, »hatte das System völlig unter Kontrolle. Sei nun der Krieg schuld daran oder die Störgeräusche in den Verbindungsleitungen, die alle Kenntnisse gelöscht haben, die uns fehlen. Das Institut hat es jedenfalls nicht geschafft, uns seine Informationen zu übermitteln, so daß wir unsere Informationen den Fabriken jetzt nicht übermitteln können – die Nachricht, daß der Krieg vorbei ist und wir soweit sind, die

Kontrolle über den Industriebetrieb wieder zu übernehmen.«

»Und in der Zwischenzeit«, setzte Morrison säuerlich hinzu, »dehnt sich das verdammte System weiter aus und verbraucht dabei immer mehr von unseren Rohstoffen.«

»Ich habe langsam das Gefühl«, meinte Judith, »ich brauche bloß fest genug mit dem Fuß aufzustampfen, und schon lieg ich in einem Fabriktunnel. Die müssen mittlerweile überall Stollen haben.«

»Gibt es denn keinen Sperrbefehl?« fragte Perine nervös. »Sind die Dinger etwa so konstruiert, daß sie sich unbegrenzt ausdehnen?«

»Jede Fabrik ist auf ihren eigenen Betriebsbereich beschränkt«, sagte O'Neill, »aber das System an sich ist unbegrenzt. Es kann unsere Rohstoffe ewig weiter ausschöpfen. Das Institut hat beschlossen, daß es höchste Priorität genießt; wir einfachen Menschen kommen erst an zweiter Stelle.«

»Ist denn dann *überhaupt* noch was für uns übrig?« wollte Morrison wissen.

»Nur, wenn wir den Betrieb des Systems stoppen können. Es hat schon ein halbes Dutzend grundlegender Mineralien verbraucht. Seine Suchmannschaften sind ununterbrochen im Einsatz, suchen überall nach irgendeinem letzten Brokken, den sie mit in ihre Fabrik schleifen können.«

»Was würde passieren, wenn sich die Tunnels von zwei Fabriken kreuzen?«

O'Neill zuckte die Achseln. »Normalerweise passiert so etwas nicht. Jede Fabrik verfügt über einen bestimmten Bereich unseres Planeten, hat ihr eigenes kleines Stück vom großen Kuchen zu ihrem ausschließlichen Nutzen.«

»Aber es *könnte* doch passieren.«

»Na ja, sie sind ganz heiß auf Rohstoffe; solange noch irgendwas übrig ist, spüren sie's auch auf.« O'Neill sann mit wachsendem Interesse über diesen Gedanken nach. »Das wäre zu überlegen. Ich nehme an, wenn alles knapper wird ...«

Er verstummte. Eine Gestalt war ins Zimmer gekommen; sie stand schweigend an der Tür und musterte sie.

Im trüben Schatten wirkte die Gestalt beinahe menschlich. Einen kleinen Augenblick lang hielt O'Neill sie für einen Nachzügler aus der Siedlung. Dann, als sie sich vorwärtsschob, erkannte er, daß sie lediglich menschenähnlich war: ein funktionelles, aufrechtes Zweifüßer-Chassis mit aufmontierten Datenrezeptoren, dazu Effektoren und Propriozeptoren in Form eines nach unten führenden Wurms, der in Bodengreifern endete. Ihre Ähnlichkeit mit einem menschlichen Wesen war ein Beweis für die Leistungsfähigkeit der Natur; eine sentimentale Nachahmung war nicht beabsichtigt.

Der Fabriksvertreter war da.

Er begann ohne Umschweife. »Dies ist eine Datensammlungsmaschine, die in der Lage ist, auf mündlicher Basis zu kommunizieren. Sie verfügt sowohl über Sende- als auch Empfangseinrichtungen und kann Fakten integrieren, die für ihre derzeitige Untersuchung relevant sind.«

Die Stimme war angenehm, selbstsicher. Offenbar ein Band, das irgendein Techniker des Instituts vor dem Krieg aufgenommen hatte. So, wie sie aus der menschenähnlichen Gestalt kam, klang sie grotesk: O'Neill konnte sich den toten jungen Mann lebhaft vorstellen, dessen fröhliche Stimme nun aus dem mechanischen Mund dieser aufrechten Konstruktion aus Stahl und Schaltkreisen drang.

»Ein warnendes Wort noch«, fuhr die angenehme Stimme fort. »Es wäre zwecklos, diesen Rezeptor als Menschen zu betrachten und ihn in Diskussionen zu verwickeln, für die er nicht ausgerüstet ist. Obgleich zielorientiert, ist er nicht in der Lage, logisch zu denken; er kann lediglich ihm bereits bekanntes Material neu ordnen.«

Die optimistische Stimme verstummte mit einem Klicken, und eine zweite Stimme war zu hören. Sie ähnelte der ersten, wies jedoch keinerlei Besonderheiten des Tonfalls oder persönliche Manierismen auf. Die Maschine benutzte das phonetische Sprachmuster des Toten zur eigenen Kommunikation.

»Die Analyse des beanstandeten Produkts«, erklärte sie, »läßt keine Fremdelemente oder nachweisbare Verschlechterung erkennen. Das Produkt entspricht den herkömmlichen Teststandards, die innerhalb des gesamten Systems angewandt werden. Die Beanstandung erfolgt daher auf einer Basis außerhalb des Testbereichs; dabei werden dem System nicht bekannte Standards zugrunde gelegt.«

»Stimmt genau«, pflichtete O'Neill bei. Er wägte seine Worte vorsichtig ab, bevor er fortfuhr. »Wir fanden die Milch unter Niveau. Wir können damit nichts anfangen. Wir verlangen eine sorgfältigere Produktion.«

Die Maschine reagierte sofort. »Der semantische Gehalt des Begriffs ›fieselig‹ ist dem System nicht geläufig. Im gespeicherten Vokabular existiert er nicht. Können Sie eine sachliche Analyse der Milch hinsichtlich vorhandener bzw. nicht vorhandener spezifischer Elemente vorlegen?«

»Nein«, sagte O'Neill vorsichtig; das Spiel, das er spielte, war verzwickt und gefährlich. »›Fieselig‹ ist ein allgemeiner Begriff. Man kann ihn nicht auf chemische Komponenten reduzieren.«

»Was bedeutet ›fieselig‹?« fragte die Maschine. »Können Sie das anhand alternativer semantischer Symbole definieren?«

O'Neill zögerte. Der Vertreter mußte von seiner spezifischen Untersuchung abgelenkt und auf allgemeineres Terrain geführt werden, hin zu dem grundlegenden Problem, wie man das System abschalten konnte. Wenn er an irgendeinem Punkt einhaken und die theoretische Diskussion in Gang bringen konnte ...

»›Fieselig‹«, erklärte er, »beschreibt den Zustand eines Produkts, das produziert wird, auch wenn keinerlei Bedarf besteht. Es bezeichnet die Verweigerung von Gegenständen mit der Begründung, sie seien nicht mehr erwünscht.«

»Die systeminterne Analyse hat ergeben, daß in dieser Gegend Bedarf besteht an hochwertigem, pasteurisiertem

Milchsurrogat«, sagte der Vertreter. »Es gibt keine alternative Bezugsquelle; das System hat alle vorhandenen säugetierähnlichen Produktionsanlagen unter Kontrolle.« Er setzte hinzu: »Den gespeicherten Originalinstruktionen zufolge ist Milch ein unverzichtbarer Bestandteil der menschlichen Ernährung.«

O'Neill war überlistet; die Maschine lenkte die Diskussion jetzt aufs Spezifische zurück. »Wir haben beschlossen«, sagte er verzweifelt, »daß wir keine Milch mehr *wollen*. Wir würden es vorziehen, ohne auszukommen, zumindest bis wir Kühe gefunden haben.«

»Das widerspricht den Aufzeichnungen des Systems«, wandte der Vertreter ein. »Es gibt keine Kühe. Alle Milch wird synthetisch hergestellt.«

»Dann stellen wir sie eben selbst synthetisch her«, fuhr Morrison ungeduldig dazwischen. »Wieso können wir die Maschinen denn nicht übernehmen? Mein Gott, wir sind doch keine Kinder mehr! Wir können selbst für uns sorgen!«

Der Fabriksvertreter rollte auf die Tür zu. »Bis zu dem Zeitpunkt, da Ihre Gemeinde andere Quellen zur Milchversorgung gefunden hat, wird das System Sie weiterhin versorgen. Analyse- und Auswertungseinrichtungen werden in dieser Gegend verbleiben und die üblichen Stichproben nehmen.«

»Wie sollen wir denn andere Quellen finden?« brüllte Perine vergeblich. »Euch gehört doch der ganze Laden! Ihr schmeißt die ganze Chose!« Er lief dem Vertreter hinterher und bellte: »Ihr glaubt also, wir sind noch nicht soweit, die Dinge selbst in die Hand zu nehmen – ihr meint, wir sind unfähig. Woher wißt ihr denn das? Ihr gebt uns ja nicht mal eine Chance! Wir kriegen auch nicht die geringste Chance!«

O'Neill war wie versteinert. Die Maschine ließ sie einfach stehen; ihr eingleisiges Denken hatte einen totalen Triumph errungen.

»Hören Sie«, sagte er heiser und stellte sich ihr in den Weg. »Wir wollen, daß ihr dichtmacht, kapiert. Wir wollen eure Anlagen übernehmen und sie selbst betreiben. Mit dem Krieg ist's vorbei. Verflucht noch mal, ihr seid überflüssig!«

An der Tür hielt der Fabriksvertreter kurz inne. »Die inoperative Periode«, sagte er, »ist erst dann vorgesehen, wenn die systeminterne Produktion der systemexternen Produktion entspricht. Zum augenblicklichen Zeitpunkt gibt es unseren regelmäßigen Stichproben zufolge keinerlei systemexterne Produktion. Daher wird die systeminterne Produktion fortgesetzt.«

Ohne Vorwarnung schwang Morrison das Stahlrohr in seiner Hand. Es knallte gegen die Schulter der Maschine und durchschlug das ausgeklügelte System von Sinneswerkzeugen, aus denen sich ihr Brustkorb zusammensetzte. Der Rezeptorentank zerplatzte; Glassplitter, Schaltungen und winzige Einzelteile prasselten überall zu Boden.

»Das ist doch ein Paradoxon!« brüllte Morrison. »Ein Wortspiel – ein semantisches Spielchen, das sie da mit uns treiben. Das haben mit Sicherheit die Kybernetiker ausgeheckt.« Er hob das Rohr und ließ es erneut auf die Maschine niedersausen; sie wehrte sich nicht. »Die haben uns blockiert. Wir sind völlig hilflos.«

Das Zimmer war in hellem Aufruhr. »Das ist die einzige Möglichkeit«, japste Perine, als er sich an O'Neill vorbeidrängte. »Wir müssen sie vernichten – entweder das System oder wir.« Er schnappte sich eine Lampe und schleuderte sie dem Fabriksvertreter ins »Gesicht«. Die Lampe und die komplizierte Plastikoberfläche barsten; Perine ging dazwischen und tastete blind nach der Maschine. Alle im Zimmer drängten sich jetzt wütend um den aufrechten Zylinder; ihr ohnmächtiger Groll war am überkochen. Die Maschine sank in sich zusammen und verschwand, als sie zu Boden gezerrt wurde.

Zitternd wandte O'Neill sich ab. Seine Frau ergriff seinen Arm und führte ihn beiseite.

»Diese Idioten«, meinte er niedergeschlagen. »Sie können

sie nicht vernichten; sie bringen sie höchstens dazu, neue Schutzvorrichtungen zu konstruieren. Die machen die ganze Sache nur noch schlimmer.«

Eine Reparaturkolonne des Systems kam ins Wohnzimmer gerollt. Geschickt lösten sich die mechanischen Einheiten von dem Mutterkäfer mit Halbkettenantrieb und trippelten auf den zappelnden Menschenhaufen zu. Sie glitten dazwischen und wühlten sich rasch hindurch. Einen Augenblick später wurde der schlaffe Kadaver des Fabriksvertreters in den Fülltrichter des Mutterkäfers geschleift. Einzelteile wurden zusammengeklaubt, zerfetzte Überreste aufgelesen und fortgeschafft. Plastikverstrebungen und Getriebe wurden untergebracht. Dann postierten sich die Einheiten wieder auf dem Käfer, und die Kolonne fuhr davon.

Durch die offene Tür kam ein zweiter Fabriksvertreter, eine exakte Kopie des ersten. Und draußen im Flur standen zwei weitere aufrechte Maschinen. Ein Vertretertrupp hatte die Siedlung auf gut Glück durchkämmt. Wie eine Horde Ameisen hatten die mobilen Datensammlungsmaschinen die Stadt durchsiebt, bis eine von ihnen zufällig auf O'Neill gestoßen war.

»Die Vernichtung von mobilen Datensammlungseinrichtungen des Systems ist dem Interesse der Menschen nicht zuträglich«, teilte der Fabriksvertreter den Leuten im Zimmer mit. »Die Rohstoffzufuhr hat einen gefährlichen Tiefpunkt erreicht; die noch vorhandenen Rohstoffe sollten zur Herstellung von Konsumgütern verwendet werden.«

O'Neill und die Maschine standen sich Auge in Auge gegenüber.

»Ach?« sagte O'Neill leise. »Das ist ja interessant. Ich frage mich, wovon ihr wohl am wenigsten habt – und wofür ihr wirklich bereit wärt zu kämpfen.«

Helikopterrotoren jaulten blechern über O'Neills Kopf; er ignorierte sie und spähte durch das Kabinenfenster hinunter auf den nahen Erdboden.

Schlacke und Ruinen erstreckten sich nach allen Seiten. Unkraut stieß in die Höhe, schwächliche Stiele, zwischen denen Insekten umherwuselten. Hier und da waren Rattenkolonien zu sehen: verfilzte Löcher aus Knochen und Schutt. Aufgrund der Strahlung waren die Ratten mutiert, genau wie die meisten anderen Tiere und Insekten. Ein Stück entfernt erkannte O'Neill eine Vogelstaffel, die ein Erdhörnchen jagte. Das Erdhörnchen verschwand in einer sorgfältig angelegten Spalte in der Schlackeoberfläche, und die Vögel drehten ab; ihr Plan war durchkreuzt.

»Meinen Sie, wir kriegen das je wieder aufgebaut?« fragte Morrison. »Bei dem Anblick wird mir ganz schlecht.«

»Irgendwann schon«, antwortete O'Neill. »Vorausgesetzt natürlich, daß wir die Industrie wieder unter Kontrolle bekommen. Und vorausgesetzt, daß irgendwas übrigbleibt, mit dem man arbeiten kann. Das wird bestenfalls schleppend vorangehen. Wir werden uns langsam aus den Siedlungen herausarbeiten müssen.«

Rechts von ihnen lag eine Menschenkolonie, zerlumpte Vogelscheuchen, hager und verhärmt, die inmitten von Ruinen lebten, die einmal eine Stadt gewesen waren. Ein paar Morgen unfruchtbaren Bodens waren gerodet worden; welkes Gemüse dörrte in der Sonne, Hühner wanderten lustlos hin und her, und ein von Fliegen geplagtes Pferd lag keuchend im Schatten eines primitiven Schuppens.

»Ruinenhocker«, meinte O'Neill düster. »Zu weit weg vom System – ohne Kontakt zu irgendeiner Fabrik.«

»Da sind sie doch selbst schuld«, sagte Morrison aufgebracht. »Sie könnten ja in eine von den Siedlungen kommen.«

»Das war ihre Stadt. Sie versuchen genau das, was *wir* versuchen – sich ohne fremde Hilfe wieder etwas aufzubauen. Aber sie fangen jetzt an, ohne Werkzeug oder Maschinen, mit bloßen Händen irgendwelchen Schutt zusammenzunageln. Und so geht das nicht. Wir brauchen Maschinen. Wir können keine Ruinen instand setzen; wir müssen die industrielle Produktion wieder in Gang bringen.«

Vor ihnen lag eine Reihe zerklüfteter Hügel, die bröckligen Überreste einer ehemaligen Gebirgskette. Dahinter erstreckte sich die titanenhafte, häßliche Wunde eines H-Bomben-Kraters, halb mit abgestandenem Wasser und Schleim angefüllt, ein verpestetes Binnenmeer.

Und dahinter – das Glitzern emsiger Bewegung.

»Da«, sagte O'Neill nervös. Rasch ging er mit dem Helikopter tiefer. »Können Sie erkennen, aus welcher Fabrik die kommen?«

»Für mich sehen die alle gleich aus«, murmelte Morrison und beugte sich vor, um besser sehen zu können. »Wir werden wohl abwarten und sie auf dem Rückweg verfolgen müssen, wenn sie eine Fuhre kriegen.«

»*Falls* sie eine Fuhre kriegen«, verbesserte O'Neill.

Die Autofab-Forschungsmannschaft schenkte dem Helikopter, der über sie hinwegschwirrte, keinerlei Beachtung und konzentrierte sich auf ihre Aufgabe. Dem größten Laster rasten zwei Traktoren voran; sie wanden sich Schutthügel hinauf, wobei ihre Sonden hervorsprossen wie Stacheln, schossen den Abhang auf der anderen Seite hinunter und verschwanden in der Aschedecke, die über der Schlacke ausgebreitet lag. Die beiden Erkundungsfahrzeuge wühlten sich hinein, bis nur noch ihre Antennen zu sehen waren. Sie brachen wieder durch die Oberfläche und rasten weiter; ihre Gleisketten surrten und rasselten.

»Was die wohl suchen?« fragte Morrison.

»Wer weiß.« O'Neill blätterte konzentriert in den Papieren an seinem Klemmbrett. »Wir müssen unsere ganzen alten Bestellzettel analysieren.«

Sie ließen die Autofab-Forschungsmannschaft am Boden hinter sich. Der Helikopter überflog einen verlassenen Landstrich aus Sand und Schlacke, wo sich nichts rührte. Ein verkrüppeltes Gehölz tauchte auf und dann, rechts davon, eine Reihe winziger beweglicher Punkte.

Eine Kolonne automatischer Erzloren raste über die öde Schlacke, eine Kette von Metallastern, die mit raschem

Tempo Heck an Schnauze hintereinander herfuhren. O'Neill hielt mit dem Helikopter auf sie zu, und ein paar Minuten später schwebten sie über der eigentlichen Mine.

Unmengen von klobigen Bergbaumaschinen hatten es bis zur Verarbeitung geschafft. Schächte waren abgeteuft worden; leere Loren warteten geduldig aufgereiht. Ein unablässiger Strom beladener Loren preschte dem Horizont entgegen; Erz rieselte von ihnen herunter. Betriebsamkeit und Maschinenlärm hingen über dem Gebiet, einem jähen Industriezentrum inmitten der öden Schlackewüsten.

»Da kommt die Forschungsmannschaft«, bemerkte Morrison und spähte den Weg zurück, den sie gekommen waren. »Meinen Sie, die lassen sich auf was ein?« Er grinste. »Nein, das ist wahrscheinlich zuviel verlangt.«

»Diesmal noch«, antwortete O'Neill. »Die suchen vermutlich nach anderen Substanzen. Und sie sind normalerweise so konditioniert, daß sie einander ignorieren.«

Der erste Forschungskäfer erreichte die Schlange von Erzloren. Er änderte den Kurs ein wenig und setzte seine Suche fort; die Loren blieben unerbittlich in der Schlange, als sei nichts passiert.

Enttäuscht wandte sich Morrison vom Fenster ab und fluchte. »Es hat keinen Zweck. Als ob sie füreinander nicht existieren.«

Allmählich entfernte sich die Forschungsmannschaft von der Lorenschlange, vorbei an den Bergbauarbeiten und über einen Hügelkamm dahinter. Sie hatten es nicht besonders eilig; sie fuhren davon, ohne auf das Erzsammler-Syndrom zu reagieren.

»Vielleicht sind sie von derselben Fabrik«, meinte Morrison hoffnungsvoll.

O'Neill deutete auf die Antennen, die auf den größeren Bergbaumaschinen zu sehen waren. »Ihre Spiegel haben einen anderen Vektor, also vertreten die hier zwei Fabriken. Das wird schwer; wir müssen es ganz genau hinkriegen, sonst reagieren sie nicht.« Er schaltete das Funkgerät ein und erwischte den Horchfunker der Siedlung. »Irgendwelche Resultate bei den erledigten Bestellungen?«

Der Diensthabende stellte ihn zu den Verwaltungsbüros der Siedlung durch.

»Sie trudeln langsam ein«, sagte Perine. »Sobald wir genügend Proben zusammenhaben, versuchen wir zu bestimmen, welche Rohstoffe welchen Fabriken fehlen. Das wird ziemlich riskant, auf der Basis komplexer Produkte zu extrapolieren. Vielleicht gibt es eine Reihe von Grundelementen, die die verschiedenen Unterabteilungen gemein haben.«

»Was passiert, wenn wir das fehlende Element identifiziert haben?« wollte Morrison von O'Neill wissen. »Was passiert, wenn wir zwei Tangentialfabriken haben, denen derselbe Rohstoff ausgeht?«

»Dann«, sagte O'Neill grimmig, »fangen wir an, den Rohstoff selbst zu sammeln – und wenn wir alles einschmelzen müssen, was die Siedlungen hergeben.«

III

In der mottenzerfressenen Dunkelheit der Nacht regte sich ein schwacher Wind, kalt und matt. Dichtes Unterholz klirrte metallisch. Hier und da streifte ein nächtlicher Nager umher, mit überwachen Sinnen, lauernd, Pläne schmiedend, auf der Suche nach Nahrung.

Die Gegend war verlassen. Meilenweit gab es keinerlei menschliche Siedlungen; die gesamte Region lag in Asche, wiederholte H-Bomben-Explosionen hatten sie ausgebrannt. Irgendwo in der dichten Dunkelheit quälte sich ein träges Wasserrinnsal über Schlacke und Unkraut, tropfte dickflüssig in ein ehemals kunstvolles Labyrinth von Abwasserkanälen. Die Rohre waren geborsten und zerbrochen, ragten in die nächtliche Dunkelheit empor, von Kletterpflanzen überwuchert. Der Wind trieb Wolken schwarzer Asche hoch, die zwischen dem Unkraut umherwirbelten und tanzten. Einmal regte sich schläfrig ein riesiger mutierter Zaunkönig, raufte sein grobes schützendes Nachtkleid aus Lumpen um sich und döste ein.

Eine Zeitlang rührte sich nichts. Ein Sternstreifen zeigte sich am Himmel oben, leuchtete starr, fern. Earl Penne schauderte, spähte hinauf und drängte sich näher an das pulsierende Heizelement heran, das zwischen den drei Männern auf der Erde stand.

»Na, und?« fragte Morrison zähneklappernd.

O'Neill gab keine Antwort. Er rauchte eine Zigarette, drückte sie an einem verwitterten Schlackehügel aus, zog sein Feuerzeug hervor und zündete sich die nächste an. Der Wolframklumpen - ihr Köder - lag unmittelbar vor ihnen, keine hundert Meter entfernt.

In den letzten paar Tagen war den Fabriken in Detroit und Pittsburgh das Wolfram ausgegangen. Und in mindestens einem Bereich überlappten sich ihre Systeme. In diesem schwerfälligen Haufen steckten Präzisionsschneidewerkzeuge, aus elektrischen Schaltern herausgerissene Kleinteile, hochwertige chirurgische Geräte, Teile von Dauermagneten, Meßinstrumenten - Wolfram aus jeder erdenklichen Quelle, fieberhaft aus allen Siedlungen zusammengetragen.

Dunkler Nebel lag über dem Wolframhaufen. Gelegentlich kam ein Nachtfalter herabgeflattert, angezogen vom funkelnd reflektierten Sternenlicht. Der Falter hing einen Augenblick in der Luft, schlug mit seinen langen, dünnen Flügeln vergeblich gegen das verflochtene Metallgewirr und schwebte dann davon, hinein in den Schatten der dichtgewachsenen Weinstöcke, die aus den Stümpfen von Abflußrohren aufragten.

»Nicht gerade ein besonders hübsches Plätzchen hier«, meinte Perine bitter.

»Reden Sie sich doch nichts ein«, gab O'Neill zurück. »Das hier ist das hübscheste Plätzchen auf Erden. Das hier ist die Stelle, die das Grab des Autofab-Systems markiert. Eines

Tages werden die Menschen hierherkommen und danach suchen. Dann steht hier ein Denkmal, eine Meile hoch.«

»Sie versuchen doch bloß, sich Mut zu machen«, schnaubte Morrison. »Sie glauben doch nicht im Ernst, daß die sich wegen einem Haufen chirurgischer Instrumente und Glühlampenfäden gegenseitig niedermetzeln. Die haben wahrscheinlich eine Maschine unten im tiefsten Stollen, die Wolfram aus dem Gestein gewinnt.«

»Kann schon sein«, sagte O'Neill und klatschte nach einer Mücke. Das Insekt wich geschickt aus und sirrte dann weiter, um Penne zu behelligen. Perine schlug wild danach und hockte sich mürrisch vor die feuchten Pflanzen.

Und da sahen sie, worauf sie gewartet hatten.

Jäh wurde O'Neill klar, daß er ihn schon seit ein paar Minuten angestarrt hatte, ohne ihn zu erkennen. Der Suchkäfer lag völlig regungslos da. Er ruhte auf der Spitze einer kleinen Anhöhe aus Schlacke, das Kopfende leicht erhoben, die Rezeptoren vollständig ausgefahren. Er hätte ein aufgegebenes Wrack sein können; keinerlei Aktivität, kein Anzeichen für Leben oder Bewußtsein. Der Suchkäfer paßte sich perfekt ein in die verwüstete, feuergetränkte Landschaft. Eine unscheinbare Wanne aus Metallplatten, Triebwerken und flachen Gleisketten, die ruhte und wartete. Und wachte.

Sie untersuchte den Wolframhaufen. Das erste Opfer hatte angebissen.

»Fische«, meinte Perine dumpf. »Die Schnur hat sich bewegt. Ich glaub, der Schwimmer ist untergegangen.«

»Zum Henker, was brummelst du da eigentlich vor dich hin?« grunzte Morrison. Da sah auch er den Suchkäfer. »Gott«, flüsterte er. Er richtete sich halb auf, den massiven Körper nach vorn gekrümmt. »Tja, das wäre schon mal *einer.* Jetzt brauchen wir bloß noch eine Einheit von der anderen Fabrik. Was meinen Sie, woher der kommt?«

O'Neill ortete den Kommunikationsspiegel und peilte dessen Winkel. »Pittsburgh, also beten Sie, daß Detroit bald kommt ... beten Sie wie verrückt.«

Zufrieden rollte der Suchkäfer vorwärts. Vorsichtig näherte er sich dem Hügel und begann mit einer Reihe komplizierter Manöver, rollte erst hierhin, dann dorthin. Die drei Männer beobachteten ihn verwirrt – bis sie die ersten Fühler anderer Suchkäfer erblickten.

»Kommunikation«, meinte O'Neill leise. »Wie bei den Bienen.«

Jetzt näherten sich fünf Suchkäfer aus Pittsburgh dem Wolframhaufen. Mit aufgeregt flatternden Rezeptoren erhöhten sie die Geschwindigkeit, hasteten plötzlich in einem Anfall von Entdeckerfreude an der Seite des Hügels zur Spitze hinauf. Ein Käfer wühlte sich hinein und war schnell verschwunden. Der ganze Hügel bebte; der Käfer war unten im Innern und erforschte das Ausmaß ihres Fundes.

Zehn Minuten später erschienen die ersten Erzloren aus Pittsburgh und fingen an, ihre Beute emsig davonzuschleppen.

»Verflucht!« sagte O'Neill verzweifelt. »Die schnappen sich das ganze Zeug, noch bevor Detroit hier auftaucht.«

»Können wir sie denn nicht irgendwie aufhalten?« fragte Perine hilflos. Er sprang auf, packte einen Stein und schleuderte ihn nach der nächsten Lore. Der Stein prallte ab, und die Lore setzte ihre Arbeit gelassen fort.

O'Neill stand auf und schlich umher, sein Körper starr vor ohnmächtiger Wut. Wo blieben sie denn bloß? Die Autofabs waren in jeder Hinsicht gleichberechtigt, und die Entfernung von dieser Stelle zu jedem Zentrum war exakt dieselbe. Theoretisch hätten die Trupps gleichzeitig eintreffen müssen. Dennoch war von Detroit noch immer nichts zu sehen – und die letzten Wolframstücke wurden eben vor seinen Augen verladen.

Da flitzte etwas an ihm vorbei.

Er konnte es nicht erkennen, da sich das Objekt zu schnell bewegte. Es raste wie ein Geschoß zwischen die verwachsenen Weinstöcke, jagte an der Seite des Hügelkamms hinauf, hing einen Augenblick lang in der Luft, um sein Ziel anzuvisieren, und sauste dann die andere Seite hinunter. Es stieß unmittelbar mit der Bleilore zusammen. Projektil und Opfer riß es jäh mit einem lauten Schlag in Stücke.

Morrison sprang auf. »Was, zum Henker ...?«

»Das sind sie!« schrie Perine, tanzte herum und fuchtelte mit seinen dünnen Armen. »Das ist Detroit!«

Ein zweiter Suchkäfer aus Detroit tauchte auf, überblickte zögernd die Lage und stürzte sich dann wütend auf die im Rückzug befindlichen Loren aus Pittsburgh. Überall prasselten Wolframteilchen nieder – Einzelteile, Schaltungen, zerfetzte Platten, Zahnräder und Federn und Bolzen der beiden Widersacher flogen in alle Richtungen. Die restlichen Loren machten quietschend kehrt; eine von ihnen kippte ihre Ladung ab und klapperte mit Höchstgeschwindigkeit davon. Eine zweite folgte, mit Wolfram überladen. Ein Suchkäfer aus Detroit holte sie ein, schnitt ihr mit einer heftigen Drehung den Weg ab und kippte sie glatt um. Käfer und Lore rollten einen flachen Graben hinab in einen brackigen Tümpel. Triefend und glitzernd rangen die beiden miteinander, halb unter Wasser.

»Tja«, meinte O'Neill unsicher, »wir haben's geschafft. Wir können uns auf den Heimweg machen.« Seine Beine waren schwach. »Wo ist unser Wagen?«

Als er den Laster auf Touren brachte, blitzte in weiter Ferne etwas auf, etwas Großes aus Metall, das sich über tote Schlacke und Asche dahinwälzte. Es war ein dichter Haufen von Loren, eine geballte Lawine von schweren Erztransportern, die auf den Ort des Geschehens zurasten. Aus welcher Fabrik sie wohl kamen?

Das spielte keine Rolle, denn aus dem dicken Geflecht von schwarzen, triefenden Weinstöcken kam ein Netz von Kontereinheiten auf sie zugekrochen. Beide Fabriken zogen ihre mobilen Anlagen zusammen. Von überall her schlitterten und krochen Käfer, drängten sich um die Reste des Wolframhaufens. Keine der beiden Fabriken würde sich den dringend benötigten Rohstoff durch die Lappen gehen lassen; keine der beiden würde ihren Fund aufgeben. Blindlings, mechanisch, im Banne unabänderlicher Direktiven, bemühten sich die beiden Gegner, eine Übermacht zusammenzuziehen.

»Los«, drängte Morrison. »Hauen wir endlich ab. Gleich ist hier der Teufel los.«

O'Neill drehte den Lastwagen eilig Richtung Siedlung. Ratternd machten sie sich auf den Rückweg durch die Dunkelheit. Von Zeit zu Zeit schoß ein Metallschatten an ihnen vorbei in die entgegengesetzte Richtung.

»Habt ihr gesehen, was die letzte Lore geladen hatte?« fragte Perine besorgt. »Die war nicht leer.«

Genausowenig wie die Loren, die ihr hinterherkamen, eine ganze Kolonne prallvoller Versorgungstransporter, die von einer komplizierten hochrangigen Überwachungseinheit gesteuert wurden.

»Gewehre«, sagte Morrison mit vor Angst weit aufgerissenen Augen. »Die schaffen Waffen ran. Aber wer soll denn damit umgehen?«

»Die da«, antwortete O'Neill. Er deutete auf eine Bewegung rechts von ihnen. »Sehen Sie mal, da drüben. Mit so was hatten wir nicht gerechnet.«

Jetzt sahen sie, wie der erste Fabriksvertreter ins Gefecht ging.

Als der Lastwagen in die Kansas-City-Siedlung einfuhr, hetzte Judith ihnen atemlos entgegen. In ihrer Hand flatterte ein Streifen Metallfolien-Papier.

»Was ist denn los?« fragte O'Neill und riß ihn ihr aus den Fingern.

»Grad gekommen.« Seine Frau schnappte nach Luft. »Ein Wagen ... kam angerast, hat's abgeworfen ... und ist wieder weg. Riesenaufregung. Mensch, die Fabrik ist ... ein loderndes Lichtermeer. Man kann es meilenweit sehen.«

O'Neill überflog das Papier. Es war eine Bescheinigung der Fabrik über den letzten Posten von Siedlungsbestellungen, eine vollständige Tabelle der erbetenen und von der Fabrik analysierten Bedarfsgegenstände. Quer über der Liste prangten in dicken schwarzen Lettern sechs ominöse Wörter:

ALLE LIEFERUNGEN BIS AUF WEITERES
EINGESTELLT

O'Neill atmete scharf aus und gab das Papier an Perine weiter. »Keine Konsumgüter mehr«, meinte er spöttisch; ein nervöses Grinsen durchzuckte sein Gesicht. »Das System stellt auf kriegsmäßige Produktion um.«

»Dann haben wir's also geschafft?« fragte Morrison zögernd.

»Genau«, sagte O'Neill. Jetzt, wo sich der Konflikt entzündet hatte, verspürte er wachsendes, eisiges Entsetzen. »Pittsburgh und Detroit kämpfen bis zur Entscheidung. Jetzt gibt es für uns kein Zurück mehr – die suchen sich Verbündete.«

IV

DAS KÜHLE LICHT DER MORGENSONNE lag über der wüsten Ebene aus schwarzer Metallasche. Die Asche glomm in einem stumpfen, ungesunden Rot; sie war noch warm.

»Paß auf«, warnte O'Neill. Er nahm den Arm seiner Frau und brachte sie fort von dem verrosteten, durchhängenden Lastwagen, hinauf zur Spitze einer Pyramide aus versprengten Betonblöcken, den verstreuten Überresten eines befestigten Bunkers. Earl Perine folgte ihnen, kam zögernd, vorsichtig nach.

Hinter ihnen erstreckte sich die verfallene Siedlung, ein chaotisches Würfelmuster aus Wohnhäusern, anderen Gebäuden und Straßen. Seitdem das Autofab-System Versorgung und Wartung eingestellt hatte, waren die menschlichen Siedlungen halb in Barbarei zurückgefallen. Die Gebrauchsgegenstände, die ihnen blieben, waren kaputt und nur teilweise zu gebrauchen. Es war über ein Jahr vergangen, seit der letzte Lastwagen der Fabrik erschienen war, beladen mit Lebensmitteln, Werkzeug, Kleidung und Ersatzteilen. Aus dem flachen Quader aus dunklem Beton und Metall am Fuß der Berge war nichts aufgetaucht, das sich in ihre Richtung bewegt hätte.

Ihr Wunsch hatte sich erfüllt – sie waren abgeschnitten, vom System losgelöst.

Auf sich selbst gestellt.

Die Siedlung war umgeben von Weizenfeldern und geknickten, von der Sonne gedörrten Gemüsestauden. Grobe, handgemachte Werkzeuge waren verteilt worden, primitive Gerätschaften, die in den einzelnen Siedlungen unter großen Mühen geschmiedet wurden. Die Siedlungen waren nur durch Pferdekarren und das schleppende Gestotter der Morsetaste miteinander verbunden.

Es war ihnen allerdings gelungen, ihre Organisation aufrechtzuerhalten. Güter und Dienstleistungen wurden langsam und kontinuierlich ausgetauscht. Grundlegende Gebrauchsgegenstände wurden produziert und verteilt. Die Kleidung, die O'Neill, seine Frau und Earl Perine anhatten, war zwar grob und ungebleicht, aber robust. Und es war ihnen gelungen, ein paar Laster von Benzin auf Holz umzustellen.

»Da wären wir«, sagte O'Neill. »Von hier aus können wir sehen.«

»Ob sich das lohnt?« fragte Judith erschöpft. Sie bückte sich, zupfte ziellos an ihrem Schuh herum und versuchte, einen Kieselstein aus der weichen Fellsohle zu puhlen. »Der Weg hierher ist ganz schön weit, nur um das zu sehen, was wir seit dreizehn Monaten tagtäglich sehen.«

»Stimmt«, gestand O'Neill; seine Hand ruhte kurz auf der schlaffen Schulter seiner Frau. »Aber das ist vielleicht das letzte. Und genau das wollen wir sehen.«

Am grauen Himmel über ihnen kreiselte rasch ein undurchsichtiger schwarzer Punkt. Hoch oben, in der Ferne, flog der Punkt Halbkreise und Zickzacklinien, folgte einem komplizierten, vorsichtigen Kurs. Seine Kreisbewegungen brachten ihn der rauhen Oberfläche des zerbombten, in den Fuß der Berge eingebetteten Gebildes immer näher.

»San Francisco«, erklärte O'Neill. »Eins von diesen Langstreckenprojektilen, Typ Falke, drüben von der Westküste.«

»Und Sie meinen, das ist das letzte?« fragte Perine.

»Es ist das einzige, das wir diesen Monat gesehen haben.« O'Neill setzte sich und streute langsam vertrocknete Tabakskrümel in eine Rille aus braunem Papier. »Und früher haben wir Hunderte davon gesehen.«

»Vielleicht haben sie ja was Besseres«, gab Judith zu bedenken. Sie suchte sich einen glatten Felsen und ließ sich müde darauf nieder. »Könnte doch sein, oder?«

Ihr Mann lächelte spöttisch. »Nein. Die haben nichts Besseres.«

Alle drei schwiegen nervös. Der kreiselnde schwarze Punkt über ihnen kam näher. An der flachen Oberfläche aus Metall und Beton war keinerlei Aktivität auszumachen; die Fabrik von Kansas City blieb völlig untätig, reagierte nicht. Vereinzelt trieben warme Aschewölkchen darüber hinweg, und ein Ende lag teilweise unter Schutt begraben. Die Fabrik hatte zahlreiche unmittelbare Treffer abbekommen. Die Ebene war durchzogen von den freiliegenden Furchen ihrer unterirdischen Tunnels, verstopft mit Trümmern und den dunklen, nach Wasser suchenden Ranken zäher Weinstöcke.

»Dieser verfluchte Wein«, grummelte Perine und kratzte an einer alten Wunde an seinem unrasierten Kinn. »Der überwuchert noch die ganze Welt.«

Hier und da rings um die Fabrik verrosteten die zerstörten Überreste einer mobilen Einheit im Morgentau. Loren, Lastwagen, Suchkäfer, Fabriksvertreter, Waffentransporter, Gewehre, Versorgungszüge, Tiefflugprojektile, beliebige Maschinenteile, in formlosen Haufen miteinander verworren und verschmolzen. Einige waren auf dem Rückweg zur Fabrik zerstört worden; andere waren mit dem Feind aneinandergeraten, als sie an die Oberfläche kamen, schwer mit Kriegsgerät beladen. Die Fabrik selbst – ihre Überreste – hatte sich offenbar noch tiefer in die Erde zurückgezogen. Ihre Oberfläche war kaum zu sehen, beinahe in der Flugasche verschwunden.

Seit vier Tagen hatte keine feststellbare Aktivität mehr stattgefunden, keinerlei sichtbare Bewegung.

»Sie ist tot«, sagte Perine. »Man sieht doch, daß sie tot ist.«

O'Neill gab keine Antwort. Er hockte sich hin, machte es sich bequem und richtete sich aufs Warten ein. Insgeheim war er davon überzeugt, daß in der ausgebrannten Fabrik noch irgendwo ein Funke von Automatenleben glomm. Man brauchte nur abzuwarten. Er sah auf seine Armbanduhr; es war halb neun. Früher hatte die Fabrik um diese Zeit mit ihrem üblichen Tagewerk begonnen. Kolonnen von Lastwagen und verschiedenartigen mobilen Einheiten waren mit Vorräten beladen an die Oberfläche gekommen, um ihre Expeditionen in die menschliche Siedlung zu unternehmen.

Ein Stück weiter rechts von ihnen bewegte sich etwas. Rasch wandte er ihm seine Aufmerksamkeit zu.

Eine einsame verbeulte Erzsammellore kroch schwerfällig auf die Fabrik zu. Eine letzte mobile Einheit, die versuchte, ihren Auftrag zu erfüllen. Die Lore war praktisch leer; ein paar magere Metallbrocken lagen auf ihrer Ladefläche verstreut. Ein Plünderer ... die Metallteile hatte er aus den zerstörten Anlagen herausgerissen, auf die er unterwegs gestoßen war. Schwächlich, wie ein blindes Metallinsekt, näherte sich die Lore der Fabrik. Sie kam nur unglaublich ruckartig vorwärts. Von Zeit zu Zeit blieb sie stehen, bockte und bebte und wich ohne Ziel vom Weg ab.

»Mit der Steuerung stimmt was nicht«, sagte Judith mit einem Anflug von Entsetzen in der Stimme. »Die Fabrik hat Schwierigkeiten, sie zurückzulenken.«

Ja, das hatte er schon einmal gesehen. Der Hochfrequenzsender der Fabrik bei New York hatte einen Totalausfall gehabt. Ihre mobilen Einheiten waren wie verrückt im Kreis getaumelt und gerast, gegen Felsen und Bäume gekracht, in Wasserrinnen geschlittert, hatten sich überschlagen, sich schließlich entwirrt und waren widerwillig erstorben.

Die Erzlore erreichte den Rand der verwüsteten Ebene und hielt kurz an. Über ihr am Himmel kreiste immer noch der schwarze Punkt. Eine Zeitlang blieb die Lore starr.

»Die Fabrik versucht, sich zu entscheiden«, meinte Perine. »Sie braucht den Rohstoff, aber sie hat Angst vor dem Falken da oben.«

Die Fabrik ging mit sich zu Rate, und nichts rührte sich. Dann kroch die Erzlore schwankend weiter. Sie ließ das Gewirr von Weinstöcken hinter sich und fuhr hinaus in die verbrannte, weite Ebene. Mühsam, mit unendlicher Vorsicht, hielt sie auf den Klotz aus dunklem Beton und Metall am Fuß der Berge zu.

Der Falke kreiste jetzt nicht mehr.

»Runter mit euch!« sagte O'Neill scharf. »Die haben die Dinger mit den neuen Bomben ausgerüstet.«

Seine Frau und Perine kauerten sich neben ihm zu Boden, und die drei spähten vorsichtig in die Ebene, zu dem Metallinsekt, das schwerfällig darüber hinwegkroch. Am Himmel fegte der Falke in einer geraden Linie dahin, bis er unmittelbar über der Lore schwebte. Dann, ohne Laut oder Vorwarnung, kam er senkrecht herunter. Judith schlug die Hände vors Gesicht. »Das kann ich nicht mitansehen!« kreischte sie. »Ist ja gräßlich! Wie die wilden Tiere!«

»Der hat's nicht auf die Lore abgesehen«, krächzte O'Neill.

Als das Flugprojektil sank, beschleunigte die Lore verzweifelt. Sie raste lärmend auf die Fabrik zu, klappernd und ratternd, unternahm einen letzten vergeblichen Versuch, ihr Ziel sicher zu erreichen. Von wilder Gier erfüllt, vergaß die Fabrik die Bedrohung in der Luft, öffnete sich und lenkte ihre mobile Einheit unmittelbar ins Innere. Und der Falke hatte, was er wollte.

Bevor sich die Sperre wieder schließen konnte, stieß der Falke in langem Gleitflug herab und flog dann parallel zum Boden. Als die Lore in den Tiefen der Fabrik verschwand, schoß der Falke hinterher, ein blitzschneller Metallschimmer, der an der klappernden Lore vorbeiraste. Als die Fabrik sich dessen plötzlich bewußt wurde, ließ sie die Sperre zukrachen. Die Lore zappelte grotesk; sie war fest in der halb geschlossenen Sperre gefangen.

Aber es spielte keine Rolle, ob sie sich befreite. Irgend etwas rührte sich mit dumpfem Grollen. Die Erde bewegte sich, bäumte sich auf und beruhigte sich dann wieder. Eine schwere Stoßwelle breitete sich unter den drei Zuschauern aus. Von der Fabrik stieg eine einzelne schwarze Rauchsäule auf. Die Betonoberfläche riß wie ein vertrockneter Kokon; sie schrumpelte und barst, und ein Schauer kleiner Trümmerstücke ging nieder. Der Rauch hing eine Weile in der Luft und trieb dann ziellos mit dem Morgenwind davon.

Die Fabrik war ein verschmolzener, ausgebrannter Trümmerhaufen. Der Falke war in sie eingedrungen und hatte sie zerstört.

Steif stand O'Neill auf. »Es ist aus. Aus und vorbei. Jetzt haben wir das, was wir erreichen wollten – wir haben das Autofab-System vernichtet.« Er blickte Perine an. »Aber wollten wir das überhaupt?«

Sie schauten zur Siedlung zurück. Nur wenig war von den ordentlichen Häuserreihen und Straßen früherer Jahre übriggeblieben. Ohne das System war die Siedlung schnell verfallen. Die einstige satte Sauberkeit war nicht mehr; die Siedlung war schäbig und verwahrlost.

»Natürlich«, sagte Perine zögernd. »Wenn wir erst mal in den Fabriken drin sind und unsere eigenen Fließbänder montieren ...«

»Ist denn überhaupt noch was übrig?« erkundigte sich Judith.

»Es muß noch was übrig sein. Mein Gott, da unten gab's doch meilenlange tiefe Stollen!«

»Ein paar von den Bomben, die sie gegen Ende entwickelt haben, waren riesengroß«, gab Judith zu bedenken. »Besser als alles, was wir in unserem Krieg hatten.«

»Erinnern Sie sich noch an das Lager, das wir gesehen haben? Die Ruinenhocker?«

»Da war ich nicht dabei«, sagte Perine.

»Die sind wie die wilden Tiere. Fressen Wurzeln und Larven. Schleifen Steine, gerben Felle. Barbaren, Vieh.«

»Aber das wollen solche Leute nun mal«, antwortete Perine abwehrend.

»Wollen sie das? Wollen wir das?« O'Neill deutete auf die zerstreut daliegende Siedlung. »Haben wir damit etwa gerechnet, an dem Tag, als wir das Wolfram gesammelt haben? Oder an dem Tag, als wir dem Lastwagen erklärt haben, die Milch wär ...« Er konnte sich an das Wort nicht mehr erinnern.

»Fieselig«, half Judith aus.

»Los«, sagte O'Neill. »Brechen wir auf. Mal sehen, was von der Fabrik noch übrig ist – für uns.«

Sie näherten sich der zerstörten Fabrik am späten Nachmittag. Vier Lastwagen ratterten schwankend hinauf an den Rand der ausgebrannten Grube und hielten an, mit dampfenden Motoren und tröpfelnden Auspuffrohren. Wachsam und vorsichtig kletterten Arbeiter herunter und schlichen behutsam über die heiße Asche.

»Vielleicht ist es noch zu früh«, wandte einer von ihnen ein.

O'Neill hatte nicht die Absicht zu warten. »Los«, befahl er. Er schnappte sich eine Taschenlampe und trat in den Krater hinunter.

Der geschützte Rumpf der Fabrik von Kansas City lag unmittelbar vor ihnen. In seinem ausgebrannten Maul hing noch immer die Erzlore fest, zappelte jedoch nicht mehr. Hinter der Lore lag ein düster dräuender Pfuhl. O'Neill leuchtete durch die Zufahrt; die verworrenen, schartigen Überreste aufrechter Träger waren zu sehen.

»Wir müssen tief rein«, sagte er zu Morrison, der achtsam neben ihm her schlich. »Wenn noch was übrig ist, dann ist es ganz unten.«

Morrison grunzte. »Diese Schürfmaulwürfe aus Atlanta haben einen Großteil der unteren Schichten erwischt.«

»Bis die anderen ihre Minen abgeteuft haben.« O'Neill trat vorsichtig durch die abfallende Zufahrt, kletterte auf einen Schutthaufen, der von innen gegen den Schlitz geschleudert worden war, und befand sich im Innern der Fabrik – weit und breit nichts als wirre Trümmer, ohne Bedeutung oder Muster.

»Entropie«, schnaufte Morrison halblaut. »Das, was sie immer gehaßt hat. Das, was sie bekämpfen sollte. Überall wahllose Partikel. Ohne Sinn und Zweck.«

»Weiter unten«, sagte O'Neill störrisch, »finden wir vielleicht ein paar abgeschottete Enklaven. Ich weiß genau, daß sie sich in autonome Bereiche unterteilt und versucht hat, die Reparatureinheiten intakt zu halten, um so die Einzelteile der Fabrik wieder zusammenzusetzen.«

»Die Maulwürfe haben die meisten erwischt«, bemerkte Morrison, trottete O'Neill aber trotzdem hinterdrein.

Die Arbeiter hinter ihnen kamen langsam näher. Ein Teil der Trümmer verschob sich bedenklich, und ein Schauer heißer Teilchen regnete herab.

»Ihr geht zu den Lastwagen zurück«, sagte O'Neill. »Es hat keinen Wert, mehr Männer als nötig zu gefährden. Falls Morrison und ich nicht zurückkommen, vergessen Sie uns – gehen Sie bloß nicht das Risiko ein, uns eine Rettungsmannschaft hinterherzuschicken.« Als sie losmarschierten, machte er Morrison auf eine Einfahrtsrampe aufmerksam, die noch teilweise intakt war. »Gehen wir runter.«

Schweigend ließen die beiden Männer einen toten Stollen nach dem anderen hinter sich. Endlose Meilen dunkler Trümmer erstreckten sich vor ihnen, ohne Laut und Regung. Die vagen Umrisse rußgeschwärzter Maschinen, stillstehender Bänder und Förderanlagen waren zu erkennen, und die teilweise fertiggestellten Hülsen von Kriegsprojektilen, verdreht und verformt von der letzten Explosion.

»Davon können wir einiges retten«, meinte O'Neill, glaubte jedoch eigentlich nicht daran. Die Maschinen waren verschmolzen, unförmig. Alles in der Fabrik war ineinandergelaufen, geronnene Schlacke ohne Form und Nutzen. »Wenn wir's erst mal an die Oberfläche geschafft haben ...«

»Das können wir nicht«, widersprach Morrison bitter. »Wir haben weder Hebezeug noch Winden.« Er trat nach einem Haufen verkohlten Versorgungsmaterials, der neben einem zerstörten Band liegengeblieben war und sich halb über die Rampe ergossen hatte.

»Damals fand ich die Idee gar nicht so schlecht«, sagte O'Neill, als die beiden ihren Weg fortsetzten, vorbei an leeren Maschinenstollen. »Aber wenn ich jetzt zurückdenke, bin ich mir da nicht mehr so sicher.«

Sie waren tief in die Fabrik eingedrungen. Der Vorstoß des letzten Stollens erstreckte sich vor ihnen. O'Neill leuchtete mit der Lampe umher, versuchte, unversehrte Bereiche auszumachen, noch intakte Teile des Fertigungsprozesses.

Morrison spürte es zuerst. Er fiel plötzlich auf Hände und Knie; den schweren Körper gegen den Boden gepreßt, lag er da und lauschte, mit starrer Miene und aufgerissenen Augen. »Um Gottes willen ...«

»Was ist denn?« schrie O'Neill. Da spürte es auch er. Unter ihnen brummte ein schwaches, nachdrückliches Vibrieren durch den Boden, ein gleichmäßiges Summen von Aktivität. Sie hatten sich getäuscht; der Falke hatte sein Ziel nicht ganz erreicht. Weiter unten, in einem tieferen Stollen, lebte die Fabrik noch immer. Nach wie vor wurden geheime, beschränkte Operationen ausgeführt.

»Ganz auf sich selbst gestellt«, murmelte O'Neill und suchte nach einer Verlängerung des Grubenschachts. »Autonome Aktivität, die andauert, auch wenn alles andere kaputt ist. Wie kommen wir da runter?«

Der Einfahrtschacht war unzugänglich, versperrt mit einem dicken Metallteil. Die fortlebende Schicht unter ihren Füßen war völlig abgeschnitten; es gab keinen Zugang.

O'Neill raste den Weg zurück, den sie gekommen waren, erreichte die Oberfläche und rief den ersten Lastwagen herbei. »Wo, zum Teufel, ist der Schweißbrenner? Geben Sie schon her!«

Er bekam das kostbare Werkzeug samt Gaszylindern gereicht und eilte keuchend zurück in die Tiefen der zerstörten Fabrik, wo Morrison wartete. Gemeinsam fingen die beiden an, sich wie wild durch den verzogenen Metallboden zu schneiden, die dichten Schichten schützenden Geflechts auseinanderzubrennen.

»Gleich kommt's«, stieß Morrison hervor und zwinkerte ins grelle Licht der Schweißflamme. Die Platte fiel mit einem lauten Klirren, verschwand in den Stollen unter ihnen. Weiße Lohe waberte um sie auf, und die beiden Männer wichen zurück.

Die abgeschottete Kammer dröhnte und hallte von Aktivität, ein kontinuierlicher Prozeß von laufenden Bändern, surrenden Werkzeugmaschinen, umherflitzenden mechanischen Kontrolleuren. An einem Ende ergoß sich ein unablässiger Strom von Rohstoffen auf die Fertigungsstraße; an der anderen Seite wurde das Endprodukt heruntergerissen, geprüft und in eine Transportröhre gestopft.

Das alles war nur für den Bruchteil einer Sekunde zu sehen; dann wurde ihr Eindringen bemerkt. Robotrelais schalteten sich dazu. Das Lichtermeer flackerte und wurde dunkler. Das Fließband schien zu gefrieren, hielt jäh an.

Die Maschinen klickten und verstummten dann.

An einem Ende löste sich eine mobile Einheit und raste die Wand hoch, auf das Loch zu, das O'Neill und Morrison geschnitten hatten. Sie rammte eine Notdichtung hinein und schweißte sie fachmännisch fest. Es war nichts mehr zu sehen. Einen Augenblick später erzitterte der Boden, als die Aktivität wiederaufgenommen wurde.

Kreidebleich und bibbernd wandte Morrison sich an O'Neill. »Was machen die bloß? Was stellen die her?«

»Jedenfalls keine Waffen«, meinte O'Neill.

»Das Zeug wird raufgeschickt« – Morrison gestikulierte krampfhaft – »an die Oberfläche.«

Schwankend rappelte O'Neill sich hoch. »Können wir die Stelle finden?«

»Ich ... denke schon.«

»Wollen wir's hoffen.« O'Neill schnappte sich die Taschenlampe und marschierte auf die Auffahrtsrampe zu. »Wir müssen rausfinden, was das für Kugeln sind, die sie da nach oben schießen.«

Das Austrittsventil der Transportröhre lag in einem Gewirr von Weinstöcken und Trümmern eine Viertelmeile hinter der Fabrik verborgen. Aus einer Felsspalte am Fuß der Berge ragte das Ventil hervor wie ein Rüssel. Aus gut zehn Metern Entfernung war es nicht zu sehen; die beiden Männer standen beinahe darauf, bevor sie es bemerkten.

Alle paar Sekunden sprang eine Kugel daraus hervor und schoß hinauf in den Himmel. Der Rüssel drehte sich und änderte seinen Krümmungswinkel; jede Kugel wurde mit leicht veränderter Flugbahn herauskatapultiert.

»Wie weit die wohl fliegen?« überlegte Morrison.

»Je nachdem, wahrscheinlich. Sie verteilt sie völlig wahllos.« O'Neill schob sich behutsam vorwärts, aber der Mechanismus nahm keinerlei Notiz von ihm. An der hoch aufragenden Felswand klebte eine zerdrückte Kugel; der Rüssel hatte sie aus Versehen direkt gegen den Berg geschleudert. O'Neill kletterte hinauf, holte sie sich und sprang wieder herunter.

Bei der Kugel handelte es sich um einen zertrümmerten Maschinenbehälter, klitzekleine Metallelemente, zu winzig, um sie ohne Mikroskop zu analysieren.

»Jedenfalls keine Waffe«, meinte O'Neill.

Der Zylinder war geborsten. Zunächst konnte er nicht erkennen, ob das auf den Aufprall oder bewußte innere Mechanismen zurückzuführen war. Aus dem Riß sickerte ein Rinnsal aus Metallteilchen. O'Neill hockte sich hin und untersuchte sie.

Die Teilchen bewegten sich. Mikroskopisch kleine Maschinen, kleiner als Ameisen, kleiner als Nadeln, die energisch, zielstrebig arbeiteten – etwas konstruierten, das aussah wie ein winziges Rechteck aus Stahl.

»Sie bauen«, sagte O'Neill ehrfürchtig. Er stand auf und schlich weiter. Etwas abseits, am anderen Ende der Rinne, stieß er auf eine niedergegangene Kugel, die mit ihrem Bau bereits viel weiter war. Offenbar war sie schon vor einiger Zeit abgeschossen worden.

Sie hatte so große Fortschritte gemacht, daß man etwas erkennen konnte. Obgleich winzig, war ihnen das Gebilde doch vertraut. Die Maschinen bauten die zerstörte Fabrik im kleinen nach.

»Tja«, sagte O'Neill nachdenklich, »jetzt sind wir wieder da, wo wir angefangen haben. Ob das nun besser oder schlechter ist ... ich weiß es nicht.«

»Die sind mittlerweile bestimmt schon überall auf der Welt«, sagte Morrison, »landen und machen sich an die Arbeit.«

O'Neill kam ein Gedanke. »Vielleicht sind ein paar davon sogar für Fluchtgeschwindigkeit eingerichtet. Wär doch nett – Autofab-Systeme im ganzen Universum.«

Hinter ihm verspritzte der Rüssel weiter seinen metallenen Samenstrom.

Zur Zeit der Perky Pat

MORGENS UM ZEHN WURDE SAM REGAN von dem furchtbaren Heulen einer ihm nur allzu vertrauten Sirene aus dem Schlaf gerissen, und er verfluchte den Careboy an der Oberfläche; Sam wußte, daß er absichtlich soviel Lärm machte. Der Careboy kreiste, um sicherzustellen, daß die Launis – und nicht irgendwelche wilden Tiere – die Carepakete bekamen, die er abwerfen wollte.

Die kriegen wir schon, die kriegen wir schon, sagte sich Sam Regan, zog den Reißverschluß seines staubdichten Overalls hoch, steckte die Füße in Stiefel und schlich dann mürrisch so langsam wie möglich zur Rampe. Ein paar andere Launis schlossen sich ihm an, allesamt ebenso verärgert wie er.

»Der ist aber früh dran heute«, klagte Tod Morrison. »Und ich könnte wetten, es sind wieder nur Grundnahrungsmittel, Zucker, Mehl und Schweineschmalz – nichts Interessantes wie zum Beispiel Süßigkeiten.«

»Wir sollten dankbar sein«, meinte Norman Schein.

»Dankbar!« Tod blieb stehen und starrte ihn an. »DANKBAR?«

»Ja«, sagte Schein. »Was meinst du, wovon wir uns ohne sie ernähren würden? Wenn sie vor zehn Jahren die Wolken nicht gesehen hätten.«

»Na ja«, meinte Tod verdrossen, »ich kann's eben einfach nicht haben, wenn sie so *früh* kommen; im Prinzip habe ich an sich ja eigentlich nichts dagegen.«

Schein stemmte die Schultern gegen die Verschlußplatte am Kopf der Rampe und sagte freundlich: »Wie überaus tolerant von dir, Toddy-Boy. Ich bin sicher, die Careboys würden sich freuen, wenn sie hören könnten, wie du darüber denkst.«

Sam Regan kam als letzter der drei an die Oberfläche; oben gefiel es ihm ganz und gar nicht, und seinetwegen durfte das ruhig jeder wissen. Und überhaupt, niemand konnte ihn zwingen, die sichere Launengrube von Pinole zu verlassen; das war allein seine Sache, und jetzt fiel ihm auf, daß eine ganze Reihe anderer Launis es vorgezogen hatte, unten in ihrem Quartier zu bleiben, in der Gewißheit, daß diejenigen, die auf die Sirene reagierten, ihnen schon etwas mitbringen würden.

»Ist das hell«, murmelte Tod und blinzelte in die Sonne.

Über ihren Köpfen funkelte das Careschiff; es hob sich gegen den grauen Himmel ab, als hinge es an einem unsicheren Faden. Guter Pilot, befand Tod. Er oder vielmehr es ließ die Sache gemächlich angehen, ohne jede Eile. Tod winkte dem Careschiff, und erneut brach der Sirenenlärm los, so daß er sich mit den Händen die Ohren zuhalten mußte. He, einmal ist genug, dachte er. Da hörte das Heulen auf; der Careboy hatte ein Einsehen.

»Gib ihm das Zeichen zum Abwurf«, sagte Norm Schein zu Tod. »Du hast den Winker.«

»Ist gut«, erwiderte Tod und begann eifrig die rote Flagge zu schwenken, die sie vor Ewigkeiten von den Marswesen bekommen hatten, hin und her, hin und her.

Ein Projektil glitt aus dem unteren Teil des Schiffes, warf Stabilisatoren aus und trudelte dem Erdboden entgegen.

»Scheibenkleister«, stieß Sam Regan angewidert hervor. »Also doch Grundnahrungsmittel; der Fallschirm fehlt.« Gleichgültig wandte er sich ab.

Wie elend es hier oben heute aussieht, dachte er, als er die Landschaft ringsum betrachtete. Dort, rechts von ihm, das halbfertige Haus, das jemand – nicht weit von der Grube – aus Holz zu bauen begonnen hatte, das er in den Ruinen von Vallejo, zehn Meilen weiter nördlich, zusammengeklaubt hatte. Tiere oder Strahlenstaub hatten den Baumeister erwischt, deshalb war sein Werk unvollendet geblieben; kein Mensch würde je darin wohnen. Außerdem, bemerkte Sam Regan, hatte es ungewöhnlich heftigen Niederschlag gegeben, seit er zuletzt hier gewesen war, Donnerstagmorgen, vielleicht aber auch Freitag; er hatte den genauen Überblick verloren. Dieser dämliche Staub, dachte er. Nichts als Steine, Schutt und Staub. Die Welt verstaubt immer mehr, und keiner macht mal gründlich sauber. Wie wär's mit dir? fragte er stumm den Mars-Careboy, der über ihnen langsam seine Kreise zog. Deine Technik kennt doch keine Grenzen. Kannst du nicht eines Morgens mal mit einem Staubtuch anrücken, ein paar Millionen Quadratmeilen groß, und unseren Planeten in neuem Glanz erstrahlen lassen?

Oder vielmehr, dachte er, im *alten* Glanz wie in den »ollen Tagen«, wie das bei den Kindern hieß. Das wär doch was. Wenn du schon so darauf versessen bist, uns weiterzuhelfen, versuch's doch mal damit.

Der Careboy kreiste ein letztes Mal auf der Suche nach Schriftzeichen im Staub: nach einer Mitteilung der Launis am Boden. Genau, das schreib ich, dachte Sam. BRINGT UNS EIN STAUBTUCH, STELLT UNSERE ZIVILISATION WIEDER HER. Alles klar, Careboy?

Urplötzlich schoß das Schiff davon, ohne Frage zurück zu seiner Heimatbasis auf Luna oder vielleicht sogar zum Mars.

Aus dem offenen Loch der Launengrube, durch das die drei gekommen waren, ragte noch ein Kopf hervor; es war Jean Regan, Sams Frau. Unter ihrer Kappe zum Schutz gegen die graue, blendende Sonne runzelte sie die Stirn und sagte: »Gibt's was Besonderes? Was *Neues*?«

»Ich fürchte nein«, meinte Sam. Das Careprojektil war gelandet, und er ging darauf zu, schlurfte mit den Stiefeln durch den Staub. Die Hülle des Projektils war beim Aufprall geplatzt, und er konnte die Kanister schon erkennen. Es sah ganz danach aus, als wären es zweieinhalb Tonnen Salz –

die können wir ebensogut hier oben liegen lassen, damit die Tiere nicht verhungern, befand er. Allmählich verließ ihn der Mut.

Merkwürdig, wieviel Mühe sich die Careboys machten. Sie waren ununterbrochen damit beschäftigt, alles zum Leben Notwendige von ihrem Planeten zur Erde zu fliegen. Die denken wohl, wir tun den ganzen Tag nichts als essen, dachte Sam. Mein Gott ... die Grube war bis zum Gehtnichtmehr vollgestopft mit Nahrungsmittelvorräten. Sie war allerdings auch einer der kleinsten öffentlichen Bunker in Nordkalifornien gewesen.

»He«, rief Schein, ging neben dem Projektil in die Hocke und spähte durch den Riß an der Seite. »Ich glaub, ich sehe was, das wir gebrauchen können.« Er suchte sich eine verrostete Metallstange – in den ollen Tagen hatte sie dazu gedient, die Betonmauer eines öffentlichen Gebäudes zu verstärken – und machte sich damit an dem Projektil zu schaffen, um den Öffnungsmechanismus in Gang zu setzen. Als er den Mechanismus ausgelöst hatte, sprang die hintere Hälfte des Projektils auf ... und der Inhalt lag vor ihnen.

»Sieht ganz so aus, als ob Radios in der Kiste wären«, sagte Tod. »Transistorradios.« Nachdenklich strich er sich den kurzen schwarzen Bart. »Vielleicht können wir daraus was Neues für unsere Anlagen machen.«

»Meine hat schon ein Radio«, meinte Schein.

»Na ja, dann baust du dir aus den Teilen eben einen Elektrorasenmäher mit Automatiksteuerung«, sagte Tod. »So einen hast du doch noch nicht, oder?« Er kannte die Perky-Pat-Anlage der Scheins recht gut; die beiden Paare, er und seine Frau sowie Schein und dessen Frau, hatten ziemlich oft miteinander gespielt und jeweils etwa gleich viele Partien gewonnen.

»Die Radios gehören mir«, meinte Sam Regan, »die kann ich gut gebrauchen.« Seiner Anlage fehlte der automatische Garagentoröffner, den sowohl Schein als auch Tod hatten; sie waren ihm ein ganzes Stück voraus.

»Machen wir uns an die Arbeit«, willigte Schein ein. »Wir lassen die Lebensmittel hier und karren bloß die Radios nach unten. Wenn jemand die Lebensmittel will, soll er sie sich holen kommen. Bevor die Hutzen sie kriegen.«

Mit einem Nicken gingen die beiden anderen Männer daran, alles Brauchbare aus dem Projektil zum Eingang der Grubenrampe zu karren. Um es in ihren kostbaren, kunstvollen Perky-Pat-Anlagen zu verarbeiten.

Timothy Schein, zehn Jahre alt und sich seiner vielen Verpflichtungen durchaus bewußt, saß mit gekreuzten Beinen vor seinem Schleifstein und wetzte langsam und gekonnt sein Messer. Unterdessen stritten sich seine Eltern auf der anderen Seite der Trennwand lautstark mit Mr. und Mrs. Morrison; es ging ihm auf die Nerven. Sie spielten schon wieder Perky Pat. Wie üblich.

Wie oft müssen die dieses blöde Spiel heute eigentlich noch spielen? fragte sich Timothy. Bis in alle Ewigkeit wahrscheinlich. Er konnte nichts daran finden, seine Eltern jedoch spielten es unentwegt. Und sie waren nicht die einzigen; von anderen Kindern – sogar aus anderen Launengruben – wußte er, daß auch deren Eltern den Großteil des Tages und manchmal sogar bis in die Nacht hinein Perky Pat spielten.

»Perky Pat geht in den Lebensmittelladen«, sagte seine Mutter laut, »und der hat so ein elektronisches Auge, das die Tür aufmacht. Schaut.« Pause. »Seht ihr, sie ist aufgegangen, und jetzt ist sie drin.«

»Sie schiebt einen Einkaufswagen vor sich her«, kam Timothys Vater ihr zu Hilfe.

»Nein«, widersprach Mrs. Morrison. »Stimmt ja gar nicht. Sie gibt dem Kaufmann ihre Liste, und der sucht alles zusammen, was sie braucht.«

»So was gibt's doch bloß im Kramladen an der Ecke«, erklärte seine Mutter. »Und das hier ist ein Supermarkt, das sieht man doch an der Tür mit dem elektronischen Auge.«

»Türen mit elektronischen Augen hat es in allen Lebensmittelläden gegeben, da bin ich sicher«, beharrte Mrs. Morrison, und ihr Mann schlug sich sofort auf ihre Seite. Jetzt wurden die Stimmen wütend lauter; wieder zankten sie sich. Wie üblich.

Ach, ihr seid doch zum Schrotzen, sagte sich Timothy; das war das schlimmste Wort, das er und seine Freunde kannten. Was ist schon ein Supermarkt? Er prüfte die Schneide seines Messers – er hatte sie selbst gemacht, ganz allein, aus einem schweren Metalltiegel – und sprang dann auf die Beine. Einen Augenblick später war er leise den Gang hinunter zum Quartier der Chamberlains gerannt und klopfte sein Geheimklopfzeichen an die Tür.

Fred, ebenfalls zehn Jahre alt, machte ihm auf. »Hallo. Kann's losgehen? Haste dein blödes Messer geschärft? Hab ich schon gesehen; was wollen wir fangen?«

»Jedenfalls keine Hutze«, meinte Timothy. »Was viel Besseres; ich hab's satt, immer nur Hutzen zu essen. Die sind mir zu scharf.«

»Spielen deine Eltern Perky Pat?«

»Ja.«

»Mom und Dad sind schon ewig bei den Benteleys und spielen.« Er sah Timothy von der Seite an, und einen Augenblick lang teilten sie die stumme Enttäuschung über ihre Eltern. Mensch, und vielleicht war dieses doofe Spiel inzwischen um die ganze Welt; das hätte die beiden nicht gewundert.

»Wieso spielen deine Eltern eigentlich dauernd?« fragte Timothy.

»Weswegen deine auch spielen«, meinte Fred.

»Aber wieso?« sagte Timothy zögernd. »Ich hab keine Ahnung, wieso; deshalb frag ich dich doch, weißt du's denn nicht?«

»Weil ...« Fred brach ab: »Frag sie doch selber. Jetzt komm; gehen wir nach oben und jagen.« Seine Augen leuchteten. »Mal gucken, was uns heute unters Messer kommt.«

Wenig später waren sie die Rampe hinaufgestiegen, hatten die Verschlußplatte aufgestoßen, hockten inmitten von Staub und Steinen und suchten den Horizont ab. Timothys Herz klopfte; dieser Augenblick überwältigte ihn jedesmal, der Moment, wenn er oben ankam. Wenn er die endlose Weite zum ersten Mal sah. Denn es war immer wieder anders. Heute lag mehr Staub als sonst, von einem noch dunkleren Grau; er wirkte dichter, geheimnisvoller.

Hier und da, unter vielen Staubschichten verborgen, lagen Pakete, die frühere Hilfsschiffe abgeworfen hatten – und die jetzt verrotteten. Verrotteten, weil sie nie abgeholt worden waren. Und Timothy sah ein neues Projektil, das morgens gekommen war. Ein Großteil der Ladung war von außen zu sehen; die Erwachsenen hatten das meiste darin heute nicht gebrauchen können.

»Guck mal«, sagte Fred leise.

Zwei Hutzen – mutierte Hunde oder Katzen; das wußte niemand so genau – waren aufgetaucht und beschnupperten zögernd das Projektil, angezogen von dem zurückgelassenen Inhalt.

»Die nicht«, sagte Timothy.

»Die eine ist aber ganz schön fett«, meinte Fred gierig. Doch das Messer hatte Timothy; er selbst hatte bloß eine Schnur mit einem Metallbolzen am Ende, eine Rassel, mit der man aus einiger Entfernung zwar einen Vogel oder ein kleines Tier erlegen konnte – die gegen eine Hutze jedoch nutzlos war, die im allgemeinen zwischen fünf und zehn Kilo wog, manchmal sogar mehr.

Hoch oben am Himmel zog mit rasender Geschwindigkeit ein Punkt vorbei, und Timothy wußte, daß es ein Careschiff war, das Vorräte zu einer anderen Launengrube brachte. Immer am Ball, dachte er. Diese Careboys kommen und gehen; legen nie 'ne Pause ein, wenn sie nämlich eine machen, dann würden die Erwachsenen sterben. Und das wär doch wirklich schade, oder? dachte er spöttisch. Wär echt traurig.

»Wink mal, vielleicht wirft es dann was ab«, sagte Fred. Er grinste Timothy an, und dann brachen beide in Gelächter aus.

»Logo«, meinte Timothy. »Mal sehen; was will ich denn?« Bei der Vorstellung, etwas zu wollen, mußten die zwei erneut lachen. Die beiden Jungen hatten die ganze Oberfläche für sich, so weit das Auge reichte ... sie hatten sogar noch mehr als die Careboys, und das war reichlich, mehr als reichlich.

»Meinst du, die wissen«, fragte Fred, »daß unsere Eltern sich aus dem, was die abwerfen, Möbel für ihre Perky-Pat-Anlagen basteln? Ich wette, die haben keinen blassen Schimmer von Perky Pat; die haben noch nie 'ne Perky-Pat-Puppe gesehen, und wenn doch, dann wären sie bestimmt echt sauer.«

»Genau«, sagte Timothy. »Die wären so stinkig, daß sie wahrscheinlich gar nichts mehr abwerfen würden.« Er starrte Fred an.

»Ach nee«, meinte Fred. »Das erzählen wir denen lieber nicht; sonst verprügelt dich dein Dad bloß wieder, und mich wahrscheinlich gleich mit.«

Trotzdem, ein faszinierender Gedanke. Er malte sich erst die Verwunderung und dann den Zorn der Careboys aus; es wäre sicher lustig, das zu sehen, die Reaktion der achtbeinigen Marswesen, unter deren warziger Schale sich soviel Gutmütigkeit verbarg, der einklappigen, molluskenartigen Kephalopoden, die es freiwillig auf sich genommen hatten, den schwindenden Überresten der Menschheit zu Hilfe zu kommen ... und das hatten sie nun von ihrer Gutmütigkeit, ihre Waren wurden zu einem völlig verschwenderischen, idiotischen Zweck mißbraucht. Für dieses idiotische Perky-Pat-Spiel, das alle Erwachsenen spielten.

Trotzdem wäre es ziemlich schwer, ihnen das mitzuteilen; es gab fast keine Kommunikation zwischen Menschen und Careboys. Sie waren einfach zu verschieden. Aktionen, Taten, um etwas zu übermitteln, ja ... aber Worte, nein, nicht einmal *Zeichen*. Trotzdem ...

Ein brauner Hase hoppelte vorüber, an dem halbfertigen Haus vorbei. Timothy zückte sein Messer. »Mensch!« rief er aufgeregt. »Los, komm!« Er rannte über den Schotter, Fred dicht hinter ihm. Allmählich kamen sie dem Hasen näher; es fiel den beiden Jungen nicht schwer, so schnell zu laufen: Sie hatten viel trainiert.

»Wirf das Messer!« keuchte Fred, und Timothy kam schlitternd zum Stehen, hob den rechten Arm, hielt inne, um sein Ziel anzuvisieren, und schleuderte dann das scharfe, ausbalancierte Messer. Das Wertvollste, was er besaß; er hatte es selbst gemacht.

Es ging glatt durch den Hasen hindurch. Der Hase taumelte, rutschte aus und wirbelte eine Staubwolke auf.

»Wetten, für den kriegen wir 'nen ganzen Dollar!« schrie Fred und hüpfte auf und ab. »Schon das Fell – wetten, allein für das verdammte Fell kriegen wir mindestens fünfzig Cents!«

Gemeinsam hasteten sie auf den toten Hasen zu, um ihn sich zu holen, bevor ein Rotschwanzbussard oder eine Tageule aus dem grauen Himmel auf ihn herabstieß.

Norman Schein beugte sich vor und schnappte sich seine Perky-Pat-Puppe. »Ich hör auf«, meinte er mürrisch. »Ich habe keine Lust mehr zum Spielen.«

Weinerlich widersprach seine Frau: »Aber unsere Perky Pat ist mit ihrem Ford-Cabrio doch schon bis in die Innenstadt, hat den Wagen abgestellt, einen Zehner in die Parkuhr gesteckt, und sie war einkaufen, und jetzt sitzt sie in der Praxis vom Psychiater und liest *Fortune* – wir sind viel weiter als die Morrisons! Warum willst du denn aufhören, Norm?«

»Wir kommen einfach nicht zusammen«, grummelte Norman. »Du sagst, eine Stunde beim Psychiater hätte zwanzig Dollar gekostet, dabei weiß ich hundertprozentig, daß es nur zehn waren; kein Mensch hätte zwanzig dafür genommen. So schneiden wir uns doch ins eigene Fleisch, und wozu das Ganze? Die Morrisons meinen auch, daß es nur zehn waren. Stimmt's nicht?« fragte er Mr. und Mrs. Morrison, die auf der anderen Seite der Anlage hockten, in der die Perky-Pat-Sets der beiden Paare kombiniert waren.

»Du bist doch öfter beim Psychiater gewesen als ich«, sagte Helen Morrison zu ihrem Mann, »bist du sicher, daß er bloß zehn genommen hat?«

»Na ja, ich war hauptsächlich bei der Gruppentherapie«, meinte Tod. »In der Landesklinik für Psychohygiene in Berkeley, und da wurde das Honorar je nach Einkommen berechnet. Perky Pat ist aber bei einem *privaten* Analytiker.«

»Dann müssen wir jemand anders fragen«, sagte Helen zu Norman Schein. »Also bleibt uns im Augenblick wohl nichts anderes übrig, als das Spiel zu unterbrechen.« Er merkte, daß auch sie ihn jetzt feindselig anstarrte, weil er das Spiel durch seine Beharrlichkeit in diesem Punkt für einen ganzen Nachmittag lahmgelegt hatte.

»Sollen wir's aufgebaut lassen?« fragte Fran Schein. »Wieso eigentlich nicht; vielleicht können wir ja nach dem Abendessen zu Ende spielen.«

Norman Schein starrte auf ihre Kombi-Anlage, die todschicken Läden, die hell erleuchteten Straßen mit den funkelnagelneuen Autos links und rechts und das Haus mit Zwischengeschossen, in dem Perky Pat wohnte und wo ihr Freund Leonard sie regelmäßig besuchte. Es ging ihm seit eh und je vor allem um das *Haus*; das Haus war der eigentliche Mittelpunkt der Anlage – aller Perky-Pat-Anlagen, egal wie sehr sie sich sonst auch voneinander unterschieden.

Perky Pats Garderobe beispielsweise, dort im Schrank, dem großen Schrank im Schlafzimmer. Ihre Capri-Hosen, ihre weißen Baumwoll-Hot-pants, ihr gepunkteter Bikini, ihre flauschigen Pullover ... und da, im Schlafzimmer, ihr HiFi-Plattenspieler, ihre Langspielplattensammlung ...

So war es einmal gewesen, so war es wirklich gewesen, damals in den ollen Tagen. Norm Schein konnte sich noch gut an seine eigene LP-Sammlung erinnern, und er hatte früher fast genauso piekfeine Kleider gehabt wie Perky Pats Freund Leonard, Kaschmirjacketts, Tweedanzüge, italienische Sporthemden und handgearbeitete Schuhe aus England. Er hatte zwar keinen Sportwagen vom Kaliber eines Jaguar XKE gehabt wie Leonard, dafür aber einen schönen alten Mercedes-Benz, Baujahr 1963, mit dem er immer zur Arbeit gefahren war.

Damals haben wir gelebt, sagte sich Norm Schein, *wie Perky Pat und Leonard heute.* Genauso war das früher.

Er deutete auf den Radiowecker, den Perky Pat neben dem Bett stehen hatte. »Weißt du noch, unser Radiowecker von G.E.?« fragte er seine Frau. »Wie wir jeden Morgen mit klassischer Musik von KSFR auf UKW geweckt worden sind? Die Sendung hieß ›Die Wolfgänger‹. Jeden Morgen von sechs bis neun.«

»Ja«, erwiderte Fran mit einem traurigen Nicken. »Und du warst immer vor mir auf; ich weiß, ich hätte aufstehen und dir Schinken und frischen Kaffee machen sollen, aber es war so schön, einfach noch eine halbe Stunde gemütlich im Bett zu liegen und keinen Finger zu rühren, bis die Kinder wach wurden.«

»Von wegen wach wurden; die waren lange vor uns wach«, sagte Norm. »Weißt du das etwa nicht mehr? Sie waren hinten und haben sich im Fernsehen bis um acht die ›Three Stooges‹ angeschaut. Dann bin ich aufgestanden, hab die Milch für ihre Corn-flakes heiß gemacht, und dann bin ich zur Arbeit gegangen, bei Ampex drüben in Redwood City.«

»Ach ja«, seufzte Fran. »Der Fernseher.« Ihre Perky Pat hatte keinen Fernseher; den hatten sie bei einer Partie vor einer Woche an die Regans verloren, und Norm hatte es noch nicht geschafft, einen neuen zu bauen, der so echt aussah, daß er den alten hätte ersetzen können. Deshalb taten sie beim Spielen jetzt, als ob »der Fernseher in Reparatur« sei. Das war ihre Ausrede dafür, weshalb ihrer Perky Pat etwas fehlte, das sie eigentlich hätte haben müssen.

Wir spielen dieses Spiel ... und es ist, als ob wir wieder da wären, dachte Norm, in der Welt vor dem Krieg. Deswegen spielen wir es wohl auch. Er schämte sich, doch dieses Gefühl war nur von kurzer Dauer; die Scham wurde fast augenblicklich von dem Wunsch verdrängt, noch ein wenig zu spielen.

»Hören wir noch nicht auf«, sagte er plötzlich. »Dann nimmt der Psychoanalytiker eben zwanzig Dollar von Perky Pat, mir soll's recht sein. Einverstanden?«

»Einverstanden«, erwiderten die beiden Morrisons im Chor, und dann setzten sie sich wieder, um weiterzuspielen.

Tod Morrison hatte seine Perky Pat in die Hand genommen; er hielt sie fest, strich über ihr blondes Haar – ihre Perky Pat war blond, die der Scheins hingegen war brünett – und fummelte an den Druckknöpfen ihres Rocks herum.

»Was machst du denn da?« wollte seine Frau wissen.

»Ihr Rock ist hübsch geworden«, antwortete Tod. »Du kannst wirklich gut nähen.«

»In den ollen Tagen«, fragte Norm, »hast du da mal ein Mädchen kennengelernt, das aussah wie Perky Pat?«

»Nein«, sagte Tod Morrison trübsinnig. »Wär aber nicht schlecht gewesen. *Gesehen* hab ich Mädchen wie Perky Pat, vor allem in Los Angeles, während des Koreakrieges. Aber ich hab's einfach nie fertiggebracht, mal eins anzusprechen. Und dann gab's natürlich diese Wahnsinnssängerinnen, Peggy Lee zum Beispiel oder Julie London ... die sahen Perky Pat schon ziemlich ähnlich.«

»Jetzt spielt«, sagte Fran energisch. Norm war an der Reihe, und er nahm den Kreisel und drehte ihn.

»Elf«, meinte er. »Damit wäre mein Leonard aus der Autowerkstatt und auf dem Weg zur Rennstrecke.« Er ging mit der Leonard-Puppe weiter.

»Also«, sagte Tod Morrison nachdenklich, »vor kurzem war ich draußen und habe frische Lebensmittel reingeholt, die die Careboys abgeworfen hatten ... Bill Ferner war auch dabei, und er hat mir was Interessantes erzählt. Er hat einen

Launi kennengelernt, aus der Grube dort, wo früher Oakland war. Und wißt ihr, was sie in der Launengrube spielen? Sie spielen nicht Perky Pat. Sie haben noch nie etwas von Perky Pat gehört.«

»Na, was spielen sie denn dann?« fragte Helen.

»Sie haben eine völlig andere Puppe.« Mit einem Stirnrunzeln fuhr Tod fort: »Bill hat gesagt, der Oakland-Launi hätte sie Connie-Companion-Puppe genannt. Schon mal davon gehört?«

»Eine ›Connie-Companion‹-Puppe«, sagte Fran nachdenklich. »Komisch. Was das wohl für eine ist? Hat sie einen Freund?«

»Aber sicher«, meinte Tod. »Er heißt Paul. Connie und Paul. Wißt ihr was, wir sollten in den nächsten Tagen mal zur Launengrube in Oakland rüberwandern und schauen, wie Connie und Paul aussehen und wie sie so leben. Vielleicht schnappen wir ja ein paar Sachen auf, mit denen wir unsere Anlagen ein bißchen aufmöbeln können.«

»Vielleicht können wir sogar gegen sie spielen«, sagte Norm.

»Kann eine Perky Pat denn gegen eine Connie Companion spielen?« fragte Fran verwirrt. »Geht so etwas überhaupt? Mich würde interessieren, was dann passiert.«

Die anderen sagten nichts. Denn keiner von ihnen wußte eine Antwort.

Als sie dem Hasen das Fell abzogen, sagte Fred zu Timothy: »Wo kommt eigentlich der Name ›Launi‹ her? Ist echt 'n ekliges Wort; wieso sagen die das?«

»Ein Launi ist jemand, der den Wasserstoffkrieg überlebt hat«, erklärte Timothy. »Durch 'ne Laune, verstehste? 'ne Laune des Schicksals. Kapiert? Es sind nämlich fast alle dabei draufgegangen; früher hat's Tausende von Menschen gegeben.«

»Aber was soll 'n das heißen, ›Laune‹? Unter ›Laune des Schicksals‹ kann ich ...«

»Eine Laune heißt, wenn das Schicksal beschlossen hat, dich zu verschonen«, erwiderte Timothy; mehr hatte er zu diesem Thema nicht zu sagen. Mehr wußte er nicht.

»Aber du und ich«, meinte Fred nachdenklich, »wir sind doch keine Launis, weil wir noch gar nicht auf der Welt waren, wie der Krieg ausgebrochen ist. Wir sind erst danach geboren worden.«

»Stimmt«, sagte Timothy.

»Also kriegt jeder, der Launi zu mir sagt«, meinte Fred, »mit meiner Rassel eins aufs Auge.«

»Und ›Careboy‹«, sagte Timothy, »das Wort ist auch erfunden. Das kommt daher, weil nämlich früher haben sie den Leuten in Katastrophengebieten mit Düsenflugzeugen und Schiffen kistenweise Zeugs gebracht. Und die Dinger hießen dann ›Carepakete‹.«

»Das weiß ich«, sagte Fred. »Das hab ich nicht gefragt.«

»Tja, aber gesagt hab ich's dir trotzdem«, meinte Timothy.

Die beiden Jungen machten sich wieder daran, dem Hasen das Fell abzuziehen.

»Hast du schon von der Connie-Companion-Puppe gehört?« fragte Jean Regan ihren Mann. Sie blickte den langen Tisch aus rohen Brettern entlang, um sich zu vergewissern, daß keine der anderen Familien zuhörte. »Sam«, sagte sie, »Helen Morrison hat's mir erzählt; die hat es von Tod, und der hat's von Bill Ferner, glaube ich. Also stimmt es wahrscheinlich.«

»Was stimmt?« fragte Sam.

»Daß sie in der Launengrube von Oakland nicht Perky Pat spielen; sie spielen Connie Companion ... und da hab ich mir gedacht, vielleicht könnten wir diese – du weißt schon, diese Leere, diese Langeweile, die uns von Zeit zu Zeit überfällt –, wenn wir uns die Connie-Companion-Puppe mal anschauen könnten und sehen, wie sie so lebt, vielleicht können wir dann unsere Anlagen aufmöbeln und ...« Sie hielt inne und dachte nach. »Und sie ein bißchen perfektionieren.«

»Ich mag den Namen nicht«, meinte Sam Regan. »Connie Companion; hört sich irgendwie billig an.« Er löffelte sich etwas von dem faden, aber nahrhaften Getreidebrei, den die Careboys in letzter Zeit abwarfen, in den Mund. Und während er darauf herumkaute, dachte er: Ich wette, Connie Companion ißt nicht so einen Drecksfraß; ich wette, sie ißt Cheeseburger mit allem Drum und Dran in einem noblen Drive-in.

»Könnten wir bis zu ihrer Grube wandern?« fragte Jean.

»Nach Oakland?« Sam starrte sie an. »Das sind *fünfzehn Meilen,* ein ganzes Stück weiter als zur Berkeleygrube!«

»Es ist aber wichtig«, beharrte Jean. »Und Bill hat gesagt, ein Launi aus Oakland wäre den ganzen Weg hierher gelaufen, weil er Elektroteile gesucht hat oder so ... und wenn der es schafft, schaffen wir's auch. Wir haben doch die Staubanzüge, die die Careboys abgeworfen haben. Das schaffen wir bestimmt.«

Der kleine Timothy Schein saß bei seiner Familie; er hatte mitgehört und meldete sich nun zu Wort. »Mrs. Regan, Fred Chamberlain und ich, wir kommen so weit, wenn Sie uns Geld geben. Was meinst du?« Er stieß Fred an, der neben ihm saß. »Oder? Sagen wir mal, für fünf Dollar.«

Fred wandte sich mit ernster Miene an Mrs. Regan. »Wir können Ihnen eine Connie-Companion-Puppe besorgen«, meinte er. »Für fünf Dollar *pro Nase.*«

»Du lieber Himmel«, sagte Jean Regan empört. Und ließ das Thema fallen.

Später, nach dem Abendessen, als sie und Sam allein in ihrem Quartier waren, kamen sie noch einmal darauf zu sprechen.

»Sam, ich muß sie sehen«, platzte sie heraus. Sam saß in einer verzinkten Wanne und nahm sein wöchentliches Bad, deshalb blieb ihm nichts anderes übrig, als ihr zuzuhören. »Wo wir nun einmal wissen, daß es sie gibt, müssen wir auch gegen jemand aus der Launengrube in Oakland spielen. Oder? Bitte.« Mit krampfhaft verschlungenen Fingern lief sie in dem kleinen Zimmer auf und ab. »Vielleicht hat Connie Companion ja eine Standard-Tankstelle und einen Flughafen mit einer Landebahn für Düsenflugzeuge und Farbfernsehen und ein französisches Restaurant, wo es Weinbergschnecken gibt, wie das, wo wir waren, als wir geheiratet haben ... ich muß ihre Anlage einfach sehen.«

»Ich weiß nicht«, meinte Sam zögernd. »Irgendwas an dieser Connie-Companion-Puppe macht mich ... nervös.«

»Was denn?«

»Ich weiß nicht.«

»Der springende Punkt ist doch wohl der«, sagte Jean verbittert, »daß du genau weißt, daß ihre Anlage viel besser ist als unsere und daß Perky Pat da nicht mithalten kann.«

»Kann schon sein«, murmelte Sam.

»Wenn du nicht gehst, wenn du nicht versuchst, mit den Launis aus der Oakland-Grube Kontakt aufzunehmen, dann tut es eben jemand anders – dann kommt dir jemand zuvor, der ehrgeiziger ist als du. Jemand wie Norman Schein. Der ist nämlich nicht so ängstlich wie du.«

Sam sagte nichts; er badete weiter. Seine Hände zitterten.

Vor kurzem hatte ein Careboy komplizierte Maschinenteile abgeworfen, bei denen es sich offenbar um so etwas wie mechanische Computer handelte. Wochenlang hatten die in Kartons verpackten Computer – wenn es denn welche waren – unbenutzt in der Grube herumgelegen, bis Norman Schein endlich Verwendung für einen von ihnen gefunden hatte. Im Augenblick war er dabei, ein paar Zahnräder, die kleinsten des Computers, zu einem Müllschlucker für seine Perky-Pat-Küche umzufunktionieren.

Er arbeitete mit den winzigen Spezialwerkzeugen – entworfen und hergestellt von den Bewohnern der Launengrube –, ohne die es unmöglich gewesen wäre, neues Perky-Pat-Zubehör anzufertigen. Völlig in seine Arbeit an der

Werkbank vertieft, bemerkte er mit einem Mal, daß Fran direkt hinter ihm stand und zuschaute.

»Ich werde ganz nervös, wenn mir jemand dabei zuschaut«, meinte Norm, der mit einer Pinzette ein Zahnrad festhielt.

»Hör mal«, sagte Fran, »mir ist da was eingefallen. Erinnert dich das an was?« Sie stellte eines der Transistorradios, die gestern abgeworfen worden waren, vor ihn auf den Tisch.

»Das erinnert mich an den Garagentoröffner, den ich bauen wollte«, erwiderte Norm gereizt. Er machte weiter, setzte die Miniaturteile gekonnt im Abfluß von Perky Pats Spüle zusammen; eine so heikle Aufgabe erforderte ein Höchstmaß an Konzentration.

»Mich erinnert das daran«, sagte Fran, »daß es irgendwo auf der Erde *Sendegeräte* geben muß, sonst hätten die Careboys die Dinger nicht abgeworfen.«

»Na und?« meinte Norman gleichgültig.

»Vielleicht hat unser Bürgermeister eins«, sagte Fran. »Vielleicht gibt es in unserer Grube eins, mit dem wir die Launengrube in Oakland erreichen können. Dann könnten wir uns mit ihren Vertretern auf halber Strecke treffen ... sagen wir, an der Berkeleygrube. Und dort könnten wir auch spielen. Dann brauchen wir nicht die ganzen fünfzehn Meilen zu laufen.«

Norman hielt in seiner Arbeit inne; er legte die Pinzette beiseite und sagte langsam: »Da hast du vielleicht gar nicht so unrecht.« Aber wenn Hooker Glebe, ihr Bürgermeister, tatsächlich ein Funkgerät hatte, würde er es sie dann auch benutzen lassen? Und wenn ja ...

»Lassen wir's auf einen Versuch ankommen«, drängte Fran. »Ein Versuch kann doch nichts schaden.«

»Na schön«, meinte Norman und stand von seiner Werkbank auf.

Der Bürgermeister der Launengrube von Pinole, ein kleiner Mann in Armeeuniform und mit verschmitztem Gesicht, hörte sich schweigend an, was Norm Schein zu sagen hatte. Dann lächelte er ein kluges, verschlagenes Lächeln. »Aber natürlich habe ich ein Funkgerät. Habe ich immer schon gehabt. Fünfzig Watt Ausgangsleistung. Aber weshalb wollen Sie sich denn mit der Launengrube von Oakland in Verbindung setzen?«

»Das ist meine Sache«, meinte Norm vorsichtig.

»Für fünfzehn Dollar können Sie's benutzen«, sagte Hooker Glebe nachdenklich.

Das war ein böser Schock, und Norm wich zurück. Du lieber Himmel; das war alles, was er und seine Frau besaßen – und sie brauchten doch jeden Dollar, um Perky Pat spielen zu können. Geld war das einzige Zahlungsmittel bei dem Spiel; es gab keine andere Möglichkeit, festzustellen, wer gewonnen oder verloren hatte. »Das ist zuviel«, sagte er laut.

»Na gut, sagen wir zehn«, entgegnete der Bürgermeister achselzuckend.

Schließlich einigten sie sich auf sechs Dollar und ein Fünfzig-Cent-Stück.

»Ich stelle den Funkkontakt für Sie her«, sagte Hooker Glebe. »Sie wissen ja doch nicht, wie das geht. Das dauert seine Zeit.« Er drehte eine Kurbel, die seitlich am Generator des Senders befestigt war. »Ich verständige Sie dann sofort, wenn ich Kontakt mit ihnen aufgenommen habe. Aber jetzt geben Sie mir erst einmal das Geld.« Er streckte die Hand danach aus, und schweren Herzens bezahlte Norman.

Erst am späten Abend gelang es Hooker, den Kontakt mit Oakland herzustellen. Stolz und strahlend vor Selbstzufriedenheit erschien er zur Essenszeit im Quartier der Scheins. »Es kann losgehen«, verkündete er. »Sagen Sie mal, wußten Sie eigentlich, daß es in Oakland gleich *neun* Launengruben gibt? Mir war das neu. Welche wollen Sie denn? Die ich an der Strippe habe, hat den Codenamen Rote Vanille.« Er kicherte. »Ziemlich eklig und mißtrauisch, die Burschen da unten. War gar nicht so einfach, einen zum Sprechen zu bringen.«

Norman ließ sein Abendessen stehen und rannte zum Quartier des Bürgermeisters, Hooker schnaufte hinter ihm her.

Der Sender lief tatsächlich, und aus dem Lautsprecher der Monitoreinheit kamen pfeifende Störgeräusche. Beklommen setzte sich Norm ans Mikrofon. »Kann ich einfach anfangen?« fragte er Hooker Glebe.

»Sagen Sie bloß: Hier Launengrube Pinole. Wiederholen Sie das ein paarmal, und wenn sie bestätigen, können Sie sagen, was Sie sagen wollen.« Mit viel wichtigtuerischem Tamtam fummelte der Bürgermeister an den Reglern des Funkgeräts herum.

»Hier Launengrube Pinole«, sprach Norm laut in sein Mikrofon.

Gleich darauf erwiderte eine Stimme klar und deutlich aus dem Monitor: »Hier Rote Vanille drei.« Die Stimme klang kalt und schroff; sie machte einen ausgesprochen unsympathischen Eindruck. Hooker hatte recht. »Habt ihr bei euch da drüben Connie-Companion-Puppen?«

»Haben wir«, antwortete der Oakland-Launi.

»Also, ich fordere euch heraus«, sagte Norman und spürte, wie seine Halsschlagader bei dem, was er sagte, vor Nervosität pochte. »Wir hier spielen Perky Pat; wir treten mit unserer Perky Pat gegen eure Connie Companion an. Wo können wir uns treffen?«

»Perky Pat«, wiederholte der Oakland-Launi. »Ja, hab ich von gehört. Was hattet ihr euch denn so als Einsatz vorgestellt?«

»Wir spielen hier hauptsächlich um Papiergeld«, meinte Norman; er fand seine Antwort irgendwie lahm.

»Papiergeld haben wir jede Menge«, sagte der Oakland-Launi höhnisch. »Kein Interesse. Was noch?«

»Keine Ahnung.« Es hemmte ihn, mit jemandem zu sprechen, den er nicht auch sehen konnte; das war er nicht gewohnt. Menschen sollten sich Auge in Auge gegenüberstehen, dachte er, damit man das Gesicht des anderen sehen kann. Das hier war unnatürlich. »Treffen wir uns auf halbem Weg«, meinte er, »und reden darüber. Wir könnten uns ja in der Launengrube von Berkeley treffen; wie wär's damit?«

»Das ist zu weit«, sagte der Oakland-Launi. »Ihr glaubt doch nicht etwa, daß wir unsere Connie-Companion-Anlage bis dahin schleppen? Dafür ist sie zu schwer, außerdem könnte unterwegs etwas kaputtgehen.«

»Nein, bloß um die Spielregeln und den Einsatz festzulegen«, erwiderte Norman.

»Na ja, das läßt sich unter Umständen machen«, sagte der Oakland-Launi unschlüssig. »Aber daß ihr euch über eins im klaren seid – wir nehmen unsere Connie Companion verdammt ernst; halbe Sachen gibt's bei uns nicht, also macht euch auf was gefaßt.«

»Machen wir«, versicherte Norman.

Die ganze Zeit über hatte Bügermeister Hooker Glebe die Kurbel des Generators gedreht; schwitzend, das Gesicht ganz aufgedunsen vor lauter Anstrengung, gab er Norm wütend Zeichen, der Sache ein Ende zu machen.

»In der Berkeleygrube«, schloß Norm. »In drei Tagen. Und schickt euren besten Spieler, den mit der größten und naturgetreuesten Anlage. Unsere Anlagen sind nämlich Kunstwerke, daß wir uns recht verstehen.«

»Das glauben wir erst, wenn wir sie gesehen haben«, sagte der Oakland-Launi. »Unsere Anlagen werden immerhin von Tischlern, Elektrikern und Stukkateuren gebaut; ihr habt doch alle nichts drauf, wetten?«

»Mehr, als ihr denkt«, gab Norm erbost zurück und legte das Mikrofon beiseite. Er wandte sich an Hooker Glebe, der sofort mit Kurbeln aufgehört hatte. »Die werden wir uns kaufen. Warten Sie nur, bis sie den Müllschlucker zu sehen kriegen, den ich meiner Perky Pat gerade baue; haben Sie gewußt, daß es in den ollen Tagen Leute gab, und zwar richtige lebendige Menschen, die keine Müllschlucker hatten?«

»Ich erinnere mich«, meinte Hooker gereizt. »Hören Sie, ich finde, für das bißchen Geld habe ich ein bißchen viel gekurbelt, so lange haben Sie geredet; Sie haben mich übers Ohr gehauen.« Er starrte Norm derart feindselig an, daß ihm langsam mulmig zumute wurde. Schließlich hatte der Bürgermeister der Grube das Recht, jeden beliebigen Launi auszuweisen; das war bei ihnen so Gesetz.

»Sie kriegen meinen Feuermelder, der ist vorgestern erst fertig geworden«, sagte Norm. »In meiner Anlage hängt er an der Ecke des Hauses, in dem Perky Pats Freund Leonard wohnt.«

»Na schön«, willigte Hooker ein, und seine Feindseligkeit verschwand. Sofort trat Gier an ihre Stelle. »Lassen Sie mal sehen, Norm. Ich wette, er paßt perfekt in meine Anlage. Ein Feuermelder ist genau das, was ich brauche, dann ist mein erster Block komplett, da hängt nämlich auch der Briefkasten. Vielen Dank.«

»Nichts zu danken«, seufzte Norm erleichtert.

Als er von der zweitägigen Reise zur Launengrube von Berkeley zurückkehrte, machte er ein derart finsteres Gesicht, daß seine Frau sofort wußte, daß die Unterredung mit den Leuten aus Oakland nicht gut verlaufen war.

Am Morgen hatte ein Careboy Kartons mit einem teeähnlichen Synthetikgetränk abgeworfen; sie machte Norman eine Tasse davon und wartete darauf, daß er ihr erzählte, was acht Meilen weiter südlich geschehen war.

»Wir haben herumgefeilscht«, sagte Norm; er saß müde auf dem Bett, das er sich mit seiner Frau und dem Kind teilte. »Sie wollen kein Geld; sie wollen auch keine Waren – logisch, sie werden nämlich genauso regelmäßig von den verdammten Careboys beliefert.«

»Was nehmen sie dann?«

»Perky Pat«, meinte Norm und schwieg.

»Also wirklich«, sagte sie angewidert.

»Aber wenn wir gewinnen«, erklärte Norm, »dann gewinnen wir Connie Companion.«

»Und die Anlagen? Was ist damit?«

»Die können wir behalten. Sie wollen nur Perky Pat, weder Leonard noch sonstwas.«

»Aber«, widersprach sie, »was sollen wir denn *machen,* wenn wir Perky Pat verlieren?«

»Ich kann uns eine neue bauen«, meinte Norm. »Vorausgesetzt, ich habe genügend Zeit. Hier in der Grube gibt es einen großen Vorrat an Thermoplastik und Kunsthaar. Und ich habe noch jede Menge verschiedene Farben; es würde mindestens einen Monat dauern, aber ich könnte es schaffen. Ich bin zwar nicht gerade scharf darauf, das gebe ich zu. Aber ...« Seine Augen glänzten. »Sieh das doch mal positiv; *stell dir vor, wie es wäre, wenn wir die Connie-Companion-Puppe gewinnen würden.* Ich denke, unsere Chancen stehen nicht schlecht; ihr Sprecher schien mir zwar ziemlich clever zu sein, und eklig, wie Hooker sich ausgedrückt hat ... aber der, mit dem ich gesprochen habe, kam mir nicht besonders launig vor. Du weißt schon, mit dem Glück auf du und du.«

Und der Glücksfaktor, das Risiko, war dank des Kreisels schließlich in jeder Spielphase von entscheidender Bedeutung.

»Irgendwie ist es nicht richtig, um Perky Pat zu spielen«, sagte Fran. »Aber wenn du meinst ...« Sie brachte ein kleines Lächeln zustande. »Dann bin ich dabei. Und wenn du Connie Companion gewinnst – wer weiß? Vielleicht wirst du sogar zum Bürgermeister gewählt, wenn Hooker tot ist. Stell dir vor, jemand anderen zu schlagen und seine *Puppe* zu gewinnen – nicht bloß das Spiel oder das Geld, sondern die *Puppe.*«

»Ich kann gewinnen«, meinte Norm nüchtern. »Ich bin nämlich ziemlich launig.« Er spürte sie in sich, dieselbe Launigkeit, die ihn dem Wasserstoffkrieg hatte überleben lassen und ihn seitdem am Leben erhalten hatte. Entweder man hat's oder man hat's nicht, dachte er. Und ich hab's.

»Sollen wir Hooker nicht bitten, eine Grubenvollversammlung einzuberufen und den besten Spieler von allen zu schikken?« fragte seine Frau. »Dann gewinnen wir vielleicht eher.«

»Hör mal«, meinte Norm nachdrücklich. »Ich bin der beste Spieler. Ich gehe. Und zwar mit dir; wir sind immer ein gutes Team gewesen, und so soll es auch bleiben. Wir brauchen sowieso mindestens zwei, um die Perky-Pat-Anlage zu tragen.« Alles in allem, schätzte er, wog ihre Anlage bestimmt fünfzig Pfund.

Er war mit seinem Plan zufrieden. Doch als er mit den anderen Bewohnern der Launengrube von Pinole darüber sprach, erntete er heftigen Widerspruch. Der ganze nächste Tag war von Streitigkeiten bestimmt.

»Ihr könnt eure Anlage nicht so weit tragen«, meinte Sam Regan. »Entweder ihr nehmt mehr Leute mit oder ihr transportiert die Anlage mit einem Wagen. Zum Beispiel mit einem Karren.« Er blickte Norm finster an.

»Wo soll ich denn einen Karren hernehmen?« wollte er wissen.

»Vielleicht können wir irgend etwas umbauen«, sagte Sam. »Ich helfe dir, so gut ich kann. Ich würde ja mitkommen, aber die ganze Geschichte macht mir Sorgen, das habe ich meiner Frau auch gesagt.« Er klopfte Norman auf den Rücken. »Ich bewundere euren Mut, daß ihr einfach so loszieht, du und Fran. Ich wollte, ich hätte soviel Mumm.« Er wirkte unglücklich.

Schließlich entschied Norm sich für eine Schubkarre. Er und Fran wollten abwechselnd schieben. So brauchte keiner von ihnen mehr zu tragen als Proviant und Wasser und natürlich Messer, um die Hutzen zu verscheuchen.

Als sie die Einzelteile der Anlage vorsichtig in der Schubkarre verstauten, kam ihr Sohn Timothy angeschlichen. »Nehmt mich doch mit, Dad«, bat er flehentlich. »Für fünfzig Cents komm ich mit, als Führer und Kundschafter, außerdem fang ich euch unterwegs was zu essen.«

»Wir kommen schon allein zurecht«, sagte Norm. »Du bleibst hier in der Grube; da bist du sicher.« Die Vorstellung, daß ihnen sein Sohn bei einem solch wichtigen Unterfangen hinterherlief, verärgerte ihn. Es war beinahe – ein Sakrileg.

»Gib uns einen Abschiedskuß«, sagte Fran zu Timothy und schenkte ihm ein kurzes Lächeln; dann wandte sie ihre Aufmerksamkeit wieder der Anlage auf der Schubkarre zu. »Hoffentlich kippt sie nicht um«, sagte sie ängstlich zu Norm.

»Nie im Leben«, meinte Norm. »Wir müssen bloß aufpassen.« Er war sich seiner Sache vollkommen sicher.

Kurz darauf karrten sie die Schubkarre langsam die Rampe hinauf zur Verschlußplatte, nach oben. Ihre Reise zur Launengrube von Berkeley hatte begonnen.

Die Berkeleygrube war noch eine Meile entfernt, da stießen er und Fran zum ersten Mal auf teils halbvolle, teils leere Abwurfkanister: die Überbleibsel alter Carepakete, mit denen auch bei ihrer Grube die ganze Oberfläche übersät war. Norm Schein seufzte erleichtert auf; die Reise war doch nicht so schlimm gewesen, abgesehen davon, daß er von den Metallgriffen der Schubkarre Blasen an den Händen und Fran sich den Knöchel verstaucht hatte, so daß sie jetzt unter Schmerzen litt und hinkte. Aber es war schneller gegangen, als er angenommen hatte, und er war bester Laune.

Vor ihnen tauchte eine Gestalt auf, die geduckt in der Asche kauerte. Ein Junge. Norm winkte ihm und rief: »He, Söhnchen – wir sind aus der Pinole-Grube; wir sollen uns hier mit einer Gruppe aus Oakland treffen ... bist du das Begrüßungskomitee?«

Wortlos machte der Junge kehrt und rannte davon.

»Kein Grund zur Besorgnis«, meinte Norm zu seiner Frau. »Der sagt ihrem Bürgermeister Bescheid. Ein netter alter Knabe, er heißt Ben Fennimore.«

Bald darauf erschienen einige Erwachsene und kamen vorsichtig näher.

Erleichtert ließ Norm die Schubkarre in die Asche sinken

und wischte sich mit dem Taschentuch übers Gesicht. »Ist das Team aus Oakland schon da?« rief er.

»Bis jetzt nicht«, antwortete ein hochgewachsener, älterer Mann mit reichverzierter Mütze. »Sie sind die Scheins, stimmt's?« sagte er und starrte sie an. Das war Ben Fennimore. »Sie waren aber schnell mit Ihrer Anlage.« Unterdessen drängten sich die Launis aus Berkeley um die Schubkarre und inspizierten die Anlage der Scheins. In ihren Gesichtern spiegelte sich Bewunderung.

»Hier spielen sie Perky Pat«, erklärte Norm seiner Frau. »Aber ...« Er senkte die Stimme. »Ihre Anlagen sind ziemlich primitiv. Bloß ein Haus, Kleider und ein Auto ... sie haben so gut wie nichts dazugebaut. Keine Fantasie.«

»Und Sie haben die ganzen Möbel selbst gemacht?« fragte ein Berkeley-Launi – eine Frau – Fran verwundert. Staunend wandte sie sich an den Mann neben ihr. »Siehst du, was die alles hingekriegt haben?«

»Ja«, antwortete der Mann und nickte. »Sagen Sie mal«, fragte er Fran und Norm, »können wir sie aufgebaut sehen? Sie wollen sie doch in unserer Grube aufbauen, oder?«

»Allerdings«, sagte Norm.

Die Berkeley-Launis halfen ihnen, die Schubkarre die letzte Meile zu schieben. Und es dauerte nicht lange, da stiegen sie die Rampe hinab in die Grube unter der Oberfläche.

»Die Grube ist riesig«, erklärte Norman seiner Frau. »Bestimmt zweitausend Menschen. Hier war früher die University of California.«

»Verstehe«, sagte Fran; ihr war nicht ganz wohl dabei, eine fremde Grube zu betreten. Es war seit Jahren – seit dem Krieg, genaugenommen – das erste Mal, daß sie Fremde sah. Und gleich so viele auf einmal. Das war fast zuviel für sie; Norman spürte, wie sie zurückschreckte und sich ängstlich an ihn drückte.

Als sie in der ersten Ebene angekommen waren und gerade angefangen hatten, die Schubkarre zu entladen, kam Ben

Fennimore zu ihnen. »Ich glaube, sie haben die Leute aus Oakland geortet«, sagte er leise, »gerade ist uns Aktivität an der Oberfläche gemeldet worden. Also machen Sie sich darauf gefaßt.« Er setzte hinzu: »Wir stehen selbstverständlich hinter Ihnen, Sie spielen schließlich Perky Pat, genau wie wir.«

»Haben Sie Connie Companion schon mal gesehen?« fragte Fran.

»Nein, Ma'am«, antwortete Fennimore höflich. »Aber wir haben natürlich von ihr gehört, Oakland ist ja nicht allzu weit von hier. Ich kann Ihnen nur eins sagen ... wir haben gehört, daß die Connie-Companion-Puppe ein bißchen älter ist als Perky Pat. Sie verstehen – ein bißchen ... ähm ... *reifer.*« Er erklärte: »Nur damit Sie Bescheid wissen.«

Norm und Fran wechselten einen kurzen Blick. »Danke«, sagte Norman langsam. »Ja, je mehr wir wissen, desto besser. Wie ist es mit Paul?«

»Ach, der ist nicht der Rede wert«, meinte Fennimore. »Connie hat die Hosen an; ich glaube, Paul hat nicht mal eine eigene Wohnung. Aber warten Sie lieber, bis die Oakland-Launis hier sind; ich möchte Ihnen keine Märchen erzählen – ich weiß das alles auch bloß vom Hörensagen, verstehen Sie.«

Ein anderer Berkeley-Launi hatte die ganze Zeit neben ihnen gestanden und meldete sich jetzt zu Wort. »Einmal habe ich Connie Companion gesehen, sie ist schon viel erwachsener als Perky Pat.«

»Wie alt würden Sie Perky Pat denn schätzen?« wollte Norm von ihm wissen.

»Och, so siebzehn, achtzehn, würde ich sagen«, bekam Norm zu hören.

»Und Connie?« Er wartete gespannt.

»Och, die könnte gut und gerne fünfundzwanzig sein.«

Von der Rampe hinter ihnen drangen Geräusche herüber. Weitere Berkeley-Launis tauchten auf, gefolgt von zwei Männern mit einer Platte, auf die, sah Norm, eine riesige imposante Anlage montiert war.

Das war das Team aus Oakland, und es war kein Paar – Mann und Frau; es waren beides Männer mit starren Gesichtszügen und finsteren, toten Augen. Mit einem kurzen Nicken bedeuteten sie Norm und Fran, daß sie ihre Anwesenheit registriert hatten. Und dann, ganz vorsichtig, setzten sie die Platte mit ihrer Anlage ab.

Hinter ihnen erschien ein dritter Oakland-Launi mit einer Metallbox, die einem Henkelmann ähnelte. Als er das sah, wußte Norm instinktiv, daß in der Box die Connie-Companion-Puppe lag. Der Oakland-Launi holte einen Schlüssel hervor und schloß die Box auf.

»Wenn's nach uns geht, können wir jederzeit anfangen«, sagte der größere der beiden Männer aus Oakland. »Bei unserer Unterredung hatten wir ja vereinbart, daß wir statt mit Würfeln mit einem numerierten Kreisel spielen. So ist die Wahrscheinlichkeit geringer, daß einer von uns betrügt.«

»Einverstanden«, erwiderte Norm. Zögernd streckte er die Hand aus. »Ich bin Norman Schein, und das ist meine Frau und Spielpartnerin Fran.«

Der Mann aus Oakland, eindeutig ihr Anführer, meinte: »Ich bin Walter R. Wynn. Das hier ist mein Partner Charlie Dowd, und der Mann mit der Box, das ist Peter Foster. Er spielt nicht mit; er bewacht bloß unsere Anlage.« Wynn blickte von einem Berkeley-Launi zum anderen, als ob er sagen wollte: Ich weiß, ihr seid hier alle für Perky Pat. Aber was interessiert uns das; wir haben keine Angst.

»Wir sind soweit, Mr. Wynn«, sagte Fran. Sie sprach leise, aber beherrscht.

»Was ist mit dem Geld?« fragte Fennimore.

»Ich glaube, Geld haben beide Teams genug«, sagte Wynn. Er breitete mehrere tausend Dollar in Scheinen aus, und Norm tat es ihm nach. »Geld spielt dabei natürlich keine Rolle, es ist lediglich Mittel zum Zweck.«

Norm nickte; er war sich völlig darüber im klaren. Nur die Puppen zählten. Und jetzt sah er die Connie-Companion-Puppe zum ersten Mal.

Mr. Foster, der offenbar für sie zuständig war, stellte sie in ihrem Schlafzimmer auf. Ihr Anblick raubte Norm den Atem. Ja, sie war älter, eine erwachsene Frau, beileibe kein Mädchen mehr ... der Unterschied zwischen ihr und Perky Pat war nicht zu übersehen. Und so lebensecht. Geschnitzt, nicht gegossen; sie war offenbar aus bemaltem Holz – nicht aus Thermoplastik. Und ihr Haar. Es war allem Anschein nach Naturhaar.

Er war tief beeindruckt.

»Was halten Sie von ihr?« fragte Walter Wynn mit leichtem Grinsen.

»Sehr ... eindrucksvoll«, räumte Norm ein.

Jetzt nahmen die Leute aus Oakland Perky Pat in Augenschein. »Gegossenes Thermoplastik«, meinte einer von ihnen. »Kunsthaar. Aber hübsche Kleider; alles handgenäht, das sieht man. Interessant; was wir gehört haben, stimmt. Perky Pat ist keine Erwachsene, sondern ein Teenager.«

Nun erschien Connies männlicher Begleiter; er wurde neben Connie im Schlafzimmer postiert.

»Moment mal«, meinte Norm. »Sie stellen Paul, oder wie er heißt, zu ihr ins Schlafzimmer? Hat er denn keine eigene Wohnung?«

»Sie sind verheiratet«, sagte Wynn.

»Verheiratet!« Norman und Fran starrten ihn fassungslos an.

»Na klar«, meinte Wynn. »Also leben sie natürlich auch zusammen. Ihre Puppen sind nicht verheiratet, oder?«

»N-nein«, erwiderte Fran. »Leonard ist der Freund von Perky Pat ...« Ihre Stimme erstarb. »Norm«, sagte sie und umklammerte seinen Arm, »ich nehme ihm das nicht ab; ich glaube, das sagt er bloß, um einen Vorteil herauszuschinden. Wenn sie nämlich beide vom selben Zimmer aus anfangen ...«

»Also, Leute, hört mal«, meinte Norm laut. »Das ist unfair, zu behaupten, daß sie verheiratet sind.«

»Wir ›behaupten‹ nicht, daß sie verheiratet sind; sie sind tatsächlich verheiratet. Sie heißen Connie und Paul Lathrope und wohnen 24 Arden Place, Piedmont. Sie sind seit einem Jahr verheiratet, die meisten Spieler werden Ihnen das bestätigen.« Seine Stimme klang ruhig.

Vielleicht sagt er die Wahrheit, dachte Norm. Er war wirklich erschüttert.

»Schau sie dir bloß an«, sagte Fran und ging auf die Knie, um die Anlage aus Oakland genauer zu untersuchen. »Zusammen im selben Schlafzimmer, im selben Haus. Da, Norm; siehst du? Sie haben nur ein Bett. Ein großes Doppelbett.« Mit wildem Blick drehte sie sich zu ihm um. »Wie sollen Perky Pat und Leonard gegen sie spielen?« Ihre Stimme bebte. »Das ist *unmoralisch*.«

»Auf eine Anlage wie diese waren wir nicht vorbereitet«, meinte Norm zu Walter Wynn. »Wir sind etwas ganz anderes gewohnt, das sehen Sie ja.« Er deutete auf seine Anlage. »Ich bestehe darauf, daß Connie und Paul bei diesem Spiel *nicht* zusammenleben und als *nicht* verheiratet gelten.«

»Aber das sind sie nun mal«, warf Foster ein. »Daran gibt es nichts zu rütteln. Schauen Sie – ihre Kleider hängen im selben Schrank.« Er zeigte ihnen den Schrank. »Und in denselben Schubladen.« Auch das zeigte er ihnen. »Und werfen Sie doch mal einen Blick ins Bad. Zwei Zahnbürsten. Seine und ihre, im selben Ständer. Sie sehen also, wir haben uns das nicht bloß ausgedacht.«

Niemand sagte etwas.

Schließlich fragte Fran mit erstickter Stimme: »Und wenn sie verheiratet sind – soll das heißen, sie sind miteinander – intim gewesen?«

Wynn zog die Augenbrauen hoch und nickte dann. »Sicher, sie sind doch verheiratet. Ist daran vielleicht etwas verkehrt?«

»Perky Pat und Leonard haben noch nie –«, begann Fran und verstummte dann.

»Natürlich nicht«, pflichtete Wynn bei. »Sie gehen ja auch bloß miteinander. Das ist uns schon klar.«

»Wir können einfach nicht spielen«, meinte Fran, »wir können nicht.« Sie ergriff den Arm ihres Mannes. »Gehen wir nach Pinole zurück – bitte, Norman.«

»Warten Sie«, sagte Wynn sofort. »Wenn Sie nicht spielen, geben Sie sich geschlagen; dann gehört Perky Pat uns.«

Die drei Männer aus Oakland nickten. Norman sah, daß auch viele Berkeley-Launis nickten, sogar Ben Fennimore.

»Sie haben recht«, meinte Norm schwerfällig zu seiner Frau. »Dann wären wir Perky Pat los. Es ist besser, wir spielen, Liebes.«

»Ja«, sagte Fran mit dumpfer, matter Stimme. »Wir spielen.« Sie bückte sich und drehte teilnahmslos an der Nadel des Kreisels. Sie blieb bei sechs stehen.

Lächelnd ging Walter Wynn auf die Knie und drehte. Er bekam eine Vier.

Das Spiel hatte begonnen.

Timothy Schein kauerte hinter dem verstreuten, verfaulenden Inhalt eines Carepakets, das vor langer Zeit abgeworfen worden war, als er seine Eltern erblickte, die, eine Schubkarre vor sich herschiebend, aus der Aschewüste kamen. Sie sahen müde und abgekämpft aus.

»Hallo«, schrie Timothy und stürzte voller Freude über das Wiedersehen auf sie zu; er hatte sie schrecklich vermißt.

»Hallo, mein Sohn«, murmelte sein Vater und nickte. Er blieb stehen, ließ die Griffe der Schubkarre los und wischte sich mit dem Taschentuch übers Gesicht.

Nun kam auch Fred Chamberlain angerannt; er keuchte. »Hallo, Mr. Schein; hallo Mrs. Schein. He, haben Sie gewonnen? Haben Sie die Oakland-Launis geschlagen? Wetten, daß? Oder?« Er sah von einem zum anderen und wieder zurück.

»Ja, Freddy«, sagte Fran leise. »Wir haben gewonnen.«

»Schaut mal in die Schubkarre«, meinte Norm.

Die beiden Jungen schauten. Und da, zwischen Perky Pats Habseligkeiten, lag eine zweite Puppe. Größer, kurvenreicher, viel älter als Pat ... sie starrten sie an, und sie starrte blind in den grauen Himmel. Das ist also eine Connie-Companion-Puppe, dachte Timothy. Mensch.

»Wir haben Glück gehabt«, sagte Norm. Inzwischen waren mehrere Leute aus der Grube gekommen, drängten sich um sie und lauschten. Jean und Sam Regan, Tod Morrison und seine Frau Helen, und jetzt kam auch ihr Bürgermeister, Hooker Glebe höchstpersönlich, aufgeregt und nervös angewatschelt und schnappte nach Luft, das Gesicht gerötet von der – für ihn ungewohnten – Anstrengung, die Rampe hinaufzusteigen.

»Wir haben in dem Moment eine Schuldtilgungskarte gezogen, als wir am weitesten zurücklagen«, sagte Fran. »Wir standen mit fünfzigtausend in der Kreide, und dank der Karte konnten wir mit den Leuten aus Oakland gleichziehen. Und mit der nächsten Karte durften wir dann zehn Felder weitergehen, direkt auf das Jackpot-Feld, zumindest in unserer Anlage. Wir haben uns fürchterlich gestritten, auf dem gleichen Feld in der Anlage aus Oakland durfte man nämlich Grundsteuer auf alle Immobilien erheben, aber wir hatten eine ungerade Zahl gedreht, und damit waren wir dann wieder auf unserem Brett.« Sie seufzte. »Bin ich froh, daß ich wieder da bin. Es war anstrengend, Hooker; es war eine schwere Partie.«

»Werfen wir doch alle mal einen Blick auf Connie Companion, Leute«, stieß Hooker Glebe keuchend hervor. Er fragte Fran und Norm: »Darf ich sie hochheben und herumzeigen?«

»Natürlich«, sagte Norm und nickte.

Hooker nahm die Connie-Companion-Puppe und betrachtete sie eingehend. »Wirklich realistisch«, meinte er. »Die Kleider sind nicht so schön wie unsere; sieht aus, als wären sie maschinell hergestellt.«

»Sind sie auch«, räumte Norm ein. »Aber sie ist geschnitzt und nicht gegossen.«

»Ja, das sehe ich.« Hooker drehte die Puppe, inspizierte sie von allen Seiten. »Gute Arbeit. Sie ist ein bißchen ... ähm ... fülliger als Perky Pat. Was hat sie denn da an? So eine Art Tweedkostüm.«

»Berufskleidung«, meinte Fran. »Die haben wir dazugekriegt; darauf hatten wir uns vorher geeinigt.«

»Sie hat nämlich einen Beruf, müssen Sie wissen«, erklärte Norm. »Sie arbeitet als psychologische Beraterin in einem Marktforschungsunternehmen, das sich mit dem Konsumverhalten beschäftigt. Eine hochbezahlte Stellung ... sie verdient zwanzigtausend im Jahr, hat Wynn gesagt, wenn mich nicht alles täuscht.«

»Donnerwetter«, stieß Hooker hervor. »Und Pat ist erst auf dem College; sie geht noch zur Schule.« Er wirkte beunruhigt. »Na ja, das eine oder andere mußten sie uns eben voraushaben. Aber ihr habt gewonnen, und nur darauf kommt es an.« Sein joviales Lächeln kehrte zurück. »Perky Pat hat sich als die Bessere erwiesen.« Er hielt die Connie-Companion-Puppe in die Höhe, so daß jeder sie sehen konnte. »Schaut euch an, was Norm und Fran mitgebracht haben, Leute!«

»Seien Sie vorsichtig mit ihr, Hooker«, sagte Norm mit fester Stimme.

»Hä?« Hooker stutzte. »Wieso?«

»Sie bekommt«, sagte Norm, »ein Baby.«

Mit einem Mal herrschte eisiges Schweigen. Die Asche ringsum bewegte sich leicht; das war das einzige Geräusch.

»Woher wissen Sie das?« fragte Hooker.

»Das haben sie uns gesagt. Die Leute aus Oakland haben es uns gesagt. Und das haben wir auch gewonnen – nach einem heftigen Streit, den Fennimore schlichten mußte.« Er griff in die Schubkarre und brachte einen kleinen Lederbeutel zum Vorschein, aus dem er vorsichtig ein aus Holz geschnitztes, rosiges neugeborenes Baby hervorholte. »Das haben wir auch gewonnen, weil Fennimore wie wir der Meinung war, daß es jetzt technisch gesehen buchstäblich ein Teil der Connie-Companion-Puppe ist.«

Hooker starrte eine kleine Ewigkeit vor sich hin.

»Sie ist verheiratet«, erklärte Fran. »Mit Paul. Die beiden gehen nicht bloß zusammen. Sie ist im dritten Monat schwanger, meinte Mr. Wynn. Das hat er uns aber erst gesagt, als wir schon gewonnen hatten; er wollte nicht damit herausrücken, aber dann ist ihnen wohl klargeworden, daß sie nicht drum herum kommen. Ich finde das auch ganz richtig so; es hätte ihnen nichts genützt, uns das zu verheimlichen.«

»Und dann ist sie auch noch mit einem Embryo ausgerüstet ...«, meinte Norman.

»Ja«, sagte Fran. »Man müßte Connie natürlich aufmachen, damit man ihn sehen ...«

»Nein«, rief Jean Regan. »Bitte nicht.«

»Nein, Mrs. Schein, nicht«, sagte Hooker. Er wich zurück.

»Am Anfang waren wir natürlich schockiert, aber ...«, meinte Fran.

»Versteht ihr denn nicht«, warf Norman ein, »das ist einfach logisch; denkt doch mal logisch. Also, irgendwann kriegt auch Perky Pat ...«

»Nein«, stieß Hooker hervor. Er bückte sich und klaubte einen Stein aus der Asche unter seinen Füßen. »Nein«, sagte er und hob den Arm. »Hört auf, ihr beiden. Kein Wort mehr.«

Jetzt hatten auch die Regans Steine aufgehoben. Keiner sagte etwas.

Schließlich meinte Fran: »Wir müssen hier verschwinden, Norm.«

»Ganz recht«, pflichtete Ted Morrison bei. Mit heftigem Nicken bekundete seine Frau ihre Zustimmung.

»Geht doch zurück nach Oakland, ihr beiden«, sagte Hooker zu Norman und Fran Schein. »Ihr habt hier nichts mehr verloren. Ihr seid anders als früher. Ihr habt euch ... verändert.«

»Ja«, sagte Sam Regan langsam, halb zu sich selbst. »Ich

hab's doch gewußt; meine Angst war berechtigt.« Er wandte sich an Norm Schein. »Ist es eigentlich sehr schwierig, nach Oakland zu kommen?«

»Wir waren bloß bis Berkeley«, antwortete Norm. »Bis zur Launengrube in Berkeley.« Er wirkte völlig verblüfft darüber, was jetzt geschah. »Mein Gott«, sagte er, »wir können doch jetzt nicht umdrehen und die Schubkarre noch einmal den ganzen Weg bis Berkeley schieben – wir sind erledigt, wir müssen uns ausruhen!«

»Und wenn jemand anders schiebt?« fragte Sam Regan. Er ging zu den Scheins und stellte sich neben sie. »Ich schiebe das Mistding. Du gehst voran, Schein.« Er sah seine Frau an, doch Jean rührte sich nicht. Und sie legte auch die Steine nicht aus der Hand.

Timothy zupfte seinen Vater am Ärmel. »Kann ich diesmal mitkommen, Dad? Bitte, nehmt mich mit.«

»Na schön«, meinte Norm, halb zu sich selbst. Er riß sich zusammen. »Wir sind hier also unerwünscht.« Er wandte sich an Fran. »Gehen wir. Sam schiebt die Karre; ich denke, bis Einbruch der Nacht können wir da sein. Wenn nicht, dann schlafen wir eben im Freien; jetzt, wo Timothy dabei ist, sind wir vor den Hutzen sicher.«

»Es wird uns wohl auch gar nichts anderes übrigbleiben«, meinte Fran. Sie war ganz bleich im Gesicht.

»Vergeßt das nicht«, sagte Hooker. Er hielt ihnen das winzige, hölzerne Baby hin. Fran Schein nahm es und steckte es behutsam in seinen Lederbeutel zurück. Norm legte Connie Companion wieder in die Schubkarre. Sie waren bereit zum Aufbruch.

»Irgendwann ist es auch hier soweit«, erklärte Norm der kleinen Gruppe, den Launis von Pinole. »Oakland ist euch einfach ein bißchen voraus; das ist alles.«

»Geht schon«, sagte Hooker. »Macht, daß ihr wegkommt.«

Norm nickte und wollte die Griffe der Schubkarre packen, aber Sam Regan schob ihn beiseite und nahm die Sache in die Hand. »Gehen wir«, sagte er.

Die drei Erwachsenen – Thimothy Schein ging ihnen für den Fall, daß sie von einer Hutze angegriffen wurden, mit gezücktem Messer voran – setzten sich in Bewegung, nach Süden, Richtung Oakland. Niemand sagte etwas. Es gab nichts zu sagen.

»Es ist eine Schande, daß das passieren mußte«, sagte Norm schließlich, nachdem sie fast eine Meile gegangen waren und von den Pinole-Launis hinter ihnen nichts mehr zu sehen war.

»Vielleicht aber auch nicht«, erwiderte Sam Regan. »Vielleicht ist es ganz gut so.« Er wirkte keineswegs niedergeschlagen. Und er hatte immerhin seine Frau verloren; er hatte mehr aufgegeben als alle anderen, und doch – er hatte überlebt.

»Schön, daß du so denkst«, meinte Norman trübsinnig.

Sie gingen weiter, jeder in seine Gedanken vertieft.

Nach einer Weile fragte Timothy seinen Vater: »In den ganzen großen Launengruben im Süden ... da kann man doch viel mehr machen, oder? Ich mein, ihr sitzt da doch nicht bloß rum und spielt dieses Spiel.« Das wollte er wenigstens nicht hoffen.

»Ich nehm's an«, antwortete sein Vater.

Ein Careschiff pfiff mit enormer Geschwindigkeit über sie hinweg und war im nächsten Augenblick schon wieder verschwunden; Timothy sah ihm nach, obwohl es ihn im Grunde nicht sonderlich interessierte, denn es gab soviel anderes, auf das er sich freuen konnte, an der Oberfläche und darunter, vor ihnen im Süden.

»Diese Leute aus Oakland«, murmelte sein Vater, »ihr Spiel, ihre sonderbare Puppe, die haben was daraus gelernt. Connie mußte wachsen, und dadurch waren sie gezwungen, mit ihr zu wachsen. Unsere Launis mit ihrer Perky Pat haben das nie begriffen. Ob sie es je lernen werden? Dazu müßten sie erwachsen werden, genau wie Connie. Connie war früher bestimmt genau wie Perky Pat. Aber das ist lange her.«

Timothy war es gleichgültig, was sein Vater zu sagen hatte – wen interessierten schon Puppen und Spiele mit Puppen? –, also lief er voraus und hielt Ausschau nach dem, was vor ihnen lag, nach den Gelegenheiten und Möglichkeiten, die sich ihm boten, seiner Mutter, seinem Vater und auch Mr. Regan.

»Ich kann's kaum erwarten«, brüllte er seinem Vater zu, der darauf jedoch lediglich ein schwaches, erschöpftes Lächeln zustande brachte.

Allzeit bereit

EINE STUNDE VOR BEGINN seiner Vormittagssendung auf Kanal sechs saß Jim Briskin, der führende Nachrichtenclown, in seinem Büro und debattierte mit seinem Produktionsstab über die Meldung, achthundert astronomische Einheiten von der Sonne entfernt sei eine unbekannte, möglicherweise feindliche Flottille geortet worden. Eine wichtige Nachricht. Aber wie sollte er sie den paar Milliarden Zuschauern verkaufen, die über drei Planeten und sieben Mondc verstreut waren?

Peggy Jones, seine Sekretärin, zündete sich eine Zigarette an und sagte: »Mach ihnen keine Angst, Jim-Jam. Bring's auf die volkstümliche.« Sie lehnte sich zurück und blätterte in den Fernschreiben, die der Privatsender per Telex von Unicephalon 40-D erhalten hatte.

Unicephalon 40-D, die homöostatische Problemlösungsstruktur im Weißen Haus in Washington, D.C., hatte den externen Eventualfeind geortet; in seiner Eigenschaft als Präsident der Vereinigten Staaten hatte es sofort Linienschiffe ausgesandt, um Vorposten zu beziehen. Die Flottille kam offenbar aus einem anderen Sonnensystem, doch mußte diese Annahme natürlich erst einmal von den Wachschiffen bestätigt werden.

»Auf die volkstümliche«, erwiderte Jim Briskin mürrisch. »Ich grinse und sage: Also hört mal, Genossen – endlich ist es soweit; was wir alle immer befürchtet haben, ist eingetreten, haha.« Er sah sie scharf an. »Da hagelt es Lacher auf Erde und Mars, nur auf den äußersten Monden wahrscheinlich eher weniger.« Falls es nämlich zu einem Angriff kam, waren die abgelegeneren Kolonien als erste davon betroffen.

»Nein, die werden das gar nicht komisch finden«, pflichtete sein Redakteur Ed Fineberg bei. Auch er wirkte besorgt; er hatte Familie auf Ganymed.

»Gibt's denn keine erfreulichere Meldung?« fragte Peggy. »Die du als Aufmacher nehmen könntest? Das würde den Sponsoren gefallen.« Sie reichte Briskin einen ganzen Armvoll Fernschreiben. »Sieh mal, was sich machen läßt. Mutierte Kuh in Alabama erstreitet Stimmrecht vor Gericht ... du weißt schon.«

»Ich weiß«, gestand Briskin und fing an, die Depeschen durchzusehen. Am besten so etwas wie sein kurioser Bericht – er war Millionen Menschen zu Herzen gegangen – über den mutierten Blauhäher, der sich unter großer Anstrengung und Mühe das Nähen beigebracht hatte. An einem Aprilmorgen in Bismark, North Dakota, hatte er sich und seinen Jungen vor den laufenden Fernsehkameras von Briskins Sender ein Nest genäht.

Eine Meldung sprang ihm sofort ins Auge; als sein Blick darauf fiel, spürte er instinktiv, daß er hatte, was er brauchte, um den unheilverkündenden Ton der Tagesnachrichten ein wenig zu dämpfen. Als er sie las, ließ seine Nervosität nach. Trotz des unvorhergesehenen Ereignisses in achthundert AE Entfernung ging alles seinen gewohnten Gang.

»Sieh mal einer an«, sagte er und grinste. »Der alte Gus Schatz ist tot. Nach all den Jahren.«

»Wer ist denn Gus Schatz?« fragte Peggy verwirrt. »Dieser Name ... kommt mir irgendwie bekannt vor.«

»Der Gewerkschafter«, sagte Jim Briskin. »Du weißt schon. Der Bereitschaftspräsident, den die Gewerkschaft vor zweiundzwanzig Jahren nach Washington geschickt hat. Er ist tot, und die Gewerkschaft ...« Er warf ihr das Fernschreiben zu. Es war kurz und bündig: »Jetzt schickt sie einen neuen Bereitschaftspräsidenten hin, als Ersatz für Schatz. Vielleicht mache ich ein Interview mit ihm. Vorausgesetzt, er kann sprechen.«

»Stimmt ja«, meinte Peggy. »Hatte ich ganz vergessen. Wenn Unicephalon ausfällt, steht auf Abruf ja immer noch ein Mensch bereit. Ist es eigentlich schon mal ausgefallen?«

»Nein«, sagte Ed Fineberg. »Und so weit wird es auch nicht kommen. Also schon wieder eine Arbeitsbeschaffungsmaßnahme der Gewerkschaft. Die Geißel unserer Gesellschaft.«

»Trotzdem«, meinte Jim Briskin, »daran hätten die Leute doch bestimmt ihren Spaß. Das Privatleben des höchsten Bereitschaftsbeamten des Landes ... wieso sich die Gewerkschaft ausgerechnet ihn ausgesucht hat, seine Hobbies. Was der Mann, wer immer es ist, sich für seine Amtszeit vorgenommen hat, damit er vor Langeweile nicht die Wände hochgeht. Der olle Gus hat sich die Buchbinderei beigebracht; er hat seltene antike Autozeitschriften gesammelt und sie in Pergament gebunden, mit Goldprägung.«

Ed und Peggy nickten zustimmend. »Das mußt du machen«, drängte Peggy. »Bei dir wird daraus bestimmt ein Knüller, Jim-Jam; bei dir wird aus allem ein Knüller. Ich stelle dich zum Weißen Haus durch, oder ist der Neue vielleicht noch gar nicht da?«

»Er ist wahrscheinlich noch in der Gewerkschaftszentrale in Chicago«, meinte Ed. »Probier's doch mal. Staatliche Beamtengewerkschaft, Abteilung Ost.«

Rasch schnappte Peggy sich den Hörer und wählte.

Um sieben Uhr morgens hörte Maximilian Fischer im Halbschlaf Geräusche; er hob den Kopf vom Kissen, hörte den wachsenden Lärm in der Küche, das schrille Organ seiner Wirtin und dann ihm unbekannte Männerstimmen. Behutsam verlagerte er seinen umfangreichen Körper, und benommen gelang es ihm, sich aufzusetzen. Er hatte keine Eile; der Arzt hatte ihm geraten, jede Anstrengung zu vermeiden, um sein vergrößertes Herz zu schonen. Also ließ er sich beim Anziehen Zeit.

Die haben's wohl auf 'ne Spende für einen von den Fonds abgesehen, sagte sich Max. *Hört sich jedenfalls ganz danach an. Sind aber ziemlich früh dran, die Brüder.* Kein Grund zur Beunruhigung. *Ich hab 'ne weiße Weste,* dachte er gelassen. *Nix zu befürchten.*

Sorgfältig knöpfte er sein elegantes Seidenhemd mit grünen und rosa Streifen zu, eines seiner Lieblingshemden. *Das hat Klasse,* dachte er, und nur mit größter Mühe gelang es ihm, sich so weit vorzubeugen, daß er in seine authentischen Kunsthirschlederpumps schlüpfen konnte. *Du darfst dich von denen nicht einschüchtern lassen,* dachte er, während er sich vor dem Spiegel das schüttere Haar glattstrich. *Wenn die mich ausnehmen wollen, dann geh ich damit schnurstracks zu Pat Noble ins Personalpräsidium von New York; ich brauch mir von denen nix gefallen zu lassen. Dafür bin ich schon zu lang in der Gewerkschaft.*

»Fischer«, brüllte eine Stimme aus dem Nebenzimmer, »ziehen Sie sich an, und kommen Sie raus. Wir haben einen Job für Sie, und zwar ab sofort.«

'nen Job, dachte Max mit gemischten Gefühlen; er wußte nicht, ob er lachen oder weinen sollte. Wie die meisten seiner Freunde kassierte auch er seit über einem Jahr Stütze aus dem Gewerkschaftsfond. Tja, weiß man's. *Herrje,* dachte er; *angenommen, es ist 'n harter Job, und ich muß mich dauernd bücken oder durch die Gegend rennen.* Er war wütend. *Was 'ne miese Masche, also, wofür halten die sich eigentlich?* Er machte die Tür auf und stand ihnen gegenüber. »Hören Sie«, begann er, doch einer der Funktionäre fiel ihm ins Wort.

»Packen Sie Ihre Sachen, Fischer. Gus Schatz hat den Löffel abgegeben, und Sie müssen als neue Bereitschaftsnummer Eins rüber nach Washington; wir wollen Sie auf dem Posten, bevor die Stelle gestrichen wird oder so und wir streiken oder vor Gericht ziehen müssen. Vor allem wollen wir jemand ohne viel Trara auf dem schnellsten Weg ins Weiße Haus befördern; alles klar? Der Wechsel soll so reibungslos über die Bühne gehen, daß es möglichst keiner mitkriegt.«

»Wie steht's mit der Löhnung?« fragte Max sofort.

»Da haben Sie keinerlei Mitspracherecht«, sagte der Gewerkschaftsfunktionär verächtlich. »*Sie sind abberufen.* Wollen Sie etwa, daß die vom Schnorrerfonds Ihnen den Geldhahn zudrehen? Wollen Sie in Ihrem Alter etwa noch mal auf der Straße sitzen und sich nach Arbeit umsehen?«

»Ach, kommen Sie«, widersprach Max. »Ich kann jederzeit zum Hörer greifen und Pat Noble anrufen ...«

Die Gewerkschaftsfunktionäre suchten ein paar seiner Habseligkeiten zusammen. »Wir helfen Ihnen beim Packen. Pat will, daß Sie spätestens um zehn im Weißen Haus sind.«

»Pat!« echote Max. Man hatte ihn verraten und verkauft.

Grinsend zerrten die Gewerkschaftsfunktionäre seine Koffer aus dem Kleiderschrank.

Kurz darauf sausten sie mit der Einschienenbahn über die weiten Ebenen des Mittelwestens hinweg. Trübsinnig sah Maximilian Fischer die Landschaft vorbeirauschen; er sprach kein Wort mit den Funktionären neben ihm, sondern ließ sich die Sache lieber noch einmal gründlich durch den Kopf gehen. Wieviel wußte er eigentlich noch über den Job als Bereitschaftsnummer Eins? Er mußte morgens um acht antreten – das hatte er gelesen, soviel wußte er noch. Und es zogen unentwegt Horden von Touristen durch das Weiße Haus, um einen Blick auf Unicephalon 40-D zu werfen, vor allem Schulkinder ... und Kinder konnte er nicht ausstehen, denn die hänselten ihn dauernd wegen seines Übergewichts. Herrje, sie würden zu Millionen an ihm vorbeimarschieren, und er mußte auf dem Gelände bleiben. Er war gesetzlich dazu verpflichtet, sich in einem Umkreis von hundert Metern von Unicephalon 40-D aufzuhalten, jederzeit, Tag und Nacht, oder waren es fünfzig Meter? Wie auch immer, er hätte sich ebensogut gleich häuslich auf dem Ding niederlassen können, damit er, falls das homöostatische

Problemlösungssystem versagte ... *Ich büffle am besten noch ein bißchen,* beschloß er. *Vielleicht sollte ich für alle Fälle einen Telekolleg-Kurs über Staatsverwaltung belegen.*

»Hören Sie, Gruppenfreund«, meinte Max zu dem Gewerkschaftsfunktionär rechts neben ihm, »hab ich denn irgendwelche Vollmachten bei dem Job, den ihr mir da aufgebrummt habt? Ich meine, kann ich ...«

»Das ist ein Gewerkschaftsjob wie jeder andere«, erwiderte der Funktionär müde. »Sie sitzen auf Ihrem Hintern. Sie stehen auf Abruf bereit. Sind Sie denn schon so lange arbeitslos, daß Sie das vergessen haben?« Er lachte und stieß seinen Kollegen an. »Hast du gehört, Fischer will wissen, was der Job für Vollmachten mit sich bringt.« Jetzt lachten beide. »Ich will Ihnen mal was sagen, Fischer«, knödelte der Funktionär. »Wenn Sie sich im Weißen Haus eingenistet haben, wenn Sie Ihren Sessel kriegen und ihr Bett und so Geschichten wie Essen, Wäsche und Fernsehzeiten geregelt sind, dann machen Sie doch einfach 'nen kleinen Spaziergang rüber zu Unicephalon 40-D und jaulen dem die Speicher voll, verstehn Sie, scharren und jaulen, bis es hellhörig wird.«

»Seien Sie still«, grummelte Max.

»Und dann«, fuhr der Funktionär fort, »sagen Sie so was wie: ›He, Unicephalon, hör mal. Ich bin dein Freund. Du kennst doch das alte Sprichwort ‚Eine Hand wäscht die andere', was hältste davon? Du drückst 'ne Verordnung für mich durch ...‹«

»Und was macht er als Gegenleistung?« fragte der andere Gewerkschaftsfunktionär.

»Ihm die Zeit vertreiben. Er kann ihm ja seine Lebensgeschichte erzählen, wie er als namenloser Habenichts zu Ruhm und Ehren gekommen ist und sich alles, was er weiß, dadurch angeeignet hat, daß er von morgens bis abends vor der Glotze hing, bis – dreimal darfst du raten – er schließlich ganz oben gelandet ist; sich gemausert hat zum ...« Der Funktionär kicherte. »Bereitschaftspräsidenten.«

Maximilian lief rot an, sagte jedoch nichts; er starrte mit hölzerner Miene aus dem Fenster der Einschienenbahn.

Als sie im Weißen Haus in Washington, D.C., angekommen waren, wurde Maximilian Fischer in ein kleines Zimmer geführt. Hier hatte Gus gewohnt, und obwohl die verblichenen alten Autozeitschriften weggeschafft worden waren, hingen nach wie vor ein paar mit Reißzwecken befestigte Drucke an den Wänden: ein 1963er Volvo S-122, ein 1957er Peugeot 403 und andere antike Klassiker aus längst vergangenen Tagen. Und auf einem Bücherregal sah Max das handgeschnitzte Plastikmodell eines 1950er Studebaker Starlight Coupé, an dem jedes Detail stimmte.

»Da hat er dran rumgewerkelt, als er abgekratzt ist«, sagte einer der beiden Gewerkschaftsfunktionäre und stellte Max' Koffer ab. »Der wußte einfach alles über diese alten Präturbinenwagen – jede noch so unwichtige Kleinigkeit.«

Max nickte.

»Haben Sie schon 'ne Ahnung, was Sie machen wollen?« fragte ihn der Funktionär.

»Menschenskind«, sagte Max. »Woher soll ich das denn jetzt schon wissen? So schnell geht das nicht.« Niedergeschlagen nahm er das Studebaker Starlight Coupé in die Hand und betrachtete es von unten. Er hätte das Spielzeugauto am liebsten kurz und klein geschlagen; er stellte den Wagen wieder hin und wandte sich ab.

»Basteln Sie sich doch 'ne Gummibandkugel«, meinte der Funktionär.

»Was?« fragte Max.

»Der Bereitschaftler vor Gus, Louis Soundso ... der hat Gummibänder gesammelt und 'ne Riesenkugel daraus gemacht; als er gestorben ist, war sie so groß wie 'n Haus. Ich hab vergessen, wie er heißt, aber die Gummibandkugel ist jetzt im Smithsonian.«

Auf dem Korridor tat sich etwas. Eine Empfangsdame des Weißen Hauses, eine strenggekleidete ältere Frau, streckte den Kopf ins Zimmer. »Mr. President«, sagte sie, »hier ist ein Nachrichtenclown vom Fernsehen, der Sie interviewen möchte. Versuchen Sie doch bitte, das so schnell wie möglich hinter sich zu bringen, heute stehen nämlich noch einige Führungen durchs Haus auf dem Programm, und ein paar der Besucher möchten vielleicht einen Blick auf Sie werfen.«

»Na schön«, meinte Max. Er wandte sich zu dem TV-Nachrichtenclown um. Es war Jim-Jam Briskin, der derzeit führende Clown. »Sie wollten zu mir?« fragte er Briskin zögernd. »Ich meine, sind Sie sicher, daß Sie auch wirklich *mich* interviewen wollen?« Er konnte sich beim besten Willen nicht vorstellen, was Briskin an ihm so interessant finden könnte. Er breitete den Arm aus und setzte hinzu: »Das hier ist mein Zimmer, die Bilder und die Spielzeugautos gehören allerdings nicht mir; die stammen noch von Gus. Dazu kann ich Ihnen nichts sagen.«

Auf Briskins Kopf prangte die wohlbekannte, feuerrote Clownsperücke, die ihm *in natura* dasselbe bizarre Flair verlieh, das die Fernsehkameras so hervorragend einfingen. Er war zwar älter, als er auf der Mattscheibe wirkte, aber er hatte dieses freundliche, natürliche Lächeln, das jeder von ihm erwartete: Es war das Markenzeichen dieses richtig netten, lockeren Burschen, dessen Ausgeglichenheit jedoch durchaus in beißenden Humor umschlagen konnte, wenn die Situation es erforderte. Briskin war der Typ Mann ... *tja,* dachte Max, *genau der Typ, den man gern als Schwiegersohn hätte.*

Sie schüttelten sich die Hand. »Die Kamera läuft, Mr. Max Fischer«, meinte Briskin. »Oder vielmehr, Mr. President. Hier ist Jim-Jam. Eine Frage, die mit Sicherheit jeden einzelnen unserer Milliarden Zuschauer an allen Ecken und Enden unseres riesigen Sonnensystems brennend interessiert. Wie fühlt man sich, Sir, wenn man weiß, daß man, sollte Unicephalon 40-D irgendwann ausfallen, und sei es auch nur vorübergehend, auf den wichtigsten Posten katapultiert wird, der einem Menschen je aufgebürdet worden ist, und von der Bereitschaftsnummer Eins zum wahrhaften Präsidenten der Vereinigten Staaten avanciert? Können Sie nachts noch ruhig schlafen?« Er lächelte. Hinter ihm schwenkten die Kameratechniker ihre beweglichen Objektive hin und her; Scheinwerfer blendeten Max, und er spürte, wie die Hitze ihm allmählich den Schweiß aus den Poren trieb, unter den Achseln, im Nacken und auf der Oberlippe. »Welche Gefühle bewegen Sie jetzt, in diesem Augenblick?« fragte Briskin. »Jetzt, wo Sie sich einer neuen Aufgabe stellen müssen, die Sie womöglich bis an Ihr Lebensende in Anspruch nehmen wird? Was geht Ihnen durch den Kopf, jetzt, wo Sie tatsächlich hier im Weißen Haus sind?«

Nach einem Augenblick sagte Max: »Es – ist eine große Verantwortung.« Und da erst merkte er, sah er, daß Briskin über ihn lachte, lautlos über ihn lachte, während er neben ihm stand. Die ganze Sache war nichts weiter als einer von Briskins faulen Scherzen. Das wußten auch die Zuschauer draußen auf den Monden und Planeten; sie kannten Jim-Jams Humor.

»Sie sind ziemlich kräftig gebaut, Mr. Fischer«, bemerkte Briskin. »Korpulent, wenn ich so sagen darf. Haben Sie eigentlich genug Bewegung? Ich erkundige mich nur deswegen danach, weil Sie auf Ihrem neuen Posten mit allergrößter Wahrscheinlichkeit an dieses Zimmer gefesselt sein werden, und da hab ich mich gefragt, inwieweit das Ihr Leben verändern wird?«

»Nun«, erwiderte Max, »ich bin selbstverständlich der Meinung, daß ein Regierungsbeamter jederzeit auf seinem Posten sein sollte. Ja, es ist richtig, was Sie sagen; ich muß Tag und Nacht hierbleiben, aber das macht mir nichts aus. Dazu bin ich gern bereit.«

»Sagen Sie«, meinte Jim Briskin, »haben Sie ...« Und dann verstummte er. Er wandte sich an die Videotechniker hinter ihm. »Wir sind nicht mehr auf Sendung«, sagte er; seine Stimme klang merkwürdig.

Ein Mann mit Kopfhörer drängelte sich an den Kameras vorbei nach vorn. »Hier, hören Sie mal.« Hastig reichte er Briskin den Kopfhörer. »Unicephalon hat uns aus der Leitung geschmissen; es bringt eine Sondersendung.«

Briskin hielt sich den Kopfhörer ans Ohr. Er verzog das Gesicht und sagte: »Die Schiffe in achthundert AE Entfernung. Sie sind feindlich, heißt es.« Er blickte durchdringend zu seinen Technikern auf, wobei seine Clownsperücke verrutschte. »Sie greifen an.«

Vierundzwanzig Stunden später waren die Außerirdischen nicht nur ins Sol-System eingedrungen, sondern hatten außerdem Unicephalon 40-D ausgeschaltet.

Diese Nachricht erreichte Maximilian Fischer, als er in der Cafeteria des Weißen Hauses beim Mittagessen saß.

»Mr. Maximilian Fischer?«

»Ja«, sagte Max und blickte zu den Geheimdienstagenten auf, die seinen Tisch umringt hatten.

»Sie sind Präsident der Vereinigten Staaten.«

»Nee«, sagte Max. »Ich bin Bereitschaftspräsident; das ist was anderes.«

»Unicephalon 40-D ist mindestens vier Wochen außer Betrieb«, sagte der Geheimdienstagent. »Laut Zusatzverfassung sind Sie jetzt Präsident und Oberbefehlshaber der Streitkräfte. Wir sind zu Ihrem Schutz abkommandiert.« Der Geheimdienstagent grinste albern. Max grinste zurück. »Haben Sie verstanden?« fragte der Geheimdienstagent. »Ich meine, ist das bei Ihnen angekommen?«

»Na klar«, meinte Max. Jetzt begriff er auch die Gesprächsfetzen, die er aufgeschnappt hatte, als er in der Cafeteria mit seinem Tablett anstand. Deswegen hatte ihn das Personal des Weißen Hauses also so merkwürdig angesehen. Er stellte seinen Kaffeebecher hin, wischte sich mit der Serviette langsam und gemächlich den Mund ab und tat so, als sei er in tiefschürfende Gedanken versunken. In Wirklichkeit jedoch war sein Kopf vollkommen leer.

»Wir haben den Auftrag«, sagte der Geheimdienstagent, »Sie sofort zum Bunker des Nationalen Sicherheitsrates zu bringen. Man wünscht Ihre Mitarbeit zum Abschluß der Strategiegespräche.«

Sie gingen von der Cafeteria zum Fahrstuhl.

»Strategiepolitik«, meinte Max, als sie nach unten fuhren. »Da hab ich einiges dazu zu sagen. Ich finde, es wird langsam Zeit, daß wir diesen Außerirdischen mal zeigen, was 'ne Harke ist, meinen Sie nicht auch?«

Die Geheimdienstagenten nickten.

»Ja, wir müssen denen beweisen, daß wir keine Angst haben«, sagte Max. »Klar bringen wir die Sache zum Abschluß; wir ballern die Säcke in Stücke.«

Die Geheimdienstagenten lachten gutmütig.

Zufrieden stieß Max den Anführer der Gruppe in die Seite. »Verdammt noch mal, wir sind doch eigentlich ganz schön stark; ich meine, die USA sind hart im Nehmen.«

»Sie werden's denen schon zeigen, Max«, erwiderte einer der Geheimdienstagenten, und alle lachten laut. Auch Max.

Als sie aus dem Fahrstuhl traten, stellte sich ihnen ein hochgewachsener, gutgekleideter Mann in den Weg. »Mr. President«, sagte er nachdrücklich. »Ich bin Jonathan Kirk, der Pressesprecher des Weißen Hauses; ich finde, bevor Sie dort hineingehen und sich mit den Leuten vom NSR beraten, sollten Sie in dieser Stunde höchster Gefahr ein paar Worte an Ihr Volk richten. Die Öffentlichkeit ist schon ganz gespannt auf ihren neuen Führer.« Er hielt ihm ein Papier hin. »Das hier ist eine Erklärung, die der Politische Beratungsausschuß erarbeitet hat; darin ist festgelegt, was Sie ...«

»Sie haben sie wohl nicht mehr alle!« sagte Max und gab es ihm zurück, ohne einen Blick darauf zu werfen. »Ich bin der Präsident und nicht Sie. Kirk? Burke? Shirk? Nie von Ihnen gehört. Zeigen Sie mir, wo das Mikrofon steht, und ich halte meine eigene Rede. Oder holen Sie mir Pat Noble; vielleicht hat der 'n paar Ideen.« Da fiel ihm ein, daß Pat derjenige war, der ihn verraten hatte; Pat hatte ihm die ganze Suppe eingebrockt. »Nein, lieber nicht«, meinte Max. »Geben Sie mir bloß das Mikrofon.«

»Wir befinden uns in einer Krisensituation«, krächzte Kirk.

»Logisch«, sagte Max, »also lassen Sie mich in Ruhe; Sie funken mir nicht dazwischen, und ich funk Ihnen nicht dazwischen. Was halten Sie davon?« Er klopfte Kirk freundlich auf den Rücken. »Damit ist uns beiden geholfen.«

Leute mit tragbaren Fernsehkameras und Scheinwerfern tauchten auf, unter ihnen erblickte Max auch Jim-Jam Briskin mit seiner Crew.

»He, Jim-Jam«, brüllte er. »Sehen Sie, ich bin jetzt Präsident!«

Seelenruhig trat Jim Briskin auf ihn zu.

»Ich bastele mir kein Knäuel aus Schnur«, sagte Max. »Ich bau auch keine Spielzeugschiffe, kommt gar nicht in die Tüte.« Herzlich schüttelte er Briskin die Hand. »Vielen Dank«, meinte Max. »Für Ihre Glückwünsche.«

»Meinen Glückwunsch«, erwiderte Briskin leise.

»Danke«, sagte Max und quetschte dem Mann die Hand, bis es in den Knöcheln knirschte. »Sicher, früher oder später flicken sie den Klapperkasten zusammen, und ich bin wieder bloß Bereitschaftler. Aber ...« Er grinste fröhlich in die Runde; der Korridor war inzwischen voller Menschen, von Fernsehleuten über Beschäftigte des Weißen Hauses bis hin zu Armeeoffizieren und Geheimdienstagenten.

»Sie stehen vor einer schweren Aufgabe, Mr. Fischer«, sagte Briskin.

»Ja«, pflichtete Max bei.

Irgend etwas in Briskins Augen sagte: *Und es würde mich interessieren, ob Sie ihr wohl gewachsen sind. Ob Sie jemand sind, dem man so viel Macht anvertrauen sollte.*

»Klar schaff ich das«, verkündete Max in Briskins Mikrofon, damit das riesige Publikum es auch hören konnte.

»Schon möglich«, meinte Jim Briskin, und seine Miene war voller Zweifel.

»He, Sie können mich nicht mehr leiden«, sagte Max. »Wieso nicht?«

Briskin schwieg, doch seine Augen flackerten.

»Hören Sie«, sagte Max, »ich bin jetzt Präsident; ich kann Ihren dämlichen Sender dichtmachen – ich kann Ihnen jederzeit das FBI auf den Hals hetzen. Nur damit Sie's wissen, der Justizminister ist fristlos gefeuert, egal wie er heißt, und jetzt stell ich jemand ein, den ich kenne, jemand, dem ich vertraue.«

»Verstehe«, sagte Briskin. Sein Zweifel schien nachzulassen; statt dessen strahlte seine Miene nun eine innere Gewißheit aus, die Max irgendwie schleierhaft war. »Ja«, meinte Jim Briskin, »Sie sind ja jetzt berechtigt, so etwas anzuordnen, nicht wahr? *Wenn* Sie wirklich Präsident sind ...«

»Nehmen Sie sich in acht«, sagte Max. »Im Vergleich zu mir sind Sie ein Nichts, Briskin, und wenn Sie noch so viele Zuschauer haben.« Darauf kehrte er den Kameras den Rücken und trat durch die offene Tür in den Bunker des NSR.

Stunden später, am frühen Morgen, im unterirdischen Bunker des Nationalen Sicherheitsrates, hörte Maximilian Fischer schläfrig, wie im Hintergrund die neuesten Meldungen aus dem Fernseher dröhnten. Inzwischen hatten die Nachrichtendienste registriert, daß weitere dreißig außerirdische Schiffe das Sol-System erreicht hatten. Man nahm an, daß insgesamt siebzig Schiffe eingedrungen waren. Jedes einzelne wurde ununterbrochen überwacht.

Doch Max wußte, daß es damit nicht getan war. Früher oder später mußte er den Befehl geben, die außerirdischen Schiffe anzugreifen. Er zögerte. Denn – woher kamen sie? Keiner der CIA-Leute konnte ihm das sagen. Wie stark waren sie? Auch das war unbekannt. Und – würde der Angriff erfolgreich sein?

Außerdem gab es innenpolitische Probleme. Unicephalon hatte fortwährend mit der Wirtschaft herumgemurkst, hatte, wenn nötig, Geld hineingepumpt, die Steuern gesenkt, die Zinssätze herabgesetzt ... damit war es seit der Zerstörung des Problemlösers vorbei. *Gott,* dachte Max niedergeschlagen. *Was weiß ich schon über Arbeitslosigkeit? Ich meine, wer sagt mir, wo ich welche Fabriken wiedereröffnen soll?*

Er wandte sich an General Tompkins neben ihm, den Vorsitzenden des Kommandostabes, der in einen Bericht über den Alarmstart der taktischen Verteidigungsschiffe vertieft war, die die Erde sicherten. »Sind die Schiffe auch richtig verteilt?« fragte er Tompkins.

»Ja, Mr. President«, antwortete General Tompkins.

Max fuhr zusammen. Doch der General hatte das offenbar nicht ironisch gemeint; seine Stimme hatte respektvoll geklungen. »Gut«, murmelte Max. »Freut mich zu hören. Und der Raketenschwarm steht, es gibt also keine Lücke wie damals, als das Schiff eingedrungen ist, das Unicephalon ausgeschaltet hat? Ich will nicht, daß so was noch mal vorkommt.«

»Wir sind auf Alarmstufe eins«, sagte General Tompkins. »Volle Gefechtsbereitschaft seit sechs Uhr Ortszeit.«

»Wie ist es mit den strategischen Schiffen?« Das, so hatte er gelernt, war die euphemistische Bezeichnung für ihre Offensivstreitkräfte.

»Wir können jederzeit einen Angriff fliegen«, sagte General Tompkins und blickte den großen Tisch entlang, um sich des zustimmenden Nickens seiner Mitarbeiter zu versichern. »Wir können es mit jedem einzelnen der siebzig Eindringlinge aufnehmen, die sich momentan in unserem System befinden.«

»Hat jemand Natron dabei?« fragte Max ächzend. Die ganze Geschichte deprimierte ihn. *Was 'ne elende Plackerei,* dachte er. *Dieses ganze Tamtam – wieso verschwinden die Säcke nicht einfach aus unserem System? Also,* müssen *wir denn unbedingt Krieg führen? Man kann nie wissen, was ihr Heimatsystem für Vergeltungsmaßnahmen ergreift; bei diesen nicht menschlichen Lebensformen weiß man nie – die sind unberechenbar.*

»Genau das macht mir Sorgen«, sagte er laut. »Vergeltung.« Er seufzte.

»Es ist offenbar unmöglich, mit ihnen zu verhandeln«, meinte General Tompkins.

»Dann machen Sie mal«, sagte Max. »Zeigen Sie denen, wo's langgeht.« Hilfesuchend blickte er in die Runde; er hatte das Natron bitter nötig.

»Ich finde, da haben Sie eine kluge Entscheidung getroffen«, meinte General Tompkins, und die Zivilberater auf der anderen Seite des Tisches nickten zustimmend.

»Ich habe hier eine merkwürdige Meldung«, wandte sich einer der Berater an Max. Er hielt ein Fernschreiben hoch. »James Briskin hat vor einem kalifornischen Bundesgericht soeben eine einstweilige Verfügung gegen Sie beantragt; er behauptet, daß Sie rechtmäßig gar nicht Präsident sind, weil Sie nicht für das Amt kandidiert haben.«

»Soll das heißen, weil ich nicht *gewählt* worden bin?« fragte Max. »Nur deshalb?«

»Ja, Sir. Briskin hat die Bundesgerichte aufgefordert, darüber zu entscheiden und inzwischen seine Kandidatur bekanntgegeben.«

»WAS?«

»Briskin fordert nicht nur, daß Sie kandidieren und gewählt werden müssen, sondern daß Sie gegen ihn antreten. Und bei seiner Popularität ist er offenbar der Meinung ...«

»Mann, der hat sie wohl nicht mehr alle«, stieß Max verzweifelt hervor. »Was sagt man dazu.«

Keiner gab ihm eine Antwort.

»Na ja«, meinte Max, »die Sache ist jedenfalls entschieden; ihr Militärs macht die außerirdischen Schiffe fertig. Und inzwischen« – rasch traf er einen Entschluß – »legen wir Jim-Jams Sponsoren, Reinlander Beer und Calbest Electronics, wirtschaftlich die Daumenschrauben an, damit er nicht kandidiert.«

Die Männer an dem langen Tisch nickten. Unterlagen raschelten, als Aktentaschen weggesteckt wurden; die Konferenz war – fürs erste – beendet.

Das ist aber nicht fair, dachte Max. *Wie soll ich denn kandidieren, schließlich ist er ein berühmter Fernsehstar und ich nicht? So geht das nicht; das kann ich nicht zulassen.*

Soll Jim-Jam ruhig kandidieren, beschloß er, *aber das wird ihm nicht viel bringen.* Er kann mich nicht schlagen, so alt wird er nämlich nicht.

Eine Woche vor der Wahl veröffentlichte Telscan, die interplanetare Meinungsforschungsbehörde, ihre neuesten Resultate. Als er sie las, sank Maximilian Fischers Stimmung auf den Nullpunkt.

»Nun schau dir das an«, sagte er zu seinem Cousin Leon Lait, dem Anwalt, den er vor kurzem zum Justizminister ernannt hatte. Er warf ihm den Bericht zu.

Sein Ergebnis war natürlich nicht der Rede wert. Briskin würde die Wahl mit Leichtigkeit gewinnen, das stand so gut wie fest.

»Wie kommt denn das?« fragte Lait. Wie Max war auch er ein kräftiger, dickbäuchiger Mann, der seit Jahren einen Bereitschaftsposten besetzte; er war es nicht gewohnt, sich körperlich zu betätigen, und seine neue Stellung erwies sich für ihn als zunehmend schwierig. Aus verwandtschaftlicher Loyalität zu Max jedoch blieb er im Amt. »Nur weil der die ganzen Fernsehsender hat?« fragte er und nippte an seinem Dosenbier.

»Nee«, erwiderte Max höhnisch, »weil sein Bauchnabel im Dunkeln leuchtet. Natürlich, weil er die ganzen Fernsehsender hat, du Schwachkopf – die rühren Tag und Nacht die Werbetrommel und basteln an seinem *Image*.« Mürrisch hielt er inne. »Der ist 'n Clown, 'ne Witzfigur. Das liegt alles bloß an der roten Perücke; bei 'nem Nachrichtensprecher mag das ja noch angehen, aber doch nicht beim Präsidenten.« Voller Groll verfiel er in Schweigen.

Und es sollte noch schlimmer kommen.

Um neun Uhr abends startete Jim-Jam Briskin ein zweiundsiebzigstündiges Marathonprogramm auf allen seinen Sendern, eine letzte große Kampagne, um seine Popularität in schwindelerregende Höhen zu treiben und sich endgültig den Sieg zu sichern.

Max Fischer saß mit einem Essenstablett im Bett seines Privatschlafzimmers im Weißen Haus und glotzte trübsinnig in den Fernseher.

Dieser Briskin, dachte er wütend zum millionsten Mal. »Guck«, sagte er zu seinem Cousin; der Justizminister saß ihm gegenüber im Sessel. »Da ist die Nulpe ja endlich.« Er zeigte auf den Bildschirm.

Leon Lait mampfte schmatzend einen Cheeseburger. »Ist ja widerlich«, meinte er.

»Weißt du, wo der Knabe sitzt? Weit draußen im Tiefraum, noch hinter Pluto. In ihrem entlegensten Sender, da kommen deine Jungs vom FBI in tausend Jahren nicht hin.«

»Und ob«, versicherte ihm Leon. »Ich hab ihnen gesagt, sie *müssen* ihn kriegen – mein Cousin, der Präsident, hätte das persönlich angeordnet.«

»Aber das dauert ja wohl noch 'n Weilchen«, meinte Max. »Leon, du bist einfach 'ne lahme Krücke. Ich will dir mal was verraten. Ich hab 'n Linienschiff da draußen, die *Dwight D. Eisenhower.* Die kann denen in Nullkommanix 'n Ei auf die Rübe donnern, verstehste, 'nen Riesenknallfrosch, sobald ich grünes Licht geb.«

»Schon gut, Max.«

»Aber dazu hab ich keine Lust«, sagte Max.

Inzwischen war ein wenig Schwung in die Sendung gekommen. Die Scheinwerfer flammten auf, und die bezaubernde Peggy Jones kam in einem schulterfreien Glitzerkleid auf die Bühne geschlendert; ihre Haare schimmerten. *Jetzt kriegen wir nen 1a-Striptease zu sehen,* dachte Max, *von 'ner echten Klassefrau.* Da mußte selbst er hinsehen; er setzte sich auf. Nun ja, vielleicht keinen richtigen Striptease, aber auf jeden Fall setzte die Opposition, Briskin und seine Leute, hier ihre schärfste Waffe ein – Sex. In seiner Ecke schmatzte sein Cousin, der Justizminister, jetzt nicht mehr auf dem Cheeseburger herum; die Kaugeräusche hatten plötzlich aufgehört, setzten dann aber langsam wieder ein. Auf dem Bildschirm sang Peggy:

Ganz Amerika liebt Jim-Jam,
darum wähle ihn auch ich.
Keiner ist so gut wie Jim-Jam,
der Kandidat für dich und mich.

»O Gott«, stöhnte Max. Und doch, wie sie das brachte, mit jeder Faser ihres langen, schlanken Körpers ... nicht schlecht. »Ich glaube, ich sag der *Dwight D. Eisenhower* mal eben, daß sie loslegen soll«, sagte er, ohne den Blick vom Fernseher zu wenden.

»Wie du meinst, Max«, erwiderte Leon. »Du kannst dich drauf verlassen, ich schwöre hoch und heilig, daß du rechtmäßig gehandelt hast; mach dir deswegen keine Sorgen.«

»Gib mal das rote Telefon«, meinte Max. »Das ist die abhörsichere Leitung, die ist nur für den Oberbefehlshaber und streng geheime Anweisungen. Nicht übel, hä?« Der Justizminister reichte ihm das Telefon. »Ich ruf General Tompkins an, der leitet den Befehl dann an das Schiff weiter. Pech gehabt, Briskin«, setzte er mit einem letzten Blick auf den Bildschirm hinzu. »Aber das hast du dir selbst zuzuschreiben; es hat dich schließlich keiner gezwungen, gegen mich anzutreten.«

Das Mädchen im Silberkostüm war verschwunden, und statt dessen war nun Jim-Jam Briskin zu sehen. Max wartete noch einen Augenblick.

»Hallo, meine lieben Genossen«, sagte Briskin und bat mit erhobenen Händen um Ruhe; der Beifall vom Band – Max wußte, daß es in diesem abgelegenen Winkel kein Publikum gab – wurde erst leiser, dann wieder lauter. Briskin grinste freundlich und wartete darauf, daß der Applaus verstummte.

»Alles getürkt«, meinte Max. »Getürktes Publikum. Ganz schön hinterfotzig, der und seine Leute. Laut Umfrage ist er nicht mehr aufzuhalten.«

»Schon gut, Max«, sagte der Justizminister. »Hab ich auch mitgekriegt.«

»Genossen«, erklärte Jim Briskin auf dem Bildschirm trokken, »wie ihr vielleicht wißt, sind Präsident Maximilian Fischer und ich ursprünglich gut miteinander ausgekommen.«

Die Hand auf dem roten Telefon, kam Max zu dem Schluß, daß Jim-Jam die Wahrheit sagte.

»Wir haben uns überworfen«, fuhr Briskin fort, »als es um das Thema Gewalt ging – um den Einsatz nackter, roher Gewalt. Für Max Fischer ist das Amt des Präsidenten lediglich eine Maschinerie, ein Instrument, das er einsetzen kann als Werkzeug seiner eigenen Wünsche, zur Befriedigung seiner ureigensten Bedürfnisse. Ich bin fest davon überzeugt, daß seine Ziele in vielerlei Hinsicht durchaus ehrbarer Natur sind; er versucht, die hervorragende Politik von Unicephalon fortzusetzen. Aber mit welchen Mitteln. Das ist eine ganz andere Frage.«

»Hör dir das an, Leon«, sagte Max. Und dachte: *Egal was er sagt, ich geb nicht auf; mir stellt sich keiner in den Weg, das ist nämlich meine Pflicht; das verlangt mein Amt, und wenn du Präsident wärst, so wie ich, dann würdest du's auch nicht anders machen.*

»Selbst der Präsident«, sagte Briskin jetzt, »muß sich an die Gesetze halten; er steht nicht außerhalb des Gesetzes, egal wie mächtig er ist.« Er schwieg einen Augenblick und fuhr dann langsam fort: »Mir ist bekannt, daß das FBI auf direkten Befehl von Fischers Protegé Leon Lait in diesem Augenblick bestrebt ist, diese Sender stillzulegen, um mich zum Schweigen zu bringen. Wieder einmal mißbraucht Max Fischer seine Macht, die Polizeibehörde, für seine eigenen Zwecke, macht sie zu einem Werkzeug ...«

Max griff zum Hörer des roten Telefons. Und sofort sagte eine Stimme: »Ja, Mr. President. Hier spricht General Tompkins' EFO.«

»Was 'n das?« fragte Max.

»Erster Fernmeldeoffizier, Armee 600-1000, Sir. An Bord der *Dwight D. Eisenhower,* empfange Mitteilung über den Sender in der Plutostation.«

»Aha«, meinte Max und nickte. »Hört mal, Jungs, bleibt doch mal eben dran, ja? Haltet euch bereit für neue Instruktionen.« Er legte eine Hand über die Sprechmuschel. »Leon«, wandte er sich an seinen Cousin, der seinen Cheeseburger inzwischen verdrückt hatte und sich nun über einen Erdbeershake hermachte. »Wie steh ich denn jetzt da? Briskin sagt schließlich die Wahrheit.«

»Gib Tompkins den Befehl«, sagte Leon. Er rülpste und klopfte sich dann mit der Faust auf die Brust. »Entschuldige.«

»Ich halte es für höchst wahrscheinlich«, verkündete Briskin im Fernsehen, »daß ich mein Leben aufs Spiel setze, indem ich jetzt zu Ihnen spreche, denn über eines müssen wir uns im klaren sein: Wir haben einen Präsidenten, der auch vor Mord nicht zurückschrecken würde, um sein Ziel zu erreichen. Einer solchen politischen Taktik bedient sich eine Tyrannei, und genau damit haben wir es hier zu tun, mit einer Tyrannei, die in unserer Gesellschaft Fuß gefaßt hat und im Begriff ist, an die Stelle der rationalen, uneigennützigen Regierung des homöostatischen Problemlösungssystems Unicephalon 40-D zu treten, an dessen Konstruktion, Bau und Inbetriebnahme einige der größten Geister beteiligt waren, die die Menschheit je gesehen hat, Geister, die sich der Erhaltung all dessen verschrieben hatten, was an unserer Kultur bewahrenswert ist. Und die Preisgabe von alldem zugunsten einer diktatorischen Tyrannei ist – gelinde gesagt – betrüblich.«

»Jetzt sind mir die Hände gebunden«, sagte Max leise.

»Wieso?« fragte Leon.

»Hast du denn nicht gehört? Der redet von *mir.* Ich bin der

Tyrann, von dem er da spricht. Himmelarsch.« Max legte den roten Hörer auf. »Ich hab zu lang gewartet.

Fällt mir wirklich nicht leicht, das zu sagen«, sagte Max, »aber – Mann, verdammich, das wär doch der Beweis dafür, daß er recht hat.« *Ich weiß sowieso, daß er recht hat,* dachte Max. *Aber ob* die *das auch wissen? Ob das Volk es weiß? Die dürfen mir nicht auf die Schliche kommen,* wurde ihm bewußt. *Sie sollten zu ihrem Präsidenten aufschauen, ihn achten. Ihn ehren. Kein Wunder, daß ich bei der Telscan-Umfrage so schlecht abgeschnitten hab. Kein Wunder, daß Jim Briskin sofort gegen mich antreten wollte, als er erfahren hat, daß ich im Amt bin. Sie haben mich durchschaut; sie spüren es, sie spüren, daß Jim-Jam die Wahrheit sagt. Ich hab einfach nicht das Zeug zum Präsidenten.*

Ich bin nicht gut genug, dachte er, *für dieses Amt.*

»Hör mal, Leon«, sagte er, »diesen Briskin laß ich noch über die Klinge springen, und dann tret ich zurück. Das wird meine letzte Amtshandlung.« Wieder griff er zum roten Telefon. »Ich geb den Befehl, Briskin auszuradieren, und dann kann sonstwer den Präsidenten spielen. Sollen sich die Leute doch einen aussuchen. Meinetwegen sogar Pat Noble oder dich; mir soll's egal sein.« Er rüttelte am Telefon. »He, EFO«, sagte er laut. »Na los, antworten Sie.« Er wandte sich an seinen Cousin. »Laß mir von dem Shake noch was übrig; die Hälfte gehört eh mir.«

»Ist gut, Max«, erwiderte Leon ergeben.

»Ist denn da keiner?« sprach Max in den Hörer. Er wartete. Die Leitung blieb tot. »Da ist irgendwas schiefgelaufen«, meinte er zu Leon. »Die Telefonleitungen sind zusammengebrochen. Da stecken wahrscheinlich wieder diese Außerirdischen dahinter.«

Und dann sah er auf den Bildschirm. Er war leer.

»Was ist los?« fragte Max. »Was machen die bloß mit mir? Wer sind die?« Ängstlich schaute er um sich. »Ich kapier das nicht.«

Leon schlürfte unerschütterlich seinen Milchshake und

gab achselzuckend zu verstehen, daß er darauf keine Antwort wußte. Doch sein schwammiges Gesicht war kreidebleich.

»Zu spät«, sagte Max. »Aus irgendeinem Grund ist es schlicht zu spät.« Schwerfällig legte er den Hörer auf. »Leon, ich habe Feinde, die mächtiger sind als du oder ich. Und ich weiß noch nicht mal, wer sie sind.« Schweigend saß er vor dem dunklen, stillen Fernsehschirm. Und wartete.

Mit einem Mal drang es aus dem Lautsprecher des Fernsehapparats: »Pseudo-autonome Nachrichtensendung. Bitte schalten Sie nicht ab.« Dann trat wieder Stille ein.

Jim Briskin blickte Ed Fineberg und Peggy an und wartete.

»Genossen Bürger der Vereinigten Staaten«, drang urplötzlich eine flache, tonlose Stimme aus dem Lautsprecher. »Die Zeit der Übergangsregierung ist vorbei, die Lage hat sich normalisiert.« Während sie sprach, erschienen Wörter auf dem Bildschirm des Monitors, ein schmaler bedruckter Papierstreifen lief langsam an den Kameraobjektiven in Washington, D.C., vorbei. Unicephalon 40-D hatte sich auf gewohnte Weise ins Koax geschaltet; es hatte die laufende Sendung gekippt: Das war sein traditionelles Recht.

Bei der Stimme handelte es sich um das synthetische Verbalisierungsorgan der homöostatischen Struktur.

»Die Wahlkampagne wird hiermit für ungültig erklärt«, sagte Unicephalon 40-D. »Dies ist der Punkt eins. Bereitschaftspräsident Maximilian Fischer ist abgesetzt; das ist Punkt zwei. Punkt drei: Wir befinden uns im Krieg mit den Außerirdischen, die in unser System eingedrungen sind. Punkt vier. An James Briskin, der ...«

Jetzt kommt's, dachte Jim Briskin.

Die unpersönliche, aalglatte Stimme auf seinem Kopfhörer fuhr fort. »Punkt vier. An James Briskin, der über dieses Medium zu Ihnen gesprochen hat, ergeht hiermit ein Unterlassungsbefehl sowie die einstweilige Verfügung, unverzüglich in allen Einzelheiten darzulegen, weshalb es ihm gestattet sein sollte, weiterhin politischen Aktivitäten nachzugehen. Im Interesse der Öffentlichkeit wird er hiermit angewiesen, zu politischen Fragen in Zukunft zu schweigen.«

Briskin grinste Peggy und Ed Fineberg starr an. »Das war's«, sagte er. »Aus und vorbei. In Zukunft hab ich das Maul zu halten.«

»Du kannst doch Berufung einlegen«, meinte Peggy sofort. »Du kannst damit bis vor den Bundesgerichtshof gehen; wär nicht das erste Mal, daß der eine Entscheidung von Unicephalon aufhebt.« Sie legte Briskin die Hand auf die Schulter, doch der wich zurück. »Oder willst du etwa gar nichts dagegen unternehmen?«

»Zumindest bin ich nicht abgesetzt«, sagte Briskin. Er war müde. »Ich bin froh, daß das Maschinchen wieder läuft«, meinte er, um Peggy zu beruhigen. »Das heißt, wir haben wieder stabile Verhältnisse. Und *das* kann für uns nur von Vorteil sein.«

»Was hast du vor, Jim-Jam?« fragte Ed. »Willst du etwa wieder zu Reinlander Beer und Calbest Electronics und sehen, ob du deinen alten Job zurückkriegst?«

»Nein«, murmelte Briskin. Mit Sicherheit nicht. Aber – er konnte zu politischen Fragen im Grunde gar nicht schweigen; er konnte nicht tun, was der Problemlöser von ihm verlangte. Das war ihm biologisch schlicht und einfach unmöglich; früher oder später würde er wieder anfangen zu reden, ganz gleich was passierte. *Und,* dachte er, *ich könnte wetten, daß Max das genausowenig kann ... das kann keiner von uns beiden.*

Vielleicht, dachte er, *unternehme ich etwas gegen die einstweilige Verfügung; vielleicht fechte ich sie an. Eine Gegenklage ... ich bringe Unicephalon 40-D vor Gericht. Kläger: Jim-Jam Briskin, Beklagter: Unicephalon 40-D.* Er lächelte. Dazu *brauche ich einen guten Anwalt. Und der muß schon eine Ecke besser sein als Max Fischers oberster Rechtsverdreher, Vetterchen Leon Lait.*

Er ging zum Schrank des kleinen Studios, von dem aus sie gesendet hatten, holte seinen Mantel heraus und zog ihn an. Sie hatten einen langen Flug vor sich, von diesem entlegenen Winkel zurück zur Erde, und er wollte endlich los.

Peggy lief hinter ihm her. »Willst du jetzt *gar* nicht mehr senden?« fragte sie. »Nicht mal den Rest der Show?«

»Nein«, erwiderte er.

»Aber Unicephalon steigt doch auch wieder aus, und was bleibt dann? Toter Äther, ein leerer Kanal. Das kannst du doch nicht machen, Jim, oder? Einfach so abzuhauen ... ich begreife nicht, daß du so etwas fertigbringst, das sieht dir ganz und gar nicht ähnlich.«

An der Studiotür blieb er noch einmal stehen. »Du hast doch gehört, was es gesagt hat. Die Anweisungen, die es mir gegeben hat.«

»Kein Mensch läßt den Kanal leerlaufen«, meinte Peggy. »Das ist ein Vakuum, Jim, und das ist wider die Natur. *Und wenn du den Kanal nicht vollkriegst, dann macht es eben jemand anders.* Schau, Unicephalon steigt jetzt aus.« Sie deutete auf den Fernsehmonitor. Das Schriftband war verschwunden; wieder war der Bildschirm dunkel, ohne Leben, ohne Licht. »Das ist deine Schuld«, sagte Peggy, »das weißt du genau.«

»Sind wir wieder auf Sendung?« erkundigte er sich bei Ed.

»Ja. Es ist eindeutig aus der Leitung, vorläufig zumindest.« Ed wies gestikulierend auf die leere Bühne im Scheinwerferlicht, die die Kameras im Bild hatten. Mehr sagte er nicht; das war nicht nötig.

Jim Briskin trug noch immer seinen Mantel, als er zur Bühne zurückging. Mit den Händen in den Taschen trat er vor die Kameras, lächelte und sagte: »Meine lieben Genossen, ich glaube, die Unterbrechung ist vorbei. Fürs erste wenigstens. Also ... weiter im Text.«

Applaus – Ed Fineberg bediente das Tonbandgerät – schwoll an, und Jim Briskin hob die Hände und gab dem nicht vorhandenen Studiopublikum das Zeichen zur Ruhe.

»Kennt einer von Ihnen einen guten Anwalt?« fragte Jim-Jam höhnisch. »Wenn ja, dann rufen Sie uns an und sagen es uns am besten gleich – bevor das FBI uns hier draußen doch noch erwischt.«

Als die Durchsage von Unicephalon beendet war, wandte sich Maximilian Fischer in seinem Zimmer im Weißen Haus an seinen Cousin Leon. »Tja, ich bin nicht mehr im Amt.«

»Ja, Max«, erwiderte Leon träge. »Sieht ganz so aus.«

»Und du genausowenig«, bemerkte Max. »Jetzt wird reiner Tisch gemacht, da kannst du Gift drauf nehmen. Abgesetzt.« Er knirschte mit den Zähnen. »Irgendwie ist das beleidigend. Es hätte ja wenigstens *zurückgetreten* sagen können.«

»So redet es wahrscheinlich nun mal«, sagte Leon. »Reg dich nicht auf, Max; denk an dein Herz. Du hast doch immer noch den Bereitschaftsjob, und das ist der höchste Bereitschaftsposten, den es gibt, Bereitschaftspräsident der Vereinigten Staaten, vergiß das nicht. Und jetzt bist du die ganzen Sorgen und Strapazen los; sei doch froh.«

»Ob ich wohl noch zu Ende essen darf?« fragte Max und stocherte in dem Essen herum, das vor ihm auf dem Tablett stand. Jetzt, wo man ihn aufs Altenteil abgeschoben hatte, kehrte auch sein Appetit schlagartig zurück; er entschied sich für ein Geflügelsalatsandwich und nahm einen kräftigen Bissen. »Ist immer noch meins«, entschied er mit vollem Mund. »Ich darf doch immer noch hier wohnen und krieg regelmäßig was zu essen – stimmt's?«

»Stimmt«, pflichtete Leon bei; in seinem Anwaltskopf rumorte es. »Das steht in dem Vertrag, den die Gewerkschaft mit dem Kongreß ausgehandelt hat; kannst du dich daran noch erinnern? Wir haben schließlich nicht umsonst gestreikt.«

»Das waren noch Zeiten«, sagte Max. Er verdrückte den Rest des Geflügelsalatsandwichs und widmete sich wieder dem Eierflip. Es war ein gutes Gefühl, keine wichtigen Entscheidungen mehr treffen zu müssen; er stieß einen langgezogenen, tiefempfundenen Seufzer aus und lehnte sich zurück in den Kissenstapel, der sein Kreuz stützte.

Aber dann dachte er: *Eigentlich hat es mir doch Spaß gemacht, Entscheidungen zu treffen. Das heißt, es war* – er suchte nach dem richtigen Wort. *Es war was anderes als der Posten des Bereitschaftspräsidenten oder arbeitslos zu sein. Es war irgendwie ...*

Ein befriedigendes Gefühl, dachte er. *Genau das war es. Als ob ich was geleistet hätte.* Es fehlte ihm schon jetzt; mit einem Mal fühlte er sich leer, als habe plötzlich alles keinen Sinn mehr.

»Leon«, sagte er, »als Präsident hätte ich gut und gerne noch 'nen Monat dranhängen können. Und es hätte mir Spaß gemacht. Verstehst du, was ich meine?«

»Ja, ich versteh schon, was du meinst«, murmelte Leon.

»Du verstehst gar nichts«, sagte Max.

»Ich geb mir Mühe, Max«, erwiderte sein Cousin. »Ehrlich.«

»Ich hätte diesen Ingenieursfritzen nicht sagen dürfen, daß sie Unicephalon wieder zusammenflicken sollen«, meinte Max verbittert, »ich hätte die ganze Sache abblasen sollen, zumindest für 'n halbes Jahr.«

»Jetzt ist es zu spät, sich deswegen den Kopf zu zerbrechen«, sagte Leon.

Wirklich? fragte sich Max. *Nun ja, Unicephalon 40-D könnte doch was* passieren. *Ein Unfall zum Beispiel.*

Darüber sann er nach, während er sich ein Stück Apfelkuchen mit einer dicken Scheibe Longhorn-Käse zu Gemüte führte. Er kannte eine ganze Reihe von Leuten, die so etwas deichseln konnten ... und es von Zeit zu Zeit auch taten.

Ein schwerer Unfall, der um ein Haar tödlich ausgeht, dachte er. *Irgendwann spätabends, wenn jeder im Bett liegt und außer mir und ihm hier im Weißen Haus alles schläft. Nun seien wir doch mal ehrlich; die Außerirdischen haben uns gezeigt, wie man so was macht.*

»Sieh mal, Jim-Jam Briskin ist wieder auf Sendung«, sagte

Leon und deutete auf den Fernseher. Tatsächlich, da war die berühmte, wohlbekannte rote Perücke, und Briskin ließ irgend etwas Geistreiches und doch Tiefsinniges vom Stapel, etwas, das einen ins Grübeln brachte. »He, hör mal«, meinte Leon. »Er nimmt das FBI auf die Schippe; ja, ist es denn die Möglichkeit, und das ausgerechnet *jetzt*! Der schreckt aber auch vor nichts zurück.«

»Laß mich in Ruhe«, sagte Max. »Ich bin am Nachdenken.« Er streckte die Hand aus und stellte vorsichtig den Ton ab.

Bei den Gedanken, die ihm jetzt durch den Kopf gingen, wollte er nicht gestört werden.

Ein kleines Trostpflaster für uns Temponauten

ERSCHÖPFT SCHLEPPTE SICH Addison Doug über den langen Gartenweg aus synthetischen Redwoodbohlen, setzte Schritt vor Schritt, den Kopf gesenkt, als würde ihn jede Bewegung schmerzen. Die junge Frau beobachtete ihn, wünschte, sie könnte ihm helfen; es tat ihr weh, ihn so verbraucht und unglücklich zu sehen, doch gleichzeitig war sie überglücklich, daß er überhaupt da war. Immer weiter, weiter auf sie zu ging er, ohne aufzuschauen, blindlings ... als sei er schon viele Male so gegangen, dachte sie plötzlich. Als würde er den Weg allzu gut kennen. Wieso war das so?«

»Addi«, rief sie und lief ihm entgegen. »Im Fernsehen haben sie gesagt, du wärst tot. Ihr alle wärt umgekommen!«

Er blieb stehen, um sein dunkles Haar zurückzustreichen, das nicht mehr lang war; kurz vor dem Start hatten sie es kurzgeschoren. Was er offenkundig vergessen hatte. »Glaubst du alles, was du im Fernsehen siehst?« sagte er und kam wieder näher, stockend, aber jetzt lächelnd. Und mit ausgebreiteten Armen.

Gott, es war schön, ihn zu umarmen, wieder seine kräftigen Arme zu spüren; sie waren kräftiger, als sie erwartet hatte. »Ich wollte mir schon einen Neuen suchen«, sagte sie atemlos. »Als Ersatz für dich.«

»Ich reiße dir den Kopf ab, wenn du's tust«, sagte er. »Es ist sowieso unmöglich; wer könnte mich schon ersetzen?«

»Aber was war mit der Implosion?« sagte sie. »Beim Rückeintritt; sie sagten ...

»Hab ich vergessen«, sagte Addison in dem Tonfall, der jede weitere Diskussion unterband. Immer hatte sie dieser Tonfall geärgert, aber heute nicht. Heute spürte sie, wie furchtbar die Erinnerung für ihn war. »Ich bleibe ein paar Tage bei dir«, sagte er, als sie zusammen über den Weg zur offenen Tür des Blockhauses mit dem schrägstehenden Zeltdach gingen. »Wenn es dir recht ist. Und Benz und Crayne werden später nachkommen; vielleicht schon heute abend. Wir haben viel zu bereden und abzuklären.«

»Dann habt ihr also alle drei überlebt.« Sie schaute hoch in sein verhärmtes Gesicht. »Alles, was sie im Fernsehen gesagt haben ...« Dann verstand sie. Jedenfalls glaubte sie zu verstehen. »Es war ein Ablenkungsmanöver. Aus ... aus politischen Gründen, um die Russen irrezuführen. Richtig? Ich meine, die Sowjetunion wird glauben, der Einsatz sei fehlgeschlagen, weil beim Rückeintritt ...«

»Nein«, sagte er. »Höchstwahrscheinlich wird ein Chrononaut zu uns stoßen. Soll uns helfen, dahinterzukommen, was passiert ist. General Molch sagte, einer von ihnen sei schon auf dem Weg hierher; die Genehmigung liegt bereits vor. Weil die Lage so ernst ist.«

»Mein Gott«, sagte das Mädchen betroffen. »Für wen ist dann das Ablenkmanöver?«

»Laß uns was trinken«, sagte Addison. »Dann erkläre ich dir alles.«

»Ich habe nichts weiter als kalifornischen Brandy im Haus.«

Addison Doug sagte: »So wie ich mich fühle, würde ich alles trinken.« Er ließ sich auf die Couch fallen und lehnte sich mit einem gequälten Seufzer zurück, während das Mädchen eilig für beide einen Drink mixte.

Das Radio im Wagen quengelte: »... beklagt die unglückliche Wendung der Ereignisse, deren Auslöser ein unvorhersehbarer ...«

»Offizielles Gewäsch«, sagte Crayne und schaltete das Radio aus. Er und Benz hatten Mühe, das Haus zu finden; sie waren bisher nur einmal dagewesen. Es ging Crayne durch den Kopf, daß diese Art, eine Konferenz von solcher Tragweite einzuberufen, nicht gerade sehr offiziell war – sich hier draußen in der Wildnis von Ojai in der Hütte von Addisons Mieze zu treffen. Andererseits würden sie von Neugierigen unbehelligt bleiben. Und vielleicht hatten sie nicht viel Zeit. Aber das war schwer zu sagen; was das anging, war sich niemand ganz sicher.

Die Hügel zu beiden Seiten der Straße waren früher einmal Wälder gewesen, bemerkte Crayne. Jetzt verschandelten Fertighäuser und ihre aufgeweichten, unebenen Kunststoffauffahrten jede Erhebung, so weit man blickte. »Ich wette, hier war es früher richtig hübsch«, sagte er zu Benz am Steuer.

»Der Los Padres Nationalpark ist ganz in der Nähe«, sagte Benz. »Ich habe mich mal drin verlaufen, als ich acht Jahre alt war. Ich war stundenlang fest überzeugt, eine Klapperschlange würde mich erwischen. Jeder Stock war eine Schlange.«

»Und jetzt hat die Klapperschlange dich erwischt«, sagte Crayne.

»Uns alle«, sagte Benz.

»Weißt du«, sagte Crayne, »es ist schon eine mörderische Erfahrung, tot zu sein.«

»Für dich vielleicht.«

»Aber genaugenommen ...«

»Wenn man Radio und Fernsehen glaubt.« Benz wandte sich zu ihm um, sein großes Gnomengesicht war düster und streng. »Wir sind nicht toter als irgendwer sonst auf dem Planeten. Der Unterschied für uns ist, daß unser Todestag in der Vergangenheit liegt, während der aller anderen in einer ungewissen Zukunft liegt. Für manche liegt er sogar in einer verdammt gewissen Zukunft, für Leute auf Krebsstationen zum Beispiel; für die ist er so todsicher wie für uns. Sicherer noch.

Nur als Beispiel: Wie lange können wir hierbleiben, ehe wir zurück müssen? Wir haben eine gewisse Spanne, einen Spielraum, den ein unheilbar Krebskranker nicht hat.«

Crayne sagte fröhlich: »Als nächstes munterst du uns damit auf, daß wir keine Schmerzen haben.«

»Addi schon. Ich habe ihn vorhin wegkriechen sehen. Bei ihm ist es psychosomatisch ... äußert sich in körperlichen Beschwerden. Als würde der liebe Gott ihm im Nacken sitzen; du weißt schon, hat eine viel zu schwere Last zu tragen, völlig zu unrecht, aber er leidet, ohne zu klagen ... deutet nur ab und zu auf die Wunden in seinen Handflächen.« Er grinste.

»Addi hat mehr Grund als wir, am Leben zu hängen.«

»Jeder hat mehr Grund als andere, am Leben zu hängen. Ich hab kein süßes Betthäschen, aber ich würde die Sattelschlepper ganz gerne noch ein paarmal bei Sonnenuntergang über den Riverside Freeway fahren sehen. Ob sich das Leben zu leben lohnt, ist nicht der springende Punkt; daß man es noch erleben will, daß man dabei sein will – das ist so verdammt traurig daran.«

Sie fuhren schweigend weiter.

Im stillen Wohnzimmer im Haus des Mädchens saßen die drei Temponauten, rauchten und übten sich in Gelassenheit; Addison Doug dachte insgeheim, daß das Mädchen in seinem hautengen Sweater und dem winzigen Rock ungewöhnlich reizend und begehrenswert aussah, und er wünschte schwermütig, sie möchte etwas weniger aufregend aussehen. Solche Sachen konnte er sich wirklich nicht erlauben, nicht jetzt. Er war zu müde.

»Weiß sie Bescheid«, fragte Benz mit Blick auf das Mädchen, »was hier abläuft? Ich meine, können wir offen sprechen? Es wird sie nicht umhauen?«

»Ich hab's ihr bis jetzt noch nicht erklärt«, sagte Addison.

»Das solltest du aber schleunigst nachholen«, sagte Crayne.

»Was ist los?« fragte das Mädchen besorgt; sie saß kerzengerade da; eine ihrer Hände ruhte direkt zwischen den Brüsten. Als würde sie nach einem nicht vorhandenen religiösen Artefakt greifen, dachte Addison.

»Wir haben beim Rückeintritt den Löffel abgegeben«, sagte Benz. Er war von den dreien der Unbarmherzigste. Oder zumindest der Direkteste. »Sehen Sie, Miss ...«

»Hawkins«, flüsterte das Mädchen.

»Freut mich, Sie kennenzulernen, Miss Hawkins.« Benz schätzte sie auf seine kalte, gelassene Art ab. »Haben Sie einen Vornamen?«

»Merry Lou.«

»Okay, Merry Lou«, sagte Benz. Zu den anderen bemerkte er: »Klingt wie ein Name, den sich eine Kellnerin auf die Bluse gestickt hat. Merry Lou heiße ich, und ich serviere Ihnen Dinner und Frühstück und Lunch und Dinner und Frühstück für die nächsten paar Tage, oder wie lange es sonst dauert, bis ihr alle aufgebt und wieder in eure eigene Zeit verschwindet; das macht dann dreiundfünfzig Dollar und acht Cents bitte, Trinkgeld geht extra. Und kommen Sie bloß nicht wieder, klar?« Seine Stimme zitterte jetzt, und seine Zigarette auch. »Tut mir leid, Miss Hawkins«, sagte er dann. »Wir sind alle bei der Implosion beim Rückeintritt abgekratzt. Direkt als wir in EZW hier ankamen, haben wir das erfahren. Wir haben es vor allen anderen erfahren; wir wußten es in dem Moment, als die Emergenzzeit zu wirken anfing.«

»Aber wir konnten nichts mehr daran ändern«, sagte Crayne.

»Niemand kann mehr etwas daran ändern«, sagte Addison zu ihr und legte seinen Arm um sie. Erst glaubte er an ein Déjà-vu, aber dann war es ihm schlagartig klar. Wir stecken in einer Zeitschleife, dachte er, wir durchleben das wieder und wieder und versuchen das Problem des Rückeintritts zu lösen, jedesmal in der Einbildung, es sei das erste Mal, das einzige Mal ... und immer erfolglos. Der wievielte Versuch ist das? Vielleicht der millionste; wir haben millionenmal hier gesessen, wieder und wieder über denselben Fakten gebrütet und nichts erreicht. Bei dem Gedanken fühlte er sich zu Tode erschöpft. Und er empfand eine Art universellen Haß auf alle Menschen, die sich nicht mit diesem Rätsel herumschlagen mußten. Wir enden alle am selben Ort, dachte er, so heißt es in der Bibel. Aber was uns drei betrifft ... wir sind schon dort gewesen. Liegen jetzt dort. Also ist es falsch, von uns zu erwarten, daß wir anschließend in der Gegend herumstehen, uns darüber die Köpfe heißreden und herauszufinden versuchen, wo die Störung lag. Das sollte eigentlich Sache unserer Nachfahren sein. Wir haben doch schon lange genug ...

Aber er sprach es nicht aus – ihnen zuliebe.

»Vielleicht seid ihr in irgendwas reingerasselt«, sagte das Mädchen.

Mit einem Blick zu den anderen sagte Benz sardonisch: »Vielleicht sind wir in irgendwas reingerasselt.«

»Davon war in den Fernsehkommentaren immer die Rede«, sagte Merry Lou, »von dem Risiko einer räumlichen Phasenverschiebung beim Rückeintritt, durch die man auf molekularer Ebene mit angrenzenden Objekten kollidiert, die jeweils ...« Sie gestikulierte. »Ihr wißt schon. ›Zwei Objekte können nicht zur selben Zeit denselben Ort einnehmen.‹ Und dann ist alles in die Luft geflogen, aus diesem Grund.« Sie sah fragend in die Runde.

»Das ist der Hauptrisikofaktor«, bestätigte Crayne. »Zumindest theoretisch, wie Dr. Fein von der Entwicklungsabteilung meinte, als sie zur Risikofrage kamen. Aber wir hatten für mehrere Sicherungssperren gesorgt, die automatisch in Kraft traten. Der Rückeintritt konnte nicht stattfinden, ehe diese Hilfsfunktionen uns räumlich so weit stabilisiert hatten, daß eine Überlappung ausgeschlossen war. Natürlich könnten all diese Kontrollen der Reihe nach ausgefallen sein. Eine nach der anderen. Ich habe mir beim Start meine Feedback-Koordinaten am Monitor angesehen, und sie besagten übereinstimmend, jede einzelne, daß wir damals korrekt synchronisiert waren. Und ich habe keine Warnsignale gehört. Auch keine gesehen.« Er verzog das Gesicht. »Zumindest ist es nicht da passiert.«

Plötzlich sagte Benz: »Ist euch klar, daß eure nächsten Verwandten jetzt reich sind? Unsere ganzen staatlichen und privaten Lebensversicherungen sind fällig. Unsere ›nächsten Verwandten‹ – Mein Gott noch mal, das sind doch wohl *wir*. Uns stehen zigtausend Dollar zu, bar auf die Kralle. Wir spazieren einfach bei unserem Versicherungsmakler ins Büro und sagen: ›Ich bin tot; her mit dem ganzen Schotter.‹«

Addison Doug dachte: Die öffentliche Gedenkfeier. Die nach der Autopsie geplant ist. Diese lange Schlange schwarz verhängter Cadillacs auf der Pennsylvania Avenue, mit all den staatlichen Würdenträgern und Eierköpfen aus der Forschung – *und wir mittendrin*. Nicht einmal, sondern zweimal. Einmal in den mit Flaggen drapierten, mit handpoliertem Messing beschlagenen Eichensärgen, und außerdem ... im offenen Wagen vielleicht, wie wir der trauernden Menge zuwinken.

»Die Trauerfeier«, sagte er laut.

Die anderen starrten ihn an, verärgert, verständnislos. Und dann, einer nach dem anderen, begriffen sie; er sah es ihren Gesichtern an.

»Nein«, stieß Benz hervor. »Das ist ... unmöglich.«

Crayne schüttelte leidenschaftlich den Kopf. »Man wird uns befehlen, teilzunehmen, und das werden wir tun. Wir haben unsere Befehle.«

»Müssen wir dann vielleicht *lächeln*?« fragte Addison. »*Lächeln,* verflucht noch mal?«

»Nein«, sagte General Toad langsam, wobei sein großer, massiger Kopf auf seinem Besenstiel-Hals wackelte; die Farbe seiner Haut wirkte schmutzig und fleckig, als hätten unter der Last der Auszeichnungen an seiner gestärkten Heldenbrust Partien seines Körpers zu zerfallen begonnen. »Sie sollen nicht lächeln, sondern sich im Gegenteil einer angemessen betroffenen Miene befleißigen. Entsprechend der momentanen nationalen Trauerstimmung.«

»Das wird uns schwerfallen«, sagte Crayne.

Der russische Chrononaut zeigte keine Reaktion; sein dünnes, vogelartiges Gesicht, das zwischen Übersetzungs-Kopfhörern klemmte, behielt seinen tiefbesorgten Ausdruck.

»Der Nation«, sagte General Toad, »wird nicht entgehen, daß Sie für dieses kurze Intervall wieder unter uns sind; Kameras aller wichtigen Fernsehstationen werden Sie ohne Vorankündigung groß ins Bild bringen, und die diversen Kommentatoren wurden angewiesen, im gleichen Moment ihrem Publikum etwas in der folgenden Art zu berichten.« Er holte einen maschinegeschriebenen Text hervor, setzte seine Brille auf, räusperte sich und sagte: »Hier kommen jetzt drei Personen in einem der Wagen ins Bild. Kann sie nicht genau erkennen. Können Sie sie erkennen?« General Toad ließ den Zettel sinken. »An diesem Punkt befragen sie ihren Kollegen ganz spontan. Schließlich rufen sie überrascht aus: ›Mein Gott, Roger‹, oder Walter oder Ned, je nachdem, um welchen Sender es sich handelt ...«

»Oder Bill«, sagte Crayne. »Falls es der *Bufoniedae*-Sender da unten im Sumpf ist.«

General Toad schenkte ihm keine Beachtung. »Sie werden jeder für sich ausrufen: ›Hey, Roger, ich glaube fast, wir sehen da die drei Temponauten selbst! Sollte das vielleicht bedeuten, daß die Schwierigkeiten irgendwie ...?‹ Und dann sagt der Co-Kommentator mit etwas gedämpfterer Stimme: ›Ich glaube, was wir im Augenblick sehen, David‹, oder Henry oder Pete oder Ralph, wer auch immer, ›ist die erste nachweisliche Begegnung der westlichen Welt mit dem, was die Wissenschaftler als Emergenzzeitwirkung oder EZW bezeichnen. Obwohl es auf den ersten Blick so aussehen mag, sind dies nicht – ich wiederhole, *nicht* – unsere drei unerschrockenen Temponauten so, wie wir sie normalerweise erleben würden, vielmehr dürften sie wahrscheinlich von unseren Kameras eingefangen worden sein, wie sie kurzfristig ihre Reise in die Zukunft aussetzen – eine Reise, von der wir alle hofften, daß sie unsere Leute in ein Zeitkontinuum ungefähr hundert Jahre von heute bringen würde ... anscheinend sind sie aber irgendwie zu früh gelandet, und hier sind sie nun, in diesem Moment, der für uns natürlich, wie wir alle wissen, die Gegenwart ist.«

Addison Doug schloß die Augen und dachte: Crayne wird ihn fragen, ob die Kameras ihn zeigen können, wie er einen Luftballon hält und Zuckerwatte ißt. Ich glaube, wir drehen alle noch durch, alle. Und dann fragte er sich: Wie viele Male haben wir diesen idiotischen Dialog schon geführt?

Beweisen kann ich es nicht, dachte er müde. Aber ich weiß, daß es so ist. Wir haben schon viele Male hier gesessen, sind den ganzen Quatsch durchgegangen, haben alles gesagt und gehört. Ihn schauderte. Jedes einzelne Wort von dem Blech.

»Was ist los?« sagte Benz scharf.

Der sowjetische Chrononaut sprach zum ersten Mal. »Wie groß ist die maximale EZW-Spanne für Ihr Dreimannteam? Und wieviel Prozent sind davon bereits aufgebraucht?«

Nach einer Pause sagte Crayne: »Darüber sind wir instruiert worden, ehe wir heute hierher kamen. Wir haben ungefähr die Hälfte unserer maximalen EZW-Gesamtspanne verbraucht.«

»Trotzdem«, polterte General Toad, »haben wir den Tag der Nationaltrauer in die Ihnen voraussichtlich verbleibende EZW-Spanne gelegt. Dadurch waren wir gezwungen, die Autopsie und andere forensische Untersuchungen zu beschleunigen, aber mit Rücksicht auf die öffentliche Meinung hielt man es für angezeigt ...«

Die Autopsie, dachte Addison Doug, und wieder schauderte ihn; diesmal konnte er seine Gedanken nicht für sich behalten, er sagte: »Warum brechen wir dieses unsinnige Treffen nicht ab und fahren in die Pathologie rüber, um uns ein paar vergrößerte und eingefärbte Gewebeproben anzusehen, vielleicht kommen uns dann die entscheidenden Geistesblitze, die der medizinischen Forschung bei ihrer Suche nach Erklärungen weiterhelfen? Erklärungen, die brauchen wir jetzt. Lösungen für Probleme, die noch nicht existieren; die Probleme können wir uns später machen.« Er hielt inne. »Wer ist dabei?«

»Ich sehe mir da nicht meine Milz auf dem Bildschirm an«, sagte Benz. »Ich fahre in der Parade mit, aber ich nehme nicht an meiner eigenen Autopsie teil.«

»Du könntest violett eingefärbte Präparate deiner eigenen Eingeweide an die Trauernden am Straßenrand verteilen«, sagte Crayne. »Sie könnten jedem von uns ein paar Reste einpacken; wie wär's, General? Wir können Gewebeproben wie Konfetti werfen. Ich finde immer noch, wir sollten lächeln.«

»Ich bin sämtliche Memoranden in punkto Lächeln durchgegangen«, sagte General Toad und fächerte mit dem Daumen die vor ihm gestapelten Seiten auf, »und alle stimmen überein, daß Lächeln mit dem Volksempfinden und mit dem Protokoll nicht vereinbar ist. Die Frage können wir also als erledigt betrachten. Was Ihre Teilnahme an der Autopsie angeht, die im Moment vorgenommen wird ...«

»Wir verpassen das Beste, während wir hier herumsitzen«, sagte Crayne zu Addison Doug. »Immer verpasse ich das Beste.«

Addison Doug ignorierte ihn und sprach den sowjetischen Chrononauten an. »Offizier N. Gauki«, sagte er in das Mikrofon, das an seiner Brust baumelte, »was ist Ihrer Meinung nach das Schlimmste für einen Zeitreisenden? Daß es durch Überschneidung beim Rückeintritt zu einer Implosion kommen könnte, wie sie bei unserer Mission aufgetreten ist? Oder haben Sie und Ihre Genossen während Ihres kurzen, aber höchst erfolgreichen Zeitflugs noch unter anderen Angstvorstellungen gelitten?«

N. Gauki antwortete nach kurzer Bedenkzeit: »R. Plenya und ich haben bei mehreren privaten Gelegenheiten Erfahrungen ausgetauscht. Ich glaube, ich kann für uns beide sprechen, wenn ich als Antwort auf Ihre Frage besonders unsere unentwegte Befürchtung hervorhebe, wir könnten versehentlich in eine geschlossene Zeitschleife geraten sein und würden nicht mehr daraus ausbrechen können.«

»Daß Sie alles für immer und ewig wiederholen müßten?« fragte Doug.

»Ja, Mr. A. Doug«, sagte der Chrononaut mit düsterem Nicken.

Eine nie gekannte Angst überkam Addison Doug. Er drehte sich hilflos nach Benz um und murmelte: »Scheiße.« Sie sahen einander an.

»Ich kann wirklich nicht glauben, daß so was mit uns passiert ist«, sagte Benz mit leiser Stimme zu ihm und legte seine Hand auf Dougs Schulter; es war ein fester Griff, der Griff eines Freundes. »Wir sind einfach beim Rückeintritt implodiert, das ist alles. Mach dich nicht verrückt.«

»Sind wir hier bald fertig?« sagte Addison Doug mit heiserer, erstickter Stimme und erhob sich halb aus seinem Sessel. Er hatte das Gefühl, als würden der Raum und die Menschen darin auf ihn einstürzen und ihn erdrücken. Klaustrophobie, dachte er. Wie damals in der Grundschule, als sie einen Überraschungstest auf unseren Lehrmonitoren eingeblendet hatten und mir klar wurde, daß ich ihn nicht bestehen würde. »Bitte«, sagte er einfach und stand auf. Alle sahen ihn an, mit unterschiedlichen Mienen. Das Gesicht des Russen war besonders verständnisvoll und in besorgte Falten gelegt. Addison wollte nur noch ... »Ich möchte nach Hause«, sagte er in die Runde und kam sich dumm dabei vor.

Er war betrunken. Es war spät abends, in einer Bar am Hollywood Boulevard; zum Glück war Merry Lou bei ihm, und er amüsierte sich prächtig. Das wollten ihm jedenfalls die anderen einreden. Er umarmte Merry Lou und sagte: »Die wahre Harmonie im Leben, die gottgewollte Harmonie und Bestimmung, sind Mann und Frau. Ihre vollkommene Einheit, stimmt's?«

»Ja, ja«, sagte Merry Lou. »So haben wir es in der Schule gelernt.«

Heute abend war Merry Lou auf seinen Wunsch eine kleine Blondine, die violette Schlaghosen, hohe Absätze und eine offene, bauchfreie Bluse trug. Zu Beginn des Abends hatte sie einen Lapislazuli im Bauchnabel getragen, aber während des Dinners bei Ting Ho war er herausgesprungen und verlorengegangen. Der Besitzer des Restaurants hatte versprochen, danach zu suchen, aber Merry Lou hatte seitdem geschmollt. Es sei symbolisch, hatte sie gesagt. Aber wofür, hatte sie nicht gesagt. Oder er konnte sich nicht erinnern; das war es wohl. Sie hatte es ihm gesagt, und er hatte es vergessen.

An einem Tisch in der Nähe saß ein eleganter junger Schwarzer mit Afro-Frisur, gestreifter Weste und überdimensionaler roter Krawatte, der Addison bereits seit geraumer Zeit anstarrte. Er wäre offensichtlich gerne an ihren Tisch gekommen, wagte es jedoch nicht; statt dessen stierte er ihn weiter an.

»Hast du je das Gefühl gehabt«, sagte Addison zu Merry Lou, »daß du genau wußtest, was passieren wird? Was jemand sagen würde? Wort für Wort? Bis in alle Einzelheiten. Als hättest du es schon einmal erlebt?«

»Dieses Gefühl kennt jeder«, sagte Merry Lou. Sie trank eine Bloody Mary.

Der Schwarze stand auf und kam zu ihnen herüber. Er blieb neben Addison stehen. »Entschuldigen Sie, daß ich Sie belästige, Sir.«

Addison sagte zu Merry Lou: »Jetzt sagt er gleich: ›Kenne ich Sie nicht von irgendwoher? Habe ich Sie nicht im Fernsehen gesehen?‹«

»Das war genau das, was ich sagen wollte«, sagte der Schwarze.

Addison sagte: »Sie haben zweifellos mein Foto auf Seite

sechsundvierzig der neuesten Ausgabe der *Times* gesehen, im Teil über Neues aus der Welt der Medizin. Ich bin der Landarzt aus einem Kaff in Iowa, der durch die Erfindung eines überall erhältlichen Unsterblichkeits-Mittelchens zu plötzlichem Ruhm gelangt ist. Ich habe für meinen Impfstoff bereits Angebote von mehreren Pharmakonzernen.«

»Kann sein, daß ich Ihr Bild da gesehen habe«, sagte der Schwarze, aber er wirkte nicht überzeugt. Betrunken wirkte er auch nicht; er beobachtete Addison Doug scharf. »Darf ich mich zu Ihnen und Ihrer Begleiterin setzen?«

»Sicher«, sagte Addison Doug. Jetzt sah er in der Hand des Mannes den Ausweis der US-Sicherheitsbehörde, die das Projekt von Anfang an überwacht hatte.

»Mr. Doug«, sagte der Sicherheitsagent, als er neben Addison Platz nahm, »Sie sollten wirklich nicht hier sitzen und derart den Mund aufreißen. Wenn *ich* Sie erkannt habe, könnte Sie auch sonstwer erkennen, jemand, der weniger diskret ist. Bis zum Nationaltrauertag unterliegt alles absoluter Geheimhaltung. Sie verstoßen durch Ihr Hiersein praktisch gegen ein Bundesgesetz; ist Ihnen das klar? Ich müßte Sie eigentlich einbuchten. Aber die Lage ist heikel; nur nicht aufregen, wir dürfen keinen Wirbel auslösen. Wo sind Ihre beiden Kollegen?«

»In meiner Wohnung«, sagte Merry Lou. Sie hatte den Ausweis offensichtlich nicht gesehen. »Hören Sie«, wandte sie sich bissig an den Agenten, »warum verziehen Sie sich nicht? Mein Mann hat Entsetzliches durchgemacht, und das ist seine einzige Gelegenheit, abzuschalten.«

Addison sah den Mann an. »Ich wußte, was Sie sagen wollten, ehe Sie zu uns rübergekommen sind.« Wort für Wort, dachte er. Ich habe recht, und Benz hat unrecht, und das wird so weitergehen, diese ewigen Rückblenden.

»Vielleicht kann ich Sie überreden, freiwillig zu Miss Hawkins' Haus zurückzukehren«, sagte der Sicherheitsagent. »Vor wenigen Minuten haben alle von uns ein Info bekommen« – er tippte gegen den winzigen Kopfhörer in seinem rechten

Ohr –, »das wir Ihnen dringend mitteilen sollen, wenn wir Sie aufspüren. Auf der zerstörten Abschußbasis ... die Trümmer sind durchkämmt worden, nicht wahr?«

»Ich weiß«, sagte Addison.

»Ich glaube, Sie haben einen ersten Anhaltspunkt gefunden. Einer von Ihnen dreien hat anscheinend irgendwas mit zurückgebracht. Aus der EZW, zusätzlich zu dem, was Sie mitgenommen hatten, in grober Mißachtung aller Anweisungen während des Vorbereitungstrainings für die Mission.«

»Wollen Sie mir bitte eine Frage beantworten«, entgegnete Addison Doug. »Was wäre, *wenn* mich jemand sieht? Wenn mich tatsächlich jemand erkennt? Was dann?«

»Die Öffentlichkeit glaubt, daß der Zeitsprung, die erste amerikanische Zeitreisenmission, trotz des fehlgeschlagenen Rückeintritts erfolgreich war. Drei US-Temponauten sind rund hundert Jahre in die Zukunft katapultiert worden – fast doppelt so weit wie bei dem sowjetischen Zeitsprung im letzten Jahr. Daß Sie nur eine Woche weit gekommen sind, wird ein weniger großer Schock sein, wenn man glaubt, daß Sie drei sich bewußt wieder in diesem Kontinuum manifestiert haben, weil Sie den Wunsch, ja den unwiderstehlichen Drang verspürten, an den ...«

»Weil wir bei der Parade dabeisein wollten«, unterbrach Addison. »Doppelt.«

»Das dramatische und düstere Schauspiel Ihres eigenen Trauerzugs hat Sie angezogen, und dort werden Sie von den aufmerksamen Kamerateams aller großen Sender erspäht. Wirklich, Mr. Doug, es sind ungeheuer intensive Planungsarbeiten im Gang und beträchtliche Kosten investiert worden, um diese scheußliche Situation zu entschärfen; vertrauen Sie uns, glauben Sie mir. Es wird auf diese Weise erträglicher für die Öffentlichkeit sein, und das ist unabdingbare Voraussetzung, wenn es jemals einen weiteren amerikanischen Zeitsprung geben soll. Und das wollen wir doch schließlich alle.«

Addison Doug starrte ihn an. »Was wollen wir?«

Der Sicherheitsagent sagte unbehaglich: »Weitere Zeitreisen unternehmen. Wie Sie es getan haben. Unglücklicherweise werden Sie selbst nie mehr Gelegenheit dazu haben, da die tragische Implosion Sie alle drei das Leben kostete. Aber andere Temponauten ...«

»Was wollen wir? Wollen wir das wirklich?« Addison erhob seine Stimme; Menschen an den Nebentischen beobachteten sie jetzt. Irritiert.

»Gewiß«, sagte der Agent. »Und sprechen Sie leiser.«

»Ich will das nicht«, sagte Addison. »Ich will Schluß machen. Endgültig Schluß machen. Nur einfach in der Erde liegen, Staub zu Staub, bei allen anderen. Nie mehr einen Sommer sehen – nie mehr den *immergleichen* Sommer.«

»Kennt man einen, kennt man alle«, sagte Merry Lou, sie geriet in Panik. »Ich denke, er hat recht, Addi; wir sollten hier verschwinden. Du hast zuviel getrunken, und es ist zu spät, und diese Neuigkeiten über die ...«

Addison unterbrach sie: »Was ist mitgebracht worden? Wieviel Zusatzmasse?«

Der Sicherheitsagent sagte: »Vorläufige Analysen haben ergeben, daß Maschinenbauteile im Gewicht von etwa einhundert Pfund ins Zeitfeld des Moduls geschleppt und mit Ihnen zusammen beschleunigt worden sind. Eine so große Masse ...« Der Agent breitete die Arme aus. »Das hat die Rampe auf der Stelle in Stücke gerissen. Soviel Überkapazität gegenüber dem Startgewicht konnte sie nicht mal ansatzweise ausgleichen.«

»Wow«, sagte Merry Lou mit großen Augen. »Da hat euch wohl irgendwer eine Quadro-Anlage für einen Dollar achtundneunzig angedreht, komplett mit luftgefederten Fünfzehn-Zoll-Boxen und einem lebenslangen Vorrat Neil-Diamond-Platten.« Sie versuchte zu lachen, aber es mißlang ihr; ihre Augen trübten sich. »Addi«, flüsterte sie, »es tut mir leid. Aber es ist irgendwie ... verrückt. Ich meine, es ist absurd; Ihr hattet alle eure Instruktionen wegen des Fluggewichts, oder? Ihr solltet noch nicht mal ein Blatt Papier zusätzlich mitnehmen. Ich habe sogar gesehen, wie Dr. Fein die Gründe dafür im Fernsehen demonstriert hat. Und einer von euch soll hundert Pfund Maschinenteile in dieses Feld gewuchtet haben? Wenn ihr das getan habt, müßt ihr versucht haben, euch selbst zu zerstören!« Tränen rannen aus ihren Augen, eine Träne kullerte ihre Nase hinunter und blieb dort hängen. Er streckte instinktiv die Hand aus, um sie wegzuwischen, als würde er einem kleinen Mädchen helfen, nicht einer Erwachsenen.

»Ich fliege Sie zum Untersuchungsterrain«, sagte der Sicherheitsagent und stand auf. Er und Addison halfen Merry Lou auf die Beine; sie zitterte, als sie im Stehen ihre Bloody Mary austrank. Addison empfand tiefes Mitleid mit ihr, aber dann verflog es unvermittelt. Er fragte sich, warum. Selbst dessen kann man müde werden, überlegte er. Mitgefühl für andere zu empfinden. Wenn es so lange andauert. Unendlich lang. Für ewig. Und schließlich, noch später, auf etwas hinausläuft, was niemand zuvor, nicht einmal Gott selbst vielleicht, je erlitten hat und ihm am Ende, bei aller göttlichen Barmherzigkeit, unterliegen mußte.

Als sie durch die überfüllte Bar zur Straße gingen, sagte Addison Doug zu dem Sicherheitsagenten: »Wer von uns hat ...«

»Sie wissen, wer es war«, sagte der Agent, als er für Merry Lou die Tür offenhielt. Der Agent stand jetzt hinter Addison und signalisierte einem grauen Wagen der Bundesbehörde, an der roten Parkzone zu landen. Zwei andere, nun uniformierte Sicherheitsagenten eilten auf sie zu.

»War ich es?« fragte Addison Doug.

»Verlassen Sie sich drauf«, sagte der Sicherheitsagent.

Der Trauerzug bewegte sich mit quälender Feierlichkeit die Pennsylvania Avenue entlang, drei mit Flaggen verhängte Särge und Dutzende Limousinen, die sich zwischen den Reihen fröstelnder Trauernder in dicken Mänteln vorwärtsschoben. Ein schwerer Nebelschleier lag über der Szene, graue Umrisse von Häusern verschwammen im regenfeuchten Zwielicht dieses Washingtoner Märztages. Während er mit einem Feldstecher den Cadillac an der Spitze im Visier behielt, schwafelte Henry Cassidy, der Top-Nachrichtensprecher und TV-Live-Reporter, auf sein gigantisches, unsichtbares Publikum ein: »... weckt traurige Erinnerungen an jenen früheren Zug durch die Weizenfelder, der den Sarg Abraham Lincolns zu seiner letzten Ruhestätte in der Hauptstadt der Nation geleitete. Was für ein trauriger Tag, und was für ein angemessenes Wetter, mit diesem trostlos grauen Himmel und dem leichten Nieselregen!« Auf seinem Monitor sah er, wie der vierte Cadillac groß ins Bild gezoomt wurde, der dem Wagen mit den Särgen der toten Temponauten folgte.

Sein Aufnahmeleiter klopfte ihm auf den Arm.

»Hier kommen anscheinend drei unbekannte, bisher nicht identifizierte Personen ins Bild«, sagte Henry Cassidy in sein Mikrofon und nickte zustimmend. »Ich kann sie noch nicht genau ausmachen. Haben Sie von Ihrer Position aus bessere Sicht, Everett?« wandte er sich an seinen Kollegen und drückte den Knopf, der Everett Branton signalisierte, das Mikrofon zu übernehmen.

»Mein Gott, Henry«, sagte Branton mit wachsender Begeisterung in der Stimme, »ich glaube, wir werden tatsächlich Augenzeuge einer Remanifestation der drei Temponauten auf ihrer historischen Reise in die Zukunft!«

»Könnte das bedeuten«, sagte Cassidy, »daß es ihnen irgendwie gelungen ist, einen Ausweg aus der ...«

»Ich fürchte nein, Henry«, sagte Brenton in seinem langsamen Ton des Bedauerns. »Was sich hier völlig überraschend vor unser aller Augen abspielt, ist die erste nachweisliche Begegnung der westlichen Welt mit dem, was unsere Wissenschaftler als Emergenzzeitwirkung bezeichnen.«

»Ach ja, EZW«, wiederholte Cassidy aufgekratzt, was er vom offiziellen Manuskript ablas, das ihm vor Sendebeginn von den Bundesbehörden ausgehändigt worden war.

»Richtig, Henry. Entgegen dem ersten Augenschein sind dies nicht – ich wiederhole, *nicht* – *unsere* drei unerschrokkenen Temponauten als solche, so, wie wir sie normalerweise erleben würden ...«

»Ich begreife jetzt, Everett«, fiel Cassidy ihm begeistert ins Wort, da sein offizielles Manuskript CASS: FÄLLT IHM BEGEISTERT INS WORT vorsah. »Unsere drei Temponauten haben ihre historische Reise in die Zukunft, die sich nach unseren Schätzungen in ein Zeitkontinuum etwa ein Jahrhundert von heute erstreckt, kurzfristig unterbrochen ... Es scheint, als hätten die überwältigende Tragik und das spektakuläre Schauspiel dieses unvorhergesehenen Nationaltrauertags sie bewogen ...«

»Entschuldigen Sie, daß ich unterbreche, Henry«, sagte Everett Branton, »aber ich denke, da die Prozession auf ihrem langen Weg gerade ins Stocken gekommen ist, hätten wir vielleicht Gelegenheit ...«

»Nein!« sagte Cassidy, als ihm eine eilig gekritzelte Notiz hereingereicht wurde, auf der *Kein Interv. mit Temps. Dringend. Frühere Anw. hinfäll.* stand. »Ich glaube nicht, daß wir Gelegenheit haben werden ...«, fuhr er fort, »... ein kurzes Gespräch mit den Temponauten Benz, Crayne und Doug zu führen, wie Sie gehofft hatten, Everett. Wie wir alle einen Moment lang gehofft haben mögen.« Er winkte hektisch das Außenmikro zurück, das bereits erwartungsvoll auf den stehengebliebenen Cadillac zugeschwenkt war. Cassidy wandte sich mit einem heftigen Kopfschütteln an den Mikrotechniker und seinen Aufnahmeleiter.

Als er den Mikrogalgen auf sie zuschwingen sah, erhob sich Addison Doug im Fond des offenen Cadillac. Cassidy stöhnte auf. Er will unbedingt sprechen, erkannte er. Haben sie *ihn* nicht neu instruiert? Warum bin ich der einzige, der auf sie hört? Andere Auslegermikros anderer Sender und die Infanterie der Radioreporter stürmten nun auf die drei Temponauten ein, um ihnen ihre Mikrofone unter die Nase zu halten, besonders Addison Doug. Doug setzte bereits zur

Antwort auf eine Frage an, die ihm von einem Reporter zugerufen worden war. Da sein Außenmikro abgeschaltet war, hörte Cassidy weder die Frage noch Dougs Antwort. Widerstrebend gab er seinem eigenen Mikrotechniker ein Zeichen, sich einzuschalten.

»... schon einmal passiert«, sagte Doug gerade laut.

»Wie meinen Sie das – ›alles schon einmal passiert‹?« fragte der Radioreporter, der direkt neben dem Wagen stand.

»Ich meine«, erklärte US-Temponaut Addison Doug mit gerötetem, angespanntem Gesicht, »daß ich immer und immer wieder an dieser Stelle gestanden und gesprochen habe, und Sie alle haben unendlich viele Male dieser Parade zugeschaut und unseren Tod beim Rückeintritt erlebt – in einer geschlossenen Zeitschleife, die durchbrochen werden muß.«

»Suchen Sie«, fuhr ein anderer Reporter Addison Doug an, »nach einer nachträglich zu treffenden Maßnahme gegen die Implosionskatastrophe beim Rückeintritt, die es Ihnen bei Ihrer Rückkehr in die Vergangenheit ermöglicht, die Fehlfunktion zu beheben und die Tragödie zu vermeiden, die Sie das Leben gekostet hat – beziehungsweise, was Sie drei angeht, das Leben kosten wird?«

Temponaut Benz sagte: »Daran arbeiten wir, ja.«

»Wir versuchen, die Ursache für die schreckliche Implosion zu ermitteln und auszuschalten, ehe wir zurückkehren«, ergänzte Temponaut Crayne nickend. »Wir haben bereits herausgefunden, daß sich aus bisher ungeklärter Ursache diverse Volkswagenmotorenteile von mehreren hundert Pfund an Bord befanden, unter anderem Zylinder, der Kolben ...«

Das ist entsetzlich, dachte Cassidy. »Das ist großartig!« sagte er laut in sein Kopfmikrofon. »Mit einer Entschlossenheit, die nur dem rigorosen Training und der eisernen Disziplin entspringen kann, denen sie unterworfen waren – warum, war uns damals nicht klar, heute jedoch um so mehr –, haben die so tragisch ums Leben gekommenen US-Temponauten bereits den technischen Lapsus analysiert, der offensichtlich ihren eigenen Tod verursacht hat, und sich an die mühevolle Aufgabe gemacht, die Ursachen dieser Störung zu überprüfen und zu eliminieren, damit sie zu ihrer ursprünglichen Abschußbasis zurückkehren und ohne weitere Zwischenfälle wiedereintreten können.«

»Man fragt sich«, murmelte Branton über den Äther und in seinen Regiekopfhörer, »welche Folgen diese Veränderung der allerjüngsten Vergangenheit haben wird. Wenn sie beim Rückeintritt nicht implodieren und nicht getötet werden, dann werden sie auch nicht ... Nun, das ist zu kompliziert für mich, Henry, diese Zeitparadoxa, die Dr. Fein vom Institut für Zeittransformation in Pasadena uns so heftig und wortreich dargelegt hat.«

In sämtliche Mikrofone, die sich ihm darboten, sagte Temponaut Addison Doug, jetzt leiser: »Wir dürfen die Ursache für die Implosion beim Rückeintritt nicht eliminieren. Für uns ist der einzige Ausweg aus dieser Reise der Tod. Der Tod ist die einzig mögliche Lösung. Für uns drei.« Er wurde unterbrochen, weil die Prozession der Cadillacs sich weiter vorwärtszuschieben begann.

Während er einen Moment das Mikro abschaltete, sagte Henry Cassidy zu seinem Aufnahmeleiter: »Hat der sie noch alle?«

»Das wird sich zeigen«, sagte sein Techniker mit kaum hörbarer Stimme.

»Ein außergewöhnlicher Moment in der Geschichte des amerikanischen Zeitreiseprogramms«, sagte Cassidy daraufhin in sein wieder auf Sendung geschaltetes Mikro. »Die Zukunft wird es lehren – wenn Sie mir dieses ungewollte Wortspiel verzeihen –, ob die kryptischen, spontan geäußerten Worte des Temponauten Doug, in diesem Moment extremen Leidensdrucks – für ihn, wie, in etwas geringerem Maße, auch für uns – die Worte eines von Schmerz verwirrten Mannes sind oder eine zutreffende Einschätzung des makabren Dilemmas, das, wie wir theoretisch schon immer wußten, bei einem Zeitreisenstart – einem der unseren oder einem der Russen – irgendwann drohen und zu einem tödlichen Ausgang führen könnte.«

Danach blendete er einen Werbespot ein.

»Weißt du«, murmelte Brantons Stimme in seinem Ohr, nicht über den Sender, sondern nur im Regieraum und für ihn hörbar, »wenn er recht hat, sollten sie die armen Hunde sterben lassen.«

»Sie sollten sie erlösen«, stimmte Cassidy zu. »Mein Gott, so wie Doug aussah und klang, hätte man meinen können, er würde das schon seit Jahrhunderten durchmachen! Ich möchte um nichts in der Welt in seiner Haut stecken.«

»Ich wette fünfzig Dollar«, sagte Branton, »die haben das schon ein paarmal hinter sich. Viele Male.«

»Wir dann aber auch«, sagte Cassidy.

Jetzt fiel Regen, der die Reihen der Trauernden in Glanz hüllte. Ihre Gesichter, ihre Augen, selbst ihre Kleidung – alles erstrahlte in nassen Spiegelungen gebrochenen Lichts, das abgelenkt wurde und funkelte, während über ihnen graue, formlose Wolkenbänke aufzogen und den Tag verdunkelten.

»Sind wir auf Sendung?« fragte Branton.

Wer weiß? dachte Cassidy. Er wünschte, der Tag würde enden.

Der sowjetische Chrononaut N. Gauki warf erregt beide Hände hoch und redete mit beschwörender Stimme auf die Amerikaner ein, die ihm gegenüber am Tisch saßen. »Ich selbst und mein Kollege R. Plenya, der für seine Pionierleistungen auf dem Gebiet der Zeitreise zum Helden des sowjetischen Volkes ernannt wurde, und das verdientermaßen, wir sind der Meinung, daß wir aufgrund unserer eigenen Erfahrung und auf der Basis theoretischer Kenntnisse, die in unseren akademischen Kreisen und in der Sowjetischen Akademie der Wissenschaften gewonnen wurden, Grund haben, anzunehmen, daß Temponaut A. Dougs Befürchtungen gerechtfertigt sein könnten. Und der vorsätzliche Versuch der Vernichtung seiner selbst und seiner Teamkameraden beim Rückeintritt, indem er unter Mißachtung sämtlicher geltenden Befehle große Teile eines Personenkraftwagens aus der EZW mitführte, sollten wir als die Tat eines verzweifelten Mannes betrachten, der keinen anderen Ausweg sah. Natürlich liegt die Entscheidung bei Ihnen. Wir haben in dieser Angelegenheit nur beratende Funktion.«

Addison Doug spielte mit seinem Feuerzeug auf dem Tisch und schaute nicht hoch. In seinen Ohren dröhnte es, und er fragte sich, was das bedeutete. Es wirkte fast elektronisch.

Vielleicht sind wir wieder innerhalb des Moduls, dachte er. Aber er konnte es nicht mit Sicherheit sagen; er empfand die Menschen um sich herum, den Tisch, das blaue Plastikfeuerzeug zwischen seinen Fingern, als wirklich. Während des Rückeintritts ist das Rauchen im Modul verboten, dachte er. Er steckte das Feuerzeug sorgfältig weg in seine Tasche.

»Wir haben keinerlei konkrete Anhaltspunkte gefunden«, sagte General Toad, »daß eine geschlossene Zeitschleife erzeugt worden ist. Es gibt nur die subjektive Empfindung der Ermüdung auf seiten Mr. Dougs. Und seine Überzeugung, daß er das alles bereits mehrmals erlebt hat. Was, wie er selbst sagt, wahrscheinlich psychische Ursachen hat.« Er wühlte sich wie ein Trüffelschwein durch den Stoß Papiere vor sich. »Mir liegt ein von vier Psychiatern der Universität Yale erstelltes psychologisches Profil von Mr. Doug vor, das nicht an die Medien gegangen ist. Wiewohl außergewöhnlich stabil, zeigt sich bei ihm eine manisch-depressive Veranlagung, die in einer akuten Depression gipfeln kann. Natürlich ist das lange vor dem Start berücksichtigt worden, aber man hatte darauf gesetzt, daß das heitere Temperament der beiden Teamkollegen das ausgleichen würde. Jedenfalls ist diese depressive Tendenz im Moment besonders stark ausgeprägt.« Er hielt ihnen das Papier hin, aber keiner am Tisch griff danach. »Trifft es nicht zu, Dr. Fein«, sagte er, »daß bei schwer depressiven Menschen eine Störung des Zeitempfindens auftritt, daß die vergehende Zeit als Kreislauf empfunden wird, sich wiederholt, um sich selbst dreht? Der Mensch steigert sich in einen psychotischen Zustand, in dem er sich weigert, die Vergangenheit loszulassen. Er läßt sie in seinem Kopf immer wieder ablaufen.«

»Gewiß, aber sehen Sie«, sagte Dr. Fein, »diese subjektive Empfindung des Gefangenseins ist vielleicht das einzige Anzeichen, das wir in so einem Fall haben.« Das war der Physiker, der mit seiner Grundlagenforschung das theoretische Fundament für das Projekt gelegt hatte. »Wenn sich unglücklicherweise eine geschlossene Zeitschleife entwickelt haben sollte.«

»Der General«, sagte Addison Doug, »wirft mit Ausdrücken um sich, die er selbst nicht versteht.«

»Das eine, das ich nicht kannte, habe ich nachgeschlagen«, sagte General Toad. »Die psychologischen Fachausdrücke ... ich weiß, was sie bedeuten.«

Benz sagte, an Addison Doug gewandt: »Wo hast du die ganzen VW-Teile hergehabt, Addi?«

»Noch habe ich sie nicht«, sagte Addison Doug.

»Hat wahrscheinlich den erstbesten Schrott eingepackt, den er in die Finger bekommen hat«, sagte Crayne. »Was gerade da war, kurz bevor wir zurückgestartet sind.«

»Zurückstarten werden«, korrigierte Addison Doug.

»Hier sind meine Befehle an Sie drei«, sagte General Toad. »Sie werden nicht den geringsten Versuch unternehmen, einen Maschinenschaden, eine Implosion oder sonst eine Störung während des Rückeintritts auszulösen, weder, indem Sie Zusatzmasse mitschleppen, noch durch irgendeine andere Methode, die Ihnen in den Sinn kommt. Sie werden wie geplant und exakt den vorangegangenen Simulationen entsprechend zurückkehren. Das gilt besonders für Sie, Mr.

Doug.« Das Telefon neben seinem rechten Arm schrillte. Er runzelte die Stirn, hob den Hörer ab. Ein Moment verging, dann machte er ein finsteres Gesicht und knallte laut den Hörer wieder auf.

»Sie sind überstimmt worden«, sagte Dr. Fein.

»Ja, das bin ich«, sagte General Toad. »Und ich muß sagen, diesmal bin ich persönlich dankbar drum, da meine Entscheidung gewiß unerfreulich war.«

»Dann können wir Vorbereitungen für die Implosion beim Rückeintritt treffen?« fragte Benz nach einer Pause.

»Sie drei sollen selbst entscheiden«, sagte General Toad. »Da es um Ihr Leben geht. Es bleibt völlig Ihnen überlassen. Ganz wie Sie wollen. Wenn Sie überzeugt sind, in einer geschlossenen Zeitschleife zu sein und glauben, daß eine schwere Implosion beim Rückeintritt sie aufheben wird ...« Er unterbrach sich, als Temponaut Doug sich erhob. »Wollen Sie schon wieder eine Ansprache halten, Doug?«

»Ich möchte nur allen Beteiligten danken«, sagte Addison Doug. »Daß Sie uns die Entscheidung überlassen.« Er blickte verhärmt und müde jeden einzelnen der am Tisch Sitzenden an. »Ich weiß es wirklich zu schätzen.«

»Aber du weißt«, sagte Benz langsam, »daß eine Zeitschleife nicht mit Sicherheit aufgebrochen wird, indem wir uns beim Rückeintritt in die Luft jagen. Das könnte im Gegenteil sogar der Auslöser sein, Doug.«

»Nicht, wenn es uns alle tötet«, sagte Crayne.

»Du bist Addis Meinung?« sagte Benz.

»Tot ist tot«, sagte Crayne. »Ich habe darüber nachgedacht. Auf welche andere Art kommen wir denn sicherer hier raus? Als wenn wir tot sind. Wie sonst?«

»Vielleicht sind Sie ja in keiner Schleife«, machte Dr. Fein geltend.

»Vielleicht aber doch«, sagte Crayne.

Doug sagte, noch immer stehend, zu Crayne und Benz: »Könnten wir Merry Lou in unsere Entscheidung mit einbeziehen?«

»Warum?« sagte Benz.

»Ich kann nicht mehr besonders klar denken«, sagte Doug. »Merry Lou kann mir helfen; ich brauche sie.«

»Klar«, sagte Crayne. Auch Benz nickte.

General Toad sah stoisch auf seine Armbanduhr und sagte: »Gentlemen, damit ist unsere Diskussion beendet.«

Der sowjetische Chrononaut Gauki nahm seine Kopfhörer und sein Kopfmikrofon ab und eilte mit ausgestreckter Hand auf die drei US-Temponauten zu; er sagte etwas auf russisch, aber keiner von ihnen konnte es verstehen. Sie entfernten sich bedrückt und steckten die Köpfe zusammen.

»Meiner Meinung nach hast du einfach einen Knall, Addi«, sagte Benz. »Aber anscheinend bin ich mit dieser Meinung in der Minderheit.«

»*Wenn* er recht hat«, sagte Crayne, »wenn wir – eins zu einer Milliarde – endlos immer wieder zurückkehren, dann wäre es gerechtfertigt.«

»Könnten wir jetzt zu Merry Lou fahren?« sagte Addison Doug. »Zu ihr nach Hause?«

»Sie wartet draußen«, sagte Crayne.

General Toad schritt gewichtig auf sie zu, blieb neben den drei Temponauten stehen und sagte: »Wissen Sie, was zu der Entscheidung schließlich geführt hat, war die Reaktion der Öffentlichkeit darauf, wie Sie während des Trauerzugs ausgesehen und sich verhalten haben, Doug. Die Berater der Sicherheitsbehörden kamen zu dem Schluß, die Öffentlichkeit hätte, wie Sie selbst, lieber die Gewißheit, daß es für Sie alle endgültig vorbei ist. Zu wissen, daß Sie von Ihrer Mission befreit sind, würde die Gemüter eher beruhigen als der Versuch, das Projekt zu retten und auf einen perfekten Rückeintritt hinzuarbeiten. Sie haben anscheinend Eindruck gemacht, Doug. Mit Ihrem Gejammer.« Dann ging er und ließ die drei stehen.

»Vergiß ihn«, sagte Crayne zu Addison Doug. »Vergiß ihn und all die andern. Wir werden tun, was wir tun müssen.«

»Merry Lou wird es mir erklären«, sagte Doug. Sie würde wissen, was zu tun, was richtig war.

»Ich gehe sie holen«, sagte Crayne, »und danach können wir vier irgendwohin fahren, vielleicht zu ihr, und dann überlegen wir, was wir machen. Okay?«

»Danke«, sagte Addison Doug nickend; er sah sich hoffnungsvoll nach ihr um und fragte sich, wo sie sein mochte. In einem Nebenzimmer vielleicht, irgendwo in der Nähe. »Ich weiß das zu schätzen«, sagte er.

Benz und Crayne sahen einander an. Er sah das, wußte aber nicht, was es bedeutete. Er wußte nur, daß er jemanden brauchte, jemanden wie Merry Lou, der ihm half, die Lage zu begreifen. Und sich endgültig zu entscheiden, wie er ihnen hier heraushelfen sollte.

Merry Lou fuhr sie von Los Angeles nordwärts auf der Schnellspur des Freeway nach Ventura und dann landeinwärts nach Ojai. Die vier sprachen sehr wenig. Merry Lou fuhr gut, wie immer; an sie gelehnt, entspannte sich Addison Doug und fand vorübergehend etwas Ruhe.

»Es geht doch nichts über eine Mieze als Chauffeur«, sagte Crayne, nachdem sie viele Meilen schweigend hinter sich gebracht hatten.

»Es ist ein nobles Gefühl«, murmelte Benz. »Einer Frau das Steuer zu überlassen. Als würde der Hochadel chauffiert.«

Merry Lou sagte: »Bis sie in irgendwas reinrasselt. In irgendwas, was groß und langsam ist.«

Addison Doug sagte: »Als du gestern gesehen hast, wie ich mich zu deinem Haus raufgeschleppt habe – den Gartenweg lang. Was hast du da gedacht? Sei ehrlich.«

»Du hast ausgesehen«, sagte das Mädchen, »als hättest du das schon oft getan. Du hast erschöpft und müde ausgesehen und – sterbensmüde. Am Ende.« Sie zögerte. »Es tut mir leid, aber so hast du nun mal ausgesehen, Addi. Ich dachte mir, er kennt den Weg zu gut.«

»Als sei ich ihn zu viele Male gegangen.«

»Ja«, sagte sie.

»Dann stimmst du für die Implosion.«

»Tja ...«

»Sei ehrlich zu mir«, sagte Addison Doug.

Merry Lou sagte: »Schau auf den Rücksitz. Die Kiste auf dem Boden.«

Mit einer Taschenlampe aus dem Handschuhfach nahmen die drei Männer die Kiste in Augenschein. Addison Doug sah, was sie enthielt, und hatte Angst. VW-Motorenteile, alt und rostig. Noch ölverschmiert.

»Ich habe sie von einer Werkstatt für Importwagen bei mir in der Nähe«, sagte Merry Lou. »Am Weg nach Pasadena. Der erste Schrott, den ich finden konnte und der schwer genug aussah. Ich hatte sie beim Start im Fernsehen sagen gehört, alles, was fünfzig Pfund über...«

»Das wird ausreichen«, sagte Addison Doug. »Es hat ausgereicht.«

»Dann hat es keinen Sinn mehr, zu Ihnen zu fahren«, sagte Crayne. »Es ist entschieden. Wir können ebensogut Richtung Süden zum Modul fahren. Und alles zum Verlassen der EZW einleiten. Und den erneuten Rückeintritt.« Seine Stimme klang belegt, aber sie zitterte nicht. »Vielen Dank für Ihr Votum, Miss Hawkins.«

Sie sagte: »Ihr seid alle so müde.«

»Ich nicht«, sagte Benz. »Ich bin wütend. Höllisch wütend.«

»Auf mich?« sagte Addison Doug.

»Ich weiß nicht«, sagte Benz. »Es ist einfach nur ... verdammt.« Darauf verfiel er in brütendes Schweigen. Mit eingezogenen Schultern, verstört, reglos. So weit es ging von den anderen im Wagen abgerückt.

An der nächsten Freeway-Ausfahrt bog sie nach Süden ab. Jetzt erfüllte sie ein Gefühl der Freiheit, und Addison Doug spürte bereits einen Teil der Last, der Erschöpfung von sich abfallen.

Am Handgelenk jedes der drei Männer piepste der Signalton des Bereitschaftspiepers; sie zuckten alle zusammen.

»Was bedeutet das?« fragte Merry Lou und fuhr langsamer.

»Wir sollen uns so bald wie möglich telefonisch mit General Toad in Verbindung setzen«, sagte Crayne. Er deutete aus dem Fenster. »Da vorne ist eine Standard-Tankstelle; nehmen Sie die nächste Ausfahrt, Miss Hawkins. Wir können von dort aus anrufen.«

Einige Minuten später parkte Merry Lou ihren Wagen neben der Telefonzelle. »Ich hoffe, keine schlechten Nachrichten«, sagte sie.

»Zuerst rede ich«, sagte Doug beim Aussteigen. Schlechte Nachrichten, dachte er mit bemühter Heiterkeit. Was für welche denn zum Beispiel? Er lief steifbeinig zur Telefonzelle, trat ein, schloß die Tür hinter sich, warf einen Dime ein und wählte die gebührenfreie Nummer.

»Halten Sie sich fest! Gute Nachrichten!« sagte General Toad, als die Verbindung zustande gekommen war. »Ein Glück, daß wir Sie erwischt haben. Einen Moment ... Dr. Fein soll es Ihnen selbst erzählen. Ihm glauben Sie sicher eher als mir.« Wiederholtes Klicken, und dann Dr. Feins näselnde, pedantische Oberlehrerstimme, der man jetzt aber die innere Spannung anhörte. »Erst die schlechte Nachricht«, sagte Addison Doug.

»Schlecht nicht gerade«, sagte Dr. Fein. »Ich habe seit unserer Diskussion Berechnungen anstellen lassen, und es hat den Anschein – damit meine ich, es ist statistisch wahrscheinlich, wenn auch nicht mit letzter Sicherheit bewiesen –, daß Sie recht haben, Mr. Doug. Sie stecken in einer geschlossenen Zeitschleife.«

Addison Doug schnaubte entnervt. Du Niete von einem autokratischen Arsch, dachte er. Das hast du doch garantiert die ganze Zeit gewußt.

»Jedenfalls«, sagte Dr. Fein, vor Aufregung leicht stotternd, »habe ich außerdem berechnet – haben wir übereinstimmend berechnet, hauptsächlich über das Cal Tech –, daß die größte Wahrscheinlichkeit, die Zeitschleife zu *konsolidieren,* durch eine Implosion beim Rückeintritt gegeben ist.

Verstehen Sie, Addison? Wenn Sie die ganzen rostigen VW-Teile mit zurückschleppen und implodieren, stehen Ihre statistischen Chancen, die Zeitfalle endgültig zuschnappen zu lassen, viel höher, als wenn Sie einfach wieder eintreten, und alles geht gut.«

Addison Doug sagte nichts.

»Es ist also so, Addi – und das ist das Bedenkliche, das ich nachdrücklich betonen muß –, daß die Implosion beim Rückeintritt, besonders eine massive, vorsätzliche von der Sorte, die uns bevorzustehen scheint – begreifen Sie das alles, Addi? Mache ich mich Ihnen verständlich? Herrgott noch mal, Addi? – praktisch *garantiert,* daß die absolut unauflösliche Zeitschleife entsteht, an die Sie denken. Die, die wir alle von Anfang an befürchtet haben.« Eine Pause. »Addi? Sind Sie noch da?«

Addison Doug sagte: »Ich will sterben.«

»Das ist Ihre Erschöpfung durch die Zeitschleife. Weiß der Himmel, wie viele Wiederholungen Sie drei bereits ...«

»Nein«, sagte er und wollte aufhängen.

»Lassen Sie mich mit Benz und Crayne sprechen«, sagte Dr. Fein hastig. »Bitte, ehe Sie den Rückeintritt einleiten. Besonders Benz; mit ihm möchte ich vor allem sprechen. Bitte, Addison. Zu Ihrem eigenen Besten; Ihre fast völlige Erschöpfung hat ...«

Er hängte ein. Verließ mit schleppenden Schritten die Telefonzelle.

Als er wieder in den Wagen stieg, hörte er, daß die Pieper der beiden anderen immer noch piepten. »General Toad meinte, durch den automatischen Suchruf würden eure beiden Pieper noch eine Zeitlang weitermachen«, sagte er. Und schloß die Wagentür hinter sich. »Fahren wir.«

»Will er uns denn nicht sprechen?« sagte Benz.

Addison Doug sagte: »General Toad wollte uns nur mitteilen, daß sie ein kleines Trostpflästerchen für uns haben. Wir sind vom Kongreß für eine besondere Auszeichnung nominiert worden, für Heldenmut oder so einen Quatsch. Irgendeine Medaille, mit der noch niemand sonst ausgezeichnet wurde. Soll posthum verliehen werden.«

»Tja, Teufel auch – das ist so ziemlich die einzige Möglichkeit, wie sie die verleihen können«, sagte Crayne.

Merry Lou begann zu weinen, während sie gleichzeitig den Motor durchstartete.

»Es wird eine Erlösung sein«, sagte Crayne, als sie kurz darauf auf den Freeway zurückholperten, »wenn es vorbei ist.«

Bald ist es soweit, fühlte Addison Doug instinktiv.

An ihren Handgelenken schnarrten noch immer einträchtig die Bereitschaftspieper.

»Wenn ihr anbeißt, seid ihr dran«, sagte Addison Doug. »Dann machen sie euch mürbe mit ihrem endlosen Bürokratengewäsch.«

Die anderen im Wagen wandten sich um und sahen ihn forschend an; in ihren Blicken mischten sich Unbehagen und Verblüffung.

»Ja«, sagte Crayne. »Diese automatischen Notrufe sind eine echte Plage.« Er klang müde. So müde wie ich, dachte Addison Doug. Und fühlte sich besser, als er das erkannte. Es zeigte, wie recht er hatte. Große Wassertropfen schlugen gegen die Windschutzscheibe; es hatte zu regnen begonnen. Auch das gefiel ihm. Es erinnerte ihn an die erhabenste Erfahrung seiner kurzen Lebensspanne: an den Trauerzug, der sich langsam durch die Pennsylvania Avenue schob, an die mit Flaggen verhängten Särge. Er lehnte sich mit geschlossenen Augen zurück und fühlte sich endlich gut. Und hörte wieder die schmerzgebeugten Menschen um sich herum. Und träumte im Geiste von der Sonderauszeichnung des Kongresses. Für Müdigkeit, dachte er. Ein Orden fürs Müdesein.

Im Geiste sah er sich auch in anderen Paraden, und in den Körpern vieler anderer Toter. Doch eigentlich war es ein Tod und eine Parade. Wagen, die langsam durch eine Straße in Dallas fuhren, und auch Dr. King ... Er sah sich selbst im geschlossenen Kreis seines Lebens wieder und wieder zu dieser nationalen Trauerfeier zurückkehren, die er und die anderen nicht vergessen konnten. Er würde dabeisein; sie würden immer wieder dabeisein; so würde es bleiben, und alle, wie sie da waren, würden sich auf immer und ewig wieder hier zusammenfinden. An dem Ort, an den sie sich sehnten. Zu dem Ereignis, das ihnen alles bedeutete.

Das war sein Geschenk an sie, an sein Volk, sein Land. Er hatte der Welt eine wunderbare Bürde auferlegt. Das furchtbare und ermüdende Mysterium des ewigen Lebens.

Die Präpersonen

HINTER DEM ZYPRESSENWÄLDCHEN sah Walter – er hatte König auf dem Berg gespielt – den weißen Lieferwagen, und er wußte, was es damit auf sich hatte. Er dachte: Das ist der Abtreibungstransporter. Er ist da, um irgendein Kind zum Postpartum drüben in der Abtreibungsstelle abzuholen.

Und er dachte: Vielleicht haben meine Leute ihn gerufen. Für mich.

Er lief los und versteckte sich zwischen den Brombeeren, spürte, wie ihn die Dornen kratzten, dachte sich aber: Das ist besser, als die Luft aus der Lunge gesaugt bekommen. So machen sie es; sie führen alle PPs an allen Kindern da gleichzeitig durch. Sie haben ein großes Zimmer dafür. Für die Kinder, die keiner will.

Während er sich tiefer in die Brombeeren arbeitete, lauschte er, um zu hören, ob der Transporter anhielt; er hörte das Motorengeräusch.

»Ich bin unsichtbar«, sagte er vor sich hin – eine Zeile, die er für die Schulaufführung des »Sommernachtstraums« in der fünften Klasse gelernt hatte, eine Zeile, die Oberon, den er gespielt hatte, sagen mußte. Und danach konnte ihn niemand mehr sehen. Vielleicht war das jetzt wahr geworden. Vielleicht wirkte der Zauberspruch im wirklichen Leben; er sagte es wieder zu sich selbst: »Ich bin unsichtbar.« Aber er wußte, er war es nicht. Er konnte noch immer seine Arme und Beine und Schuhe sehen, und er wußte, daß sie – daß alle, besonders der Mann vom Abtreibungstransporter und seine Mum und sein Dad – ihn auch sehen konnten. Wenn sie hinschauten.

Wenn er es war, hinter dem sie diesmal her waren.

Er wünschte sich, König zu sein; er wünschte sich, er sei über und über mit Zauberstaub bedeckt und hätte eine strahlende Krone, die glitzerte, er würde das Feenland regieren und hätte Puck, dem er sich anvertrauen konnte. Und der ihn beraten konnte. Beraten, auch wenn er selbst König war und mit Titania, seiner Frau, zankte.

Ich schätze, dachte er, etwas bloß zu sagen macht es noch lange nicht wahr.

Die Sonne brannte auf ihn herab und er blinzelte, aber hauptsächlich hörte er auf den Motor des Abtreibungstransporters; er war immer noch zu hören, und insgeheim schöpfte er Hoffnung, als das Geräusch sich weiter und weiter entfernte. Ein anderes Kind in die Abtreibungsklinik verfrachtet, nicht er; irgendeins am anderen Ende der Straße.

Er kämpfte sich zitternd und an vielen Stellen zerkratzt aus den Brombeeren und machte sich auf den Weg zurück zu seinem Haus. Und während er heimtrottete, begann er zu weinen, hauptsächlich, weil die Kratzer weh taten, aber auch aus Furcht und Erleichterung.

»Gute Güte«, rief seine Mutter, als sie ihn sah. »Was in Gottes Namen hast du angestellt?«

Er stammelte: »Ich hab ... den Abtreibungstransporter gesehen.«

»Und du dachtest, er wäre für dich?«

Er nickte stumm.

»Hör mal, Walter«, sagte Cynthia Best, kniete nieder und umfaßte seine zitternden Hände, »ich verspreche dir, dein Dad und ich versprechen es beide, daß du niemals in die kommunale Sammelstelle gebracht wirst. Du bist sowieso zu alt. Sie nehmen nur Kinder bis zwölf.«

»Aber Jeff Vogel ...«

»Seine Eltern brachten ihn unter, kurz bevor das neue Gesetz in Kraft getreten ist. Jetzt könnten sie ihn legal nicht mehr annehmen. Sie könnten dich nicht annehmen. Sieh mal – du hast eine Seele; das Gesetz sagt, ein zwölfjähriger

Junge hat eine Seele. Also kann er nicht in die kommunale Sammelstelle kommen. Na siehst du? Du bist sicher. Immer wenn du den Abtreibungstransporter siehst, ist er für jemand anderen, nicht für dich. Niemals für dich. Ist das klar? Er ist wegen einem anderen, kleineren Kind gekommen, das noch keine Seele hat, eine Präperson.«

Starr zu Boden schauend, ohne den Blick seiner Mutter zu erwidern, sagte er: »Ich fühle mich nicht, als ob ich eine Seele hätte; ich fühle mich wie immer.«

»Das ist eine rechtliche Frage«, sagte seine Mutter barsch. »Streng nach Alter geregelt. Und du bist über das Alter hinaus. Die Kirche der Überwacher hat den Kongreß dazu gebracht, das Gesetz zu verabschieden – eigentlich wollten sie, diese Kirchenleute, ein jüngeres Alter; sie behaupteten, die Seele würde im Alter von drei Jahren in den Körper eintreten, aber es wurde eine Kompromißvorlage durchgesetzt. Das Entscheidende für dich ist, daß du rechtlich sicher bist, ganz gleich, wie du dich innerlich fühlst; siehst du das ein?«

»Okay«, sagte er nickend.

»Du wußtest das.«

Zornig und verletzt brach es aus ihm heraus: »Was glaubst du, wie das ist, jeden Tag zu warten, daß vielleicht einer kommt und dich in einen Drahtkäfig in einem Lieferwagen sperrt und ...«

»Deine Furcht ist irrational«, sagte seine Mutter.

»Ich habe gesehen, wie sie Jeff Vogel abgeholt haben. Er weinte, und der Mann hat einfach die Hintertür von dem Transporter aufgemacht und Jeff reingeschoben und die Hintertür wieder zugemacht.«

»Das war vor zwei Jahren. Du bist verweichlicht.« Seine Mutter funkelte ihn wütend an. »Dein Großvater würde dich durchprügeln, wenn er dich jetzt sehen und dich so reden hören könnte. Nicht dein Vater. Der würde nur grinsen und etwas Dummes sagen. Zwei Jahre! Und intellektuell weißt du, daß du über das gesetzliche Höchstalter hinaus bist! Du ...« Sie rang um das Wort. »Du bist *entartet.*«

»Und er kam nie zurück.«

»Vielleicht ist jemand, der ein Kind wollte, in die kommunale Sammelstelle gegangen, hat ihn gefunden und adoptiert. Vielleicht hat er bessere Eltern bekommen, die ihn richtig gerne haben. Sie behalten sie dreißig Tage, ehe sie sie vernichten.« Sie korrigierte sich. »Sie schlafen legen, meine ich.«

Er war nicht beruhigt. Weil er wußte, daß »sie schlafen legen« ein Mafiaausdruck war. Er rückte von seiner Mutter ab, weil er ihren Trost nicht mehr wollte. Sie konnte ihn mal! Sie hatte etwas offenbart, irgendwie den Grund ihres Denkens, Fühlens und höchstwahrscheinlich auch Handelns. Ihr aller Handeln. Ich weiß, daß ich nicht anders bin, dachte er, als vor zwei Jahren, als ich noch ein kleines Kind war; wenn ich jetzt laut Gesetz eine Seele habe, dann hatte ich damals auch eine Seele, oder wir haben gar keine Seele – das einzig Reale ist nur ein fürchterlicher, metallic-lackierter Transporter mit vergitterten Fenstern, der Kinder abtransportiert, die ihre Eltern nicht mehr haben wollen, Eltern, die eine Erweiterung des alten Abtreibungsgesetzes nutzten, das ihnen erlaubt hatte, ein ungewolltes Kind zu töten, ehe es herauskam: weil es keine »Seele« oder »Persönlichkeit« hatte, konnte es durch eine Vakuumpumpe in weniger als zwei Minuten abgesaugt werden. Ein Arzt konnte hundert am Tag schaffen, und es war legal, weil das ungeborene Kind nicht »menschlich« war. Es war eine Präperson. Genau wie dieser Lieferwagen jetzt; sie hatten den Zeitpunkt, an dem die Seele in den Körper eintreten sollte, einfach nach hinten verschoben.

Der Kongreß hatte einen simplen Text eingeführt, das ungefähre Alter zu bestimmen, in dem die Seele in den Körper eintrat: die Fähigkeit, höhere Mathematik, Algebra etwa, zu formulieren. Bis dahin war man nur ein Körper, niedere Instinkte und Körper, animalische Reflexe und Reaktionen auf Reize. Wie Pavlovsche Hunde, wenn sie ein wenig Wasser unter der Tür des Leningrader Labors durchsickern sahen; sie »wußten« etwas, waren aber nicht menschlich.

Ich bin wohl menschlich, dachte Walter und sah auf, schaute in das fahle, strenge Gesicht seiner Mutter mit ihren harten Augen und ihrer unerbittlichen Vernunft. Ich schätze, ich bin wie du, dachte er. Hey, ist doch Spitze, ein Mensch zu sein, dachte er; dann braucht man keine Angst zu haben, daß der Transporter kommt.

»Du fühlst dich besser«, stellte seine Mutter fest. »Ich habe deine Angstschwelle gesenkt.«

»Ich flipp schon nicht aus«, sagte Walter. Es war vorbei; der Transporter war fort und hatte ihn nicht mitgenommen.

Aber er würde in wenigen Tagen wieder da sein. Er fuhr ständig durch die Gegend.

Immerhin blieben ihm ein paar Tage. Und dann dieser Anblick ... Wenn ich bloß nicht wüßte, daß sie den Kindern, die sie einmal dahaben, die Luft aus den Lungen saugen, dachte er. Sie auf diese Art vernichten. Warum? Billiger, hatte sein Dad gesagt. Spart den Steuerzahlern Geld.

Dann dachte er über Steuerzahler nach, und wie sie wohl aussehen mochten. Leute, die alle Kinder mißbilligend ansahen, dachte er. Die nicht antworteten, wenn das Kind eine Frage stellte. Hagere Gesichter, durchzogen von Sorgenfalten, mit ständig nervösem Blick. Oder fett vielleicht; entweder, oder. Es war aber das Hagere, was ihn ängstigte; es hatte keine Freude am Leben, noch wollte es Leben dulden. Es strahlte die Botschaft aus: »Stirb, verschwinde, geh ein, sei nicht am Leben.« Und der Abtreibungstransporter war dafür der Beweis – oder das Mittel.

»Mom«, sagte er, »wie schließt man eine kommunale Sammelstelle? Diese Abtreibungsklinik da, wo sie die Babys und kleinen Kinder hinbringen.«

»Man wendet sich mit einem Antrag an die Bezirkslegislative«, sagte seine Mutter.

»Weißt du, was ich tun würde?« sagte er. »Ich würde warten, bis keine Kinder da drin wären, nur Verwaltungsangestellte, und dann würde ich eine Brandbombe reinschmeißen.«

»So redet man nicht!« sagte seine Mutter streng, und auf ihrem Gesicht sah er die tiefen Falten des hageren Steuerzahlers. Und es machte ihm angst; seine eigene Mutter machte ihm angst. Die kalten, milchigen Augen spiegelten nichts, keine Seele im Innern, und er dachte: *Ihr seid es, die keine Seele haben,* ihr mit eurer knochigen Nicht-sein-Ausstrahlung. Nicht wir.

Und dann lief er nach draußen, um weiterzuspielen.

Eine Bande anderer Kinder hatte den Transporter gesehen. Er stand mit ihnen zusammen herum. Sie wechselten ab und zu ein paar Worte, kickten aber meistens Steine herum und traten gelegentlich auf einen bösen Käfer.

»Für wen war der Transporter da?« sagte Walter.

»Fleischhacker, Earl Fleischhacker.«

»Haben sie ihn erwischt?«

»Klar, hast du das Geschrei nicht gehört?«

»Waren seine Alten zu Hause?«

»Nee, sind vorher mit irgend 'ner faulen Ausrede abgehauen, wollten angeblich den Wagen abschmieren lassen.«

»*Die* haben den Transporter gerufen?« sagte Walter.

»Klar, das ist Gesetz; das müssen die Eltern machen. Aber sie waren zu feige, da zu sein, als der Transporter vorfuhr. Scheiße, er hat echt gebrüllt; bis zu euch kann man es wohl nicht hören, aber er hat echt gebrüllt.«

Walter sagte: »Wißt ihr, was wir machen sollten? 'ne Brandbombe auf den Transporter schmeißen und den Fahrer kaltmachen.«

Die anderen Kinder sahen ihn verächtlich an. »Die stekken dich lebenslänglich in die Psychiatrie, wenn du so was abziehst.«

»Nicht immer lebenslänglich«, korrigierte Pete Bride. »In manchen Fällen bauen sie eine neue, sozial verträgliche Persönlichkeit auf.«

»Was sollen wir dann machen?« sagte Walter.

»Du bist zwölf; du bist sicher.«

»Aber angenommen, sie ändern das Gesetz.« Und irgendwie beschwichtigte es seine Ängste nicht, zu wissen, daß er theoretisch sicher war; der Transporter kam immer noch wegen anderer Kinder und ängstigte ihn nach wie vor. Er dachte an die jüngeren Kinder, die jetzt in der Sammelstelle waren, Stunde für Stunde durch den Zyklonenzaun schauten, Tag für Tag, warteten und registrierten, wie die Zeit verstrich und hofften, es würde jemand hereinkommen und sie adoptieren.

»Warst du schon mal da?« fragte er Pete Bride. »In der kommunalen Sammelstelle? Lauter ganz kleine Kinder, manche wie Babys, vielleicht gerade ein Jahr alt. Und sie wissen nicht mal, was ihnen blüht.«

»Die Babys werden adoptiert«, sagte Zack Yablonski. »Die Älteren sind es, die keine Chance haben. Die machen einen echt fertig; die sprechen die Leute an, die reinkommen, und machen einen auf lieb. Aber die Leute wissen, daß sie da nicht drin wären, wenn sie nicht ... na ja ... unerwünscht wären.«

»Die Luft aus den Reifen lassen«, sagte Walter, in seinem Innern arbeitete es.

»Vom Transporter? Hey, und weißt du, daß der Motor nach etwa 'ner Woche den Geist aufgibt, wenn man eine Mottenkugel in den Tank wirft? Das könnten wir machen.«

Ben Blare sagte: »Aber dann würden sie uns drankriegen.«

»Sie kriegen uns jetzt schon dran«, sagte Walter.

»Ich finde, wir sollten den Transporter in die Luft jagen«, sagte Harry Gottlieb, »aber mal angenommen, es sind Kinder drin. Die würden verbrennen. Der Transporter holt vielleicht ... Scheiße, ich weiß nicht. Fünf Kinder aus verschiedenen Landesteilen ab.«

»Weißt du, daß sie sogar Hunde mitnehmen?« sagte Walter. »Und Katzen; den Transporter dafür sieht man nur etwa einmal im Monat. Den nennt man Zwingertransporter. Davon abgesehen ist es dasselbe: Sie stecken sie in eine große Kammer und saugen ihnen die Luft aus den

Lungen, und sie sterben. Sie tun das sogar Tieren an! Kleinen Tieren!«

»Das glaube ich erst, wenn ich's sehe«, sagte Harry Gottlieb ungläubig mit höhnischem Grinsen. »Ein Transporter, der Hunde wegschafft.«

Aber er wußte, daß es stimmte. Walter hatte den Zwingertransporter bei zwei verschiedenen Gelegenheiten gesehen. Katzen, Hunde, und in erster Linie uns, dachte er bedrückt. Ich meine, wenn sie mit uns einmal angefangen haben, war es klar, daß sie schließlich auch die Haustiere der Leute abholen würden; so verschieden sind wir nicht. Aber was für ein Mensch mußte man sein, um so was zu tun, selbst wenn es Gesetz war? »Manche Gesetze sind dazu da, um befolgt, und manche, um gebrochen zu werden«, fiel ihm aus einem Buch ein, das er gelesen hatte. Wir sollten zuerst den Zwingertransporter in die Luft jagen, dachte er; das ist das Schlimmste, dieser Transporter.

Woher kommt es, fragte er sich, daß es den Menschen um so leichter fällt, ein Wesen kaltzumachen, je hilfloser es ist? Ein Baby im Mutterleib zum Beispiel; die ursprünglichen Abtreibungen, »Präpartums« oder »Präpersonen«, wie sie jetzt hießen. Wie hätten sie sich verteidigen sollen? Wer trat für sie ein? All das Leben, hundert Wesen pro Tag von jedem Arzt ... und alle hilflos und sprachlos und dann einfach tot. Die miesen Arschlöcher, dachte er. Darum tun sie es: Sie wissen, daß sie es können; sie haben die Macht dazu, und das macht sie an. Und so ein kleines Ding, das das Licht der Welt sehen wollte, wird in weniger als zwei Minuten abgesaugt. Und der Arzt macht gleich mit dem nächsten Dämchen weiter.

Es sollte eine Organisation geben, dachte er, so ähnlich wie die Mafia. Die Kaltmacher kaltmachen, oder so. Ein bezahlter Killer kommt zu einem der Ärzte, zieht einen Schlauch raus und saugt den Arzt hinein, wo er zu einem ungeborenen Baby schrumpft. Ein ungeborener Babyarzt, mit einem Stethoskop, so groß wie ein Stecknadelkopf ... Er lachte bei dem Gedanken.

Kinder haben keine Ahnung. Aber Kinder wissen Bescheid, wußten zuviel. Der Abtreibungstransporter spielte im Vorbeifahren eine Gute-Laune-Erkennungsmelodie:

Jack und Jill
Went up the hill
To fetch a pail of water

Das plärrte von einem Endlosband in der Musikanlage – einer Ampex-Spezialanfertigung für GM – des Transporters, wenn nicht unmittelbar eine Gefangennahme bevorstand. Dann stellte der Fahrer die Musikanlage aus und schwebte rum, bis er das richtige Haus fand. Doch sobald er das unerwünschte Kind hinten im Transporter hatte und sich entweder auf den Rückweg in die kommunale Sammelstelle oder an ein weiteres Präpersonen-Kidnapping machte, stellte er es wieder an:

Jack and Jill
Went up the hill
To fetch a pail of water

Gedankenversunken schloß Oscar Ferris, der Fahrer von Transporter drei: *»Jack fell down and broke his crown and Jill came tumbling after.«* Was, zum Teufel, war noch mal eine »Krone« grübelte Ferris. Wahrscheinlich was Schweinisches. Er grinste. Wahrscheinlich hat Jack dran rumgespielt, oder Jill, oder beide zusammen. Wasser, dachte er. Ich weiß, wozu sie sich in die Büsche geschlagen haben. Bloß, daß Jack hinfiel und sich glatt das Ding abbrach. »Pech gehabt, Jill«, sagte er laut, als er den vier Jahre alten Transporter gekonnt um die gewundenen Kurven des California Highway One steuerte.

So sind Kinder, dachte Ferris. Dreckig, und spielen mit dreckigen Sachen, mit sich selbst zum Beispiel.

Dies war noch wildes, offenes Land, und viele Streuner trieben sich hier in den Canyons und auf den Feldern herum; er hielt die Augen offen, und richtig – zu seiner Rechten huschte ein Kleiner, etwa sechs, er versuchte, sich außer Sicht zu bringen. Ferris drückte sofort den Knopf, der die Sirene des Transporters in Gang setzte. Der Junge erstarrte, stand furchtsam da, während der Transporter, immer noch »Jack and Jill« spielend, neben ihm ausrollte und stehen blieb.

»Zeig mir deine E-Papiere«, sagte Ferris, ohne aus dem Transporter zu steigen; er lehnte einen Arm aus dem Fenster, damit seine Uniform und der Aufnäher zu sehen waren; die Symbole seiner Autorität.

Der Junge wirkte dürr, wie viele Streuner, trug aber andererseits eine Brille. Strubbelköpfig, in Jeans und T-Shirt, starrte er furchtsam zu Ferris hoch und machte keine Anstalten, seinen Identitätsnachweis hervorzuholen.

»Hast du eine E-Karte oder nicht?« sagte Ferris.

»W-was ist eine ›E-Karte‹?«

Mit offizieller Stimme erklärte Ferris dem Jungen seine gesetzlichen Rechte.

»Dein Elternteil, einer von beiden, oder dein Vormund, füllt Formblatt 36-W aus, das ist eine formelle Erwünschtheitserklärung. Daß beide oder er oder sie dich als erwünscht betrachten. Du hast keine? Vor dem Gesetz macht dich das zum Streuner, selbst wenn du Eltern hast, die dich behalten wollen; ihnen droht eine Geldstrafe von 500 Dollar.«

»Oh«, sagte der Junge. »Na ja, ich hab sie verloren.«

»Dann müßte eine Kopie in den Akten sein. Sie speichern diese ganzen Dokumente und Unterlagen auf Mikrobild. Ich bringe dich in die ...«

»In die kommunale Sammelstelle?« Die streichholzdünnen Beine schlackerten angstvoll.

»Deine Eltern haben dreißig Tage Zeit, indem sie Formblatt 36-W ausfüllen. Wenn sie es bis dahin nicht gemacht haben ...«

»Meine Mum und mein Dad sind sich nie einig. Im Moment lebe ich bei meinem Dad.«

»Er hat dir keine E-Karte gegeben, mit der du dich ausweisen kannst.« Quer übers Führerhaus des Transporters war eine Flinte montiert. Es bestand immer die Möglichkeit, daß es Ärger gab, wenn er einen Streuner aufgriff. Mechanisch sah Ferris zu ihr hoch. Sie war, wo sie hingehörte, eine Pump-Gun. Er hatte sie in seiner Laufbahn als Vollstreckungsbeamter nur fünfmal benutzt. Sie konnte einen Mann in seine Moleküle zerlegen. »Ich muß dich einkassieren«, sagte er, während er die Wagentür öffnete und seine Schlüssel zückte. »Hinten ist noch ein anderes Kind drin; ihr könnt euch Gesellschaft leisten.«

»Nein«, sagte der Junge. »Ich geh nicht.« Störrisch bot er Ferris die Stirn, er blinzelte.

»Oh, du hast wahrscheinlich alle möglichen Geschichten über die Sammelstelle gehört. Es sind nur die Idis und Spastis, die schlafen gelegt werden; jedes nette, normal aussehende Kind wird adoptiert – wir schneiden dir die Haare und polieren dich auf, damit du richtig adrett aussiehst. Wir wollen für dich ein Zuhause finden. Das ist ja der Sinn der Veranstaltung. Es sind nur die mit – na ja – geistigen oder körperlichen Mängeln, die keiner will. Es wird keine Minute dauern, bis dich irgendein betuchter Mensch aufgabelt; du wirst sehen. Dann wirst du nicht mehr alleine hier rumlaufen, ohne elterliche Aufsicht. Du wirst neue Eltern haben, und – hör zu – sie werden ganz schön was für dich springen lassen; Teufel noch mal, sie werden dich *registrieren* lassen. Verstehst du? Das, wohin wir dich jetzt bringen, ist eher ein Übergangswohnheim, damit du für interessierte Eltern verfügbar bist.«

»Aber wenn mich in einem Monat niemand adoptiert ...«

»Zum Teufel, du könntest hier in Big Sur von einer Klippe stürzen und tot sein. Mach dir keine Sorgen. Die Rezeption in der Sammelstelle wird sich mit deinen Bluteltern in Verbindung setzen, und höchstwahrscheinlich kommen sie noch heute mit dem Erwünschtheits-Formular – 36-W – rüber. Und in der Zwischenzeit machst du eine nette Spritztour und lernst viele neue Kinder kennen. Und wie oft ...«

»Nein«, sagte der Junge.

»Ich setze dich hiermit in Kenntnis«, sagte Ferris in anderem Tonfall, »daß ich Bezirksbeamter bin.« Er öffnete seine Wagentür, sprang runter, zeigte dem Jungen sein glänzendes Metallabzeichen. »Ich bin Ordnungspolizist Ferris, und ich befehle dir jetzt, hinten in den Transporter einzusteigen.«

Ein hochgewachsener Mann kam argwöhnisch auf sie zu; er trug, wie der Junge, Jeans und ein T-Shirt, aber keine Brille.

»Sie sind der Vater des Jungen?« fragte Ferris.

Der Mann sagte heiser: »Schaffen Sie ihn in den Zwinger?«

»Wir betrachten es als Kinderschutzheim«, sagte Ferris. »Die Verwendung des Begriffs ›Zwinger‹ ist eine Verunglimpfung durch radikale Hippies und verzerrt – böswillig – das Gesamtbild dessen, was wir tun.«

Auf den Transporter deutend, sagte der Mann: »Sie haben Kinder da in den Käfigen eingesperrt, oder?«

»Ich würde gerne Ihren Identitätsnachweis sehen«, sagte Ferris. »Und ich wüßte gerne, ob Sie schon mal festgenommen wurden.«

»Festgenommen und freigesprochen? Oder festgenommen und verknackt?«

»Beantworten Sie meine Frage, Sir«, sagte Ferris und klappte sein schwarzes Etui auf, mit dem er sich Erwachsenen gegenüber als Ordnungspolizist auswies. »Wer sind Sie? Machen Sie schon, sehen wir uns mal Ihren Ausweis an.«

Der Mann sagte: »Ed Gantro ist mein Name, und ich bin vorbestraft. Mit achtzehn habe ich vier Kästen Coca-Cola von einem geparkten Lieferwagen gestohlen.«

»Hat man Sie auf frischer Tat erwischt?«

»Nein«, sagte der Mann. »Als ich das Leergut zurückbrachte, um Pfand zu kassieren. Da haben sie mich geschnappt. Ich habe sechs Monate gesessen.«

»Haben Sie die Erwünschtheits-Karte für den Jungen hier?« fragte Ferris.

»Wir konnten uns die 90 Dollar, die sie kostete, nicht leisten.«

»Tja, jetzt kostet sie Sie 500. Sie hätten sich von vorneherein eine besorgen sollen. Ich schlage vor, Sie nehmen sich einen Anwalt.« Ferris ging auf den Jungen zu und wurde amtlich. »Ich möchte, daß du dich zu den anderen Kindern im hinteren Teil des Transporters begibst.« Zu dem Mann sagte er: »Sagen Sie ihm, er soll tun, was ihm gesagt wird.«

Der Mann zögerte und sagte: »Tim, steig in den gottverdammten Truck. Und wir nehmen uns einen Anwalt; wir besorgen dir deine E-Karte. Es hat keinen Sinn, Ärger zu machen – rechtlich gesehen, bist du ein Streuner.«

»Ein *Streuner*«, sagte der Junge und betrachtete seinen Vater.

Ferris sagte: »Stimmt genau. Sie haben dreißig Tage, wie Sie wissen, um den Antrag auf ...«

»Holen Sie auch Katzen?« sagte der Junge. »Sind da Katzen drin? Ich mag Katzen; Katzen sind okay.«

»Ich bin nur für P.P.-Fälle zuständig«, sagte Ferris. »Solche wie dich.« Er schloß mit einem Schlüssel den hinteren Teil des Transporters auf. »Versuch bitte, dich nicht zu erleichtern, solange du im Transporter bist; es ist höllisch schwer, den Geruch und die Flecken rauszukriegen.«

Der Junge schien das Wort nicht zu verstehen; er sah verdutzt von Ferris zu seinem Vater.

»Nicht aufs Klo gehen, im Transporter«, erklärte sein Vater. »Sie wollen ihn sauberhalten, weil sie dadurch Wartungskosten sparen.« Seine Stimme verriet Wut und Aggression.

»Streunende Hunde oder Katzen«, sagte Ferris, »schießt man einfach ab, wenn man sie sieht, oder legt vergiftete Köder aus.«

»O ja, ich kenne dieses Warfarin«, sagte der Vater des Jungen. »Das Tier frißt es über den Zeitraum einer Woche, und dann verblutet es innerlich.«

»Völlig schmerzlos«, betonte Ferris.

»Ist das nicht besser, als ihnen die Luft aus den Lungen zu saugen?« sagte Ed Gantro. »Sie in Massen ersticken zu lassen?«

»Nun, bei Tieren haben die Bezirksbehörden ...«

»Ich meine die Kinder. Wie Tim.« Sein Vater stand neben ihm, und sie schauten beide in den hinteren Teil des Transporters. Es waren vage zwei dunkle Umrisse zu erkennen, die sich in nackter Verzweiflung in der hintersten Ecke zusammenkauerten.

»Fleischhacker!« rief Tim. »Hattest du nicht eine E-Karte?«

»Wegen der Energie- und Benzinknappheit«, sagte Ferris gerade, »muß die Bevölkerungszahl radikal reduziert werden. Oder es wird in zehn Jahren für niemanden mehr Nahrung geben. Dies ist eine Phase der ...«

»Ich hatte eine E-Karte«, sagte Earl Fleischhacker, »aber meine Alten haben sie mir weggenommen. Sie wollten mich nicht mehr; also haben sie sie zurückgenommen und dann den Abtreibungstransporter gerufen.« Seine Stimme war heiser; offensichtlich hatte er geweint.

»Und was ist der Unterschied zwischen einem fünf Monate alten Fötus und dem, was wir hier haben?« sagte Ferris gerade. »In beiden Fällen haben wir ein ungewolltes Kind. Sie haben schlicht und einfach die Gesetze gelockert.«

Tims Vater, der ihn anstarrte, sagte: »Sind Sie mit diesen Gesetzen einverstanden?«

»Tja, das ist wirklich allein Sache von Washington, und was immer sie beschließen, wird unsere Nöte in diesen Krisenzeiten lösen«, sagte Ferris. »Ich setze nur ihre Edikte durch. Wenn dieses Gesetz geändert würde – Teufel noch mal. Ich würde leere Milchkartons zum Recyceln karren oder sonst was, und wäre genauso zufrieden.«

»Genauso zufrieden? Ihnen macht die Arbeit Spaß?«

Ferris sagte mechanisch: »Sie gibt mir Gelegenheit, viel zu reisen und Menschen kennenzulernen.«

Ed Gantro sagte: »Sie sind wahnsinnig. Dieses Postpartum-

Abtreibungs-System und die Abtreibungsgesetze davor, wo das ungeborene Kind keine gesetzlichen Rechte hatte – es wurde entfernt wie ein Tumor. Sehen Sie sich an, wohin es gekommen ist. Wenn ein ungeborenes Kind ohne ordentlichen Prozeß getötet werden kann, warum nicht ein geborenes? Die Gemeinsamkeit, die ich in beiden Fällen sehe, ist ihre Schutzlosigkeit; der getötete Organismus hatte keine Chance, nicht die Fähigkeit, sich selbst zu schützen. Wissen Sie was? Ich will, daß Sie mich auch mitnehmen.«

»Aber der Präsident und der Kongreß haben erklärt, daß man, wenn man über zwölf ist, eine Seele hat«, sagte Ferris. »Ich kann Sie nicht mitnehmen. Das wäre nicht richtig.«

»Ich habe keine Seele«, sagte Tims Vater. »Ich wurde zwölf, und nichts passierte. Nehmen Sie mich auch mit. Es sei denn, Sie finden meine Seele.«

»Jesses«, sagte Ferris.

»Wenn Sie mir meine Seele nicht zeigen können«, sagte Tims Vater, »wenn Sie sie nicht genau lokalisieren, bestehe ich darauf, daß Sie mich mitnehmen, genauso wie diese Kinder.«

Ferris sagte: »Ich muß das Funkgerät benutzen, um mich mit der kommunalen Sammelstelle in Verbindung zu setzen, mal sehen, was sie sagen.«

»Tun Sie das«, sagte Tims Vater, kletterte mühsam ins Heck des Transporters und half Tim zu sich hoch. Mit den anderen beiden Jungen warteten sie, während Ordnungspolizist Ferris seine gesamte bürokratische Identifizierung, wer und was er war, über Funk durchgab.

»Ich habe hier einen männlichen Weißen, schätzungsweise dreißig, der darauf besteht, mit seinem minderjährigen Sohn in die kommunale Sammelstelle transportiert zu werden«, sagte Ferris in sein Mikro. »Er behauptet beharrlich, keine Seele zu haben, was ihn, wie er sagt, in die Klasse der Unter-Zwölfjährigen versetzt. Ich habe und kenne keinen Test zum Nachweis der Existenz von Seelen, jedenfalls keinen, den ich hier draußen in der Pampa erbringen kann und der später vor Gericht bestehen würde. Ich meine, er beherrscht vielleicht Algebra und höhere Mathematik; er scheint intelligent zu sein. Aber ...«

»Genehmigt, bringen Sie ihn her«, kam die Stimme seines Vorgesetzten über Funk zurück. »Wir befassen uns hier mit ihm.«

»Wir befassen uns in der Stadt mit Ihnen«, sagte Ferris zu Tims Vater, der mit den drei kleineren Gestalten in den dunklen Winkeln im Heck des Transporters kauerte. Ferris knallte die Tür zu, schloß sie ab – eine zusätzliche Vorsichtsmaßnahme, da die Jungen bereits elektronisch verschnürt waren – und startete dann den Transporter.

Jack and Jill went up the hill
To fetch a pail of water
Jack fell down
And broke bis crown

Irgendwer kriegt todsicher die Krone zerschlagen, dachte Ferris, und ich werde es nicht sein.

»Algebra kann ich nicht«, hörte er Tims Vater zu den drei Jungen sagen, »also kann ich keine Seele haben.«

Der Fleischhacker-Junge sagte: »Ich kann Algebra, aber ich bin erst neun. Was nützt mir das also?«

»Das werde ich in der Sammelstelle als Plädoyer vorbringen«, fuhr Tims Vater fort. »Sogar schriftlich Dividieren fiel mir schwer. Ich habe keine Seele. Ich gehöre zu euch drei kleinen Kerlen.«

Ferris rief mit lauter Stimme nach hinten: »Ich will nicht, daß ihr den Transporter einsaut, habt ihr verstanden? Es kostet uns ...«

»Erzählen Sie mir das nicht«, sagte Tims Vater, »weil ich es nicht verstehen werde. Es wäre zu komplex, die anteiligen Kosten und Abschreibungen und ähnliches fiskalisches Fachchinesisch.«

Ich habe einen Irren da hinten, dachte Ferris und war froh, daß er die Pumpgun in Reichweite hatte. »Sie wissen, daß auf der Welt alles knapp wird«, rief Ferris zu ihnen nach hinten. »Energie und Apfelsaft und Treibstoff und Brot; wir müssen also die Bevölkerung niedrighalten, und das Embolierisiko bei Einnahme der Pille macht es unmöglich ...«

»Keiner von uns kennt diese großen Worte«, fiel ihm Tims Vater ins Wort.

Verärgert und perplex sagte Ferris: »Bevölkerungs-Nullwachstum; das ist die Antwort auf die Energie- und Nahrungskrise. Es ist wie ... Scheiße, es ist wie damals, als sie Kaninchen in Australien ansiedelten, und sie hatten keine natürlichen Feinde, und darum vermehrten sie sich, wie Menschen ...«

»Das Multiplizieren beherrsche ich«, sagte Tims Vater. »Und Addieren und Subtrahieren. Aber das ist alles.«

Vier irre Kaninchen, die über die Straße hoppeln, dachte Ferris. Menschen verschandeln die Landschaft, dachte er. Wie muß dieser Landstrich ausgesehen haben, ehe der Mensch kam? Na ja, dachte er, da in jedem Teil der USA Postpartum-Abtreibungen durchgeführt werden, werden wir den Tag vielleicht noch erleben; wir könnten einst wieder dastehen und auf unberührte Natur blicken.

Wir, dachte er. Ich nehme an, ein »wir« wird es dann nicht mehr geben. Ich meine, eher werden wohl riesige empfindungsfähige Computer ihre Videorezeptoren über die Landschaft schweifen lassen, dachte er, und sie gefällig finden.

Der Gedanke heiterte ihn auf.

»Laß uns abtreiben lassen!« verkündete Cynthia aufgeregt, als sie mit einem Armvoll synthetischer Lebensmittel ins Haus trat. »Wär das nicht schick? Macht dich das nicht an?«

Ihr Ehemann Ian Best sagte trocken: »Erst mal mußt du schwanger werden. Mach also einen Termin bei Dr. Guido – sollte mich nicht mehr als sechzig oder siebzig Dollar kosten –, und laß deine Spirale entfernen.«

»Ich glaube, sie rutscht sowieso. Vielleicht wenn ...« Ihr kecker, dunkler, fransenhaariger Kopf tanzte schadenfroh. »Wahrscheinlich funktioniert sie seit einem Jahr nicht richtig. Ich könnte also jetzt schwanger sein.«

Ian sagte bissig: »Du kannst ja eine Anzeige in die *Free Press* setzen: ›Mann gesucht, der Spirale mit Kleiderbügel rausfischt.‹«

»Aber versteh doch«, sagte Cynthia, die ihm folgte, als er zum großen Kleiderschrank ging, um seinen Status-Schlips und Klasse-Mantel aufzuhängen, »abtreiben lassen ist jetzt das Ding. Was haben wir denn? Ein Kind. Wir haben Walter. Jedesmal, wenn jemand zu Besuch kommt und ihn sieht, weiß ich, daß sie sich fragen: ›Wie habt ihr das verbockt?‹ Es ist peinlich.« Sie fügte hinzu: »Und die Art von Abtreibungen, die sie jetzt durchführen, für Frauen in frühen Stadien – das kostet nur hundert Dollar ... der Preis für vierzig Liter Sprit! Und du kannst mit praktisch jedem, der vorbeischaut, stundenlang darüber reden.«

Ian drehte sich zu ihr um und sagte in beherrschtem Ton: »Darfst du denn den Embryo behalten? Ihn in einer Flasche mit nach Hause nehmen, oder mit fluoreszierender Farbe besprühen, damit er im Dunkeln leuchtet wie ein Nachtlicht?«

»In jeder gewünschten Farbe!«

»Der *Embryo*?«

»Nein, die Flasche. Und die Farbe der Lösung. Es ist eine Konservierungslösung, also wirklich eine Anschaffung fürs Leben. Ich glaube, man bekommt sogar eine schriftliche Garantie.«

Ian verschränkte die Arme, um sich ruhig zu halten: Alphastadiumbedingungen. »Weißt du, daß es Menschen gibt, die gerne ein Kind hätten? Selbst ein ganz normales, dummes? Die Woche für Woche in die kommunale Sammelstelle gehen und nach einem kleinen, neugeborenen Baby suchen? Diese Ideen – es hat diese weltweite Panik vor Überbevölkerung gegeben. Neun Billionen Menschen, in jeder

Straße jeder Stadt wie Feuerholz gestapelt. Okay, wenn das der Fall wäre ...« Er warf die Arme hoch. »Aber was wir jetzt haben, sind nicht genug Kinder. Oder siehst du nicht fern oder liest die *Times*?«

»Es ist so lästig«, sagte Cynthia. »Heute zum Beispiel kam Walter völlig verstört ins Haus, weil der Abtreibungstransporter vorbeigefahren kam. Es ist so lästig, für ihn zu sorgen. *Du* hast es leicht; du bist auf der Arbeit. Aber ich ...«

»Weißt du, was ich mit dem Gestapo-Abtreibungskarren gerne machen würde? Gib mir zwei meiner früheren Saufkumpel, mit Browning Automatics bewaffnet, einen auf jeder Straßenseite. Und wenn der Karren vorbeikommt ...«

»Es ist ein gutbelüfteter, vollklimatisierter Transporter, kein Karren.«

Er warf ihr einen bösen Blick zu und ging dann zur Bar in der Küche, um sich einen Drink zu machen. Scotch ist das richtige, beschloß er. Scotch mit Milch, ein guter Drink vor dem »Dinner«.

Während er seinen Drink mixte, kam sein Sohn Walter herein. Sein Gesicht war unnatürlich blaß.

»Der Abtreibungstransporter ist heute vorbeigekommen, oder?« sagte Ian.

»Ich dachte vielleicht ...«

»Kein Gedanke. Selbst wenn deine Mutter und ich zum Anwalt gehen und ein juristisches Dokument aufsetzen lassen würden, ein Un-E-Formular, du bist zu alt. Also beruhige dich.«

»Vom Verstand her weiß ich es«, sagte Walter. »Aber ...«

»Verlang nicht zu wissen, wem die Stunde schlägt, sie schlägt für dich«, zitierte Ian – ungenau. »Hör zu, Walt, ich will dir was sagen.« Er nahm einen kräftigen Schluck Scotch mit Milch. »Der Name des Ganzen ist *Töte mich.* Töte sie, wenn sie so groß wie ein Fingernagel sind, oder ein Baseball, oder saug später, wenn du es nicht schon getan hast, die Luft aus den Lungen eines zehnjährigen Jungen und laß ihn sterben. Es ist eine gewisse Sorte Frauen, die sich dafür stark macht. Früher nannte man sie ›kastrierende Weibchen‹. Vielleicht war das einmal die zutreffende Bezeichnung, nur wollten diese Frauen, diese harten, kalten Frauen, nicht nur ... tja, sie wollten den *ganzen* Jungen oder Mann abservieren, nicht nur das Teil, das ihn zum Mann macht. Verstehst du?«

»Nein«, sagte Walter, aber in einem vagen, einem sehr beunruhigenden Sinn tat er es.

Nach einem weiteren kräftigen Schluck von seinem Drink sagte Ian: »Und wir haben eine direkt in unserer Mitte wohnen, Walter. Gleich hier in unserem Haus.«

»Was haben wir hier wohnen?«

»Was die Schweizer Psychiater eine *Kindsmörderin* nennen«, sagte Ian, wobei er absichtlich einen Begriff wählte, von dem er wußte, daß sein Junge ihn nicht verstehen würde. »Weißt du was«, sagte er, »du und ich, wir könnten uns in ein Amtrak-Abteil setzen und nordwärts fahren, bis wir Vancouver, British Columbia, erreichen, und wir könnten eine Fähre nach Vancouver Island nehmen, und dann sieht uns keiner hier unten je wieder.«

»Aber was ist mit Mom?«

»Ich würde ihr einen Scheck schicken«, sagte Ian. »Jeden Monat. Und sie wäre ganz zufrieden damit.«

»Es ist kalt da oben, oder?« sagte Walter. »Ich meine, sie haben kaum Treibstoff und sie tragen ...«

»Ungefähr so wie in San Francisco. Warum? Hast du Angst davor, viele Pullover zu tragen und dicht am Kamin zu sitzen? Was hast du heute gesehen? War das nicht vielleicht schlimmer, verdammt?«

»O ja.« Er nickte düster.

»Wir könnten auf einer kleinen Insel vor Vancouver Island leben und unser eigenes Gemüse anbauen. Da oben kann man Zeug anpflanzen und es wächst. Und der Transporter wird da nicht hinkommen; du wirst ihn nie wiedersehen. Sie haben andere Gesetze. Die Frauen da oben sind anders. Es gab da mal ein Mädchen, das ich kannte, als ich eine Zeitlang oben war, vor langer Zeit; sie hatte langes, schwarzes Haar und rauchte die ganze Zeit Players-Zigaretten und aß nie und hörte nie auf zu reden. Hier unten erleben wir eine Zivilisation, in der das Verlangen der Frauen, zu vernichten, was sie ...« Ian brach ab; seine Frau hatte die Küche betreten.

»Wenn du noch mehr von dem Zeug trinkst«, sagte sie, »kommt es dir bald wieder hoch.«

»Okay«, sagte Ian gereizt. »Okay!«

»Und brüll nicht«, sagte Cynthia. »Ich dachte, es wäre nett, wenn du uns heute abend zum Dinner ausführen würdest. Das Del Rey hat im Fernsehen gemeldet, daß sie für frühe Gäste Steak anbieten.«

Die Nase krausziehend, sagte Walter: »Da gibt es rohe Austern.«

»Blue Points«, sagte Cynthia. »In der offenen Schale, auf Eis. Ich liebe sie. In Ordnung, Ian? Ist das abgemacht?«

Zu seinem Sohn Walter sagte Ian: »Eine rohe Blue-Point-Auster sieht nichts auf der Welt ähnlicher als dem, was der Arzt aus ...« Dann verstummte er. Cynthia funkelte ihn böse an, und sein Sohn war verwirrt. »Okay«, sagte Ian, »aber ich nehme Steak.«

»Ich auch«, sagte Walter.

Während er seinen Drink austrank, sagte Ian leise: »Wann hast du das letzte Mal hier zu Hause Abendessen gemacht? Für uns drei?«

»Am Freitag habe ich euch dieses Gericht aus Schweineöhrchen und Reis gemacht«, sagte Cynthia. »Von dem das meiste in den Abfall gewandert ist, weil es etwas Neues und auf der nichtobligatorischen Liste war. Erinnerst du dich, Schatz?«

Ohne auf sie zu achten, sagte Ian zu seinem Sohn: »Natürlich findet sich dieser Typ Frauen manchmal, sogar oft, auch da oben. Sie hat zu allen Zeiten und in allen Kulturen existiert. Aber da Kanada kein Gesetz hat, das es erlaubt, postpartum ...« Er brach ab. »Aus mir spricht der Milchkarton«, erklärte er Cynthia. »Sie panschen die Milch heutzutage mit Schwefel. Achte nicht drauf oder verklag irgendwen; du hast die Wahl.«

Cynthia sah ihn scharf an und sagte: »Spukt dir wieder dein Hirngespinst vom Abhauen im Kopf herum?«

»Wir beide«, schaltete Walter sich ein. »Dad nimmt mich mit.«

»Wohin?« sagte Cynthia beiläufig.

Ian sagte: »Wohin uns Amtrak gerade bringt.«

»Wir fahren nach Vancouver Island nach Kanada«, sagte Walter.

»Ach, wirklich?« sagte Cynthia.

Nach einer Pause sagte Ian: »Wirklich.«

»Und was, zum Teufel, soll ich anfangen, wenn du weg bist? Mir drüben in der Eckkneipe den Arsch versilbern lassen? Wie soll ich die Raten für die zahllosen ...«

»Ich werde dir regelmäßig Schecks mit der Post schicken«, sagte Ian. »Bezogen auf gigantische Bankhäuser.«

»Klar. Darauf kannst du wetten. Yep. Genau.«

»Du könntest mitkommen«, sagte Ian, »und Fische fangen, indem du in die English Bay springst und deine scharfen Zähne in sie schlägst. Du könntest British Columbia über Nacht von seinem gesamten Fischbestand säubern. Die ganzen zerfleischten Fische, die sich undeutlich fragen, wie ihnen geschah ... vor einer Minute noch herumgeschwommen, und dann stürzt sich dieser ... Oger, dieses fischvernichtende Monster mit dem einen fluoreszierenden Auge mitten auf der Stirn auf sie und zermalmt sie zu Mus. Das würde bald zur Legende werden. So was spricht sich rum. Wenigstens unter den letzten überlebenden Fischen.«

»Ja, Dad, aber«, sagte Walter, »angenommen, es gibt keine überlebenden Fische.«

»Dann war alles umsonst«, sagte Ian, »bis auf die ganz private Befriedigung deiner Mutter, in British Columbia eine ganze Spezies totgebissen zu haben, wo der Fischfang der größte Industriezweig ist und das Überleben so vieler anderer Spezies davon abhängt.«

»Aber dann werden in British Columbia alle arbeitslos sein«, sagte Walter.

»Nein«, sagte Ian, »sie werden die toten Fische in Dosen stopfen und an die Amerikaner verkaufen. Verstehst du, Walter, in den alten Zeiten, ehe deine Mutter vielzahnig alle Fische in British Columbia totgebissen hatte, standen die einfachen Bauern mit dem Stock in der Hand da, und wenn ein Fisch vorbeischwamm, verpaßten sie dem Fisch einen Schlag auf den Schädel. Das wird Jobs *schaffen,* nicht vernichten. Millionen entsprechend beschriftete Dosen ...«

»Hör mal«, sagte Cynthia rasch, »er glaubt, was du ihm erzählst.«

Ian sagte: »Was ich ihm sage, ist wahr.« Wenn auch nicht in einem buchstäblichen Sinn, wurde ihm klar. Zu seiner Frau sagte er: »Ich führe euch zum Essen aus. Hol deine Lebensmittelmarken, zieh die blaue Strickbluse an, die deine Titten betont; auf die Art ziehst du die Aufmerksamkeit auf dich, und sie vergessen vielleicht, die Marken zu kassieren.«

»Was ist eine ›Titte‹?« fragte Walter.

»Etwas, das sehr schnell obsolet wird«, sagte Ian, »genau wie der Pontiac GTO. Ausgenommen als Dekorationsgegenstand, der zum Bewundern und Betatschen da ist. Ihre Funktion verkümmert.« Genau wie unsere Rasse, dachte er, nachdem wir einmal denen, die das Ungeborene – in anderen Worten, die hilflosesten Kreaturen auf Erden – vernichten wollen, freien Lauf gelassen haben.

»Eine Titte«, sagte Cynthia streng zu ihrem Sohn, »ist eine Brustdrüse, die Damen haben, um ihren Nachwuchs mit Milch zu versorgen.«

»Im allgemeinen gibt es zwei von ihnen«, sagte Ian. »Eine betriebsbereite Titte, und dann eine Ersatztitte, falls der betriebsbereiten Titte der Saft ausgeht. Ich schlage die Eliminierung eines Schritts in diesem ganzen Präpersonenabtreibungsfieber vor«, sagte er. »Wir werden alle Titten der Welt in die kommunalen Sammelstellen schicken. Die Milch, sofern vorhanden, wird aus ihnen herausgesaugt werden, natürlich mechanisch; sie werden nutzlos und leer werden, und dann werden die Säuglinge, ihrer Nahrungsquelle samt und sonders beraubt, eines natürlichen Todes sterben.«

»Es gibt Säuglingsnahrung«, sagte Cynthia vernichtend. »Similac und so was. Ich ziehe mich um, damit wir ausgehen können.« Sie drehte sich um und ging mit langen Schritten auf ihr Schlafzimmer zu.

»Weißt du«, sagte Ian und blickte ihr hinterher, »wenn es irgendeinen Weg gäbe, wie du mich als Präperson einstufen lassen könntest, würdest du mich dahin schicken. In die Sammelstelle.« Und ich wette, dachte er, ich wäre nicht der einzige Ehemann in Kalifornien, der da landen würde.

»Hört sich an wie ein guter Plan«, erreichte ihn Cynthias Stimme gedämpft; sie hatte mitgehört.

»Es ist nicht nur Haß auf die Hilflosen«, sagte Ian Best. »Es steckt mehr dahinter. Haß auf was? Auf alles, das wächst?« Ihr macht sie zunichte, dachte er, ehe sie so groß werden, daß sie Muskeln und die Taktik und Gewandtheit zum Kampf haben – so groß, wie ich im Vergleich zu dir bin, mit meiner vollentwickelten Muskulatur, meinem Gewicht. So viel einfacher, wenn die andere Person – Präperson sollte ich sagen – träumend im Fruchtwasser treibt und weder einen Weg noch den Wunsch kennt, zurückzuschlagen.

Wo waren die mütterlichen Tugenden hingekommen? fragte er sich. Wo Mütter gerade das, was klein und schwach und schutzlos war, *besonders* behüteten?

Unsere Ellbogengesellschaft, entschied er. Das Überleben der Starken. Nicht der Besten. Nur derjenigen, die die *Macht* haben. Und nicht bereit sind, sie der nächsten Generation kampflos zu überlassen: Es sind die mächtigen und bösartigen Alten gegen die hilflosen und sanftmütigen Jungen.

»Dad«, sagte Walter, »ziehen wir wirklich nach Vancouver Island in Kanada und bauen echtes Essen an und haben nichts mehr, wovor wir uns fürchten müssen?«

Halb zu sich selbst sagte Ian: »Sobald ich das Geld habe.«

»Ich weiß, was das bedeutet. Das ist bloß so 'n Mal-sehen-

Gerede von dir. Wir fahren nicht, oder?« Er sah seinem Vater scharf ins Gesicht. »Sie wird es nicht erlauben, na ja, mich aus der Schule zu nehmen und so; damit fängt sie immer an ... stimmt's?«

»Eines Tages werden wir es tun«, sagte Ian halsstarrig. »Vielleicht nicht diesen Monat, aber eines Tages, irgendwann. Ich verspreche es.«

»Und da gibt es keine Abtreibungstransporter.«

»Nein. Keine. Kanada hat andere Gesetze.«

»Laß es uns bald tun, Dad, bitte.«

Sein Vater machte sich einen zweiten Scotch mit Milch und antwortete nicht; sein Gesicht war düster und unglücklich, fast, als sei er kurz davor zu weinen.

Im Heck des Transporters kauerten drei Kinder und ein Erwachsener, wurden durchgeschüttelt, wenn der Transporter in die Kurve ging. Sie fielen gegen die Absperrdrähte, die sie trennten, und Tim Gantros Vater fühlte sich schrecklich verzweifelt, von seinem eigenen Jungen mechanisch abgeschnitten zu sein. Ein Albtraum bei Tag, dachte er. In Käfige gesperrt wie Tiere; seine noble Geste hatte ihm nur noch mehr Leid eingebracht.

»Warum hast du gesagt, du könntest keine Algebra?« fragte Tim einmal. »Ich weiß, du kannst sogar Intefisi... Infetisimalrechnung und Trigometrie. Du warst auf der Stanford University.«

»Ich will damit zeigen«, sagte Ed Gantro, »daß sie entweder uns alle oder keinen von uns töten sollen. Aber nicht diese willkürlichen bürokratischen Trennlinien ziehen. Wann tritt die Seele in den Körper ein? Soll das heutzutage und in diesem Zeitalter eine rationale Frage sein? Sie ist mittelalterlich.« Im Grunde, dachte er, ist es ein Vorwand – ein Vorwand, über die Hilflosen herzufallen. Und er war nicht hilflos. Der Abtreibungstransporter hatte einen ausgewachsenen Mann aufgegriffen, mit seiner ganzen Erfahrung, seiner ganzen Gerissenheit. Wie wollen sie mit mir fertigwerden? fragte er sich. Offenkundig habe ich, was alle Männer haben; wenn sie Seelen haben, dann ich auch. Wenn nicht, habe ich keine, aber auf welcher realen Basis können sie mich schlafen legen? Ich bin nicht klein und schwach, kein unwissendes Kind, das sich schutzlos duckt. Ich kann jederzeit Spitzfindigkeiten mit den besten Bezirksanwälten diskutieren; mit dem Bezirksstaatsanwalt persönlich, wenn nötig.

Wenn sie mich kaltmachen, dachte er, werden sie jeden kaltmachen müssen, sich selbst eingeschlossen. Und darum geht es bei alldem ja nicht. Das ist ein faules Spiel, durch das die Etablierten, diejenigen, die bereits die wirtschaftlichen und politischen Schlüsselstellen besetzt haben, den Nachwuchs raushalten – ihn wenn nötig ermorden. In diesem Land, dachte er, herrscht ein Haß der Alten auf die Jungen, es herrschen Haß und Furcht. Was werden sie also mit mir machen? Ich gehöre in ihre Altersgruppe, und ich bin im Heck dieses Abtreibungstransporters in einen Käfig gesperrt. Ich, dachte er, stelle eine andere Art von Bedrohung dar; ich bin einer von ihnen, stehe aber auf der anderen Seite, bei den streunenden Hunden und Katzen und Babys und unmündigen Kindern. Sollen sie sich selbst einen Reim darauf machen; soll doch ein neuer Thomas von Aquin kommen, der das entwirren kann.

»Alles, was ich kann«, sagte er laut, »ist Dividieren und Multiplizieren und Subtrahieren. Sogar im Bruchrechnen bin ich keine Leuchte.«

»Aber das konntest du früher!« sagte Tim.

»Komisch, wie man so was vergißt, wenn man die Schule hinter sich hat«, sagte Ed Gantro. »Ihr Kinder seid darin wahrscheinlich besser als ich.«

»Dad, sie werden dich kaltmachen«, sagte sein Sohn Tim wild. »Dich wird keiner adoptieren. Nicht in deinem Alter. Du bist zu alt.«

»Mal sehen«, sagte Ed Gantro. »Die Binomischen Formeln. Wie gingen die noch? Ich bekomme es nicht ganz zusammen: irgendwas über a und b.« Und während es aus seinem Kopf hinaussickerte, wie es seine unsterbliche Seele getan hatte ... kicherte er in sich hinein. Ich kann den Seelentest nicht bestehen, dachte er. Jedenfalls nicht, wenn ich so rede. Ich bin ein Straßenköter, ein Tier in einer Schlammkuhle.

Der ganze Fehler der Abtreibungsbefürworter, sagte er sich, war von vornherein die *willkürliche* Grenze, die sie gezogen haben. Ein Embryo hat keine verfassungsmäßigen Rechte und kann ganz legal von einem Arzt getötet werden. Aber ein Fötus war eine »Person«, mit Rechten, zumindest eine Zeitlang; und dann beschlossen die Abtreibungsbefürworter, daß selbst ein Fötus von sieben Monaten nicht »menschlich« sei und ganz legal von einem zugelassenen Arzt getötet werden könne. Und eines Tages – ist ein neugeborenes Baby eine Pflanze; es kann nicht aus den Augen gucken, versteht und sagt nichts ... So argumentierte die Lobby für Abtreibung vor Gericht und gewann, mit ihrer Behauptung, ein neugeborenes Baby sei nur ein Fötus, der zufällig oder durch organische Prozesse aus dem Mutterleib ausgestoßen worden sei. Aber selbst dann, wo wollte man die endgültige Grenze ziehen? Wenn das Baby zum ersten Mal lächelte? Wenn es sein erstes Wort gesprochen oder das erste Mal nach einem Spielzeug gegriffen hatte, das ihm gefiel? Die rechtliche Grenze wurde unbarmherzig immer weiter hinausgeschoben. Und jetzt die barbarischste und willkürlichste Definition von allen: wenn es »höhere Mathematik« beherrschte.

Das machte die alten Griechen aus Platos Zeiten zu Nichtmenschen, da ihnen Arithmetik unbekannt war; sie kannten nur Geometrie; und Algebra wurde viel später in der Geschichte von den Arabern erfunden. *Willkürlich.* Es war auch keine theologische Willkür; es war eine rein rechtliche. Die Kirche hatte seit langem – eigentlich von Anfang an – darauf bestanden, daß selbst die Eizelle und der Embryo, der daraus entstand, eine ebenso heilige Lebensform war wie jede, die die Erde bevölkerte. Sie hatten erlebt, wozu willkürliche Definitionen wie »Jetzt tritt die Seele in den Körper ein« oder, im modernen Sprachgebrauch, »Ab jetzt ist es eine Person, die vollen rechtlichen Schutz genießt wie jede andere auch«, führen konnten. Was jetzt so traurig war, war der Anblick des kleinen Kindes, das Tag für Tag tapfer in seinem Hof spielte, zu hoffen versuchte, eine Sicherheit vorzutäuschen versuchte, die es nicht hatte.

Na ja, dachte er, wir werden sehen, was sie mit mir anstellen werden; ich bin fünfunddreißig Jahre alt und habe meinen Abschluß in Stanford gemacht. Werden sie mich für dreißig Tage in einen Käfig stecken, mit Plastikfreßnapf und Wasserspender und einem Platz, um mich - vor aller Augen - zu erleichtern, und wenn mich keiner adoptiert, werden sie mich, zusammen mit den anderen, in den automatischen Tod schicken?

Ich riskiere viel, dachte er. Aber sie haben heute meinen Sohn kassiert, und das Risiko begann da, wo sie ihn hatten, nicht als ich vortrat und selbst zum Opfer wurde.

Er sah zwischen den drei verängstigten Jungen hin und her und überlegte, was er ihnen sagen konnte - nicht nur seinem eigenen Sohn, sondern allen dreien.

»Siehe«, zitierte er, »ich sage euch ein Geheimnis. Wir werden nicht alle entschlafen, sondern werden ...« Aber dann fiel ihm der Rest nicht mehr ein. Schöner Reinfall, dachte er niedergeschlagen. »Sondern werden aufwachen«, behalf er sich, so gut er konnte. »In Nullkommanichts. Im Handumdrehen.«

»Ruhe dahinten«, knurrte der Fahrer des Transporters durch sein Drahtgitter. »Ich kann mich nicht auf die Scheißstraße konzentrieren.« Er ergänzte: »Denkt dran, ich kann Gas da hinten bei euch versprühen, und ihr werdet ohnmächtig; das ist für widersetzliche Präpersonen, die wir aufgreifen. Also, wollt ihr jetzt Ruhe geben, oder wollt ihr, daß ich auf den Gasknopf drücke?«

»Wir werden nichts sagen«, sagte Tim schnell, mit einem

stummen, ängstlich flehenden Blick zu seinem Vater. Eine schweigende Bitte, sich zu fügen.

Sein Vater sagte nichts. Der flehentlich bittende, schnelle Blick war zuviel für ihn, und er kapitulierte. Und überhaupt, rechtfertigte er sich, kam es nicht darauf an, was im Transporter geschah. Wenn sie die kommunale Sammelstelle erreichten, kam es darauf an – da, wo beim ersten Anzeichen von Ärger Zeitungs- und Fernsehreporter auftauchen würden.

Also fuhren sie schweigend, jeder mit seinen eigenen Ängsten, seinen eigenen Plänen im Kopf. Ed Gantro brütete vor sich hin, spielte in Gedanken durch, was er tun wollte – was er tun mußte. Und nicht nur für Tim, sondern für alle P.P.-Abtreibungskandidaten; er durchdachte es in allen Konsequenzen, während der Transporter vorwärts ruckelte und ratterte.

Als der Transporter auf dem abgesperrten Parkplatz der kommunalen Sammelstelle einparkte und seine Hecktüren aufgeschwungen waren, ging Sam B. Carpenter, der die ganze gottverdammte Operation leitete, zu ihm hin, glotzte, sagte: »Du hast einen erwachsenen Mann da drin, Ferris. Kapierst du eigentlich, was du da hast? Einen Protestler hast du dir da aufgehalst.«

»Aber er hat steif und fest behauptet, er verstünde von Mathe nichts, was übers Addieren hinausgeht«, sagte Ferris.

Zu Ed Gantro sagte Carpenter: »Geben Sie mir Ihre Brieftasche. Ich will Ihren richtigen Namen. Sozialversicherungsnummer, Polizeibezirks-Wohnsitzident – machen Sie schon, ich will wissen, wer Sie sind.«

»Das ist einfach einer vom Land«, sagte Ferris, während er zusah, wie Gantro seine klumpige Brieftasche übergab.

»Und ich will zur Sicherheit Abdrücke von seinen Füßen«, sagte Carpenter. »Das volle Programm. Auf der Stelle – erste Priorität.« Er redete gerne so.

Eine Stunde später hatte er die Berichte aus dem Dschungel vernetzter Sicherheitsdaten-Computer in der künstlich auf ländlich getrimmten Sperrzone in Virginia zurück. »Das Individuum schloß am Stanford College mit akademischem Grad in Mathe ab. Und er hat einen Magister in Psychologie, den er ohne Zweifel gegen uns verwendet hat. Wir müssen ihn hier rausschaffen.«

»Ich hatte eine Seele«, sagte Ed Gantro, »aber ich hab sie verloren.«

»Wie?« wollte Carpenter wissen, weil er nichts darüber in Gantros offiziellen Unterlagen sah.

»Eine Embolie. Der Teil meiner Hirnrinde, in dem meine Seele saß, wurde zerstört, als ich versehentlich die Dämpfe von Insektenspray einatmete. Darum habe ich draußen auf dem Land von Wurzeln und Knollen gelebt, mit meinem Jungen hier, Tim.«

»Wir unterziehen Sie einem EEG«, sagte Carpenter.

»Was ist das?« sagte Gantro. »Einer von diesen Gehirntests?«

Zu Ferris sagte Carpenter: »Laut Gesetz tritt die Seele im Alter von zwölf Jahren ein. Und du bringst dieses männliche, erwachsene Individuum an, das gut über dreißig ist. Dafür können wir wegen Mord angeklagt werden. Wir müssen ihn loswerden. Du fährst ihn genau dahin zurück, wo du ihn her hast, und schmeißt ihn raus. Wenn er nicht freiwillig aus dem Transporter steigt, vergifte ihn mit Gas, bis ihm Hören und Sehen vergeht, und schmeiß ihn dann raus. Das erfordert die nationale Sicherheit. Dein Job hängt davon ab, auch dein Status im Sinne des Strafgesetzbuchs dieses Staates.«

»Ich gehöre hierher«, sagte Ed Gantro. »Ich bin ein Hohlkopf.«

»Und seinen Jungen«, sagte Carpenter. »Er ist womöglich ein mathematischer Mentalmutant, wie man sie im Fernsehen sieht. Sie haben dich angeschmiert; sie haben wahrscheinlich die Medien schon alarmiert. Bring sie zurück und nebel sie ein und schmeiß sie raus, wo immer du sie gefunden hast, oder, falls das nicht geht, auf jeden Fall außer Sichtweite.«

»Du wirst hysterisch«, sagte Ferris ärgerlich. »Mach mit Gantro das EEG und den Hirnscan, und wir werden ihn wahrscheinlich freilassen müssen, aber diese drei Jugendlichen hier ...«

»Lauter Genies«, sagte Carpenter. »Sind alle Teil des Komplotts, nur bist du zu blöd, es zu merken. Schmeiß sie aus dem Transporter und von unserem Grundstück runter, und leugne – hast du kapiert? –, leugne, daß du je einen von den vieren aufgegriffen hast. Bleib bei dieser Story.«

»Raus aus dem Wagen«, befahl Ferris und drückte den Knopf, der die Drahtgitter hochrollte.

Die drei Jungen krabbelten heraus. Aber Ed Gantro blieb, wo er war.

»Er wird nicht freiwillig aussteigen«, sagte Carpenter. »Okay, Gantro, wir werden Sie gewaltsam entfernen.« Er nickte Ferris zu, und die beiden stiegen ins Heck des Transporters. Einen Augenblick später luden sie Ed Gantro auf dem Asphalt des Parkplatzes ab.

»Jetzt sind Sie ein ganz gewöhnlicher Bürger«, sagte Carpenter erleichtert. »Sie können behaupten, was Sie wollen, aber Sie haben keinen Beweis.«

»Dad«, sagte Tim, »wie kommen wir nach Hause?« Die drei Jungen drängten sich um Ed Gantro.

»Sie könnten irgendwen von da drüben anrufen«, sagte der Junge von Fleischhackers. »Ich wette, Walter Bests Dad hat genug Benzin, um herzukommen und uns abzuholen. Er unternimmt viele lange Fahrten; er hat einen Sondergutschein.«

»Er und seine Frau, Mrs. Best, streiten sich oft«, sagte Tim. »Da fährt er gerne nachts alleine rum; ohne sie, meine ich.«

Ed Gantro sagte: »Ich bleibe hier. Ich will in einen Käfig gesperrt werden.«

»Aber wir dürfen gehen«, protestierte Tim. Er zupfte drängend am Ärmel seines Vaters. »Das ist die Hauptsache, oder? Sie haben uns gehen lassen, als sie dich sahen. Wir haben's geschafft.«

Ed Gantro sagte zu Carpenter: »Ich bestehe darauf, hier zu den anderen Präpersonen gesperrt zu werden, die Sie da drin haben.« Er zeigte auf das heiter-imposante, schön knallgrün gestrichene Gebäude der Sammelstelle.

Zu Mr. Sam B. Carpenter sagte Tim: »Rufen Sie Mr. Best an, da draußen, wo wir waren, auf der Halbinsel. Es ist eine Nummer mit 669er-Vorwahl. Sagen Sie ihm, er soll uns holen kommen, und das wird er. Ich verspreche es. Bitte.«

Der kleine Fleischhacker fügte hinzu: »Im Telefonbuch steht nur ein Mr. Best mit 669er-Vorwahl. Bitte, Mister.«

Carpenter ging ins Haus, an eins der vielen offiziellen Telefone der Einrichtung, schlug die Nummer nach. Ian Best. Er tippte die Nummer ein.

»Sie haben eine halb arbeitende, halb faulenzende Nummer gewählt«, meldete sich die Stimme eines, wie es schien, angetrunkenen Penners. Im Hintergrund konnte Carpenter die schneidende Stimme einer zornigen Frau hören, die Ian Best zusammenstauchte.

»Mr. Best«, sagte Carpenter, »mehrere Ihnen bekannte Personen sitzen hier unten Ecke Vierte und A-Street in Verde Gabriel fest, ein Ed Gantro und sein Sohn Tim, ein als Ronald oder Donald Fleischhacker identifizierter Junge und ein weiterer nicht identifizierter minderjähriger Junge. Der kleine Gantro hatte angedeutet, Sie würden nichts dagegen haben, hier runter zu fahren, sie abzuholen und nach Hause zu bringen.«

»Vierte und A-Street«, sagte Ian Best. Eine Pause. »Ist das der Zwinger?«

»Die kommunale Sammelstelle«, sagte Carpenter.

»Sie Hurensohn«, sagte Best. »Klar komme ich sie holen; erwarten Sie mich in zwanzig Minuten. Sie halten *Ed* Gantro als Präperson fest? Wissen Sie, daß er Stanford-Absolvent ist?«

»Das ist uns bewußt«, sagte Carpenter frostig. »Aber sie sind nicht festgenommen; sie sind lediglich ... hier. Nicht – ich wiederhole – nicht in Gewahrsam.«

Ian Best, aus dessen Stimme jedes Lallen verschwunden war, sagte: »Es werden Reporter von sämtlichen Medien da sein, ehe ich ankomme.« Klick. Er hatte aufgelegt.

Carpenter ging wieder hinaus und sagte zu dem Jungen Tim: »Tja, scheint, als hättest du mich dazu gebracht, einen glühenden, militanten Abtreibungsgegner von eurer Anwesenheit hier zu benachrichtigen. Clever, wirklich clever.«

Ein paar Augenblicke vergingen, und dann schoß ein knallroter Mazda auf den Eingang der Sammelstelle zu. Ein großgewachsener Mann mit hellem Bart stieg aus, sortierte Kamera- und Tonausrüstung auseinander, schlenderte auf Carpenter zu. »Wie wir erfahren, haben Sie einen Stanford-Absolventen in Mathe hier in der Sammelstelle«, sagte er mit neutraler, beiläufiger Stimme. »Könnte ich ihn für eine mögliche Story interviewen?«

Carpenter sagte: »Wir haben keine solche Person gebucht. Sie können unsere Unterlagen einsehen.« Aber der Reporter hatte seinen Blick bereits auf die drei um Ed Gantro gedrängten Jungen geheftet.

Mit lauter Stimme rief der Reporter: »Mr. Gantro?«

»Jawohl, Sir«, antwortete Ed Gantro.

Du lieber Himmel, dachte Carpenter. Wir haben ihn in eins unserer offiziellen Fahrzeuge gesperrt und hierher transportiert; das wird in allen Zeitungen stehen. Es war bereits ein blauer Lieferwagen mit dem Signet einer Fernsehstation auf den Parkplatz gerollt. Und dahinter zwei weitere Wagen.

ABTREIBUNGSSTELLE KILLT STANFORD-ABSOLVENTEN

So sah es Carpenter in Gedanken. Oder ...

ILLEGALER TÖTUNGSVERSUCH IN KOMMUNALER
SAMMELSTELLE VEREITELT

Und so weiter. Eine Meldung in den 6-Uhr-Abendnachrichten. Gantro, und, wenn er auftauchte, Ian Best, der wahrscheinlich Anwalt war, umringt von Tonbändern und Mikros und Videokameras.

Wir haben irrsinnige Scheiße gebaut, dachte er. Irrsinnige Scheiße. Die in Sacramento werden unsere Mittel kürzen; wir werden wieder streunende Hunde und Katzen jagen müssen, wie vorher. Riesenreinfall.

Als Ian Best in seinem Mercedes-Benz mit Kohlevergaser eintraf, war er immer noch leicht besäuselt. Zu Ed Gantro sagte er: »Was dagegen, wenn wir den landschaftlich schöneren Umweg nach Hause nehmen?«

»Welche Strecke?« sagte Ed Gantro. Er war müde und wollte jetzt gehen. Der kleine Pulk von Medienleuten hatte ihn interviewt und war verschwunden. Er hatte ihnen seinen Standpunkt erläutert, und jetzt fühlte er sich ausgelaugt und wollte heim.

Ian Best sagte: »Über Vancouver Island, British Columbia.«

Ed Gantro sagte mit einem Lächeln: »Diese Jungs gehören sofort ins Bett. Mein Junge und die anderen beiden. Teufel auch, sie haben noch nicht mal zu Abend gegessen.«

»Wir halten an einer McDonalds-Bude«, sagte Ian Best. »Und dann können wir uns nach Kanada absetzen, wo es Fische gibt und viele Berge noch schneebedeckt sind, selbst in dieser Jahreszeit.«

»Klar«, sagte Gantro grinsend. »Da können wir hinfahren.«

»Haben Sie Lust?« fragte Ian Best ihn prüfend. »Sie wollen wirklich mit?«

»Ich regel ein paar Dinge, und dann, klar, dann können Sie und ich uns zusammen absetzen.«

»Verdammich«, schnaufte Best. »Es ist Ihr Ernst!«

»Ja«, sagte er. »Ist es. Natürlich muß ich die Zustimmung meiner Frau einholen. Man kann nicht nach Kanada, wenn die Frau nicht ein schriftliches Dokument unterzeichnet, daß sie einem nicht folgen wird. Sie werden ein sogenannter Immigrant mit Grundbesitz.«

»Dann muß ich mir Cynthias schriftliche Erlaubnis holen.«

»Sie wird sie Ihnen geben. Willigen Sie nur ein, Unterhaltszahlungen zu schicken.«

»Sie glauben, das wird sie? Sie wird mich gehen lassen?«

»Natürlich«, sagte Ed Gantro.

»Sie glauben tatsächlich, unsere Frauen werden uns gehen lassen«, sagte Ian Best, als er und Gantro die Kinder in den Mercedes-Benz bugsierten. »Ich wette, Sie haben recht; Cynthia würde mich liebend gerne loswerden. Wissen Sie, wie sie mich nennt, direkt vor Walter? ›Einen aggressiven Feigling‹ und solches Zeug. Sie hat keinen Respekt vor mir.«

»Unsere Frauen«, sagte Gantro, »werden uns gehen lassen.« Aber er wußte es besser.

Er schaute sich um zum Leiter der Sammelstelle, Mr. Sam B. Carpenter, und zu dem Fahrer des Transporters, Ferris, der, wie Mr. Carpenter Presse und Fernsehen mitgeteilt hatte, mit sofortiger Wirkung entlassen, ein Neuling und ein insgesamt unerfahrener Angestellter war.

»Nein«, sagte er. »Sie werden uns nicht gehen lassen. Keine von ihnen.«

Ian Best fummelte ungeschickt an dem komplexen Mechanismus herum, der den bockigen Kohlevergasermotor in Gang setzte. »Klar werden sie uns gehen lassen; sehen Sie mal, sie stehen einfach rum. Was können sie tun, nach allem, was Sie im Fernsehen gesagt haben und was dieser eine Reporter sich für den Leitartikel notiert hat?«

»Das meine ich nicht«, sagte Gantro tonlos.

»Wir könnten einfach abhauen.«

»Wir sitzen fest«, sagte Gantro. »Wir sitzen fest und können nicht weg. Fragen Sie Cynthia trotzdem. Einen Versuch ist es wert.«

»Wir werden niemals Vancouver Island sehen und die großen Hochseefähren, die im Nebel auftauchen und verschwinden, oder?« fragte Ian Best.

»Klar werden wir das, irgendwann.« Aber er wußte, es war eine Lüge, eine absolute Lüge, genau wie man manchmal etwas sagt, von dem man ohne jeden rationalen Grund weiß, daß es absolut wahr ist.

Sie fuhren vom Parkplatz auf die öffentliche Straße hinaus.

»Gutes Gefühl«, sagte Ian Best, »frei zu sein ... stimmt's?« Die drei Jungen nickten, aber Ed Gantro sagte nichts. Frei, dachte er. Frei, heimzugehen. Um in einem größeren Netz gefangen, in einen größeren Transporter gestoßen zu werden als den, den die kommunale Sammelstelle benutzt.

»Das ist ein großer Tag«, sagte Ian Best.

»Ja«, pflichtete Ed Gantro bei. »Ein großer Tag, an dem eine noble und effektive Schlacht für alle hilflosen Wesen geschlagen wurde, für alles, von dem man sagen könnte, ›es lebt‹.«

Während er ihn in dem dünn hereinsickernden Licht scharf ansah, sagte Ian Best: »Ich will nicht nach Hause; ich will jetzt gleich nach Kanada aufbrechen.«

»Wir müssen heim«, erinnerte ihn Ed Gantro. »Vorübergehend, meine ich. Um unsere Angelegenheiten zu regeln. Rechtliche Fragen, einpacken, was wir brauchen.«

Ian Best sagte, während er fuhr: »Wir werden nie dort hinkommen, nach British Columbia und Vancouver Island und Stanley Park und English Bay und wo sie Gemüse ziehen und Pferde halten und wo es Hochseefähren gibt.«

»Nein, werden wir nicht«, sagte Ed Gantro.

»Nicht jetzt, und später auch nicht?«

»Niemals«, sagte Ed Gantro.

»Das hatte ich befürchtet«, sagte Best, und ihm versagte die Stimme, und sein Fahrstil wurde komisch. »Das dachte ich mir von Anfang an.«

Daraufhin fuhren sie schweigend, hatten einander nichts zu sagen. Es gab nichts mehr zu sagen.

Nachweise

PAYCHECK – DIE ABRECHNUNG (Paycheck). Erstmals veröffentlicht in: *Imagination,* Juni 1953. Deutsch von Walter Grossbein.

NANNY (Nanny). Erstmals veröffentlicht in: *Startling Stories,* Frühjahr 1955. Deutsch von Walter Grossbein.

JONS WELT (Jon's World). Erstmals veröffentlicht in: *Time to Come,* hrsg. von August Derleth, New York 1954. Deutsch von Bela Wohl.

FRÜHSTÜCK IM ZWIELICHT (Breakfast at Twilight). Erstmals veröffentlicht in: *Amazing,* Juli 1954. Deutsch von Bela Wohl.

KLEINE STADT (Small Town). Erstmals veröffentlicht in: *Amazing,* Mai 1954. Deutsch von Bela Wohl.

DAS VATER-DING (The Father-Thing). Erstmals veröffentlicht in: *The Magazine of Fantasy & Science Fiction,* Dezember 1954. Deutsch von Klaus Timmermann und Ulrike Wasel.

ZWISCHEN DEN STÜHLEN (The Chromium Fence). Erstmals veröffentlicht in: *Imagination,* Juli 1955. Deutsch von Klaus Timmermann und Ulrike Wasel.

AUTOFAB (Autofac). Erstmals veröffentlicht in: *Galaxy,* November 1955. Deutsch von Thomas Mohr.

ZUR ZEIT DER PERKY PAT (The Days of Perky Pat). Erstmals veröffentlicht in: *Amazing,* Dezember 1963. Deutsch von Thomas Mohr.

ALLZEIT BEREIT (Stand-by). Erstmals veröffentlicht in: *Amazing,* Oktober 1963. Deutsch von Thomas Mohr.

EIN KLEINES TROSTPFLASTER FÜR UNS TEMPONAUTEN (A Little Something for Us Tempunauts). Erstmals veröffentlicht in: *Final Stage,* hrsg. von Edward L. Ferman und Barry N. Malzberg, New York 1974. Deutsch von Clara Drechsler.

DIE PRÄPERSONEN (The Pre-Persons). Erstmals veröffentlicht in: *The Magazine of Fantasy & Science Fiction,* Oktober 1974. Deutsch von Clara Drechsler.